DISTINTO a TODOS

DISTINTO a TODOS

UNA NOVELA

JOSHILYN JACKSON

HarperCollins *Español*

ISBN: 978-0-71808-047-1

Impreso en Estados Unidos de América
16 17 18 19 20 DCI 6 5 4 3 2 1

A los buenos maestros, con gratitud. He aquí algunos de los míos:

Ruth Ann Replogle
Dr. Yolanda Reed
Chuck Preston
Astrid Santana
Dr. David Gushee

Regocíjate sabiendo que,
al irse los medios dioses,
los dioses llegan.
RALPH WALDO EMERSON
Dar todo por amor

Y del mismo modo que los elefantes desfilan
        [agarrados a la cola unos de otros,
y si uno se extravía el circo no llega al parque,
es cruel (quizá la raíz misma de toda crueldad)
saber lo que ocurre y no hacerlo explícito.

Por eso apelo a una voz, a algo umbrío,
a una región remota y esencial de todo hablante:
aunque podríamos engañarnos unos a otros, parémonos a pensar,
no sea que el desfile de nuestra vida común se extravíe en la noche.
WILLIAM STAFFORD
Ritual para leer uno al otro

1

Nací azul.

Si mi madre no me hubiera expulsado rápida como una gata, habría nacido muerta y más azul todavía. Tenía el cordón umbilical enrollado al cuello. Mi madre vio mi boquita azul, mis deditos azules de las manos y los pies y me puso el nombre de Kali. Kali Jai.

Cuando nací, ella estaba cumpliendo una condena de seis meses en un centro de internamiento juvenil por hurto y posesión de drogas. Le dejaron pasar treinta y seis horas conmigo en el hospital antes de que las autoridades se la llevaran de nuevo para que cumpliera el resto de la pena. Mi custodia pasó temporalmente a mis abuelos, una pareja estirada e infeliz.

Kai les dijo cómo me llamaba, pero de rellenar el papeleo se encargó la agria de mi abuela. Luego alegaría que no había oído bien, y añadió que «lo que puse en la partida de nacimiento suena como lo que dijiste, solo que en cristiano». Mi madre no se enteró hasta que la soltaron y estuvo otra vez bajo la custodia de sus padres. Para entonces, todo el mundo en el pueblo me llamaba Paula Jane.

«En realidad», me decía a menudo Kai cuando yo era pequeña, «te puse el nombre de la diosa madre que se encarga de traer la esperanza y la primavera». Mis nanas eran himnos de alabanza («¡Kali, Jai Kalika!») que mi madre cantaba con su ronca voz de contralto, y Kali era la protagonista de muchos de los cuentos que me contaba a la hora de dormir. Me quedaba dormida imaginando a una diosa hecha de sol y de flores, verde, dorada y bellísima.

A lo cinco años, encontré un dibujo de Kali en uno de los cuadernos de bocetos de mi madre. Estaba dibujando una serie de dioses con lápices de colores. Reconocí a algunos de ellos: eran personajes de sus cuentos. Ganesha, ese grandullón con cabeza de elefante que bailaba con la trompa en alto, era inconfundible. También reconocí a Hanuman, el dios mono, que saltaba sobre el océano con un ramillete de montañas en las manos. Entonces vi mi nombre. Kali.

«Esperanza y primavera» era una salvaje de color azul azabache cuya piel contrastaba vivamente con la ciudad en llamas que le servía de fondo. Sus muchos brazos blandían antorchas y cimitarras plateadas, y se erguía descalza sobre el pecho de un hombre muerto. Su falda estaba hecha de cabezas y manos humanas, y su lengua colgaba, larguísima y roja como una llama, entre sus pechos desnudos. Mi madre me descubrió mirando el dibujo mientras trazaba con los dedos las letras de mi nombre, escritas debajo.

—¿Soy mala? —le pregunté.

—No, cielo, no. Claro que no.

Se sentó en el suelo, a mi lado, y me acogió en su regazo con cuaderno y todo.

—No puedes pensar en Kali de esa manera tan occidental.

Hablaba con toda la autoridad que le conferían sus rosarios de cuentas comprados en mercadillos y la flor de loto que llevaba tatuada en la rabadilla. Me explicó que en el Hemisferio Oriental (una mitad del mundo que ni había visitado ni conocía en profundidad), Kali significaba «cambio».

—Kali solo destruye para renovar, para restablecer la justicia. Propicia un nuevo comienzo —dijo en un susurro, apoyando su cabeza sobre la mía. Su cabello largo y oscuro caía a nuestro alrededor como una tienda de campaña y olía a humo de hoguera y piel de naranja—. En la India, tu nombre significa literalmente «Salve, Madre».

Pero yo nací en Alabama. Mi madre invocó a Kali sobre la tierra negra y ensangrentada del Sur americano y no consiguió un nuevo comienzo, ni esperanza, ni primavera. Me tuvo a mí.

¿Y acaso no estaría orgullosa de mí si estuviera aquí ahora? Y si me hablara. Yo estaba aparcada delante de la casa de Zach Birdwine, en East Atlanta Village, espiándolo, decidida a forzar un nuevo comienzo del tipo que fuese. La verdad es que lo de prenderle fuego a todo se me daba mucho mejor. Desde luego no estaba allí para sentarme en su regazo y preguntarle con voz dulce: «¿Soy mala?».

Ya no hacía esas preguntas. Era una abogada especializada en divorcios y sabía, por tanto, que jamás debía preguntar eso si no quería que me contestaran. La respuesta, naturalmente, podía variar dependiendo de quién contara mi historia. La mayoría de mis clientes alegaría que yo era la personificación misma de la bondad, mientras que sus excónyuges responderían con algo imposible de publicar. A mis amigos y a mis socios les caía bastante bien, pero mi madre había cambiado de opinión hacía mucho tiempo.

Para ser sincera, la primera vez que se lo pregunté todavía no le había destrozado la vida.

¿Y Birdwine? Cuando se marchó, a finales de agosto, dejó muy claro que yo era lo peor. Que era malvada y que él era como los tres monos: que tenía un pata en cada oreja y en cada ojo, y en la boca dos. Puede que en la boca más de dos. Que conmigo no podía hablar, dijo.

A mí no me pareció problema. Birdwine y yo no éramos de los que íbamos por ahí empantanándonos en nuestros sentimientos, y mucho menos lamentándonos de ellos. Si necesitaba hablar, pues muy bien, para eso estaba Alcohólicos Anónimos, ¿no? Él ya sabía que yo no era la confesora ni la terapeuta de nadie años antes de que nos revolcáramos en la misma cama. Y aun así un buen día decidió (casi al azar, en mi opinión) que había terminado conmigo.

Pues muy bien. Pero yo no había terminado con él.

Aunque la verdad sea dicha, ¡oh, dioses y pececitos!, acechar a Zach Birdwine era un trabajo muy aburrido. No me explico cómo se las arreglan esos chalados que se esconden en los armarios de su estrella de cine favorita y acarician su ropa interior, olisquean sus zapatos y esperan, esperan y esperan. Yo llevaba allí tanto tiempo que había tenido que ir a rellenar el depósito de gasolina para mantener el coche caliente. Mis disculpas a la Madre Tierra, pero no podía acosar como es debido a Birdwine sin calefacción, en pleno febrero. A menos que quisiera ponerme azul otra vez, claro.

Había estado trabajando en el borrador de una alegación que estaba preparando, hasta que se me acabó la batería del portátil. Me había comido los tacos que había comprado en la taquería del otro lado de la calle, y todos los Tic Tacs que había traído de la gasolinera. Había pagado todas mis facturas por Internet a través del iPhone, me había acabado el libro que estaba leyendo y prácticamente había erosionado la pantalla táctil del teléfono de tanto jugar al sudoku.

Ahora estaba que echaba humo, mirando entre el destartalado bungaló de Birdwine y la carretera, ansiosa porque su viejo Ford apareciera petardeando calle abajo. Tal vez ya hubiera llegado. Quizá había visto mi Lexus y había pasado de largo. A mí me parecía un coche muy discreto, y en mi barrio lo era. Pero allí, en aquel rincón del casco viejo donde la *gentrificación* adoptaba la forma de una obra fallida e inacabada, mi coche sobresalía como un dedo terso y negro, aparcado entre el pequeño Honda Civic de algún músico que se ganaba la vida trabajando de camarero y el desvencijado Buick de la señora Carpenter, que se caía a pedazos.

Aun así, Birdwine tenía que volver a casa en algún momento. Vivía allí, y tenía su despacho en la habitación sobrante. De momento había hecho caso omiso de dos mensajes de voz, tres correos electrónicos, seis mensajes de texto y una cesta de carísimas magdalenas con crema de limón y miel de la comarca. Y ahora iba a tenerme en la puerta de su casa hasta que diera la cara, o bien abandonara a su perro y todas sus pertenencias.

Lo curioso del caso era que el propio Birdwine muy bien podía estar sentado en su coche comiendo tacos y haciendo sudokus mientras espiaba a un tercero. Era detective privado: para él, aquello era el pan de cada día.

«Puede que la espera sea más llevadera cuando te pagan por ello», pensé, y entonces me di cuenta de que a mí también deberían pagarme. Zach Birdwine era mi ex, sí, pero yo era una espía delegada que actuaba en nombre de Daphne Skopes. En cuanto cargara la batería del portátil, apuntaría aquellas horas y las sumaría a la enorme factura que mi socio, Nick, iba a pasarle a Daphne. Era Nick quien me había metido en el ajo, porque aquel caso, que había tenido un tufillo sospechoso desde el principio, se estaba pudriendo a toda velocidad.

La cosa empezó cuando Daphne Skopes volvió de pasar un fin de semana con una amiga en Turcos y Caicos y descubrió que su marido había cambiado las cerraduras y cancelado sus tarjetas de crédito. También había vaciado sus cuentas conjuntas.

A decir verdad, la «amiga» de la escapadita de fin de semana tenía un cromosoma Y, un sedoso bigote y un lugar en la cama de Daphne. Su marido, que no estaba en disposición de mostrarse razonable, le ofreció como única alternativa para llegar a un acuerdo la titularidad de su coche. Punto y final. Ni pensión compensatoria, ni una parte de su fondo de pensiones, ni dinero en efectivo, ni la casa de Atlanta, ni la de la playa en Savannah.

Bryan Skopes intentaba matar de hambre a su esposa, que no tenía bienes propios, para que aceptara cualquier hueso que quisiera tirarle. Su papel consistía en montar en cólera y en hacerse la víctima alternativamente, mientras su abogado jugaba al despiste e intentaba ganar tiempo. Entre los dos habían alargado cada paso del procedimiento más allá de todo lo razonable. Habían entorpecido la instrucción enviando documentos incompletos o copias ilegibles. Habían presentado infinidad de alegaciones para alargar el proceso. Habían pedido varias veces que se pospusiera la toma de declaración de Skopes, siempre en el último momento. Nick ni siquiera había podido presentar aún ante el juez la solicitud del pago de sus honorarios. Después de meses de tramitación, la minuta alcanzaba ya las cinco cifras y nuestro bufete todavía no había visto ni un centavo.

Yo había visto a Bryan Skopes resoplar y encolerizarse y había visto cómo, un momento después, se le empañaban los ojos y ponía cara de pena sin perder por ello su aire viril. Estaba absolutamente metido en su papel, decidido a ganar el Oscar, pero a mí no me engañaba. La primera vez que nos vimos, echamos un pulso: él recorrió furtivamente mi cuerpo con la mirada, dejando una leve pátina de suciedad de índole sexual, como un limo que se me pegó a la piel. Yo, por mi parte, mantuve una expresión impasible pero empecé a sonreírme para mis adentros. Había visto su punto flaco, ese pequeño cúmulo de podredumbre. Tenía debilidad por las mujeres y, si podía demostrarlo, su numerito del esposo engañado se vendría abajo y acabaría perjudicándolo. Pero Skopes es endiabladamente astuto, y el detective de Nick no había conseguido ninguna prueba de sus actividades extramatrimoniales. Necesitábamos a Birdwine.

Me sonaron las tripas y miré el reloj. Hacía horas que me había comido los tacos. Cuando Birdwine estaba trabajando en un caso (o si se había ido de juerga) podía tardar días en volver. Así que me arriesgaría: iría andando hasta la tiendecita de la esquina a comprarme una barrita energética. Y, ya que estaba, compraría también una golosina de pellejo seco para el enorme mastín de Birdwine. Looper tenía una trampilla en la puerta para entrar y salir y un comedero automático que le servía la cena cada tarde, pero seguro que agradecería el detalle. Me quedaría allí sentada toda la noche si era necesario. Faltaban menos de tres semanas para que Skopes prestara declaración, y necesitaba que Birdwine se hiciera cargo del caso lo antes posible. Si todavía me hablara, podría contratarle para que se buscara a sí mismo.

Oí que alguien tocaba con los nudillos en el cristal, junto a mi cabeza, y di un brinco. Miré y vi la vieja cazadora de piel marrón de Birdwine y sus Levi's. Pulsé el botón para abrir un poco la ventanilla. Birdwine tenía la complexión natural de un mesomorfo:

robusto y con la cabeza grande y cuadrada, igual que Looper. Pero también era alto, así que tuvo que dar un paso atrás e inclinarse para verme.

Me puse una mano sobre el corazón.

—No te he visto venir.

Se encogió de hombros lo mejor que pudo, agachado.

—Se me da bien acercarme a hurtadillas. Lo da el oficio.

Parecía en forma y despejado. No sé dónde había pasado el día, pero no había sido en un bar.

—Necesito hablar contigo.

—No me digas —contestó con mucha guasa.

—Hablo en serio, Birdwine. Vamos. Diez minutos.

—Bueno, te invitaría a entrar si no fuera porque te odio —contestó, pero sonrió al decirlo. Y era su sonrisa auténtica, enseñando el hueco entre sus dos paletos.

Me hizo sonreír, aunque no me gustó que levantara la mano y se apretara la sien con tres dedos. Llevaba casi nueve años trabajando con él y conocía todos sus gestos. Hacía casi una década que pertenecía a Alcohólicos Anónimos, pero en su caso no había dado resultado. Al menos no del todo. Dos o tres veces al año caía en un pozo de alcohol y desaparecía durante días.

Yo había aprendido muy pronto a presentir la llegada de aquellas crisis observando su lenguaje corporal, su forma de hablar, las vibraciones del aire a su alrededor. Sus desapariciones nunca me habían arruinado un caso y, si eso llegaba a pasar alguna vez, sería culpa mía. Conocía sus limitaciones. Pero aun así me arriesgaba a contratarlo porque cuando estaba sobrio no tenía rival. Si había una sola mota de suciedad, Birdwine la encontraba, y yo estaba convencida de que Bryan Skopes ocultaba porquerías como para llenar un campo de labor entero.

—Sube al coche, entonces —le dije—. Te prometo que no te robaré mucho tiempo.

Subí la ventanilla y pulsé el botón que abría las puertas. Mientras Birdwine rodeaba el coche, lancé mi maletín a la parte de atrás para que pudiera sentarse. Una racha de viento invernal sacó todo el calor del coche y me dejó tiritando cuando Birdwine dobló su enorme corpachón y se dejó caer a mi lado. Se puso a enredar con las palancas del asiento, echándolo hacia atrás, con cara de estar preparándose para que le hicieran una endodoncia.

Le pasé el expediente sobre Skopes que había metido en el hueco interior de mi puerta. Levantó las cejas sorprendido. Pasó un par de hojas antes de mirarme. Tenía los párpados un poco caídos y los ojos grandes y muy oscuros, de esos que siempre parecen un poco soñolientos. Pestañeó lentamente, sin llegar a ponerlos en blanco, pero elocuentemente.

—¿Es un asunto de trabajo?

—Sí —contesté—. ¿Qué iba a ser si no?

Se echó a reír.

—No sé, Paula. Mira estos *e-mails*. —Echó hacia delante su corpachón y se sacó el teléfono del bolsillo de atrás. Tocó la pantalla y buscó en su papelera—. A ver. Este se titula *Birdwine, tenemos que vernos*. Y aquí hay otro titulado *NECESITO que me llames*. «Necesito», todo en mayúsculas, que conste.

—Ah. Entiendo lo que quieres decir —dije yo. No había pensado en el contexto al escribir esas frases. Había escrito la verdad, sin pensar en cómo podía interpretarlas un exnovio—. ¿Creías que quería hacerle la autopsia a nuestra relación?

—Sí. ¿Qué iba a creer? —preguntó.

Aquello tenía gracia. Me había dejado porque «no podíamos hablar» y sin embargo esta semana había ignorado todos mis intentos de contactar con él creyendo que quería que analizáramos nuestra ruptura mientras tomábamos una taza de té *oolong* sentados en el suelo, sobre cojines, y envueltos en el aroma acogedor del incienso. Y me lo decía un tío tan reservado que, cuando me dejó, me pilló completamente desprevenida: ni siquiera me había enterado de que éramos pareja.

Yo creía que lo nuestro era un rollete puntual. Trabajábamos juntos con frecuencia y, una vez, después de una mala noche, acabamos en la cama. A mí me gustó cómo se enredaban sus manazas en mi larga maraña de pelo negro, me gustó el profundo reverbero de su voz. Era un tipo rudo y guapo, con una cicatriz que le nacía en el pelo y le cruzaba una ceja, y una nariz larga que le habían partido más de una vez. Me gustaba que su camino fuera tan complicado y tortuoso.

Y ya que habíamos empezado, volvimos a repetir. Yo era alta y atlética pero él tenía un cuerpo enorme, casi bestial, y unos brazos muy gruesos. Podía lanzarme a la cama como si estuviera hecha de aire y cintas. Era raro y excitante que me doblaran y me retorcieran, que me alzaran y me lanzaran de un lado a otro. El sexo solía ser como a mí me gustaba, brusco y urgente, pero también podía volverse lánguido. Entonces lo alargábamos hasta que casi se hacía letárgico, justo hasta el final, cuando cambiaba de pronto y nos precipitábamos el uno al otro hacia un abismo de enajenación animal.

Durante meses, nos agotamos el uno al otro casi cada tarde. En su casa, casi siempre. A él no le gustaba mi *loft*. Era completamente diáfano, con una pared trasera de ventanales que daban a la cada vez más escarpada línea del horizonte de Atlanta. Era uno de esos tíos que en un restaurante se van derechos a la mesa del rincón. No podía comer de espaldas a la puerta. Mi piso era demasiado abierto para su gusto, y los únicos tabiques interiores cerraban los dos cuartos de baño y el cuartito de la lavadora. Le sacaba de quicio, además, que mi gato fuera el rey de la casa. No soportaba levantar los ojos y ver a Henry encaramado sobre la cómoda como un fantasma blanco y afelpado, observándonos y ronroneando suavemente. Él era más de perros.

Así que veníamos aquí. Cerrábamos la puerta dejando fuera a Looper y practicábamos lo que yo creía que era puro sexo de conveniencia. De la mejor calidad, eso sí, pero después no nos acurrucábamos para charlar. Además, hacía tanto tiempo que trabajábamos juntos que los dos conocíamos ya la vida del otro, aunque fuera a grandes rasgos. Cuando hablábamos después de echar un polvo, era siempre sobre las posibilidades de los Braves en el campeonato de liga, sobre el enfoque que había que darle a un caso o sobre dónde había ido a parar mi sujetador.

Me llevé una sorpresa cuando me dejó, y me quedé de piedra cuando empezó a rechazar todos los trabajos que le ofrecía. Luego dejó de contestar a mis llamadas. Yo me retiré para no agobiarle y dejar que se calmaran los ánimos. Pero por lo visto, seis meses después, aún no se habían calmado. Así que aquí estábamos.

—No soy una niña de trece años con el corazón destrozado, Birdwine —dije—. Teníamos un rollo y a ti dejó de interesarte. Muy bien. Sigo respetando un montón tu trabajo y sigo queriendo contratarte. No vamos a tirar todo el cesto de manzanas porque haya una pocha.

—Según tu metáfora, ¿esto es el cesto de manzanas? —Dio unos golpecitos en la carpeta de los papeles de Skopes. Asentí y dijo—: Olvidaba que eres una romántica incurable. —Su tono seguía siendo ligero, pero levantó una mano para frotarse los ojos: otra mala señal—. ¿Por qué no titulaste el *e-mail Tengo trabajo para ti* o *¿Puedes encontrar a este tío?*» o por qué no te limitaste a poner su fecha de nacimiento y su número de la Seguridad Social?

Lo mismo me estaba preguntando yo. No era propio de mí. Tenía un oído muy fino para los matices. Pero puse su mismo tono ligero y contesté:

—Bueno, la próxima vez que me evites durante meses ya sabré qué hacer.

Se rio.

—Sigo evitándote, Paula. No he dejado de evitarte. Eres tú quien ha venido a rondar por mi barrio. —Se detuvo y luego añadió con sorna—: Fíjate, al final vamos a hacerle la autopsia a nuestra relación. Es la monda.

—Pues acepta el trabajo y te dejo en paz. —No contestó, pero yo no podía darme por vencida. Birdwine era irremplazable. Por fin dije—: ¿Y si te doblo la tarifa?

Aquello captó su atención. Siempre andaba escaso de dinero. Fijó en mí una larga mirada y preguntó:

—¿Dejarás de mandarme magdalenas y cartas desesperadas?

—Desde luego que sí —respondí.

—Bueno, las magdalenas puedes mandármelas siempre que quieras. No les hago ascos a las magdalenas. Pero quédate en tu barrio. Dile a uno de tus esbirros que me envíe los expedientes por *e-mail* y que les ponga un título razonable, como *He aquí un caso para ti*. Y yo te mandaré los resultados en otro *e-mail* titulado *He aquí mis resultados*. ¿Qué te parece?

Una mierda, e insostenible a largo plazo, pero contesté:

—Si es lo que hace falta para volver a tenerte en mi equipo…

Y era cierto. Aunque no fuera toda la verdad.

No podía trabajar con Birdwine a distancia. Al menos, no indefinidamente. Necesitaba verlo cada cierto tiempo. Sus recaídas se daban a intervalos irregulares, pero los síntomas de que se aproximaba una eran acumulativos. Tal vez faltaran meses para que tuviera una. El frotarse los ojos, el darse toquecitos en las sienes podían ser únicamente síntomas de estrés. Quizá solo se debían a que le incomodaba la conversación. Tal vez entrara en casa y dejara de restregarse los ojos, y quizá pasaran muchas semanas antes de que se emborrachara hasta perder el sentido. Pero, por otro lado, si los síntomas se repetían e intensificaban, eran señal segura de que estaba a punto de desaparecer, dejándome colgada con la declaración de Skopes a la vuelta de la esquina.

—Qué insistente eres, mujer. Eso también lo había olvidado —dijo, y se rio abiertamente—. Está bien. De acuerdo. Pero dejemos una cosa clara: no estoy en tu equipo. Voy a hacerte un trabajo porque vas a pagarme una cantidad de dinero absurda.

—Me conformo con eso —contesté.

De ese modo tendría otra vez un pie en su casa. Y cuando tuviera un pie… En fin, Birdwine tenía razón. Yo era muy insistente.

—Imagino que lo necesitas con urgencia —dijo.

Su mano, posada sobre la carpeta, la cubría casi por completo. Cuando no estaba delante era fácil olvidar la imponente osamenta que le habían concedido los dioses: manos y pies grandes, el fémur largo y grueso, muñecas enormes.

—El día veinticuatro tomo declaración a Skopes. Y de momento no tengo nada contra él.

—¿Hasta dónde puedo escarbar? —preguntó Birdwine ambiguamente.

—Hasta donde quieras —contesté—. Es un caso clarísimo de DGSH.

Las siglas DGSH eran de mi cosecha. Significaban «Dos gilipollas sin hijos». Eran los mejores casos. No solo eran lucrativos, sino que además podía jugar tan sucio como quisiera sin que salieran perjudicados adolescentes o niños indefensos en la refriega. Cuando había niños de por medio o el cliente era un alma cándida y tierna, tenía que proceder con más cautela, intentar minimizar los daños.

—Estupendo —dijo Birdwine. No le importaba meterse en el fango hasta la cintura, pero compartía mi debilidad por los pequeños peones atrapados en los procesos de divorcio. Por eso, entre otras razones, nos entendíamos tan bien en el trabajo—. ¿Qué tengo que buscar?

—Sexo —respondí rotundamente.

Con solo leer el expediente de Bryan Skopes, antes incluso de conocerlo, ya sabía que se tenía más que ganada la G de DGSH. Pertenecía al Rotary Club, cómo no, y formaba parte del comité contable de su parroquia. Se encargaba de que su anciano padre estuviera bien atendido. Y sin duda se tenía a sí mismo por una «buena persona». Como la mayoría de la gente.

Pero su primera esposa no recibió pensión compensatoria tras el divorcio y la mensualidad que le pagaba Skopes por la manutención de sus dos hijas (a las que criaba ella sola y con las que Skopes apenas tenía relación) era una miseria. Su segunda esposa era quince años menor que él y había trabajado en su empresa como recepcionista, lo que sin duda posteriormente lastró su relación de pareja. Yo no veía a una «buena persona». Veía a un narcisista con un fuerte complejo de sexo y poder alimentado por un genuino desprecio por las mujeres.

Conocer a Skopes en carne y hueso me había servido para confirmar la idea que me había hecho de él y al mismo tiempo para degradarle aún más a mis ojos. La mirada furtiva que me dedicó, recorriendo mi cuerpo de arriba abajo a hurtadillas, no era la mirada de un hombre hambriento que contempla un bufé con los bolsillos vacíos, sin más esperanza que la de olfatear su aroma. Era la mirada de un *gourmet* satisfecho y bien alimentado. Había sido una mirada ofensiva pero no porque irradiara sexualidad, sino porque Skopes se sintiera claramente con derecho a mirarme así. Creía tener la sartén por el mango en las negociaciones, y ese diferencial de poder delató no solo su temperamento lujurioso, sino la falsedad de su presunta indignación.

Nuestra clienta también era una gilipollas, de eso no había duda. Pero hasta los gilipollas tienen derecho a una defensa justa, sobre todo cuando se enfrentan a otro gilipollas del mismo calibre. En este caso, me había tocado el mal menor. Porque Daphne era mala, sin duda, pero menos que él. Bryan Skopes pensaba en las mujeres como en mercancías y, como era de esperar, había comprado a Daphne. Pero, para ser justos, ella había consentido. Yo no le tenía ningún respeto, no me caía bien, pero eso poco importaba. Se había vendido, ¿y qué? Yo era su abogada. Mi trabajo consistía en que Skopes terminara de pagarla.

—¿Te refieres a una amante? —preguntó Birdwine.

Negué con la cabeza.

—No pierdas el tiempo buscando un idilio apasionado entre dos almas gemelas. Escarba un poco más abajo. Ese tipo rebosa perversiones por todos sus poros.

Así era como trabajábamos juntos. Yo encontraba los puntos flacos, se los señalaba a Birdwine como quien apunta con una pistola, y disparaba. Juntos teníamos muchos más aciertos que errores. Si yo estaba en lo cierto y Birdwine podía pillarlo in fraganti, Skopes tendría que rebajar el tono acusador y doliente y poner sobre la mesa algo mucho más sustancioso que la titularidad de un automóvil.

—Muy bien, me pongo con ello. ¿Ya está, entonces? —preguntó.

—Sí. Gracias, Birdwine —contesté.

—Por favor, llámame Zachary.

Me dedicó una sonrisa tensa e insincera, con los labios cerrados.

—Ah, ya entiendo.

Cuando empezó a trabajar para mí, me dijo que solo su exmujer lo llamaba por su nombre de pila, y que había vuelto a casarse diez minutos después de su divorcio. Ahora vivía en Florida y estaba tan ocupada pariendo niños y fingiendo que Birdwine estaba muerto que ya no lo llamaba de ninguna manera.

—No me interpondré en tu camino.

Pero no añadí «de momento».

Salió del coche y yo me fui a cenar algo. Mi preocupación por el caso de Skopes contra Skopes ya empezaba a disolverse. Si Birdwine se mantenía sobrio, el problema estaba resuelto.

Pero no estaba segura de que fuera a mantenerse sobrio. Y lo estuve aún menos cuando fueron pasando los días sin tener noticias suyas. Aun así, conservé la calma. Skopes y su abogado, Jeremy Anderson, llevaban meses retrasando su declaración. Yo podía hacer lo mismo hasta que Birdwine me trajera algo, o hasta que encontrara otra forma de derrotar a Skopes.

El catorce de febrero me quedé despierta hasta tarde, buscando un precedente difícil de encontrar. Cuando acabé eran más de las once. Apagué el ordenador y saqué mi chequera. Escribí *al portador* en el reglón que decía *Páguese a...* Mi madre se llamaba oficialmente Karen Vauss, pero yo no tenía ni idea de qué nombre habría elegido para su encarnación actual, aparte de Kai. Firmé el cheque y lo arranqué de la libreta.

Lo metí en un sobre con mi membrete personal: un sobre de grueso papel color crema, con mi nombre, *Paula Vauss*, y la dirección de mi *loft* impresos en marrón oscuro. Garabateé el número del apartado de correos de Kai en Austin en la parte delantera y cerré el sobre.

Le mandaba un cheque el día quince de cada mes. Era un ritual y mi única forma de comunicación con mi madre desde hacía ya quince años.

Era mi modo de preguntarle: «¿Estamos ya en paz?».

Cobrarlo era su forma de responder: «Todavía estás en deuda conmigo».

Me detuve un momento antes de dejarlo en la bandeja del correo, a pesar de que había quedado con un tipo al que conocía. Nos habíamos citado exactamente a las doce y un minuto, una vez hubiera pasado el día de San Valentín. Aun así, remoloneé un momento. Podía dejar que Verona mandara el sobre con el resto de mi correo y que el cheque formulara su pregunta puntualmente, como todos los meses, o podía meterlo en el destructor de papel.

Jugueteaba con esa idea todos los meses. ¿Qué haría Kai si el cheque no llegaba? Entre nosotras podía afianzarse un silencio absoluto, y entonces yo sabría que por fin había saldado mi deuda por clavar al suelo sus pies de gitana robándole casi una década de libertad. Ese silencio me parecía deseable porque se asemejaba mucho a la paz. Pero también podía suceder que Kai se presentara en mi puerta exigiendo una libra de carne extraída de mi cuerpo.

Me pregunté (y no era la primera vez que me lo preguntaba) qué ocurriría si me ponía más agresiva. ¿Y si le enviaba una nota en vez de un cheque? Acerqué un cuaderno y me quedé mirándolo. Pasaron los minutos y el papel siguió en blanco. Tenía que irme a casa, cambiarme y dar de comer a Henry antes de acudir a mi cita. A esas horas estaría ya subiendo y bajando las escaleras desde el salón al dormitorio del altillo, impaciente por engullir su comida para gatos, pero yo seguía allí, mirando fijamente la página en blanco.

Por fin cerré los ojos y sentí que mi mano empezaba a mover el bolígrafo sobre el papel. Escribí a ciegas la pregunta esencial: *¿Qué hace falta para que estemos en paz?*

Al leerlo, me di cuenta de que sonaba demasiado brusco, demasiado directo. Y lo que era peor aún: aquellas palabras equivalían a una confesión de culpabilidad. Las taché y escribí: *Le pusiste a tu hija Kali, así que ¿qué coño esperabas? Tuviste lo que te habías buscado.*

Aquello parecía más propio de mí, pero no sonaba muy conciliador. Pero la conciliación no era mi fuerte. Todos mis puntos fuertes apuntaban en dirección contraria. Era capaz de romper algo de mil maneras distintas: desde la extirpación quirúrgica ejecutada con la meticulosidad de una brigada de artificieros a la destrucción masiva estilo bola de demolición. Si rompía algo, lo rompía del todo. Si rompía una de mis cosas, la sustituía o convivía con sus pedazos. Arranqué la hoja e hice una pelota con ella. La lancé a la papelera del rincón y marqué un triple. A la mierda. Dejé el cheque en la bandeja del correo y, como de costumbre, tomar una determinación resultó un alivio. Kai estaba pagada, de modo que durante una o dos semanas podía dejar de pensar en ella. Después volvería a colarse poco a poco en mi cabeza produciéndome un ligero hormigueo de inquietud hasta que le extendiera el siguiente cheque.

Cuando me levanté para irme, oí el timbre que avisaba de la llegada de un *e-mail* a mi bandeja de entrada. Era de Birdwine, y había cumplido su promesa: se titulaba *He aquí mis resultados*. No había duda de que no iba a pedirme una cita por San Valentín. ¿Qué noticias me traería? Volví a sentarme y lo abrí. El cuerpo del mensaje decía únicamente: *Sí, diste en el clavo*. Había dos archivos adjuntos.

Abrí el primero y encontré una abultada factura. Mucho más abultada de lo que esperaba. El otro archivo adjunto era un Power-Point. Me puse a hojear las diapositivas.

Allí estaba Bryan Skopes, visto desde arriba pero reconocible. De facciones atractivas aunque algo burdas, tenía un aire de antiguo miembro de fraternidad universitaria al que con el tiempo se le han acumulado demasiado whisky y demasiadas ostras rebozadas en las bolsas de los ojos y alrededor de la cintura. Estaba de pie en medio de una espesura de azaleas verdes, con un calvero en el centro. Los arbustos formaban un reducto cerrado por todas partes pero sin techado.

Las fotografías estaban hechas desde arriba, y tuve la clara impresión de que Birdwine había tenido que subirse a la copa de un árbol muy alto para superar los espesos matorrales. Podía haberse partido el cuello pero había conseguido su objetivo: Bryan Skopes no estaba solo. Arrodillada ante él, con la cara metida entre sus piernas, había una chica con el cabello de color magenta. A medida que avanzaban las imágenes, Bryan doblaba la espalda hacia atrás y levantaba hacia el cielo su cara redonda y colorada. Su boca se abría, floja. Tenía los ojos cerrados. Si no, podría haber visto a Birdwine. Sonreí al pensarlo: ¿verdad que habría sido chocante?

Casi al final, llegué a una diapositiva que me hizo detenerme, dejando en suspenso aquella historia tan común y sin embargo tan sórdida. En la fotografía, la chica seguía arrodillada pero tenía la vista levantada hacia Skopes. Su cara era redondeada y tersa, de carrillos gruesos como los de un bebé, y la piel de debajo de sus ojos, ligeramente rosada, no tenía una sola arruga. Sentí que un goteo acre y abrasador como un ácido penetraba en mi sangre. Era tan joven… Quince años, quizá.

En la siguiente diapositiva, la chica estaba de pie mientras Skopes se abrochaba los pantalones. En la siguiente, sus manos se tocaban, palma con palma, cuando él le entregaba el dinero. El goteo amargo que invadía mi sangre se hizo más intenso y más ácido. Así que yo tenía razón por partida doble: Skopes no solo engañaba a su mujer, sino que le gustaba practicar el sexo aderezado con un repulsivo diferencial de poder. Aquella pobre chica era tan joven e inexperta que no sabía que primero tenía que exigir el pago. «Un mes más viviendo en la calle y lo aprenderá», pensé y, por una vez, tener razón no hizo que me sintiera mejor.

Miré sus mejillas de bebé, la expresión triste de su boca, y fue como si la conociera. Dios mío, yo podría haber acabado así.

Conocí a chicas como ella cuando estaba bajo la tutela de los servicios sociales. A veces todavía soñaba que me caía del mundo, igual que ellas. Me adormilaba y de pronto perdía pie y caía por el borde abrupto y recóndito de la Tierra, me precipitaba hacia el abismo pasando junto a la tortuga cósmica, junto a Joya, que resbalaba inerme y en silencio, y junto a Candace, que estiraba los brazos hacia mí con ojos ansiosos. Lo dejaba todo atrás y me zambullía en una nada infinita. Una nada sin estrellas.

Podría haber acabado exactamente como la chica de las diapositivas de Birdwine, con su pelo teñido de henna y sus mejillas rellenitas como las de un bebé. Podría haberme pasado la vida arrodillada y temblando delante de algún cerdo, rodeada de azaleas. De pronto, vencer a Bryan Skopes se había convertido en algo personal. Ya no trabajaba únicamente en nombre de Daphne. Era mi clienta y, naturalmente, pondría en juego toda mi habilidad profesional para defenderla, pero no le tenía ningún aprecio. Daphne era la típica mujer florero. Lo que más le interesaba era arreglarse y mantenerse en forma para estar guapa en las fiestas. Era egoísta, superficial y aburridísima.

No me cabía ninguna duda de que Daphne había pasado muchas veces con su coche junto a chicas como aquella muchachita de pelo color magenta. Había muchas en Atlanta: cientos de niñas huidas de sus hogares que, dispersas por toda la ciudad y reacias a que las salvaran o incapaces de dejarse salvar, sobrevivían como podían.

Estaba segura de que nunca se le había ocurrido comprarle a una de ellas un bocadillo u ofrecerse a llevarla a un albergue. Pero sabía también que mi clienta jamás se había llevado a una niña como aquella entre los matorrales y, tras utilizarla como un kleenex, le había dado un puñado de billetes grasientos. Sentí que abandonaba mi papel de abogada defensora para reclamar venganza por mi cuenta. Si de mí dependía, Skopes iría a la cárcel y conocería en sus propias carnes lo dura que podía ser la vida de rodillas.

Sabía, sin embargo, que eso no era factible, y no solo porque fuera en detrimento de los intereses de mi clienta. Aquella chica era puro humo: ya se había evaporado. Tal vez Birdwine pudiera encontrarla si disponía de tiempo y fondos suficientes, pero la chica no testificaría ni estaría dispuesta a denunciar a Skopes. Yo conocía a las de su clase.

De modo que no me quedaba otra alternativa que atacar a Bryan Skopes en el bolsillo, en su infundada creencia en su propia bondad y, sobre todo, en su afición por ejercer el poder sobre las mujeres. Podía doblegarlo, por Daphne y por mí misma. La sola idea hizo que se me alargara la columna: me sentí más alta. Me pasé la lengua por los dientes, ansiosa porque llegara la declaración fijada para la semana siguiente. ¿Cuánto dinero le había dado Skopes a aquella chica? Lamenté no haber visto el dinero más claramente. ¿Un par de billetes de veinte? ¿Uno de cincuenta? Ignoraba cuál era la tarifa en vigor, pero sabía, en cambio, que aquel escarceo entre los matorrales iba a salirle mucho más caro de lo que él creía.

Cerré el PowerPoint y envié una copia a Nick, mi socio, con una nota que decía: *¿Daphne podrá pasarse por aquí esta semana? Quiero prepararla.*

Entré en PayPal para mandarle enseguida a Birdwine el importe completo de la factura desde mi cuenta personal, más una cuantiosa bonificación. El papeleo para conseguir que la empresa me lo reembolsara sería un incordio, pero quería que la rapidez del pago surtiera cierto efecto sobre Birdwine. Normalmente, sus facturas tenían que pasar primero por las manos de Verona.

En el espacio dedicado al concepto, escribí: *Gracias por las fotos guarras: mucho mejor que una caja de bombones.* Pero luego lo borré. Birdwine había accedido a regañadientes a volver a trabajar para mí. Era demasiado pronto para retomar nuestro intercambio de ironías aderezadas con una nota de seducción. Probé con *¿Ves cómo no puedo arreglármelas sin ti, Birdwine?*, pero también me pareció demasiado personal. Después de pensar un momento opté por *¿Ves cómo no puedo arreglármelas sin ti, Zachary?*

Seguía siendo demasiado íntimo. Él había sido tajante en el coche. Mandé el dinero sin ningún comentario y me puse a escribir un nuevo *e-mail*, adjuntando el archivo de otro caso. Escribí: *La documentación que aporta este tío da risa. Está ocultando dinero, me juego algo a que en vinos o esculturas o alguna chorrada por el estilo. ¿Puedes encontrarlo? Tarifa, la habitual.* Pulsé «enviar» y esperé.

Dos minutos después llegó la respuesta: *Me pongo con ello.*

Así pues, Birdwine y yo volvíamos a trabajar juntos. Conforme a sus condiciones, claro, pero aun así yo empezaba a hacerle mella. Íbamos en la dirección correcta.

Y lo que era aún mejor: una semana después, aproximadamente en la misma fecha en que Kai cobraría su cheque, me vería cara a cara con Bryan Skopes. Skopes creía que iba a conseguir lo que se había ganado. Y quizá tuviera razón. A fin de cuentas, mi madre me había llamado Kali. Skopes recibiría su merecido, en efecto. Y yo tendría el placer de servírselo en bandeja.

La victoria hacía aflorar dentro de mí un rostro secreto que habitaba bajo mi piel cobriza, mis ojos claros y rasgados y mi boca de labios gruesos. Ahora mismo, esa cara ansiaba enseñar todos sus dientes. Agazapada y vigilante, se moría de ganas de sacar la lengua y paladear el sabor metálico del aire. Estaba deseando comérselo todo. Aquella cara no tenía cabida en Cartwright, Doyle y Vauss.

Mis socios, Nick Cartwright y Catherine Willoughby Doyle, eran auténticas máquinas de hacer dinero. Pertenecientes a la más rancia aristocracia de Atlanta, poseían modales exquisitos y una extensa red de contactos. Eran primos pero parecían hermanos: larguiruchos, rubios y elegantes. Las parejas acaudaladas acudían a nuestro bufete cuando llegaba la hora de acordar un divorcio discreto y civilizado y repartir su intrincado patrimonio. Los matrimonios que disolvíamos estaban plagados de fondos fiduciarios y cargados de acuerdos prenupciales y dudas acerca de quién debía quedarse con tal o cuál casa. Éramos caros pero nos ganábamos a pulso nuestra minuta cortando complicadas tartas financieras, y la gente que no podía permitirse nuestros servicios tampoco los necesitaba. Cuando estas separaciones tan corteses se agriaban, cosa que sucedía con frecuencia, bien… para eso figuraba mi nombre en el membrete de la empresa. Yo era el objeto contundente guardado al fondo del armario.

Conocí a Nick en la facultad de Derecho. Descubrimos que nos entendíamos bien, en la cama y fuera de ella. Yo era audaz y agresiva, y él meticuloso y diplomático por naturaleza. En los simulacros de juicio, yo hacía de palo y él de zanahoria. Me metió en el afamado bufete de su padre y, cuando este se retiró, Catherine y yo pasamos a ser socias de pleno derecho. Mis habilidades profesionales actuaban como un complemento de las suyas, y como había vivido en hogares de acogida, tenía un turbio origen racial y dos veces al año me encargaba de casos penales gratuitamente, mi sola presencia confería al bufete un talante progresista y multicultural. En días como este les gustaba especialmente: había machacado a Skopes.

Después de la declaración, ambos parecían envueltos en esa neblina de placer que sigue al triunfo. Catherine suspiraba satisfecha y Nick me miraba con cariño, como si fuera el tigre de su zoo particular. Me invitaron a celebrarlo, pero rehusé. No podía seguir refrenando mi lado salvaje mientras ellos abrían decorosamente una botella de carísimo champán. Nick tenía unas copas de cristal que entrechocaban con un suave tintineo mientras él pronunciaba largos y farragosos brindis, y en ese momento yo tenía las manos tan crispadas que podía hacerlas añicos.

Les dije que quería irme a casa temprano y Catherine sonrió comprensiva y me dijo que me marchara y que pasara buena noche, que me lo había ganado.

Al llegar a casa me paré en la entrada e intenté quitarme los zapatos con los pies mientras Henry lanzaba su agudo y espeluznante aullido y me arañaba el tobillo con los dientes, reclamando sus derechos sobre mí. Si yo estaba en casa, Henry daba por sentado que era la hora de la cena al margen de lo que marcara el reloj.

—Vale, vale, amiguito —le dije—. Voy a abrirte una lata de atún. De las de verdad. Auténtico atún blanco.

Echó a correr delante de mí, cruzando el amplio salón en dirección a la cocina. Ese día había venido la asistenta, así que todo el *loft* olía a vinagre y a aceite de naranja, y mis pies se deslizaban suavemente por la tarima encerada. Dejé mi iPhone en la repisa de la ventana y vi que había dejado el correo en un montoncillo, sobre la encimera de la cocina. No le hice caso y puse a sonar la lista de reproducción que reservaba para los grandes triunfos. Sonaron los Kongos y subí la música a tope, con una sonrisa. A Henry no le molestaba que estuviera tan alta. Como muchos gatos blancos, era completamente sordo.

La victoria me resonaba dentro del cuerpo y hacía que la sangre me corriera muy deprisa mientras iba bailando a la despensa. ¡Ay, dioses y pececitos, qué deliciosa sensación de euforia! La había refrenado en el despacho, pero ahora me daban ganas de tomar a Henry en brazos y ponerme a dar brincos con él hasta que le entrara el pánico. El músico con el que salía de vez en cuando tenía una actuación fuera de la ciudad, pero un inglés con el que había salido hacía tiempo me había escrito un mensaje. Le respondería invitándolo a venir a casa a probar mi mejor botella de *bourbon*. Despediríamos aquel día como se merecía, en la cama y como Dios manda. Necesitaba montarme en aquella ola de alegría, cabalgarla encabritada hasta estar exhausta, satisfecha y esponjada de los pies a la cabeza.

—El muy cerdo ni siquiera se lo olió, Henry —le dije a mi gato, dejando de bailar el tiempo justo para ponerle el atún en un plato.

Al llegar Skopes esa mañana, yo le había sonreído. Había cruzado las piernas y balanceado el pie, atrayendo su atención sobre mi falda, demasiado corta para exhibirla en la sala de un juzgado. Me había puesto unos zapatos de tacón alto negros y elegantes, cuyas suelas de color rojo sangre prometían una auténtica matanza. Pero los ojos de Skopes pasaron por alto aquella advertencia y, como era de esperar, se deslizaron por la piel desnuda de mis piernas.

La mesa de la sala de reuniones estaba abarrotada: Nick y Daphne, el abogado de Skopes y un taquígrafo judicial. Para mí no eran más que sombras grises en torno a la mesa, irrelevantes e insustanciales. El único color sólido era el rojo de la corbata de Skopes que tenía frente a mí; la única luz, el suave resplandor de mi ordenador portátil. Lo tenía encendido y abierto sobre la mesa, vuelto hacia Skopes y su abogado de modo que vieran mi apacible salvapantallas: peces tropicales nadando de un lado a otro en medio de un arrecife de coral.

Hablé yo primero, recitando el número de expediente para dar comienzo al ritual que inauguraba la toma de declaración del demandado. El taquígrafo tomó juramento a Skopes y yo le pedí que declarara su nombre completo, su dirección y su fecha de nacimiento, mirándolo con expresión aburrida. Jeremy Anderson, su abogado, me dedicó una mirada idéntica.

Mientras cumplíamos con las formalidades, moví el ratón inalámbrico que había colocado junto a mis papeles. Los relajantes pececitos del salvapantallas desaparecieron, sustituidos por una de las fotografías de Birdwine. Skopes aparecía de pie en medio del macizo de azaleas, con la cabeza echada hacia atrás, los ojos cerrados y la boca abierta y floja. El color reemplazó al color, una luz siguió a otra. Pero Skopes no se dio cuenta.

—¿Es usted aficionado a la jardinería, señor Skopes? —pregunté.

—¿A la jardinería? —repitió, y soltó un bufido desdeñoso—. Yo *tengo* jardinero.

—Qué interesante. ¿Y se ocupa su jardinero de las azaleas? —insistí.

En la cabecera de la mesa, las manos del taquígrafo se detuvieron una fracción de segundo. Acababa de fijarse en las diapositivas. Luego se encogió de hombros casi imperceptiblemente y sus manos siguieron moviéndose a ritmo constante sobre el estenógrafo, con el hastío propio de su oficio. Siguiendo mis instrucciones, Daphne Skopes y Nick lo miraban absortos, como si la taquigrafía fuera un espectáculo fascinante.

—No sé nada de nombres de flores —replicó Skopes, que no esperaba preguntas como aquella. Tenía instinto, y sabía que algo iba mal.

—Por favor, vaya al grano o deje las preguntas sobre jardinería —añadió Anderson, su abogado.

—Muy bien —respondí, y luego, solo para no perder el ritmo, pregunté a Skopes—: ¿A qué universidad fue?

—A Vanderbilt —contestó.

—¿Y allí ingresó en alguna fraternidad?

Anderson, que por fin se había fijado en las diapositivas, dejó escapar un gemido ahogado.

—¿No quiere que conteste a la pregunta? —inquirió Skopes volviéndose hacia él y, al ver su expresión, siguió la dirección de su mirada.

La sala quedó en silencio.

En la pantalla apareció otra diapositiva.

—¿Perteneció a alguna fraternidad mientras estudiaba en Vanderbilt? —repetí yo como si no pasara nada. Como si la faceta más repulsiva de Skopes no estuviera allí, a plena vista, delante de la esposa a la que había comprado con fines parecidos, solo que con una moneada socialmente más aceptable.

—Hija de la gran puta —dijo Bryan Skopes en tono desprovisto de emoción.

No supe si se refería a mí, a Daphne o a la chica en la que tenía fija la vista. Aquella muchachita con el pelo de color magenta y carrillos de bebé. La que estaba de rodillas.

Volvió a cambiar la imagen. Skopes la miraba fijamente, calculando cuánto iba a costarle todo aquello e intentando encontrar la manera de zafarse.

—Hija de la gran puta —repitió todavía sin inflexión, aunque su cara se había teñido de rojo.

Yo mantuve una expresión impasible mientras ojeaba los papeles que tenía delante mí.

—Desconozco la existencia de una fraternidad llamada Hija de la Gran Puta. ¿No sería Psi Alfa Beta?

Skopes se levantó. Empezaba a sudarle la frente. Noté que calibraba el impacto que podían tener aquellas fotografías en caso de llegar a un público más amplio. A su Rotary Club. A su parroquia. A su padre. A las hijas abandonadas a las que creía querer, del mismo modo que creía ser una buena persona. Aquellas imágenes plasmaban una versión más fiel de la realidad, y en ese instante era Skopes quien se sentía impotente y desamparado, con la piel hecha tiras y su fealdad interna expuesta al aire.

—Dele lo que quiera —dijo. Anderson intentó decir algo, pero Skopes le cortó—: Dele lo que quiera.

Mi frase favorita.

Skopes creía que se lo decía a su abogado, o quizás incluso a Daphne, pero se equivocaba: aquellas palabras me pertenecían.

Después de aquello, todo sería puro trámite. Nick y yo bailaríamos un largo y lucrativo minué con Jeremy Anderson, cortando en porciones la gruesa tarta patrimonial. Y eso estaba muy bien, pero para mí la verdadera recompensa estaba en aquel instante, en ese momento perfecto e irrepetible en el que Skopes había quedado al descubierto y al fin se veía a sí mismo tal y como era, desprovisto de todas las falacias que se contaba a sí mismo.

Me detuve para dejar el plato de atún en el suelo. Henry comenzó a engullirlo con ansia. Agarré el teléfono para escribir al inglés y allí, sobresaliendo entre el montón de correo, estaba la esquinita de un grueso sobre de color crema. Lo saqué y vi mi nombre y mi dirección impresos en color marrón tostado, y el apartado de correos de Kai en Texas garabateado con mi letra. Era el mismo sobre que había dejado en la bandeja del correo a última hora de la tarde, el día de San Valentín, solo que ahora había tres palabras escritas oblicuamente en la parte delantera, en tinta roja y con la letra de mi madre.

Devolver al remitente.

De pronto dejé de pensar. Dejé de respirar. Olvidé por completo mi triunfo. Olvidé mis planes para esa noche. Me olvidé de mi gato y de mis propias ansias. Ni siquiera oía la música.

Pasó algún tiempo. Puede que medio minuto, puede que unos pocos segundos. No sabría decir.

Estaba tan cerca de Henry que oí el suave gruñido que retumbaba en su pecho que él sentía únicamente como una vibración. Le oí engullir el atún. Di la vuelta al sobre y vi que la solapa estaba pegada con celo. Yo no lo había mandado así.

Notaba las manos torpes e hinchadas. Me temblaban tan violentamente que a duras penas conseguí abrir el sobre.

Dentro encontré mi cheque. Kai había escrito por delante *ANULADO* con el mismo boli rojo.

Por fin una respuesta distinta. Pero ¿por qué ahora? Llevaba casi dieciséis años mandándole un cheque mensual, repitiendo siempre la misma pregunta. Cuando vivía en Indiana y trabajaba para pagarme los estudios, le enviaba cantidades irrisorias. Una vez le mandé cinco dólares y dejé mi cuenta a cero. Los cheques se volvieron algo más cuantiosos cuando conseguí una beca para ir a Notre Dame y luego a la facultad de Derecho de Emory, y más aún cuando acabé la carrera y me establecí como abogada. Ciento ochenta y tantos cheques enviados a Kai a lo largo de los años, uno por uno, formulando siempre la misma pregunta: «¿Estamos en paz?».

Su respuesta consistía en cobrarlos sin falta, a pesar de que se mudaba a menudo y andaba siempre de acá para allá. Una o dos veces al año recibía una tarjeta de cambio de dirección comprada en alguna tienda, alegre e impersonal, con un nuevo número de apartado de correos en otra ciudad. Siempre, sin embargo, se las arreglaba para recoger mi cheque y hacerlo efectivo.

Me temblaron los dedos al sacar el cheque anulado. Le di la vuelta y vi que en el dorso había algunas frases más escritas con su letra inclinada hacia la izquierda.

No, gracias. Tengo dinero suficiente para que me dure el resto de mi vida.

Eso era una broma. El cáncer se extendió por todas partes antes de que me diera cuenta, así que «el resto de mi vida» será bastante poco. Semanas, con un poco de suerte. Me voy de viaje, Kali. Vuelvo a mis orígenes. La muerte no es el final. El final serás tú. Volveremos a encontrarnos y habrá historias nuevas que contar. Ya sabes cómo funciona el karma.

Era más que una nota. Era un epitafio. O un poema. O una amenaza. Eso fue lo que entendí al primer vistazo.

Volví a leerlo y vi lo que no contenía. No había absolución.

De hecho, todo aquello parecía ideado para ponerme furiosa. Yo odiaba los mensajes crípticos, el misticismo y la condescendencia. Sabía, claro está, cómo funcionaba el karma, pero no creía en él. Tampoco creía en la reencarnación, ni en el destino, ni en que el tiempo fuera una especie de rueda, y mi madre sabía que no creía en esas cosas.

Si eliminaba todas esas sandeces, quedaba lo que en realidad estaba diciendo Kai. Que mi deuda trascendía incluso la muerte. La suya y la mía. Que podíamos morirnos las dos, pudrirnos y convertirnos en polvo, y que mi polvo seguiría en deuda con el suyo.

Lo que no entendía era que, a mil kilómetros de mí, en Texas, mi madre se estuviera muriendo.

Eso era lo que no conseguía asimilar.

—Mi madre se está muriendo —le dije al gato, poniendo a prueba aquellas palabras. Tenían un regusto tenue y ceniciento, pero también distinguí en ellas el sabor de la verdad.

Al oírlas decir en voz alta, seguí sin sentir nada. La sensación de vacío era tan vasta, tan negra y espesa que ni siquiera pude pestañear. Tenía los ojos tan secos que me escocían. El tiempo se dilató, haciéndose infinito.

Mi cheque había tardado una semana entera en llegar a Texas y hacer el camino de vuelta. Kai ya podía estar muerta.

Al pensarlo, sentí un alivio inmenso en los hombros y al mismo tiempo tuve la horrible sensación de que algo me faltaba, como si de pronto tuviera una mella entre los dientes y sintiera el impulso de meter la lengua en el hueco. Aquella disonancia reverberó como un tintineo en mis entrañas. Si Kai había muerto, yo ya no tenía a nadie, excepto a Henry.

La nota ocupaba todo el dorso del cheque, pero me fijé en que había unas letras más pequeñas escritas de lado en el margen. Torcí el papelito con los dedos entumecidos y mis ojos resecos leyeron lo que ponía. Pegadas al borde había cinco palabras más. Saltaba a la vista que eran las últimas que había escrito. Las últimas, quizá, que me escribiría jamás:

Evidentemente, no quiero que vengas.

Mi madre se estaba muriendo y no quería que estuviera junto a su lecho de muerte.

—Me da igual —le dije, o quizá se lo dijera a Henry.

Curiosamente, me alegré de que mi gato fuera sordo y no pudiera oírme decir aquella cosa tan fea y tan cierta. Oí como desde muy lejos mi propia voz, riéndose de aquella estupidez. ¿De veras creía que un gato que oyera entendería mis palabras? Me reí, y Kai seguía muriéndose y diciéndome que no fuera a verla, y entonces dejé de reírme porque ni cuerpo había parado de respirar.

Su ausencia se había enroscado en torno a mi pecho y mi cuello. Me cerraba las vías respiratorias. Sentí que mis costillas se hundían aplastándome el corazón. Noté que se me dormía el brazo y pensé con mucha calma: «Me está dando un ataque al corazón».

Me abalancé hacia el teléfono pero tenía la mano tan embotada que lo dejé caer. Me fijé con desapasionado interés en la telaraña que se formaba al romperse la pantalla. No estaba asustada. Era algo peor: estaba azul, cada vez más azul. Me ahogaba en aire reseco.

Me puse de rodillas y recogí a tientas el teléfono. Conseguí abrir el teclado y por segunda vez en mi vida me descubrí marcando el número de emergencias. Marcarlo ahora, cuando no tenía ninguna fe en que aquella llamada pudiera salvarme, era una amarga ironía.

Sentí que el cordón de mi madre volvía a enroscárseme alrededor de mi cuello, borrando de mi piel el color de la vida. Caí de lado al suelo. Mi corazón brincaba y aleteaba. Estaba perdiendo por completo la sensibilidad en los brazos y las piernas. Apenas oí a la mujer del otro lado de la línea cuando preguntó:

—¿Quiere informar de una emergencia?

Quise decirle que me estaba dando un ataque al corazón. Pedir una ambulancia. Pero no podía contestar. A esa pregunta, no. La última vez que había respondido, había iniciado el larguísimo proceso de matar a mi propia madre. Un proceso que ahora estaba tocando a su fin.

La voz del otro lado del teléfono hablaba ahora más alto, con calma y firmeza.

—¿Oiga? ¿Puede hablar? ¿De qué emergencia se trata?

No tenía aire para responder. Ni siquiera lo intenté. Aparté el teléfono. Se deslizó por el suave suelo de madera mientras la voz descarnada del otro lado seguía interpelándome. Me di la vuelta, me giré hacia la negrura, y allí estaba el karma, a fin de cuentas. Dejé que todo lo que me merecía se precipitara sobre mí. Lo dejé entrar, al fin.

2

Mido los años de mi niñez por los novios que tuvo mi madre: Joe, un tipo rubio y borroso, en mis tiempos de bebé en Alabama. Luego Eddie, Tick, Anthony, Hervé, Dwayne, Rhonda, Marvin... Cada uno de ellos conoce a una Kai diferente, con un apellido distinto y una historia singular cuya coherencia ella mantiene a rajatabla.

Yo pesco al vuelo quien soy, oyendo cosas de pasada. Eddie, el profesor de yoga, cree que mi padre era un monje tibetano que se levantó la túnica azafrán y rompió todos su votos por Kai una sola vez. Para Tick, el cabeza rapada, mi piel cobriza es un pelín demasiado oscura, y mis ojos, aunque del mismo color verde claro que los de Kai, son extrañamente rasgados. Mi madre es esbelta y pálida, muy guapa si te gusta el físico irlandés. A Tick le gusta. Tanto que finge creer que mi padre era un conde italiano al que ella conoció mientras recorría Europa haciendo autostop. A Anthony le cuenta que mi padre era un profesor de yoga de ascendencia negra y asiática, y le enseña una foto de Eddie. Kai me tuvo tan joven que Hervé le pregunta si soy su hermana pequeña. Nosotros le seguimos la corriente, y me acostumbro a llamarla Kai en vez de mamá.

Uno tras otro, la escuchan absortos, con la cabeza apoyada en su regazo, mientras ella devana una nueva historia. Nunca somos de Alabama. Sus padres nunca son esa pareja amargada y formal, él dueño de una ferretería y ella dedicada a acosar a los necesitados con una inacabable sucesión de estofados parroquiales. La ficción supera a la realidad. Kai nos hace mejores, nos convierte en huérfanas que huyen de una tragedia o en nómadas que escapan de un pasado siniestro.

Hasta los cuentos que me cuenta antes de dormir son espectaculares: folclore del Viejo Sur empapado de poesía y mitos hindúes. Un batiburrillo rarísimo («¡Ay, no! ¡Has metido a esa diosa azul, que es un zorrón, dentro de mi Hermano Conejo! ¡No, eres tú quien ha metido a ese conejo racista dentro de mi diosa del amor!»). Pero gracias a Kai todo suena a verdad. Las noches de hoguera, añade a la mezcla retazos de libros de Stephen King y Edgar Allan Poe que ha leído hasta la saciedad.

A medida que me hago mayor, intento diseccionar mi historia, separar lo que veo de lo que cuenta Kai. Pero es imposible. Mi historia es como el monstruo de Frankenstein: está hecha de fragmentos robados, algunos de ellos tan pequeños que es imposible rastrear su fuente y cuyo fundamento moral se ha diluido o ha sido eliminado de raíz. Una vez al año, aproximadamente, Kai se reencarna por completo y crea para mí un nuevo yo. La única constante de mi infancia somos nosotras dos. Seguimos juntas, aferradas la una a la otra, en cada nueva encarnación.

Ahora, en algún lugar de Texas, ella está muerta. *Semanas, con un poco de suerte*, decía su nota. Kai siempre ha tenido mucha suerte, pero han pasado cinco meses. A estas alturas, ya no hay una nueva Kai que inventar, no hay voz que me cuente todas las vidas que vivió mientras estuvimos separadas. Solo silencio y ausencia.

No es de extrañar, pues, que me diera otro ataque de pánico cuando vi los ojos de mi madre. Me miraban fijamente, frente al edificio donde tengo la oficina.

Al principio solo vi a un tipo blanco, alto y muy joven, que me abría amablemente la puerta. Levanté la vista para darle las gracias y nuestros ojos se encontraron. Los suyos eran verdes como la primavera, en forma de media luna, de espesas pestañas. Los ojos de mi madre, incrustados en la cara de un desconocido.

Eran tan parecidos a los de ella... Idénticos. Tuve una visión espantosa: aquel chico abriéndose paso por la tierra como una lombriz larga y pálida. Vi su rostro sin ojos hundirse en el barro, en busca del cuerpo desaparecido de Kai. Oí el clic de un Lego cuando encajó aquellos ojos robados en sus cuencas vacías.

Se me disparó el corazón. Tomé aliento bruscamente y olí a palomitas hechas al fuego de una hoguera, a pachulí y a hachís. Me tambaleé, mareada, apoyé una mano en el quicio de la puerta y entonces (maldita sea) volvió a suceder. Fue como si el fantasma de Kai estuviera esperando para tenderme una emboscada en el elegante y moderno vestíbulo del edificio, como si un soplo de su ser se me metiera por la nariz.

Los turbadores ojos del chico se agrandaron, preocupados, y me agarró del brazo como si fuera una anciana frágil como el papel. Me condujo a uno de los bancos blancos como el hielo que hay junto a los ascensores y me dejó caer sobre sus cojines. Apoyé los codos en las rodillas y bajé la cabeza, intentando que el aire penetrara en mis pulmones cerrados a cal y canto.

Aquel chico no tenía nada que ver conmigo. Era un extraño con el que me había topado en el vestíbulo del edificio y que casualmente tenía los ojos verdes como la primavera. Sin embargo, el corazón seguía retumbándome absurdamente dentro de la cavidad torácica. Lo sentía latir en los labios, en las orejas, en los dedos.

Aquello me cabreaba. Naturalmente, una puede permitirse sufrir una o dos crisis de ansiedad cuando muere su madre, aunque dicha madre tenga las habilidades maternales de un gato montés. Los bomberos del número de emergencias que respondieron a mi llamada fueron muy comprensivos. No me preocupaba haber sufrido tres ataques más entre febrero y marzo. Pero en abril ya deberían haber remitido. Y antes de que llegara el verano deberían haber desaparecido por completo. Sin embargo, habían ido en aumento: cada vez eran más frecuentes y se desencadenaban con mayor facilidad. Y ahora aquí estaba, presa de uno de ellos en pleno julio, cuando debería haber superado la fase crítica y haber asumido que mi madre estaba muerta.

—¿Te encuentras bien? —preguntó el chico.

Era una cosa larga y estrecha, con la nuez prominente y una mata de rizos de color miel.

—Sí, estoy bien —contesté.

Tomé aire por la nariz contando lentamente hasta cuatro (en vista de que los ataques se repetían, había buscado en Internet lo que debía hacer). Contuve la respiración mientras contaba hasta dos. Ese mismo fin de semana, estando en una feria de artesanía, me había entrado el pánico al ver ondear al viento una hilera de pareos de seda multicolores, como los que Kai solía usar como falda. No habían pasado ni tres días y había vuelto a perder los nervios al ver los ojos en forma de media luna de aquel chaval, como si tener ataques de ansiedad fuera mi nuevo *hobby*.

Cabrearme por ello no me ayudaba a tranquilizarme. Comencé a soltar el aire lentamente mientras contaba hasta cuatro, presionando con la mano sobre el corazón como si intentara obligarlo a volver a su ritmo normal.

El chico hurgó en los pantalones de sus desgastados pantalones de loneta y sacó una pequeña chocolatina con el envoltorio arrugado y las esquinas redondeadas por el paso del tiempo. Me la ofreció. La miré pestañeando.

—Siempre las llevo. Es una costumbre —dijo—. Mi madre era diabética.

—Yo no soy diabética —dije con más aspereza de la que habría querido.

Tenía treinta y cinco años y aquel chaval debía de rondar los veinte. Difícilmente podía ser su madre enferma. Entonces lamenté haber dicho aquello, porque ¿qué podía añadir? «No soy diabética. Solo estoy teniendo una crisis psicótica». Agarré la chocolatina que me ofrecía su zarpa blanca y suave y dije:

—Me he saltado la comida.

No era del todo cierto, pero tampoco era mentira. Desenvolví la chocolatina y me la metí en la boca. Estaba desagradablemente caliente, del bolsillo del chico.

—Gracias, ya estoy mejor —dije, intentando que el chocolate derretido no se me saliera por la boca.

Tenía la garganta tan cerrada que casi no podía tragar aire, cuanto más aquella cosa pegajosa. Él asintió con la cabeza pero no se marchó. Tenía un acento muy suave, pero saltaba a la vista que era sureño: nada iba a impedirle portarse como un caballero.

Según Google, se suponía que debía tumbarme en algún sitio tranquilo, seguir controlando la respiración y pensar en un amanecer o en una playa. Pero ahora mismo no tenía tiempo: una clienta de primera fila iba a dejarnos, y hacía más de media hora que Nick me había enviado un mensaje frenético preguntándome dónde demonios me había metido.

Yo me había olvidado por completo de la reunión y me había ido a la cárcel del condado de DeKalb en busca de otro caso por el que no iba a cobrar. Mi clienta potencial era una chica muy joven, culpable, sobre todo, de haberse enamorado de un delincuente. Ahora no quería declarar contra él y el fiscal del distrito iba a crucificarla. Yo ayudaba a chicas como aquella, dos veces al año, desde que había empezado a ejercer. Desde febrero, sin embargo, me había hecho cargo de cinco casos, descuidando mi trabajo en el bufete. Prácticamente no me había dedicado a otra cosa. No podía asumir el caso y aun así le había pedido a Birdwine que hiciera averiguaciones, pagándolas de mi bolsillo.

Había hecho mucha terapia gratis cuando estudiaba en Notre Dame y en Emory, así que no necesitaba hojear las revistas de psicología de la consulta de mi dentista para saber por qué hacía todo aquello. Esas chicas eran encarnaciones vivas de mi madre. Lástima que comprender el origen de mi compulsión no bastara para hacerla desaparecer, ni me hubiera impedido comer temprano para irme a conocer a otra de aquellas chicas. Había olvidado que le había prometido a Nick asistir a la reunión y, al aparcar junto a la cárcel y echar un vistazo al teléfono, había visto la sarta de mensajes desquiciados que me había mandado durante el trayecto.

Había vuelto al centro a toda velocidad, taladrando un agujero en el tráfico de Atlanta, y había estado a punto de matar a un peatón que cruzaba la calle con paso tembloroso mientras le gritaba a mi teléfono que marcara el número de Nick. Él había contestado dejando a la clienta en manos de Catherine el tiempo justo para resumirme lo ocurrido en tono áspero y crispado.

El trimestre anterior había sido muy flojo gracias a mí, sobre todo, porque Nick y Catherine seguían facturando igual que siempre. La clienta que estábamos a punto de perder era una DGSH. Si se iba, el trimestre en curso sería aún peor. No tenía tiempo para dedicarme a otro caso gratuitamente, y mucho menos para dejarme arrastrar por una obsesión, tener una crisis nerviosa o cualquier otra gilipollez relacionada con la muerte de mi madre.

El chico se sentó a mi lado, en el banco, y esperó a ver si necesitaba una ambulancia o estaba bien. Sus pantalones baratos y su americana azul marino de aspecto genérico desentonaban un poco en el elegante vestíbulo de nuestro edificio, pero su gestualidad era la correcta. Tenía la espalda encorvada y la frente fruncida, y toqueteaba con nerviosismo la carpetilla azul que llevaba entre las manos. El pequeño edificio del centro en el que teníamos el bufete albergaba principalmente a dentistas, psicoterapeutas y abogados, así que la mayoría de la gente que cruzaba sus puertas tenía cara de preocupación. Tal vez su madre tuviera un buen seguro que le permitía pagar los precios del centro de Atlanta para que le arreglaran los dientes o le curaran la depresión.

Probé a respirar hondo otra vez, como recomendaba Google, y procuré olvidarme por completo de aquel chico, de los casos de asistencia gratuita y de las dichosas faldas de seda. Tenía que concentrarme. Tenía que dorarle la píldora a nuestro cliente, engatusarle y llevarlo de nuevo al redil. Tenía que explicar por qué me había saltado la reunión sin confesar que había perdido una hora más de trabajo yendo a ver a otra delincuente sin recursos. Y después, suponiendo que llegara a las seis de la tarde sin que me diera un ataque de pánico al ver por casualidad un tatuaje de henna o una diadema de cuentas de colores, me iría a casa. Me daría una ducha de agua hirviendo para borrarme de la piel el recuerdo de aquel día, y haría unos sudokus esquivando a Henry, que intentaría echarse sobre el librillo de pasatiempos.

Me dio mejor resultado pensar en eso que en una playa, como recomendaba Google. Parecía haber pasado lo peor. El corazón seguía latiéndome a toda prisa, pero ya no lo notaba en los glóbulos oculares, y el mareo había remitido. Hasta conseguí tragarme la chocolatina, a pesar de que me dejó toda la boca pegajosa.

Me levanté y el chico se levantó también, volviéndose para mirarme. Bajó los ojos como suelen hacerlo los jóvenes, casi distraídamente, echándome una rápida ojeada. Enseguida enderezó la espalda sobrepasándome en altura y, cuando aquellos ojos desconcertantes volvieron a fijarse en mi cara, me dedicó una sonrisa rebosante de esperanza. Fue maravillosa la rapidez con que me tachó de la categoría de madre diabética en cuanto estuve en pie. No tuve más remedio que sonreírle, a pesar de que desde hacía cinco meses estaba como muerta de cabeza para abajo. Y de todos modos, aunque hubiera estado en plena forma, aquel chico no era mi tipo. Era prácticamente un bebé, por muy mono que fuese. Y, además, no hacía falta ser un genio para saber que mi traje costaba más que su coche.

Él también se dio cuenta. Se puso colorado hasta las puntas de las orejas y sonrió, azorado. Luego bajó la cabeza y se encogió de hombros ligeramente, como diciendo «valía la pena intentarlo». Aquel gesto me pareció encantador, no pude evitarlo.

—Gracias por tu ayuda —le dije—. Ya estoy mejor.

—Ha sido un placer —contestó.

Me dirigí a los ascensores y él me siguió. Seguía teniendo el corazón acelerado, pero llegaba muy tarde y tenía que subir. A nuestra clienta DGSH, Oakleigh Winkley, le sobraba el dinero pero andaba escasa de casi todo lo demás. Por lo general, cuanto más dinero tenían, más cicateros eran. De Oakleigh Winkley, en concreto, jamás podría decirse que derrochara paciencia.

Pulsé el botón para llamar al ascensor y el chico estiró el brazo y también lo pulsó, tres o cuatro veces.

—Ay, perdona. Es que el ascensor viene más rápido si pulsas más el botón —dijo, tan serio que tardé un segundo en darme cuenta de que estaba bromeando.

Por su forma de hablar no parecía de Atlanta, aunque su leve acento sureño hacía sospechar que no era del campo, sino de algún barrio de las afueras.

—Oye, ¿trabajas aquí? —preguntó mientras leía el directorio que había entre los ascensores—. ¿Sabes dónde está Cartwright, Doyle y Vauss?

Pronunció mal mi apellido, como si rimara con *house*, no con *loss*[1].

—Soy socia del despacho. Supongo que vienes a ver a uno de mis socios.

Ya me había saltado la única reunión que tenía prevista para ese día, descontando a Birdwine. Así que al menos me quedaba ese alivio: el torpe coqueteo del chico me había parecido encantador, pero no quería tener que sentarme delante de él y mirar sus ojos de media luna, tan parecidos a los de Kai, desde el otro lado de la mesa.

—Ah, genial —dijo—. Soy Julian Bouchard.

Lo dijo en tono interrogativo, como preguntándome si había oído hablar de él. Negué con la cabeza (su nombre no me decía nada) y estaba a punto de tenderle la mano y presentarme cuando sonó el timbre del ascensor y se abrieron las puertas.

Retrocedió diciendo «Tú primero» como un auténtico caballero en ciernes.

Entré y apreté el botón.

—Estamos en la sexta planta —le informé.

Julian bajó la cabeza otra vez de aquella misma manera, tan parecida a la de un perro, y volvió la cara hacia las puertas.

---

[1] *house*: casa; *loss*: pérdida, aflicción. (N. de la t.).

—Gracias.

Parecía demasiado joven para estar casado, y más aún para divorciarse y poder permitirse nuestras tarifas. Sus mocasines tenían un brillo sintético. A los jovencitos como él los rechazábamos suavemente, dirigiéndolos a abogados más económicos, especializados en el reparto de deudas y muebles de segunda mano.

El ascensor tintineó de nuevo y, al abrirse las puertas, vi que había llegado a tiempo de ver a Oakleigh, aunque por los pelos. Estaba saliendo del despacho hecha una furia. Detectó nuestra presencia pero no levantó la vista del teléfono el tiempo suficiente para reconocerme. Clavaba el dedo en la pantalla, muy sofocada, esperando a que las formas difusas que ocupaban el ascensor se apartaran de su camino.

La sola idea de tener que enfrentarme a aquella princesa rabiosa hizo que me llevara otra vez la mano al corazón. Sentí de pronto el deseo de dejar que se cerraran las puertas antes de que me viera. Podía bajar al quinto piso, donde había un despacho lleno de psiquiatras, de esos que extienden recetas. Seguro que había alguna píldora capaz de impedir que se materializaran pedacitos de madre muerta durante el horario laboral.

Julian esperó a que saliera primero, como un patito educado, pálido y formal, esperando para seguirme.

—Es una clienta —le dije rápidamente, en voz baja—. Ve a la izquierda, estamos al final del pasillo.

Abrió la boca para contestar, pero yo ya había salido y me había puesto delante de Oakleigh, lista para lanzarle una sonrisa de escualo. Ella intentó esquivarme, enfrascada todavía en su teléfono. Le corté el paso y por fin se fijó en mí lo suficiente para darse cuenta de quién era.

—Hola, señora Winkley —dije.

Hizo un ademán, no sé si para saludarme o para indicarme que me apartara. Se movió a la derecha y yo volví a cortarle el paso, manteniéndome entre ella y la puerta. Detrás de mí, Julian salió del ascensor y se encaminó hacia el bufete.

—Tengo entendido que debemos fijar una reunión.

Por fin dijo:

—¿Ah, sí? Pues yo tenía entendido que habíamos quedado hace una hora. Ahora no tengo tiempo. Y, además, no me interesa que se deshagan de mí para dejarme en sus manos.

Yo recordaba su voz aguda y felina. Pero ya no sonaba así. Parecía un poco sudorosa, un poco acalorada, y su timbre agudo, tan ensayado, sonaba casi como un chirrido. Durante la toma de declaración de esa mañana había montado un pollo. En realidad, el mensaje que me había mandado Nick decía «ha mondado un bollo», pero yo, que conocía las jugarretas del autocorrector, leía su idioma con fluidez. Por teléfono, Nick me había contado en voz baja que, cuando Oakleigh estaba en pleno ataque de ira, su marido había mascullado algo que él no había entendido pero que ella sí. Y que entonces había agredido físicamente a su marido, abalanzándose sobre él y golpeándolo en la cabeza y los hombros con su enorme bolso de Hermès. La cámara estaba grabando y el marido se había acobardado a la perfección. Su abogado había intentado poner cara de estupor e indignación, a pesar de que estaba tan eufórico que prácticamente había tenido un orgasmo. Ahora amenazaba con llevar el caso ante un jurado si las negociaciones no avanzaban como le convenía.

Nuestros casos de divorcio se resolvían en su mayoría en la fase de mediación. Si fallaba esta, nos presentábamos ante el juez. Pero en Georgia, cualquiera de las dos partes podía elegir que fuera un jurado el que decidiera quién se quedaba con los perros y quién con la cubertería de plata. Era una estrategia arriesgada pero viable, sobre todo si el cliente era un santo mártir cuyo cónyuge pecaba espectacularmente en YouTube.

Los jurados podían ponerse muy vengativos, mucho más que los jueces, y tenían un montón de prejuicios. Ahora que había un vídeo de nuestra clienta aporreando a su marido con un bolso que costaba más que el salario medio de Atlanta, un juicio con jurado sería un auténtico peligro.

Nick hacía muchas cosas bien: jugar al tenis, el sexo oral y la mediación, por ejemplo. Pero no se le daban bien los jurados. Y a Catherine tampoco. Con frecuencia, ver mi nombre vinculado a un caso hacía que el abogado de la parte contraria se replanteara las cosas. Que volviera a interesarse por la mediación. Y si no… tanto mejor para mí.

En los divorcios con jurado, lo decisivo era cuál de los dos abogados devanaba mejor su historia, y yo me había criado con una mujer capaz de hacer que un cuento compuesto de retazos sueltos sonara más verídico que la propia realidad. Podía contar una historia que yo había oído mil veces añadiéndole tantos matices que la volvía del revés y la convertía en lo contrario de lo que era en un principio. Yo era su hija. Trabajaba dentro de los límites éticos de mi profesión, pero me manejaba en aquel campo como nadie.

De ahí que mis socios hubieran decidido lanzarme el caso de Winkley contra Winkley. Yo, sin embargo, no había estado allí para recogerlo. Otra vez. Maldita sea. Sentí que el dolor de cabeza que solía acometerme después de una crisis empezaba a subirme por el ojo izquierdo.

—Nadie se está deshaciendo de usted, señora Winkley —dije en mi tono más grave.

Solo había coincidido dos veces con Oakleigh pero conocía bien a las de su especie. Me recordaba a una yegua árabe de color crema que tenía uno de los novios de Kai: era coqueta, pícara y descarada, pero si le dabas la espalda te clavaba los dientes en el hombro. Tanto Oakleigh como la yegua respondían mejor a un timbre de contralto.

—Evans. He recuperado mi nombre de soltera —me espetó agitando la melena—. Y ha dejado usted que se fuera mi ascensor. —Alargó el brazo, esquivándome, y pulsó el botón de llamada.

—Ya que tenemos un minuto —dije—, tal vez pueda explicarme por qué ha… —Me sorprendí a punto de preguntarle a una clienta que ya estaba en la puerta por qué había «montado un pollo». El dichoso Julian Bouchard y sus ojos… Me corregí sobre la marcha—. Por qué se ha alterado tanto en la reunión de esta mañana.

Encogió un hombro suavemente, furiosa.

—Clark me ha robado. —Debió de ver un asomo de estupor en mi semblante, porque añadió—: Clark, mi marido.

Yo no conocía al marido y no estaba del todo segura de quién le representaba, a pesar de que Nick me había dicho desde el principio que tenía que estar presente en las reuniones.

—Ayer vino a casa a llevarse algo de ropa —continuó ella—. Yo estaba presente, pero me quedé en la planta de abajo mientras recogía sus cosas. Se marchó con una maleta, nada más. Pero esta mañana, cuando estaba en el vestidor, me he dado cuenta de que no parecía haberse llevado ningún traje. He estado echando un vistazo y ¿sabe usted lo que se llevó en realidad? —Entornó los ojillos mezquinos y sus labios formaron un arco furioso y desagradable a la vista. Tendría que adiestrarla para que prescindiera de su repertorio de muecas. Ningún jurado debía verlo—. Todo lo que había en la caja fuerte de arriba. Guardábamos diez mil dólares en metálico en ella, además de varios bonos al portador y mi reloj Cartier. Me lo regaló cuando nos prometimos, así que es mío y nada más que mío. Después, en la toma de declaración, me miró fijamente y dijo «¿Qué reloj?» sonriendo como una víbora. Le aseguro que cuando pone esa sonrisa veo su antigua nariz, y fui yo la que diseñó la nueva. Fue un regalo que le hice, y si él se ha llevado mi reloj yo debería quedarme con su nariz. Debería poder arrancársela de esa cara de engreído.

Dio un zapatazo en el suelo. Llevaba puestos unos botines de Balmain. Costaban cerca de novecientos dólares cada uno, lo que significaba que con lo que costaba uno solo podían comprarse mis dos zapatos.

Pero al menos estábamos hablando.

—Señora Evans, si este caso llega a un jurado, va a necesitar usted un abogado que pueda poner en su contexto lo sucedido esta mañana.

Pareció escucharme, pero de pronto se apartó y pasó a mi lado diciendo:

—Gracias. Será mejor que vaya a buscar alguno.

Un segundo después sonó el timbre del ascensor. Había visto apagarse la luz del botón de llamada y había aprovechado para huir. Metí el hombro entre las puertas para impedir que se cerraran. Los tacones de sus zapatos eran al menos cinco centímetros más altos que los míos, pero yo era alta y ella bajita. Le sacaba mucha ventaja.

—En esta ciudad hay un montón de abogados que pueden conseguirle un acuerdo justo. Pero, entre usted y yo, no creo que eso le interese. Ya no se trata de obtener lo que es justo, ¿no le parece? Su marido se aseguró de ello cuando le robó ese reloj.

Me estrujé las neuronas intentando recordar cualquier dato de su expediente que pudiera serme útil. Creía recordar que su marido era dueño de una empresa. ¿Una consultoría? No me acordaba, así que procuré no concretar.

—Usted no quiere una pensión compensatoria que llegue con cuentagotas durante unos pocos años. Quiere hacerse con la empresa de la que él está tan orgulloso, hacerla pedazos y prenderle fuego. Y obligarle a mirar mientras vendemos sus cenizas por un buen pellizco.

Sus ojos parecieron fijarse en mí por vez primera, así que añadí:

—Usted quiere arrasar sus campos y echar sal en la tierra para que no vuelva a crecer nada en ellos. Quiere arrastrarle por el barro hasta que le entregue el dinero que le corresponde a paletadas, solo para hacerla parar.

No era la primera vez que soltaba aquel discurso, con diversas variaciones. Era mi arenga estándar para los casos DGSH, y se me daba de maravilla: lo bordaba.

—Quiere airear sus trapos sucios y tenderlos al sol. Quiere explicar sus propios pecadillos para que quede claro que fue él quien la indujo a cometerlos.

Oakleigh parecía paralizada. Su cuello se había alargado y sus hombros se curvaban hacia mí mientras hablaba. Me incliné hacia ella un poco más para que notara lo alta que era.

—Eso es lo que hago yo. Es lo que mejor se me da, de hecho. Y todo eso que usted quiere… Su marido desea lo mismo. Quiere ir algún día a un restaurante de comida basura y que usted sea la camarera. Eso es lo que le está diciendo a su abogado en estos momentos. Esta mañana le dio usted munición. ¿Qué más armas puede utilizar contra usted?

Bajó las largas pestañas, tan espesas que tenían que ser postizas. Cuando volvió a levantar la vista, sonreí con toda la frialdad que pude.

—Usted me necesita. Necesita que me interponga entre usted y él. Entre usted y su abogado. ¿Quién le representa?

—Dean Macon —contestó—. Todo el mundo dice que es muy bueno.

—Yo soy mejor —afirmé—. Me he comido a Macon enterito más de una vez.

Era cierto en más de un aspecto, antes de que cambiara mi libido por los ataques de pánico.

La tenía en el bolsillo. Lo sabía, pero antes de que pudiera cerrar el trato el ascensor comenzó a emitir un pitido estruendoso, quejándose de que lo había retenido demasiado tiempo. El hechizo que había lanzado sobre Oakleigh se rompió.

—Fijemos una reunión, Oakleigh —le dije, demasiado alto y demasiado tarde.

—Me lo pensaré. —Hizo un ademán señalando las puertas, que seguían pitando—. ¡Ah, ese ruido!

Saqué una tarjeta de mi bolso y se la ofrecí, intentando hacerme con ella otra vez.

—Necesitará esto.

No me aparté. Oakleigh apretó sus labios gomosos como si le estuviera ofreciendo un bicho muerto. Yo me mantuve en mis trece, dispuesta a dejar que el ascensor siguiera chillando hasta que nos quedáramos las dos sordas y muriéramos de viejas.

Por fin agarró la tarjeta y se la guardó en el bolso. Yo sonreí y di un paso atrás. Comenzaron a cerrarse las puertas y nuestro

DGSH fue estrechándose entre ellas hasta desaparecer por completo.

La sonrisa se me borró de la cara, di media vuelta y me apoyé en la pared. Aquellos casos se daban tan pocas veces… El último DGSH auténtico que habíamos tenido había sido el de Skopes, y me parecía tan lejano que prácticamente era un mito. Me sentía enferma y asqueada, y no solo por la resaca que me había dejado el ataque de ansiedad. Detestaba perder, y detestaba defraudar a mis socios, sobre todo a Nick. La gentuza como Oakleigh le dejaba fuera de juego, y contaba conmigo para resolver casos como aquel.

Me aparté de la pared y eché un vistazo a mi reloj, aunque no sabía muy bien por qué. No tenía nada más en la agenda, aparte de Birdwine. Si los dioses se apiadaban de mí, me habría traído nueve buenos motivos para pasar de aquel caso de defensa gratuita.

Cuando abrí la puerta del bufete, vi a Julian de pie junto a la mesa baja. Parecía nervioso. Verona no estaba en su mesa, pero Julian no estaba solo. Birdwine había llegado temprano. Estaba despatarrado en el sofá, con los brazos apoyados sobre el respaldo y las largas piernas estiradas bajo la mesa de cristal, ocupando el espacio de dos personas.

Se incorporó y sonrió cuando entré, enseñándome el hueco de sus dientes delanteros. Siempre me había gustado aquel hueco. Cuando empezó a trabajar para mí, solía dedicarme la sonrisa que reservaba para los desconocidos, una sonrisa de labios apretados. Ahora, en cambio, yo veía con regularidad aquella otra sonrisa. Verme en apuros le hacía sentirse cómodo. No era que se alegrara de mis desgracias, sin embargo. Se trataba más bien de la relajación que sentía un desgraciado en presencia de otro.

Le sonreí y luego me dirigí a Julian:

—Lo siento —dije—. Parece que nuestra recepcionista se ha marchado. Alguien vendrá a atenderte dentro de un segundo, ¿de acuerdo?

Cambió el peso del cuerpo de un pie al otro.

—Ah, lo siento. No tengo prisa. —Parecía comenzar muchas de sus frases con un «ah» y una disculpa. Era como un tic verbal.

—Puedes sentarte si quieres —respondí.

Tragó saliva mirando el sofá.

—No sabía que esto sería tan, eh, elegante.

—¿Quieres pasar? —le pregunté a Birdwine. Se levantó para seguirme—. Sírvete un café, por favor —le dije a Julian.

Mientras Birdwine rodeaba la mesa, Julian volvió a sonrojarse y dijo:

—Creo que no debo. Quiero decir que no soy un cliente, en realidad. Estoy aquí por un asunto personal.

Aquello me extrañó. Parecía demasiado joven y pobre para ser un cliente, pero las únicas personas que iban a ver a Nick por «motivos personales» eran morenitas de treinta y tantos años con los abdominales bien marcados y carmín rojo en los labios. Y en cuanto a Catherine, nuestra otra socia, era una mujer casada con tres hijos: apenas tenía vida privada.

—Creo que podemos permitirnos invitarte a un café. Con azúcar, incluso, si te pones solo un sobrecito —contesté en broma.

Julian sonrió y se volvió hacia la cafetera. Al cruzarse con él, Birdwine dijo:

—¿De verdad te interesa esto, Paula? Puedo seguir escarbando, pero...

Al decir Birdwine mi nombre, Julian se volvió bruscamente, dio un paso hacia mí y chocaron. Julian estuvo a punto de dejar caer su carpeta y todos sus papeles se desparramaron por el suelo.

Él no pareció advertirlo. Pasó junto a Birdwine y se acercó a mí a toda prisa. Me agarró por segunda vez el codo, acercando su cara a la mía.

—¿Tú eres Paula? ¿Paula Vauss?

—Vauss —contesté, corrigiendo automáticamente su pronunciación.

Me agarraba tan fuerte el codo que casi me hacía daño. Se había puesto pálido y sentí que algo malo, algo casi eléctrico, zumbaba en el aire, entre nosotros.

Birdwine también lo notó. Sin hacer caso de los papeles caídos, se acercó a nosotros con decisión. Negué levemente con la cabeza. Birdwine partiría en dos a aquel chico esbelto como un junco. Yo sentía una amenaza, pero no procedente de aquel muchacho confuso y desorientado. Era como si se estuviera alzando a nuestro alrededor y envolviéndonos.

Birdwine advirtió mi gesto y retrocedió, pero solo un paso. Julian pestañeó a cámara lenta como si despertara de un sueño. Miró los papeles esparcidos por el suelo.

—Ah, lo siento.

Me soltó el codo. Se puso de rodillas y comenzó a recoger atropelladamente los papeles. Metió un par en la carpeta, pero sus ojos en forma de media luna siguieron fijos en mí. En sus mejillas ardían dos manchas de un rojo intenso, y aquella extraña corriente seguía fluyendo entre nosotros, en ambas direcciones.

—¿Hay otra Paula Vauss? —me preguntó.

—Estoy segura de que habrá varias más en alguna parte —contesté.

Me agaché a su lado y lo ayudé a recoger sus cosas. Quería que se marchara. No quería aquel nuevo infierno que traía consigo, metido en el bolsillo de los pantalones junto con sus pegajosas chocolatinas.

—Pero tú eres Paula Vauss, la abogada —añadió—. ¿La que nació en Alabama y estudió en Emory?

—¿Qué demonios…? —dijo Birdwine.

Me quedé paralizada.

—¿Te has informado sobre mí? —pregunté con abierta hostilidad.

Julian me miraba fijamente, y cuanto más me miraba más inquietantes me parecían sus ojos. Su color era tan parecido al de mi madre…

—Te imaginaba distinta, ¿sabes? —dijo.

No, yo no sabía nada. Negué con la cabeza.

—¿Qué es lo que pasa aquí, chaval? —preguntó Birdwine.

Julian respondió sin hacerle caso:

—Pensaba que tendrías un aspecto distinto.

Revolvió entre sus papeles desparramados, agarró uno y me lo ofreció.

Yo lo acepté. Era un certificado de nacimiento expedido en Georgia, en una localidad de la que nunca había oído hablar. Había sido rellenado a mano y era una fotocopia, de modo que costaba mucho leerlo. Acreditaba el nacimiento de un varón de dos kilos novecientos gramos. El nombre de pila empezaba por G. ¿Garrett, quizá? El apellido era más fácil de leer, quizá por lo familiar que me resultaba. Era Vauss.

Sentí que se me contraían los pulmones y que mis ojos brincaban por la página buscando el nombre de la madre.

Karen Vauss.

—¿Paula? —dijo Birdwine desde algún lugar, muy por encima de nosotros.

El certificado era de veintitrés años atrás. Así pues, aquel chico había nacido cuando yo tenía doce años. Cuando estaba en el hogar de acogida. Se me estremeció el corazón, tensándose como un caballo impaciente por recibir la orden de galopar. Si aquel muchacho pálido y desconcertante era de verdad hijo de Kai, había nacido mientras ella estaba en la cárcel, igual que yo.

«Una cosa, al menos, que tenemos en común», pensé, y tuve que cerrar la boca con fuerza para que no se me escapara una carcajada histérica.

Entraba dentro de lo posible. Kai me había llamado mientras cumplía condena, pero yo nunca fui a visitarla. Si Julian era hijo suyo, la descabalada historia de mi infancia se hallaba al borde de la reinvención, aguardando el momento de ser contada. Si era hijo de Kai, yo le había costado a mi madre mucho más de lo que creía. Comencé a oír de nuevo el fragor del océano en mis oídos, y comprendí que aquel ataque iba a ser de los peores. Comparado con aquel, el anterior sería como un suave cosquilleo en el estómago.

—Estás buscando a tu… —No pude decir «a tu madre». Era casi como decir «nuestra». «Nuestra madre». Palabras inconcebibles para mí—. Estás buscando a Kai —añadí con voz lenta y pastosa.

Pestañeó.

—¿Así es como se hace llamar? Contraté a un tipo, a un detective privado, para que encontrara a mi madre biológica. Pero todavía no la ha encontrado. A ti, en cambio, sí te encontró.

«Hay muchas Vauss en el mundo», pensé. «Hay un montón de Karens». Pero mis pulmones, que seguían contrayéndose, no parecían hacerme caso y los márgenes de mi visión comenzaban a emborronarse.

El hueco destinado al nombre del padre estaba en blanco. Igual que en mi certificado de nacimiento. Comencé a temblar y me castañetearon los dientes. Intenté distinguir las letras del nombre de pila del niño. No era Garrett. Había una hache al final, no había duda. ¿Garreth? En todo caso, un nombre pijo. «Un nombre que no elegiría Kai», oí decir con calma a una vocecilla dentro de mí mientras intentaba tragar pequeñas bocanadas de aire.

Entonces, de pronto, se aclararon las letras. No eran dos erres. Era una sola ene cursiva. Al niño le habían puesto Ganesh. ¿Qué madre sureña le pone a su hijo el nombre de Ganesha, un dios hindú con cabeza de elefante? ¿Quién le pondría a su hijo el nombre del señor del azar y la fortuna?

Yo sabía quién. La misma madre que ponía a su hija Kali. Arrojé el certificado lejos de mí y me levanté tambaleándome. La Tierra pareció girar bruscamente, intentando volcarme.

Birdwine me agarró por la cintura y el muro macizo de su cuerpo fue lo único que impidió que me cayera.

—¡Paula! —repitió.

Ganesha aparecía con frecuencia en los cuentos de Kai como un dios festivo y glotón. Un dios que nunca se saciaba.

Julian se había puesto de pie y se acercaba a mí con la boca abierta, diciendo:

—¿Sabes dónde puedo encontrarla?

Pero yo solo veía que sus ojos verdes parecían terriblemente llenos de esperanza, y de un ansia infinita.

—Creías que me parecería a ti, eso es lo que querías decir. —Se me escapó la risa. Me oí reír, histérica, desde muy lejos—. Cuando pensabas en tu hermana, te la imaginabas blanca.

Aquel pequeño nazi tuvo la gentileza de ponerse colorado.

—¿Su hermana? —preguntó Birdwine.

No le hicimos caso, a pesar de que su brazo derecho era lo único que impedía que me desplomara.

—Ah, perdona, no —contestó Julian—. Bueno, sí. Quiero decir que no pasa nada. No me importa que seas… —Buscó atropelladamente algo que decir.

No sabía cómo describirme y a mí no me apetecía ayudarlo. No había nada que me apeteciera, como no fuera vomitar, o tal vez ponerme a gritar. No podía respirar y el corazón me martilleaba en las costillas una y otra vez como si intentara salírseme del pecho. Julian concluyó diciendo:

—Estás bien.

La oscuridad seguía acrecentándose, viniendo de ambos lados como las puertas de un ascensor al cerrarse. Vi la cara colorada de Julian enmarcada en el estrecho hueco dejado por la oscuridad, sus labios dando forma a ese «Ah», a ese «perdona», y me di cuenta de hasta qué punto me resultaban familiares su mentón, su frente ancha, su cuerpo esbelto y sus manos de largos dedos. Vi materializarse a mi madre en las formas y colores de su cuerpo. ¿Era eso lo que significaba su nota? ¿Lo había enviado ella de algún modo, para mostrarme hasta qué punto estaba en deuda con ella? No podía respirar. No me entraba el aire.

Julian dio otro paso hacia mí y Birdwine se colocó delante y, sin volverse, con los ojos fijos en Julian, me hizo sentarme bruscamente en una silla. Irguiéndose en toda su estatura, pareció alzarse como un muro entre nosotros.

—Este sería un buen momento para que te fueras —dijo con calma, mortalmente serio.

Se hizo un silencio. Luego, grande como un oso y rebosante de determinación, dio un solo paso hacia Julian. Los ojos del chico se dilataron con un destello y su boca se abrió de par en par. Birdwine dio un paso más, levantó los brazos y Julian dio media vuelta y huyó dejando allí sus papeles.

Agaché la cabeza, con las manos apoyadas en las rodillas.

Birdwine no salió tras él. Se volvió hacia mí.

—¿Estás...? —preguntó, pero se paró en mitad de la frase como si no supiera cómo acabarla.

—No puedo dejar que me vean así —balbucí aturdida. Temblaba tanto que ni siquiera intenté levantarme—. Nick y Catherine ya creen que... Ay, mierda, Birdwine, ayúdame.

Ya había empezado a moverse, me levantó en brazos como un año antes, cuando era mi amante y yo estaba hecha de aire y cintas. Me llevó rápidamente por el pasillo, hasta mi despacho.

Yo dejé que lo hiciera. Hasta cerré los ojos y me sumí en aquella sensación mientras maldecía mi estupidez.

Hacía solo cinco meses que Kai había muerto, y ya me había olvidado de la verdad fundamental (y quizá la única probada) acerca de ella: mi madre nunca permanecía mucho tiempo en ningún sitio. Ni siquiera estando muerta.

3

Soy un ratón con una silla de montar, la cincha tan apretada alrededor del pecho que no puedo respirar. Sé que Ganesh ha venido: eso es lo que sé. Soy el ratoncito de Ganesha y, cuando el dios colosal se deja caer sobre mi lomo, mis pulmones se comprimen y me aplasto hasta quedarme sin aire, fina como el papel.

La presión sobre mi pecho se afloja y ya no soy el ratón. Soy yo. Tengo once años y Ganesha no es más que un personaje entrañable y divertido sacado de mis cuentos para dormir. Lloro tumbada en una cama empapada del hedor aséptico del espray anticucarachas. Kai ha rociado el colchón para que no vengan a tocarme con sus susurrantes patitas de plástico mientras duermo.

Antes vivíamos en Asheville con Hervé, que tenía caballos y una herencia que le permitía afirmar que era músico folk. Kai lo tuvo de novio más de dos años, su récord personal. Luego empezaron a pelearse cada vez más, y Hervé me llamó «mierda de cría» cuando derramé zumo en su sitar.

El siguiente fin de semana que se fue a pescar, Kai me dijo que recogiera mis cosas y las metiera en el viejo Mazda que le dejaba usar. No era mi primera evacuación de urgencia, pero sí la primera a la que me opuse activamente. Me quedé mirándola tercamente, con los ojos muy abiertos, mientras metía a toda prisa ropa interior en un macuto.

No me encantaba Hervé, pero sus caballos me gustaban mucho, y me encantaba la escuela cooperativa *hippie* que pagaba con su dinero. Antes de vivir en Asheville, me había educado en casa. Era más fácil que volver a matricularme en un colegio cada vez que cambiábamos de nombre y de ciudad, y además solo nos deteníamos en aquellos lugares en los que vivimos con Eddie, luego con Tick y más tarde con Anthony. A Kai le encantaba enseñar (yo iba por delante de mi curso en lengua y ciencias), pero en clase solo estaba yo. Hacía amigos de paso en los parques o me juntaba con una pandilla de niños que estuvieran de *camping*, y con eso me servía para pasar el fin de semana.

En la cooperativa de Asheville tenía amigos de verdad. Allí me sentí a gusto desde el primer momento, en una clase tan variopinta en edades y colores que mi piel cobriza solo era una tesela más del mosaico. Mis pantalones morados, comprados en tiendas de segunda mano, parecían normales al lado de un sari y un poncho tejido a mano del color del arcoíris. Había una niña llamada Meadow y un niño llamado River, y no eran familia. Mi trabajo sobre los marsupiales lo colgaron en el tablón de honor, y conseguí diecinueve pegatinas de Desafío Lector. Solo me ganaba mi amiga Poppy, con veinte.

Kai me vio parada en la puerta del dormitorio y dijo:

—Dentro de media hora nos vamos. Lo que no esté en el coche, se queda aquí.

Yo sabía por experiencia que hablaba en serio. Corrí a meter mis libros favoritos en el maletero, ocupando todo el espacio que pude, mientras Kai desvalijaba minuciosamente a Hervé. Fuimos en el Mazda hasta Greenville, donde un tipo al que conocía nos dio algún dinero por el coche a pesar de que no tenía documentación. Tomamos un autobús hasta Lexington, donde compramos una vieja furgoneta Volkswagen con un colchón en la parte de atrás en el que cogimos piojos. Tiramos el colchón a la cuneta, compramos un futón y nos dirigimos tranquilamente hacia el sur, hacia Georgia, acampando por el camino.

Conocimos a Dwayne justo cuando empezaba a hacer frío.

Ahora vivimos con él en una granja destartalada, en pleno condado de Paulding. Las enredaderas se entrelazan a nuestro alrededor, protegiéndonos como un escudo. Desde la carretera no se ve la casa, ni tampoco el camino que atraviesa el bosque por la parte de atrás, serpenteando entre los calveros en los que Dwayne planta sus cosechas de marihuana.

Yo me he convertido en el personaje que ha inventado mi madre, a juego con el yo que ha creado para sí misma en honor de Dwayne. Me suena raro llamarla «mamá» después de pasar dos años siendo su hermanita huérfana. Este nuevo papel de hija me fastidia un poco, como si hubiera metido los pies en unos zapatos viejos. Aquí no encuentro mi sitio. La gente del condado de Paulding es negra o blanca, y no se mezcla. Los únicos asiáticos que he visto son tres señoras de mediana edad que trabajan en Viet-Nails. Si tienen hijos, no están por aquí.

Pero puede que pasemos aquí una buena temporada. Dwayne no es un ligue pasajero. Es un novio de verdad, de espalda ancha, pelo rizado y dientes blancos, cuadrados y regulares como pastillas de chicle. Es simpático y hace reír a Kai. Y lo peor de todo es que me trata bien. Por más que me enfade y me porte mal, por más que le pinche, siempre se ríe y me llama «potrilla» y «mandona», tirándome del flequillo. Y eso a mi madre le encanta.

Para mis adentros, echo de menos al gran percherón bayo. El colegio también, pero de eso me quejo a voz en grito. Me quejo tanto y con tanta frecuencia que Dwayne decide tomar cartas en el asunto. Además de marihuana y equipos de música de dudoso origen, vende documentación falsa, así que consigue matricularme en el colegio público del pueblo. Allí me llamo Pauleen Kopalski. Pero no tengo pinta de llamarme Kopalski, y ni siquiera consigo recordar cómo se deletrea.

En este nuevo colegio, los niños blancos se comen la mitad de las consonantes y los negros los verbos auxiliares, y yo no hablo como ninguno de ellos. No entiendo sus referentes. Todos me miran fijamente, prácticamente metiéndose el dedo en la nariz mientras contemplan embobados mis ojos claros y rasgados, mi piel cobriza y mi pelo negro y alborotado. Y tampoco es que me miren porque soy guapa. A mis once años, estoy plana como una tabla, tengo piernas de cigüeña y un poco de barriga. Me han salido un montón de granos de estrés en la frente.

A la segunda semana de estar aquí, un par de chicas blancas de séptimo grado me encierran en el baño.

—¿Tú qué eres, a ver? —me pregunta una.

Yo no contesto. Miro al suelo, espero a que se aburran y se vayan.

—¿Eres negra?

La otra contesta por mí:

—No parece muy negra.

Intento pasar a su lado, pero me impiden pasar empujándome hacia atrás con los hombros. Cuando intento colarme de lado, una me agarra y me da un empujón hundiendo las manos en mi tripa blanda.

—Una cosa está clara: es una gorda culona —le dice a su amiga.

Su amiga lo repite riendo:

—¡Gorda culona! ¡Podemos llamarla así!

El empujón y la injusticia me dejan sin aliento. Esas chicas ocupan la tercera mejor mesa del comedor, y una de ellas tiene novio. La peor de las dos lleva unos vaqueros Guess auténticos, tiene el pelo muy bonito y un culo tan pequeño que solo es un imperceptible ensanchamiento en el lugar donde se juntan sus piernas.

Se acercan, arrinconándome contra los reservados. La peor de las dos ha desayunado un huevo hace horas. Noto el olor de la sal y la podredumbre detrás de sus dientes.

Siento que algo, que alguien nuevo sale a la superficie de mi ser. Nunca he sido esa Paula, pero de todos modos la encuentro dentro de mí, nueva y sin embargo ya mía.

He sido un montón de cosas, pero hasta que llegamos a Asheville siempre lo había hecho todo en tándem con mi madre. Habíamos sido tocadoras de pandereta y profesoras de yoga, y habíamos trabajado en ferias medievales. Habíamos sido veganas con Eddie, y luego nos habíamos pasado el invierno siguiente agazapadas en el refugio que tenía Tick para cazar ciervos. Habíamos leído la palma de la mano y el tarot en la calle, cerca del minúsculo apartamento de Anthony en Nueva Orleans. En la escuela *hippie* de Asheville, lejos de Kai, yo había sido de algún modo todas esas encarnaciones: una amalgama que sentía como mi verdadero yo.

Pero esto es distinto.

—¿Eres una especie de mestiza? —pregunta la peor de las dos, y yo me pongo aún más colorada debajo de mi piel cobriza.

Tanto a la hora de luchar como a la de huir, Kai siempre ha decidido por las dos, y siempre ha tenido alas.

Yo no creo que sea como ella: al menos, en esto. Tengo los oídos vueltos hacia dentro, oigo una especie de fragor como de agua revuelta, un violento y espumoso oleaje batiendo sobre un lecho de roca, duro y esencial.

—Dejadme pasar —le digo a la peor de las dos.

He decidido que es lo último que voy a decirle.

Contesta:

—No, hasta que nos digas qué eres. —Y entonces me empuja contra la puerta del aseo.

Pero yo ya he cerrado el puño. Lo echo hacia atrás y le lanzo un puñetazo al estómago. Y qué bien sienta. Me gusta notar el golpe. Me gusta ver como se dobla y vomita sobre sus zapatos. Me gusta que su amiga se ponga pálida antes de echar a correr en busca de un profesor.

Son dos chicas blancas, alumnas destacadas que llevan en el colegio desde primer curso. Yo soy nueva y de raza incierta, y el lunes no me fue muy bien en el concurso de fracciones. Soy la que suspende.

Ahora estoy tumbada en mi apestosa cama rociada de insecticida revolviéndome y moqueando, y ya no sé dónde ha ido a parar esa peleona en la que me he convertido de pronto. Ni siquiera estoy segura de que fuera algo más que pánico y adrenalina. Lloro y pataleo como una niña malcriada hasta que viene Kai y apoya mi cabeza en su regazo. Me pasa los dedos suavemente por el pelo.

Mi cuerpo sigue rígido y encogido, inflexible.

—Odio estar aquí.

No es la primera vez que lo digo. Tengo la cara mojada de llorar.

—No puedes meterte en peleas —responde Kai.

Yo no quería. Empezaron ellas, y me pincharon y me pincharon… Me limité a golpear a una niña que necesitaba un buen puñetazo.

—Odio ese colegio.

Kai sigue acariciándome el cabello delicadamente.

—Ni siquiera le has dado una oportunidad. Dwayne hizo ciertas cosas para matricularte, nena. Decías que querías ir.

—Pues lo odio —respondo—. Y ellos me odian a mí.

Ahora me tienen todos en el punto de mira. La semana siguiente tendré a cincuenta palurdos con sus ojos acuosos fijos en mí, parpadeando con sus pestañas rodeadas de un cerco rosa, esperando la ocasión de molerme a palos. *Puede que vuelva a convertirme en esa peleona*, pienso. Pero eso me asusta. Me gusta, pero también me asusta.

—Nena, no puedes llamar así la atención. No queremos que vengan los Servicios Sociales a husmear por aquí. No puedes meterte en peleas ni desaparecer del colegio. —Al ver que no contesto añade—: Procura pasar desapercibida, ¿vale? Intenta encontrar una amiga o dos. Las cosas mejorarán cuando te hayas adaptado.

—¿Está bien? —le pregunta Dwayne desde la puerta.

—Sí —contesta Kai.

—Pobrecilla. El colegio es un infierno —afirma. Se inclina y deja dos dólares encima de mi manta rociada de spray anticucarachas—. Si quieres puedes ir en bici al Dandy Mart. Cómprate una Coca Cola y unas golosinas. ¿Te sentirás mejor así?

—Puede que un poco. Danos un segundo —dice Kai.

Espera a que se vaya para tumbarse a mi lado. Su voz suena suave, pero no porque susurre, sino porque está cargada de ternura.

—Voy a contarte una cosa que ocurrió hace mucho tiempo. Hace mucho, mucho tiempo, pero que también está sucediendo ahora mismo.

Así es como empieza Kai sus cuentos para antes de dormir. Es su modo de decir «érase una vez…».

Mientras habla, se acurruca muy cerca de mí. Me envuelve un olor familiar a humo de marihuana y a piel de naranja. Me quedo quieta para escuchar. Creo que va a contarme la historia de cuando Kali luchó con el Demonio de la Semilla Roja. La cuenta siempre con algún matiz distinto, pero es mi favorita. Y Kali gana en todas las versiones.

Esta vez, sin embargo, me cuenta una historia de Ganesha.

Hace mucho, mucho tiempo, ahora mismo, Ganesha tenía un ratón de tiro. El ratón carga con el dios glotón, carga con su barrigota, con su enorme cabeza de elefante, y con toda la comida que Ganesha guarda dentro de sí para comérsela más tarde. Lleva puesta una sillita de montar roja y un bocado de plata. Transporta a Ganesha al mercado, al templo, a bodas y funerales, a celebraciones y a acompañar en su lecho de muerte a los moribundos. Un día, lo lleva a su casa después de asistir a un banquete. El dios se tambalea en la sillita del ratón, sujetándose la gran barriga redonda, tan lleno que no para de gruñir.

Al llegar a un cruce de caminos, el ratón de Ganesha se encuentra con una rata que vuelve a casa con una bolsita de arroz atada a la espalda. La rata mira al ratón de Ganesha, sujeto a su silla, tambaleándose bajo la mole del dios.

—¡Pobrecillo! —dice la rata—. ¿Cómo puedes llevar todo ese peso?

Y el ratón contesta:

—¿Qué peso?

Espero, pero ese es el final. Frunzo el entrecejo. También he oído cientos de versiones de esta historia. En la mayoría, no se encuentran con ninguna rata. Se encuentran con una cobra y el ratón, asustado, se encabrita y tira a Ganesha. Es rocambolesco, y muy divertido. Pero esta versión no la había oído nunca.

La detesto al instante. Y nunca acabará de gustarme. La detesto porque la entiendo. Kai me está diciendo que tengo que acoplarme a esta vida. Aceptarla, como he aceptado los demás papeles que me ha asignado.

Pero en Asheville empecé a crearme una Paula propia. La Paula de Asheville era lista y competitiva. Le gustaban los caballos y ponía en filas sus pegatinas de lectura con mucho cuidado. La Paula del condado de Paulding solo está empezando, pero ya sé que no se me va a dar bien aceptar ciertas cosas, sobre todo una vida que huele a veneno para las cucarachas. Ya sé lo que se siente al golpear a una chica tan fuerte como para hacerle vomitar el huevo del desayuno. El cuento que quiere la Paula del condado de Paulding es el de Kali haciendo pedazos a los Demonios de la Semilla Roja, venciendo contra toda probabilidad. En cambio, me dicen que me deje ganar, que pierda una y otra vez, hasta que perder se convierta en algo normal. Que agache la cabeza y que me convierta en la gorda culona el resto de mi vida, mientras esté aquí. Pasado un tiempo, me dice el cuento de Kai, ya ni siquiera lo notaré.

Pero yo no podía hacer eso. Ni siquiera creo que lo intentara.

Me cuesta imaginar a la Paula Vauss que sería hoy en día si nos hubiéramos quedado en Asheville. Y me resulta casi imposible imaginarme a la mujer que sería ahora si hubiera hecho caso de ese cuento y hubiera intentado aprender a comerme toda esa mierda y a verle las ventajas. Tal vez me habría caído del mundo. Quizá fuera un alma dulce y caritativa.

Quizá habría crecido con un hermano.

De pronto me preguntaba si cuando Kai me contó la historia del ratoncito de Ganesha ya sabía que estaba embarazada. ¿Existía ya Ganesh, es decir, Julian? Tal vez fuera una sola célula que se estaba convirtiendo rápidamente en dos. Pero había seguido creciendo. Y ahora era un diosecillo adulto que se sentaba sobre mi pecho hundiéndome las costillas.

Birdwine regresó del vestíbulo y cerró la puerta del despacho. Había recogido los papeles de Julian mientras yo estaba allí tumbada, fantaseando con dioses con cabeza de elefante y guerras demoníacas en vez de pensar en playas, como recomendaba Google. No era muy tranquilizador, a decir verdad. Con razón seguía echada en mi sofá de piel suave como la mantequilla, notando una opresión en el pecho y con los pies descalzos apoyados en un montón de cojines decorativos.

—¿Te ha visto alguien? —pregunté.

—Verona estaba otra vez en su mesa. He hecho como si los papeles fueran míos, como si se me hubieran caído a mí —dijo levantando la carpeta de Julian—. ¿Qué tal estás?

No estaba segura. Miré con expresión calculadora, por encima de los dedos de mis pies, las estanterías empotradas de la pared. Era curioso que recordara el viejo apodo que me habían puesto aquellas dos arpías en los aseos del colegio. Hacía años que no perdía el tiempo en odiarlas, o en pensar en ellas siquiera. Nunca regresé a aquel colegio, ni volví a verlas. Nunca tuve que aprender a sobrellevar esa carga.

Justo por encima de los dedos de mis pies, en el tercer estante por abajo, vi el sobre de color crema, dirigido al apartado de correos de Kai en Austin. No quería tenerlo en casa, pero no lo había tirado, ni lo había roto. Lo había traído aquí, con el cheque anulado y su nota en el dorso todavía dentro. Las letras rojas de la parte de fuera, *Devolver al remitente*, hacían juego con mi laca de uñas.

El sobre era el único desperdicio en aquellas estanterías que nuestra decoradora había diseñado meticulosamente para que reflejaran lo que ella llamaba el «lujo abogacial». Había dejado el sobre apoyado contra los libros encuadernados en piel, como un macabro recordatorio de un funeral, que nunca había tirado. Por primera vez, me pareció extraño. No, extraño no. Una auténtica locura. Lo había dejado allí y a continuación había creado a su alrededor un enorme punto ciego.

Intenté respirar hondo y descubrí que mis pulmones casi habían vuelto a funcionar por completo. Birdwine se sentó en la silla más cercana a mi cabeza, con una mueca neutral, levemente irónica, en el semblante. Mis zapatos descansaban uno al lado del otro sobre la mesa baja, delante de él, al lado de mi chaqueta. Birdwine los empujó hacia el centro para dejar sitio a la carpeta azul de Julian Bouchard, que había vuelto a llenar y cerrado cuidadosamente.

—¿Estás ya… eh… consciente? —preguntó.

—No me he desmayado —contesté, molesta.

—Lo sé —dijo Birdwine.

—Yo nunca me desmayo —añadí.

Notaba una opresión en el pecho pero mi corazón parecía seguir estando allí, sujeto a todo lo importante y cumpliendo su función, así que me incorporé. Me mareé al instante y Birdwine se acercó rápidamente al borde del sofá y me tumbó con delicadeza, apoyando las manos sobre mis hombros.

Miré sus manos y dije:

—¿Me has desabrochado el sujetador?

—Sí, pero no ha sido para que respiraras mejor ni nada por el estilo —contestó él, muy serio—. Me apetecía meterte mano.

—Ah, genial, entonces —contesté.

Ni siquiera había notado que me lo desabrochaba mientras me llevaba en brazos. Muy hábil por su parte. Él seguía con las manos posadas sobre mis hombros, y yo estaba descalza con el sujetador colgando, desabrochado, bajo la blusa de seda blanca. Pasado un segundo, la situación se volvió violenta. Birdwine había vuelto a trabajar para mí, pero procuraba mantener las distancias. Se apartó y volvió a su silla.

—¿Ha vuelto Julian? —pregunté, confiando en que me dijera que sí, que estaba esperando en el vestíbulo con el pico abierto de par en par como un polluelo hambriento.

—No lo he visto —contestó.

Bien. Necesitaba quedarme allí tumbada tranquilamente, en una habitación desprovista de hermanos sorpresa, mientras intentaba asimilar la noticia.

En algún momento tendría que verlo cara a cara. Devolverle su carpeta. Ver de nuevo aquellos ojos tan familiares para mí, incrustados en esa cara de niño, de mejillas tan tersas y blancas como las de Percy Bysshe Shelley, y pedirle disculpas. Aquel muchacho de pelo alborotado había venido a mí con la mano tendida, confiando en que pudiera ponerle sobre la palma a una madre amorosa y cerrarle suavemente los dedos a su alrededor. Pero yo no podía hacer eso. Ni siquiera tenía las cenizas de Kai en una urna sobre la repisa de la chimenea. Lo único que podía ofrecerle era aquel sobre.

«Ya está muerta», podía decirle. Tengo esta nota. ¿Prefieres quemarla o enterrarla?

—Lo he asustado —añadió Birdwine, algo molesto.

—¿Tú crees? —respondí con una media sonrisa.

Había salido en mi defensa al verme desfallecer y luego me había levantado en brazos y traído al despacho. Algunas de las líneas que había trazado con toda nitidez entre nosotros durante los últimos meses parecían de pronto torcidas y emborronadas. Yo no estaba segura de qué terreno pisaba. Probé a decirle gracias con cierta cautela. Sonó forzado, quizá porque me sentía en carne viva, como si me hubieran arrancado la piel y hubieran vuelto a ponérmela del revés. Lo intenté de nuevo:

—Gracias por echarme un cable.

—De nada —contestó—. Me siento mal por haber asustado al chico. Pero en ese momento estaba expresando mis verdaderos sentimientos.

—¿Qué ha traído? —pregunté echando un vistazo a la carpeta.

—No lo he leído, Paula —respondió, y esta vez fue su voz la que sonó algo forzada—. Yo nunca husmearía en tus asuntos personales. —Había vuelto a trazar una línea. Luego, sin embargo, levantó una ceja y suavizó sus palabras añadiendo—: A no ser que alguien me contrate para hacerlo.

—Ja, ja —dije yo—. No te estaba acusando. Solo digo que cuando un detective privado con experiencia que antes fue policía recoge un montón de papeles, tal vez repare en algunas cosas. No puedes apartar la mirada, Birdwine. No puedes obligar a tu cerebro a dejar de pensar.

Me deslicé hacia abajo y subí un poco los pies sobre el montón de cojines. Puestos el uno junto al otro, ocultaron por completo el sobre devuelto.

—¿Has visto, solo de pasada, algo que te haga pensar que el chico dice la verdad?

Meneó la cabeza.

—¿Sobre eso de que sois hermanos? Dímelo tú. ¿Te fijaste en si tu madre tuvo un bebé hace un par de décadas?

Hice un gesto negativo.

—Estaba en prisión el año que nació el chico. Si tuvo algún bebé, no se le ocurrió mencionármelo.

—Entiendo —dijo Birdwine, y lo mejor de todo es que era cierto: lo entendía. Había escuchado diversas anécdotas sobre Kai a lo largo de los años. Las suficientes para saber que no era precisamente una santa. Tocó la carpeta—. Solo de pasada… —Hizo una pausa para aclararse la voz—, *solo* de pasada, he visto unos documentos de adopción. Así que está buscando a su madre biológica.

—Y es Kai —dije yo en tono de afirmación, más que de pregunta.

Birdwine abrió las manos en un gesto de disculpa.

—No he visto nada que descarte esa posibilidad.

Si de veras tenía dudas, había un modo muy fácil de comprobarlo. William, mi mejor amigo, era genetista. Estaba de baja por paternidad y aún faltaba un mes para que se reincorporara al trabajo, pero podía pasarme por su laboratorio con Julian. Les dejaríamos una muestra de sangre o de cabello, o escupiríamos en un vasito.

Pero no tenía dudas, ese era el problema. Y no solo porque su nacimiento cuadrara en el tiempo, ni por el certificado de nacimiento con el nombre de Karen Vauss, ni porque el nombre que le habían puesto al nacer fuera Ganesh. Naturalmente, la suma de todos esos datos solo podía dar un resultado: Julian era mi hermano. Pero no se trataba solo de eso. También veía a mi madre en sus facciones.

Julian era mi hermano por parte de madre. Yo había cambiado el curso de su vida: no podía limitarme a contarle un par de anécdotas edulcoradas sobre la vida de Kai mientras tomábamos un café con galletas, darle una palmadita en la cabeza y mandarlo de vuelta con su familia adoptiva. Le debía algo más.

Su existencia cambiaba la historia. Su nacimiento, su pérdida, reconfiguraban la vida de mi madre y daban un nuevo color a todas sus decisiones. Todos los relatos que me había contado a mí misma acerca de ella (acerca de las dos) adquirirían un nuevo significado y una connotación moral distinta. Por mi culpa no solo había perdido veintidós meses de libertad y un novio. Había perdido un hijo.

Pero Birdwine no había acabado:

—Te diré lo que de verdad me preocupa. He visto una carta con el membrete de Worthy Investigations. Tim Worth es un buitre. No debería tener la licencia de detective. Cuando le encargan buscar a una persona desaparecida, en un día o dos saca a la luz todo lo que puede, que normalmente es mucho. Es muy bueno. Pero luego revela la información con cuentagotas, sin dejar de cobrar mientras tanto. Ha tenido a ese chico en ascuas desde noviembre pasado. — Al ver mi mirada interrogativa se echó a reír: le había pillado—. Me he fijado, solo de pasada, en que la carta estaba fechada.

«Qué mal momento», pensé. Para todos. El último cheque que había cobrado Kai, lo había enviado el quince de enero. Un buen detective habría encontrado a Kai el año anterior. Julian podría haber prescindido completamente de mí y haber conocido a Kai antes de su muerte. Seguramente antes incluso de saber que estaba enferma.

Birdwine comenzó a hablar otra vez, frotándose las manos en círculos como cuando exponía una hipótesis.

—Así que el chico está a punto de librarse del anzuelo, y Worth le habla de ti para evitar que se le escape, confiando en que la pague un mes más. Me apuesto diez a uno a que Worth sabe exactamente dónde está tu madre desde el día en que aceptó el caso.

—Mi madre no está en ninguna parte —respondí.

Relajé los tobillos y separé los pies. El sobre apareció entre ellos, humildemente cerrado. Volví a juntar los dedos gordos, jugando al escondite con un telegrama de guerra. Entreteniéndome en juegos infantiles como un cadáver de papel metido en una bolsa de papel. Birdwine me miró de reojo y de pronto pensé: «¿Qué demonios?». Probé a decir:

—Creo que Kai está muerta.

Incluso a mí me sonó raro.

75

—Vaya, siento… Espera, ¿qué? —La nota de tristeza que contenían mis palabras le había hecho reaccionar, pero vaciló al darse cuenta de cómo lo había expresado—: ¿Qué quieres decir con que *crees* que está muerta?

Señalé el sobre agitando la mano.

—El invierno pasado me mandó una nota. Está ahí si quieres leerla.

Se levantó y fue a recogerla. Mientras la leía, noté que las preguntas se le agolpaban en la boca. Se movían de un lado a otro, tan inmasticables como si tuviera los carrillos llenos de canicas. La primera que salió fue:

—¿No fuiste a verla?

—No —contesté—. Dale la vuelta, hay otra frase en el margen.

Giró el cheque y la leyó.

Evidentemente, no quiero que vengas.

Volvió a mirarme. Sus ojos de párpados caídos tenían una expresión aún más triste.

—Dios mío, qué duro. ¿Crees que lo decía en serio?

—Si no lo decía en serio, podría haberme avisado. Mi dirección y mi número de teléfono estaban impresos en todos los cheques. Yo, en cambio, no tenía su número desde hacía más de diez años. Ni siquiera sé qué nombre estaba usando. Estuve ocho meses enviándole los cheques a un apartado de correos de Austin. Y antes de eso se los enviaba a otros apartados de correos, en distintos estados. Yo no me he mudado ni he cambiado de trabajo. Sabe dónde estoy si quiere encontrarme. —Me detuve y Birdwine levantó las cejas. Él también se había dado cuenta de que había hablado en presente, resucitando a mi madre gracias a la gramática—. Sabía dónde encontrarme si hubiera querido —puntualicé—. Está muerta.

—No pareces muy segura —respondió.

—No. Estoy segura. Su nota dice «Semanas, si tengo suerte». Así que… Los primeros dos meses fueron duros, no voy a negarlo. Todos los días me preguntaba si mi madre habría desaparecido de la faz de la Tierra o si se habría reencarnado en una rata de laboratorio o una vaca de engorde: en algo convenientemente peyorativo.

—O si seguía en alguna parte, sufriendo, muriéndose muy poco a poco, sin querer que fuera a verla—. Ahora ya no pienso en ello.

O, cuando pensaba, sentía sobre todo un alivio espantoso. Verdaderamente espantoso, como el que siente una persona a la que le dicen que no tiene que seguir llevando el peso de su brazo izquierdo, podrido y gangrenado. Apesta, duele, te está matando literalmente, pero aun así es el único brazo izquierdo que vas a tener en toda tu vida.

—Podría haberla buscado por ti —dijo Birdwine.

—Lo sé —contesté, dando por sentado que era un favor—. Pero ¿qué habría hecho luego? ¿Volar a Texas para que me diera una patada en la boca en persona? Ya me había dado una bien fuerte a mil kilómetros de distancia.

Y sin embargo, en aquel mundo extraño y nuevo que albergaba a un Ganesha desconocido hasta entonces, ¿hasta qué punto podía reprocharle que me hubiera tratado así? Aún no lo sabía.

Birdwine seguía teniendo el cheque de lado. Releyó la frase: *Evidentemente, no quiero que vengas.*

—Joder —dijo por fin, y volvió a guardarlo en el sobre.

—Sí, cuesta asumirlo —contesté—. Pero yo he tenido años para hacerlo. Mucho antes de que muriera, se había reinventado y convertido en una mujer sin hijas.

—No —dijo Birdwine al instante, tajantemente. Volvió a dejar el sobre en el estante, apoyado contra los libros, en el mismo lugar que ocupaba antes. Mis pies, apoyados sobre los cojines, volvieron a ocultármelo—. Una madre no puede hacer eso.

—Kai sí podía. Fíjate en lo que ha pasado hoy, Birdwine. Por lo visto tengo un hermano y nunca me lo dijo, ni siquiera me lo insinuó.

¿O sí? Cuando volvió de prisión, Kai estaba cambiada. Pensé que se debía a que, según los términos de su libertad condicional, no podría marcharse de Atlanta hasta ocho años después. Estaba legalmente atada a una historia que se le había atragantado. Yo le había costado dos años de su vida, y ocho más de libertad. Por mí había perdido a Dwayne. Pero esas cosas solo camuflaban una pérdida aún mayor. Después de salir de prisión, Kai bebía más, cantaba menos, contaba menos historias. Ya no era la Kai que me acurrucaba y me hablaba en susurros. Ya ni siquiera se enamoraba: salía con Marvin, un tipo insulso que la ayudaba a pagar el alquiler y se quedaba a dormir todos los martes. Pero a veces, las tardes en que estaba triste y le daba por beber vino, todavía contaba algún cuento de Ganesha. «Hace mucho, mucho tiempo, ahora mismo, el pequeño Ganesha y su madre jugaban en el río…».

Birdwine meneó una mano, zanjando el tema de un plumazo, y volvió a su silla.

—Mis condolencias.

—No hay por qué darlas. —Separé los pies para ver el sobre. «Ahora me ves». Los junté. «Ahora no me ves»—. Eres la primera persona a la que se lo digo —añadí, sorprendida todavía por habérselo contado. Tal vez fuera por el lugar que ocupábamos: yo tumbada en el sofá y Birdwine sentado junto mi cabeza como un psicoanalista.

—¿Te refieres a que ha muerto? —preguntó. Asentí con la cabeza, y él levantó las cejas—. Pero si han pasado meses.

—Sí.

Se inclinó hacia delante.

—¿No se lo has dicho a *nadie*? —preguntó con énfasis.

Parecía incrédulo. Quizá deberíamos haberle hecho la autopsia a nuestra relación el invierno anterior. En realidad, me estaba preguntando si ese *nadie* incluía también a William, mi mejor amigo. Normalmente, William quedaba excluido de esa categoría. Cuando Birdwine me dejó porque «no podíamos hablar», le dije que a ninguno de los dos se nos daba bien contar intimidades. Se rio ásperamente y contestó:

—Tú hablas con William, y yo hablo en mis reuniones. Pero no me conoces, Paula, ni quieres conocerme. Si me conocieras, no te gustaría demasiado. Así que más vale que lo dejemos de una vez.

Me encogí de hombros lo mejor que pude, tumbada.

—Solo te lo he contado a ti. Ahora mismo.

Y era cierto. Pero la pura verdad era que William estaba en casa con su mujer y su hijo recién nacido, después de un embarazo que había sido difícil desde el principio. No iba a cargarle con mis problemas hablándole de Mi Madre Muerta ni de Mis Ataques de Ansiedad. Bastante atareado estaba ya, y de todos modos Kai seguiría muerta cuando William bajara de su nube de padre primerizo.

—En esto estoy sola, Birdwine.

Parecía estar reflexionando. Yo le dejé, y entre nosotros se hizo un breve silencio. Pensé en volver a abrocharme el sujetador pero todavía notaba aquella opresión en el pecho. Metí la mano debajo de la blusa y empecé a quitármelo mientras todavía estaba tumbada. Lo había hecho muchas veces delante de Birdwine, claro que bajo circunstancias más festivas (debajo de Birdwine, más concretamente).

Puede que él estuviera pensando lo mismo, porque miró para otro lado.

—Perdona, pero es que me está molestando. ¿Cómo es que sabías que tenías que desabrochármelo? —le pregunté, intentando que la escena recordara menos a *Flashdance*.

—Mi hermana también se marea cuando está estresada —respondió—. Se quita todo lo que la oprima y pone los pies en alto.

Me saqué el sujetador por el hueco de la manga y lo tiré encima de la chaqueta. Era sencillo, blanco y terso, diseñado para que no se viera bajo la blusa.

—No sabía eso de tu hermana —comenté.

—Hay muchas cosas que no sabes. Nosotros, los Birdwine, escondemos muy bien nuestras cartas —respondió, y luego me miró a los ojos—. Se nos da muy bien el póquer.

Sentí entonces una especie de hormigueo en la tripa. Una sensación que no tenía desde hacía mucho tiempo. Me apoyé en los codos y comprobé satisfecha que no me daba vueltas la cabeza y que las náuseas habían remitido. De pronto era consciente de lo fina que era mi blusa de seda, de lo desnuda que estaba debajo. No sé qué tiene la seda, que con ella te sientes más que desnuda. Habría sido agradable, verdaderamente agradable, levantarme y salir de allí. Agarrar a Birdwine y llevarlo a algún lugar tranquilo antes de que pudiera reaccionar. Dejar de pensar en mi hermano sorpresa y en cómo había dado un vuelco a mi pasado y teñido mi futuro de un tono de gris turbio. Dejar que el mundo siguiera rodando sin supervisión.

Recordaba muy bien lo tierno y brusco que podía ser Birdwine. Recordaba cómo me arrojaba hacia la cama y me cogía antes de caer, sujetándome la cabeza con su manaza para que no me golpeara con el cabecero.

Volvió a mirarme, pero no supe interpretar su mirada. Era cierto que jugaba muy bien al póquer: de eso también me acordaba.

Tocaron rápidamente a la puerta dos veces (una llamada de puro trámite) y un instante después se abrió de par en par y apareció Nick. Y lo que era peor aún: iba seguido de una clienta, una pija de cuarenta y tantos años con el pelo a media melena y una relamida diadema de flores en la cabeza. No la conocía, lo cual significaba que era nueva o, peor aún, una posible clienta a la que Nick intentaba granjearse.

Nick, que estaba hablando al entrar, se paró en seco en la puerta y se quedó callado al verme. La clienta chocó con él. Yo bajé los pies bruscamente, dispersando los cojines.

Nick abrió la boca al ver la escena. Allí estaba yo, luchando por incorporarme, con las piernas desnudas, descalza y con el sujetador en la mesa, blanquísimo sobre mi chaqueta negra. La mitad de los cojines del sofá estaban ahora dispersos por el suelo, y sentí el olor del leve chisporroteo eléctrico que se había apoderado de mí un momento antes, impregnando de sexo el aire.

—Por Dios, Paula —dijo Nick, y se le inflaron las aletas de la nariz.

Por encima de su hombro, los ojos de la clienta se habían vuelto grandes y redondos como los de un gálago. Diez a uno a que era una anglicana devota. Qué suerte la mía.

—Te estás equivocando —le dije a Nick, incorporándome, pero ni su cara ni sus conclusiones variaron lo más mínimo.

Debería haber sabido que yo no haría algo así: que no me tiraría a un hombre allí, como una principiante, con la puerta del despacho abierta y en horas de trabajo. Pero estaba demasiado molesto conmigo para pararse a pensar, sobre todo hoy, que no me había presentado en la reunión y habíamos perdido una clienta. Y ahora doña Prudencia Diadema parecía dispuesta a huir despavorida siguiendo los pasos de Oakleigh. Se tapó la boca con la mano y, con solo echar un vistazo a su alianza de boda cargada de diamantes, comprendí que Nick tenía especial interés en que contratara nuestros servicios.

Birdwine se levantó y se interpuso entre nosotros.

—Hola, Nick. Señora. Por favor, discúlpennos. Paula acaba de recibir una noticia espantosa. Su madre ha muerto.

Sus palabras sacudieron la habitación como un segundo terremoto. Vi que la clienta trataba de reacomodar su expresión virando hacia la lástima, y que finalmente optaba por el asombro. La tristeza por la muerte de mi madre no explicaba el sujetador que había encima de la mesa, y Birdwine, grande y musculoso, con sus botas de obrero y su camisa arrugada y sin remeter, no encajaba en sus esquemas mentales.

—Ah, no lo sabía —dijo Nick. Su tono se había vuelto solícito, pero seguía mirándome con frialdad. Sabía que hacía mucho tiempo que Kai y yo no nos hablábamos.

—Sí, ha sido todo un *shock* —le dijo Birdwine.

Yo me hice la desfallecida y dejé que mi lenguaje corporal respaldara su historia.

—Soy Zach Birdwine, el detective privado de Paula. Por favor, disculpe mi atuendo. Hasta hace diez minutos, estaba en una misión de vigilancia. —Esbozó su sonrisa formal, con la boca cerrada, y dio un paso adelante mientras se presentaba.

La clienta se relajó un poco, le estrechó la mano y, tras farfullar su nombre, me dio el pésame en voz baja.

Nick bajó la mirada para enderezarse las solapas de la chaqueta, que estaban perfectamente cortadas y no necesitaban que las enderezara. Estaba claro que aquella historia de dudoso origen sobre mi madre muerta no iba a disipar su enfado.

—No lo estoy llevando bien, Nick —dije—. Lo lamento. —Lo decía en serio, y en más de un sentido.

—Y yo lamento tu pérdida. Luego hablaremos. —Me lanzó una mirada calculadora, sin dejarse aplacar.

—Sí, deberíamos sentarnos a hablar —contesté—. ¿El lunes, quizá? Ahora mismo debería irme a casa, tengo que ocuparme de algunas cosas.

Nick no podía hacer gran cosa habiendo una clienta en la habitación. La mujer ya se había tragado la historia de Birdwine y me miraba con compasión sincera.

—Desde luego —dijo—. No te preocupes. Catherine y yo podemos arreglárnoslas bien sin ti —añadió en tono cortés, pero sus palabras sonaron a amenaza cuando clavó sus ojos en mí.

Yo le sostuve la mirada, y entre nosotros pasó todo un mundo. No estoy segura de qué es lo que vio en mi cara, pero la expresión de su boca se suavizó cuando dijo:

—Vete a casa. Creo que tienes la agenda despejada. Da la impresión de que tienes muchas cosas que resolver en este momento, y me figuro que tendrás que tomar ciertas decisiones.

A largo plazo, quería decir, pero la clienta, por supuesto, no se dio cuenta.

—¿Tiene usted que llevarla a casa? —le preguntó a Nick en voz baja—. ¿O llamar a alguien? No debería estar sola.

—Yo la llevaré a casa, señora. Llamaré a sus allegados —afirmó Birdwine.

«Mis allegados»: bonito toque. Mis allegados eran dos amigos con un bebé recién nacido, mis socios (que estaban cabreados conmigo), un hermano repentino y un sobre. Aun así, aquella expresión tan sureña evocaba una estampa de tías carnales provistas de cacerolas con estofado y cloqueantes vecinas portando bizcochos. La clienta se tranquilizó al ver que una persona alta, con un cromosoma Y y botas de obrero se hacía cargo como era debido de los pormenores del deceso. Así, ella podía volver al tema de su divorcio.

Nick la condujo fuera del despacho y dejó la puerta entreabierta a propósito. No hacía falta que se molestara. El brote de deseo que había despuntado dentro de mí se había esfumado por completo, sumiéndose en el hoyo profundo en el que se había enterrado hacía meses. En cuanto a Birdwine, ni siquiera estaba segura de que hubiera captado aquella vibración en el aire. Me miraba pensativamente, nada más.

Me levanté y me puse la chaqueta, guardé el sujetador en el bolsillo, dejé los zapatos en el suelo y me calcé. Recogí la carpeta azul de Julian. Tenía que devolvérsela tarde o temprano, y no sabía cuándo iba a volver al despacho. Después de pensármelo dos veces, también recogí el sobre de Kai de la estantería.

Al bajarlo, sentí el impulso repentino e irrefrenable de contarle a Birdwine el cuento de Kai sobre el ratoncito de Ganesha. Sucedió hace mucho, mucho tiempo. Está sucediendo ahora. Le di la vuelta al sobre dos veces y entonces lo entendí: quería contárselo a Birdwine porque lo estaba viviendo. Todo ese tiempo había sido el ratón de Kai, con su silla y su brida. Al recibir el cheque devuelto, había sentido un alivio inmenso: por fin podía dejar de cargar con ese peso. El alivio había sido tal que no me había dado cuenta de que aún no me había librado de él: seguía cargando con Kai, y su peso me estaba aplastando.

«¿Qué peso?».

Kai y yo dejamos de hablarnos el día en que me fui a la universidad. Ella se marchó de Atlanta antes de que yo regresara de la facultad de Derecho, al concluir su libertad condicional, y sin embargo yo tenía su cadáver de papel en un estante desde hacía cinco meses. Estaba descuidando mi negocio y dejando en la estacada a mis socios. Trabajaba gratuitamente defendiendo a mujeres jóvenes y no violentas a las que sus novios habían metido en líos, como si fuera la santa patrona de las tontas del culo. Ni siquiera me acordaba de cuándo había sido la última vez que había echado un polvo y me daban ataques de ansiedad porque veía fantasmas con faldas de seda y ojos verdes.

Y ahora, además, existía Julian.

«¿Qué peso?».

Me volví hacia Birdwine.

—No sé qué hacer ahora.

Aquello no era propio de mí. Probablemente no había empleado esa sucesión de palabras desde que tuve edad de votar.

—Yo sí lo sé —respondió él, y se levantó—. Voy a ir a Worthy Investigations y a sacarle a Tim el expediente de Julian aunque tenga que molerlo a palos. Julian ya habrá pagado de sobra por esa información.

Lo dijo como si diera por hecho que yo pensaba ayudar a Julian, y aquello me sorprendió. Aparte de las escasísimas personas que formaban mi círculo más íntimo, la mayoría de la gente habría apostado algo a que mi siguiente paso sería cerrar con llave la puerta del despacho y tirarme a Birdwine en el sofá. O tal vez tenderle una emboscada a Oakleigh Winkley, convencerla de que volviera a contratarnos y hacer morder el polvo a su marido. Cualquiera de esas dos vías cuadraba con mi reputación. Pero ¿ayudar a Julian? Parecía una opción tan improbable que nadie, ni siquiera el camarero del bar al que solía ir, se habría inclinado por ella.

Ignoraba que Birdwine me conociera tan bien. Mientras compartíamos cama o quizás incluso antes, durante los años en que solo habíamos sido colegas, debía de haberme observado muy atentamente, a su manera siempre callada y vigilante.

Yo, por mi parte, lo veía como un activo profesional, como un amigo y más tarde como un compañero de cama conveniente. Lo consideraba enormemente valioso en el desempeño de esas tres funciones y, después de que me dejara, había invertido un enorme esfuerzo en conseguir que volviera a formar parte de mi equipo. Pero la pura verdad es que también me había parecido demasiado estragado para tomármelo en serio. Una calamidad. Alguien que no estaba a mi altura. Y no me habría acostado con él si lo hubiera visto de otro modo.

No podía prever su conducta del mismo modo que él preveía la mía. Me había sorprendido que hubiera salido en mi defensa en

84

el vestíbulo, y eso hacía que me sintiera avergonzada, sobre todo porque últimamente no veía tanta diferencia entre nosotros. Tal vez por eso me acerqué a él y le hablé como solo hablaba con William o con mi gato.

—En los cuentos que contaba Kai, había veintiocho infiernos que giraban en el espacio, al sur de la Tierra. Muy al sur, justo al fondo del universo. A veces alguno se desprendía de los demás y se venía derechito a la Tierra. Creo que ahora mismo tengo al menos cuatro de esos infiernos metidos en el cuerpo, Birdwine —dije en voz baja y temblorosa. Estaba asustada y cansada, y no intenté ocultarlo. Era un alivio no tener que ocultarlo—. Quiero portarme bien con ese chico, pero ¿cómo voy a hacerlo? Está buscando a su madre.

—No solo a su madre. Ha venido a conocerte —respondió Birdwine.

Solté un bufido.

—Pues se ha encontrado con una hermana a punto de quedarse en paro, con reputación de arpía y un trastorno de personalidad en ciernes.

—Dicho así… —Se rio—. Bueno, entonces busca a Kai.

—Está muerta —contesté con aspereza.

—Lo sé, Paula —repuso en el tono que se emplea para aplacar a los lunáticos—. Y noto por tu forma de respirar y tus temblores que estarías encantada de dejar las cosas como están. —Aquello me hizo sonreír—. Averigua dónde murió y dónde está enterrada. Te sentirás mejor, y el chico parece muy formalito. Le gustará tener un sitio donde plantar unas margaritas para agradecerle a Kai que lo trajera al mundo.

Asentí con un gesto. Él añadió:

—Lo bueno es que Nick parece pensar que necesitas un descanso. Podríamos ir a Worthy Investigations mañana por la mañana.

Que hablara en plural me dejó pasmada. A mi modo, le había pedido dos veces que me ayudara. Ahora me estaba diciendo que sí. Me estaba ofreciendo su amistad o algo parecido y, ¡ay de mí, dioses y pececitos, qué falta me hacía un amigo en ese momento! Su oferta se convirtió en una especie de cosa viva entre nosotros, tan nueva, rosada y parpadeante que me puso nerviosa. La acepté con una inclinación de cabeza y de pronto Birdwine pareció tan incómodo como yo.

—Pásame un cuaderno —dijo—. Los datos de contacto del chico están en la carpeta, pero tienes que darme algún tiempo antes de fijar una cita. Voy a comprobar sus datos de la Seguridad Social y hacer algunas averiguaciones, solo por si acaso.

Le di un cuaderno de mi mesa y estuvo un momento inclinado sobre la carpeta azul, haciendo anotaciones. Luego se dirigió a la puerta y antes de salir volvió a mirarme.

—¿Quieres que pase a recogerte mañana?

Negué con la cabeza.

—Tu coche huele como un calcetín usado. Te llevo yo. ¿A las nueve?

—A las diez —contestó—. ¿Por quién me tomas, por un salvaje? —Cerró la puerta al salir.

Aún faltaban horas para que acabara mi jornada laboral. Debía ir a buscar a Nick e intentar arreglar las cosas con él, o al menos dedicar la tarde a algún caso lucrativo. Me levanté tambaleándome, pero sabía que solo estaba posponiendo lo inevitable. El doble ataque de ansiedad me había dejado tan agotada que no podría concentrarme en sacar tajada al sustancioso patrimonio de nuestra airada clientela.

Así pues, recogí mi portátil, la nota de Kai dentro del sobre devuelto y la carpeta azul que se había dejado Julian y me fui a casa. Quería averiguar todo lo que pudiera sobre mi nuevo hermanito. A fin de cuentas, acababa de convertirse en heredero de la mayor deuda de mi vida.

4

Contraigo esa deuda en el condado de Paulding, Georgia, una deliciosa noche de primavera en que mi madre toca su mandolina y canta canciones de campamento. Estoy hundida en un viejo puf, en el porche de Dwayne. Tengo abierto sobre el regazo uno de los cuadernos de dibujo de Kai. Intento copiar su forma de dibujar ojos pero está demasiado oscuro. La luz del porche está fundida y Kai ha encendido velas. De todos modos no puedo concentrarme.

Entorno los ojos para mirar a través del jardincillo bordeado de enredaderas. Está formado por tierra y hierbajos y moteado de luciérnagas, todas ellas en busca del amor verdadero, encendiendo y apagando sus colas en la penumbra creciente. Cuesta ver más allá de la luz de las velas, pero tengo la impresión de que algo se mueve entre las enredaderas. Puede que sea solo un ciervo. Vienen a veces, con la esperanza de comerse los brotes tiernos de la marihuana.

¿Es un ciervo? No sé si quiero que lo sea o no. Llevo días sintiéndome enferma y asustada, con el corazón en un puño.

Kai, sin darse cuenta de nada, está arrellanada en el sofá hundido del porche, con la falda subida casi hasta las caderas. Tiene sus largas piernas apoyadas sobre el regazo de Dwayne y toca su desvencijada mandolina sujetándola en un ángulo extraño. El farol antiinsectos la acompaña con su percusión irregular. Toca regular, pero su voz de contralto, densa y lánguida, suele adormecerme dulcemente. Esta noche no, sin embargo.

Dwayne se inclina sobre sus piernas y escarba en el cenicero hasta encontrar un porro fumado a medias. Lo enciende con su Zippo y se lo tiende a Kai. Ella detiene su canción el tiempo justo para dar una calada y retener el humo.

—Hay un hoyo en el centro del mar —dice con voz ahogada, y se atraganta al echar un chorro de humo. Dwayne se ríe y a él también le da la tos cuando ella vuelve a recuperar el aliento—. Hay una rana en el saliente del leño que hay en el hoyo que hay en el centro del mar…

Se comporta como si esto fuera un capítulo más en nuestra historia siempre cambiante: ella saltando de hombre en hombre y yo siempre a remolque. Nunca me había resistido ni había cuestionado sus decisiones, porque nuestra vida en común tenía por raíz una verdad incuestionable: que a mí Kai no me quería como quería a sus novios.

Su amor por un hombre es como la luz de una luciérnaga que se enciende y se apaga al otro lado de un prado. Empieza con mentiras y besos. Degenera en peleas y aburrimiento. Termina con las maletas hechas a toda prisa y, en ocasiones, con un robo. Es fácil de reemplazar por un nuevo amor.

Lo que hay entre Kai y yo siempre ha sido mucho más. Hemos sido una unidad, solas ella y yo. A mí me gustaba bastante, hasta lo de Asheville. En Asheville tenía una vida separada de la suya, del mismo modo que ella tenía una vida aparte con Hervé. Cuando Hervé me llamó «mierda de cría» se me encogió el corazón porque comprendí que tenía los días contados. En menos de un mes, aquello le costó su noviazgo, su provisión de pastillas, su viejo Mazda y todo el dinero que tenía en casa.

Aquí, Kai me tiene a mí y también tiene a Dwayne. Yo la tengo a ella, y tengo un colegio en el que me llaman «gorda culona». Entiendo que hayamos tenido que largarnos de Asheville, pero no puedo quedarme aquí, en este sitio. Se lo dije. Por lo menos lo intenté, pero ella me salió con el cuento de Ganesha. Ya estoy harta de esperar. Mi cuerpo es una pelota de gomas retorcidas, tensas y prietas. El ciervo que quizá no sea un ciervo se mueve entre las trepadoras, y viene con amigos. Los siento, más que verlos: un cúmulo de movimientos en los bosques en sombras que nos rodean.

—Hay un… —Kai se para en mitad de su canción—. No sé qué hay en la rana.

—¡Una verruga! —exclama Dwayne alegremente y con decisión, aunque se equivoca.

Kai dice que no con la cabeza y me mira.

—¿Qué hay en la rana?

Una mosca. Pero yo me quedo callada, con los hombros encogidos, sentada tan tiesa como puede sentarse una en un puf. Miro hacia la oscuridad buscando movimiento entre las enredaderas. ¿El viento, un ciervo o mi salvación?

—¡Verruga! ¡Verruga! ¡Verruuuuga! —aúlla Dwayne alargando la «u» como un lobo. Lleva toda la tarde bebiendo cerveza del tiempo, y no ha comido ni un solo perrito caliente.

—Vale ya, loco —le dice Kai riendo, y empieza a cantar otra vez, poniendo una verruga en el lugar que le correspondía a la mosca.

Apoya la cabeza en el sofá mientras canta y su oscura mata de pelo se derrama sobre el brazo alto del sofá. Dejo de escudriñar las enredaderas para mirarla. Su cuerpo es una cinta de músculos elegantes, de pechos pequeños y trasero bien marcado. Sus piernas desnudas se estiran y doblan sobre el regazo de Dwayne, la piel tan pálida y tersa como la porcelana.

Me hundo un poco más en el asiento. Tengo el pelo alborotado y la cara redonda. «Gorda culona», gorda culona. Agarro mi barriga blanda y la aprieto con las manos. Kai me ve mientras acaba de cantar su estrofa. Deja a un lado la mandolina y sonríe y suspira al mismo tiempo.

—Deja de preocuparte por tu barriguita. Yo la tenía exactamente igual a tu edad. Dentro de nada vas a gastarla en fabricarte unas tetitas preciosas y un buen trasero. Toda esa grasa de bebé acabará por gustarte en cuanto ocupe el sitio que debe.

Yo frunzo el entrecejo, suelto mi tripa y cruzó los brazos sobre ella. Kai se ha dado cuenta de que soy infeliz, pero se equivoca respecto al motivo. No me ha escuchado.

—¡Ay, la pequeñina se ha enfadado porque he dicho que van a crecerle las tetitas! —exclama. Se levanta y me tiende los brazos—. Ven aquí, mi niña.

Sonríe, emporrada. Una sonrisa cálida y bondadosa. Puede que lo que se movía en la enredadera fuera solo un ciervo. Con mi madre así, tan guapa, sonriéndome mientras me tiende las manos, deseo (casi, casi) que sea un ciervo.

Me acerco a ella y me abraza con fuerza, envolviéndome en su olor, pero la tensión que me atenaza los huesos no se afloja. Mantengo los hombros encogidos mientras me aprieta, y los brazos cruzados sobre mi tripa blanda. Le dije que no me mandara otra vez al colegio. Se lo dije.

Ella nota mi rigidez y me da un beso en el pelo.

—Mi pequeñina está enfurruñada. Crecer tiene sus cosas divertidas. Ven adentro, escoge un color y te pinto las uñas de los pies como a una mayor, para practicar. —Se pone a cantar otra vez mientras nos levantamos, pero ya no canta la canción de campamento—. ¡Jai Kali, Jai Kalika!

Su voz neblinosa, cantando mi nombre de bebé, suena cálida y dulce junto a mi oído.

«Aquí, en Occidente», me ha dicho muchas veces, «pensamos que Kali es una diosa perversa. Pero el nombre que te puse, Kali Jai, significa literalmente "Yo te saludo, Madre"».

Dejo que me lleve hacia la puerta mientras canta mi canción con su voz baja y pastosa, y de pronto pienso que, incluso prescindiendo de la piel azul y la larga lengua roja, de la falda hecha de manos humanas y de las armas, sigue siendo un nombre extrañísimo para ponérselo a tu hija. ¿«Yo te saludo, Madre»?

La madre es Kai. Así que la traducción de mi nombre vendría a ser «¡Hey, Kai!».

Miro hacia atrás mientras ella abre la puerta trasera. Los ciervos de la enredadera nos tienen completamente rodeados. Las hojas se mueven tanto que Dwayne se da cuenta.

—¡Eh, calla un momento, nena! —dice.

Pero llega demasiado tarde.

Salen como un enjambre de la oscuridad azulada. Me sorprende cuántos son, lo rápido que se mueven. Son hombres de verdad, grandes y aparatosos, con sus chalecos puestos. No distingo bien sus formas entre las sombras que se mueven a su alrededor. Las armas que llevan alargan sus brazos negros, y gritan en un coro estruendoso, ordenando que nos estemos quietos, que nos tumbemos en el suelo, que nos quedemos ahí.

Se me inflama el corazón. Estoy paralizada de júbilo, enferma y aturdida de puro terror. Deseaba que vinieran y han venido. Deseaba que hubiera un modo de escapar y aquí está: se nos ha acercado por la espalda, atravesando el bosque y dejando atrás el cobertizo herrumbroso. Han llegado mientras Kai cantaba «¡Jai Kali, Jai Kalika!», como si mi nombre fuera la señal.

Ahora tendremos que mudarnos. Tengo la vaga idea de que la policía confisca las casas donde se ha cometido un delito. Lo siento por Dwayne, pero al padre de River lo detuvieron en una redada por cultivar marihuana y solo le cayeron seis meses. Dwayne ya había cumplido dos años por robo, y antes de eso había pasado algunas temporadas en un centro de internamiento juvenil. Seis meses no es nada, pero en términos de Kai es mucho tiempo. Rara vez está sin pareja tres meses, y cuando Dwayne salga de la cárcel seremos otras y hará mucho tiempo que nos habremos marchado.

—¡Eh, eh, eh! —grita Dwayne levantando las manos.

—¡Al suelo! —le grita el policía que está más cerca.

Dwayne se desliza del sofá al suelo, pero Kai me agarra y grita algo tan cerca de mi oído que el sonido se distorsiona y no entiendo lo que dice. Tira de mí hacia atrás, hacia la casa. Oigo los gritos de advertencia de los policías, fuera. Ella cierra la puerta con llave y corre hacia el dormitorio principal tirando de mí.

91

—¡Para! —le digo, pero sigue tirando.

Las cosas no están saliendo como deberían. A Tick lo detuvieron una vez en el Dairy Queen, y ahí se acabó lo suyo con Kai. Cuando entró la policía, Kai puso las manos sobre la mesa, una a cada lado de su helado de nata con chocolate.

—Estate quieta —me dijo—, no vienen a por nosotras. —Y tenía razón.

Ahora, en cambio, cierra de golpe la puerta del dormitorio y echa la llave. Corre a la mesilla de noche y saca del cajón las pastillas de Hervé. Yo me había olvidado de las pastillas que robó y que todavía guarda en su mesilla de noche. Sus huellas están por toda la bolsa.

—Creo que no deberías… —digo, pero ya ha echado a correr hacia el baño.

Me quedó clavada en el sitio escuchando los golpes y luego un estrépito. Han echado abajo la puerta de atrás. Oigo el ruido de la cisterna en el cuarto de baño. Kai va a meterse en un lío. Corro a la ventana. Está oscuro aquí dentro, pero el porche trasero está inundado de luz y veo que han hecho tumbarse boca abajo a Dwayne. Tiene las manos enlazadas en la espalda. Oigo a mi negro ejército irrumpiendo en la casa, a los hombres moviéndose de habitación en habitación, gritando «¡Despejado!» con voz firme y enérgica.

Suena otra vez la cisterna y oigo maldecir a Kai. Oigo rajarse la madera y retrocedo apartándome de la ventana y de la puerta cerrada. Me pego a la pared. Kai sale corriendo del baño, se acerca a mí, me rodea con el brazo.

—No pasa nada —dice, pero sí que pasa.

Fuerzan la puerta. Corren hacia nosotras, armados y gritando. Sus manos nos separan. Un hombre tira a Kai al suelo. Algo va mal. Me apartan de mi madre a tirones. Me resisto, clavo los talones al suelo, y me levantan en volandas. Me convierto en un fofo saco de patatas que chilla y patalea.

Lo están haciendo mal. Cuando fui en bici al Dandy Mart y llamé a emergencias desde un teléfono público, le dije a la operadora que a nosotras nos dejaran al margen. «¿Quiere informar de una emergencia?», me preguntó, y yo le dije que se trataba de Dwayne. «El nuevo novio de mi mamá tiene plantada muchísima marihuana. Laraby Lane, número treinta y dos, en Paulding. De la marihuana se ocupa él y la vende, así se gana la vida. Él, nosotras no. Mi madre y yo acabamos de mudarnos aquí». Estos hombres no parecen saberlo. Solo saben que Kai ha salido corriendo cuando le han dado el alto. Mientras me sacan a la fuerza de la habitación, veo llorar a mi madre. La están esposando, y es culpa mía. Todo esto es culpa mía.

—¡No! ¡No! —le grito a mi ejército, pero mi ejército no me escucha.

No saben que me pusieron el nombre de la diosa de la destrucción, la de la piel azul. Ignoran que yo soy la fuerza que los ha puesto en movimiento. Nadie lo sabe. Ven solo a una niña bajita de sexto grado, regordeta y tan pequeña que no hay que tomarla en serio.

—¡Cariño! —grita Kai. Ella tampoco lo sabe—. ¡No te preocupes! Vete con ellos. ¿Cariño? ¡No pasa nada!

Mientras mi cuerpo se afloja, me llevan a mi habitación, que aún huele a espray anticucarachas. Esto no va bien. Yo los he llamado, y ahora van a llevarse a mi madre. He partido en dos ese planeta llamado Kai y Yo, pero solo quería encontrar un modo de escapar de aquí, ella y yo, las dos juntas.

Una policía se sienta a mi lado, esperando a los Servicios Sociales. Tengo once años: no entiendo la diferencia entre el padre de River, que tenía dos matas de marihuana llamadas Lydia y Jilly, y Dwayne, un delincuente común con un invernadero en el sótano lleno de plantones y un montón de matas maduras sembradas en el bosque.

Más allá de mi ventana, la explanada es un mar de luces rojas y azules. Yo los llamé y han venido a llevarse a mi madre. Le toman las huellas dactilares y vuelve a ser Karen Vauss, una chica de Alabama con antecedentes juveniles y sin historial laboral conocido. La acusan de obstrucción a la justicia y destrucción de pruebas materiales.

A mí me llevan a un centro de acogida temporal. Hay mucho ruido y da aún más miedo que el colegio. Cierro con fuerza los puños. Y los mantengo cerrados, por si acaso.

—¿Por qué huiste? —le pregunto a Kai por teléfono, llorando.

—Fue por la sorpresa —contesta.

Me pregunto si eso significa que no le sorprendió que la policía detuviera a Tick en el Dairy Queen. ¿Llamó ella también a emergencias? Por un momento me embarga la esperanza. Podría confesar y ella lo entendería, porque ha hecho lo mismo. Pero las palabras se me mueren en la garganta. Tick empezó siendo un encanto pero se volvió malo y mezquino, sobre todo conmigo. Si hizo que lo detuvieran fue por las dos, no por ella sola.

Los de los Servicios Sociales se ponen en contacto con mis abuelos, pero no vienen a buscarme. Kai no ha vuelto a hablar con ellos desde que yo tenía tres o cuatro años, cuando cambió a Joe, el rubio, por Eddie, un tipo al que conocía del instituto. Eddie era mulato: negro con un punto de asiático y una vena cheroqui. Mis abuelos le dijeron que lo dejara o se largara. Así que nos largamos. El único recuerdo que tengo de ellos es borroso y agrio: mi abuela mirándome fijamente mientras llevábamos las bolsas al coche de Eddie y gritándole a Kai, «Acabarás teniendo otro igual que esta».

Puede que quisiera decir exactamente lo que parecía, pero eso no importa. No sé dónde estaba Eddie cuando detuvieron a Kai, y aunque era bastante majo, nunca se había portado como un padre. No le di su nombre a mi trabajadora social, y supongo que Kai tampoco.

Acabé en una residencia de acogida del este de Atlanta, y Kai se declaró culpable a cambio de una reducción de condena. Veintidós meses de prisión, una pena lo bastante corta para que los Servicios Sociales no se molestaran en iniciar los trámites para la retirada de custodia.

Más del doble de la duración de un embarazo. Hasta hoy, yo ignoraba que Kai llevaba dentro a mi hermano pequeño cuando entró en prisión. Fue culpa mía que no pudiera vivir con su segundo hijo.

El día que llamé a emergencias yo también era una cría incapaz de predecir las consecuencias de mis actos. Dwayne y Kai eran adultos, y los dos se permitían hacer gamberradas e incumplir las leyes con regularidad. Los dos tenían antecedentes penales, y teniendo en cuenta su trayectoria era muy probable que volvieran a la cárcel tarde o temprano. Ese razonamiento, sin embargo, no variaba mis sentimientos cuando más adelante pensaba en cómo habían transcurrido nuestras vidas. ¿Sabía Kai que estaba embarazada cuando aceptó la reducción de condena?

La respuesta se hallaba probablemente en la carpeta de Julian, que ahora descansaba, cerrada, sobre la mesa de ónice de mi comedor. Veía a través de los ventanales el horizonte de Atlanta, elevándose hacia el azul apacible del cielo. Fuera hacía treinta y tantos grados y en mi *loft* de espacios abiertos era difícil pasarse de la raya con el aire acondicionado. Aun así, no podía dejar de tiritar. Me puse una sudadera y unos vaqueros tan viejos y descoloridos que eran suaves como un pijama. Luego bajé a abrir la carpeta.

Me esperaba, pulcramente cerrada, junto al ordenador portátil. Me pasé por la cocina para sacar una cerveza de la nevera, la abrí, me senté y abrí la carpeta. Vi en primer lugar el certificado de nacimiento que Julian me había enseñado en el despacho. Abrí la calculadora del ordenador y comparé la fecha de detención de Kai con la que figuraba en el certificado.

Algo menos de cuarenta y una semanas. Lo que significaba que la noche de la redada Julian no era más que una blástula que, ignorada por todos, se dividía constantemente. ¿Era por tanto hijo de Dwayne? Tal vez, pero según el certificado había pesado menos de tres kilos: un peso escaso para un niño nacido a término. Cabía la posibilidad de que Kai se hubiera liado con algún funcionario de prisiones de pelo rizado o con algún abogado mientras vadeaba el sistema judicial.

Eso, al menos, lo teníamos en común: en mi certificado de nacimiento tampoco figuraba el nombre del padre. Mi padre podía ser el cabeza hueca de Eddie, claro. Kai lo había conocido en el instituto, antes de dejar los estudios, y dudo que ni siquiera ella fuera capaz de encontrar otro afroamericano con sangre india y asiática en el Profundo Sur semirrural. Pero quizá no fuera él. A fin de cuentas, había aceptado sin rechistar que mi padre era un monje tibetano. Porque, ¿qué monje tibetano no sueña con peregrinar a Dotham, Alabama?

Alguna Navidad, Julian y yo podíamos hacer un ponche de huevo y jugar a adivinar la biografía de nuestros papás. No era una forma muy ortodoxa de estrechar vínculos, pero podía salir bien si le echábamos suficiente alcohol. «¡Por un origen dudoso!», diría yo. «¡Y por los padres que no querían serlo!», farfullaría él, y entrechocaríamos nuestros vasos.

Volví la página intentando concentrarme. Julian y yo aún no habíamos comido juntos ni una sola vez, y yo ya me estaba adelantando a los acontecimientos y pensando en lo espantosas que serían las Navidades, unas fiestas familiares que ni siquiera celebraba, a no ser que se tuviera en cuenta el Papá Noel que, casi por obligación, colocaba en mi despacho.

Empecé a hojear los demás papeles. Se habían desperdigado por el suelo de mi despacho y, como Birdwine había vuelto a meterlos en la carpeta a toda prisa, los documentos relativos a la adopción de Julian estaban mezclados con tarjetas de la Seguridad Social, certificados de nacimiento, documentación de vehículos e información sobre la hipoteca de una casa en un barrio de las afueras del norte de Atlanta. Me dio la impresión que de aquel archivo contenía todos los papeles importantes de la familia Bouchard: era una de esas carpetas que la gente guardaba en la caja fuerte. Julian la había traído entera, en vez de fotocopiar los documentos relevantes. Y después la había dejado tirada en el vestíbulo de mi despacho.

—Estos jovenzuelos —le dije a Henry, que bajaba sigilosamente por la escalera. Se había levantado del lugar donde sesteaba al sol, encima de mi cómoda, para venir a ver qué andaba haciendo.

Me puse a ordenar los papeles en montones, encima de la mesa. Henry, que poseía por partida doble esa capacidad mágica que tienen los gatos para vivir en los espacios más incómodos, se subió de un salto a la mesa y se dejó caer sobre el certificado de nacimiento de los Bouchard. Le cedí aquella parcela de territorio y le rasqué un poco la papada, contenta de tener en casa el latido de su corazón. Encontré la solicitud original de adopción y, debajo de ella, la derogación formal de la patria potestad de Karen Vauss. Me costó tragar saliva al dejar a un lado aquel papel.

Me tapé los ojos con las manos y apreté. Necesitaba enfrentarme a aquello como a un trabajo. Fingir que aquel expediente formaba parte de un proceso judicial, que aquellos papeles sueltos relataban la historia de un extraño.

Muy bien. La adopción se había tramitado a través de Horizons Family Services, una agencia privada que se había encargado de resolver las trabas causadas por el encarcelamiento de la madre biológica. Ganesh Vauss salió del hospital dos días después de su nacimiento con Michael y Anna Bouchard, y la madre biológica regresó a prisión. La adopción se ratificó seis meses más tarde, después de las visitas domiciliarias de rigor y de que los atascados juzgados de Georgia completaran su tramitación. En aquel momento se emitió un segundo certificado de nacimiento a nombre de Julian René Bouchard.

Aquello me llamó la atención. El nombre de Ganesh había sido sustituido por uno más corriente, elegido por otra mujer y anotado en un nuevo certificado de nacimiento. A mí, mi abuela me había despojado del nombre de Kali. En el caso de Julian había sido su madre adoptiva quien había cumplido esa función, aunque yo confiaba en que por motivos más caritativos.

Había encontrado otro punto en común: habíamos sido ambos, fugazmente, diosecillos huérfanos en un mismo panteón. Ahora éramos dos extraños, dos simples mortales: Julian y Paula.

Tracé con el dedo las letras del segundo nombre de mi hermano intentando imaginar a la Kai de antes de ir a prisión, a la madre a la que yo conocía, renunciando a su bebé.

Se hallaba contra la espada y la pared.

Mis abuelos podrían haberse hecho cargo de Julian. A fin de cuentas, era blanco. Pero ¿entregaría Kai a Ganesh a aquellos racistas amargados que me habían dejado en un hogar de acogida? El bebé podría haber corrido mi misma suerte y haber quedado a merced de esa partida de dados que es el sistema de acogimiento. Ya hablaría y andaría cuando ella saliera de prisión, y unos desconocidos elegidos al azar habrían dejado su impronta en él. Podía tener mala suerte y que le tocaran unos padres de acogida que no le abrazaran o que le dejaran llorar. Ni siquiera sabría que ella estaba viva, que lo quería y que iba a ir a buscarlo. Con la adopción, en cambio, podía elegir un lugar mullido donde depositarlo. Era una salida para escapar de un bosque absolutamente repulsivo, y Kai había enfilado a su hijo por ese camino.

Ni siquiera me había dicho que estaba embarazada, aunque ahora me daba cuenta de que en realidad me había hecho un favor. Yo estaba en aquella residencia, y lo único que impedía que me cayera del mundo era mi fe inquebrantable en que Kai iría a rescatarme. ¿Cómo vas a prometerle a tu hija preadolescente que irás a buscarla y al mismo tiempo contarle que has dado en adopción a su hermanito recién nacido?

Henry se estiró, apoyando diversas partes de su anatomía en otros dos montones de papeles. Yo aparté mi silla de la mesa y le dejé hacerlo. Ojalá hubiera tenido diez gatos para que taparan toda aquella historia. Mis intentos de mantener un distanciamiento profesional estaban fracasando en todos los sentidos. Veía alzarse en los espacios en blanco, entre palabra y palabra, nuevos ejemplos de cómo había destrozado la vida de mi madre. Debería haberle dado aquella carpeta a Birdwine. La habría ordenado, habría extraído todo lo relevante y me habría presentado un esquema que yo podría asimilar poco a poco, a trocitos. Podría habérmelo mandado en un *e-mail* titulado *He aquí los datos.*

Tal vez fuera más fácil echar un vistazo al presente de Julian. Cuanto más se alejara su vida de nuestro origen común, menos me afectaría. Birdwine quería hacer averiguaciones antes de que me pusiera en contacto con él, pero buscar datos en Internet no podía considerarse una forma de contacto. Giré la silla hacia el portátil y acerqué el ordenador, dando gracias porque su familia adoptiva no se apellidara Smith y le hubiera puesto de nombre John.

Hice una búsqueda rápida en Facebook y obtuve tres páginas de personas cuyo nombre era Julian Bouchard u otro muy parecido. Hacia la mitad de la primera página encontré al mío. En la foto tenía el pelo más largo: le colgaba en mechones alrededor de las orejas. Sonreía y, al sonreír, se le entornaban los ojos formando aquellas medias lunas que me resultaban tan insoportablemente familiares.

Pinché en el enlace. La fotografía de su muro mostraba nada menos que a un águila sobrevolando un cañón. Sus parámetros de seguridad no eran muy estrictos y pude ver algunos de sus *posts*: una foto de la cara de Yoda con esa cita acerca del hacer y el intentar, una minúscula hormiga generada por ordenador acarreando una miga enorme, un vídeo de una chica muy guapa, en Singapur, tocando una melodía hipnótica con un *hang drum*. Al parecer mi hermano sorpresa tenía ideales románticos.

En lo alto de la página, Facebook preguntaba: *¿Conoces a Julian? Para ver qué comparte con sus amigos, envíale una solicitud de amistad.* Sostuve el puntero del ratón sobre la tecla. Pulsarla podría considerarse un intento de contacto, no había duda. Además, la expresión «solicitud de amistad» me daba grima. Era tan inmediata, tan invasiva. ¿Y si el chico empezaba a enviarme emoticones y continuas solicitudes de juego? Además, ese día ya me había embarcado en una nueva amistad. Lo de Birdwine podía considerarse la primera ampliación de mi exiguo círculo de amistades desde hacía años, literalmente.

Me reí de mí misma al pensarlo. «¡Dos nuevos amigos! Cuidado, Paula, no te embales». Aquello era una relación virtual, basada en un clic, y si Julian tenía dos dedos de frente vería lo que había detrás. Se daría cuenta de lo grandes que eran mis ojos. «Para verte mejor, cariño mío». Si aceptaba mi solicitud de amistad, sería seguramente para poder vigilarme a su vez.

Lo cual no le serviría de gran cosa. Como todos los abogados del planeta yo tenía una página de Facebook, pero con fines estrictamente profesionales.

Aun así, me descubrí apartando el puntero y pulsando la tecla de «enviar mensaje». Cuando se abrió la ventana, escribí: *Hola, soy...*

Luego me quedé mirando la pantalla tres minutos, intentando decidirme entre «Soy tu hermana» y «Soy la otra hija de Karen Vauss». Julian Bouchard, un joven misterioso, era por vía consanguínea un miembro de mi familia. Si es que tal cosa existía. Había evitado casarme, nunca había querido tener hijos. Mi madre y yo nos habíamos repudiado la una a la otra, y a Kai era imposible encontrarla en Google. Había vivido fuera del radar, como si Internet no existiera.

De vez en cuando me topaba con personas a las que habíamos conocido durante nuestra larga estancia en Atlanta, forzada por la libertad condicional de Kai. Algunas me contaban historias o datos sobre Kai que yo tomaba con cuentagotas, con cucharilla o aderezándolos con un montón de sal, dependiendo de cuál fuera la fuente. Para entonces yo veía a Kai casi como un personaje de ficción, y ella ya había entregado a Julian en adopción. Él tenía otra madre, Anna Bouchard. Me preguntaba cómo sería. ¿Una repostera de voz suave? ¿Una enérgica mamá de clase media? Yo, por mi parte, no era una hermana para él en el verdadero sentido de la palabra.

De modo que opté por escribir mi nombre sin más.

Hola, Julian. Soy Paula Vauss. Te pido disculpas por cómo he reaccionado a tu visita. No tenía ni idea de que mi madre tuviera otro hijo. Siento decirte que Karen Vauss y yo perdimos el contacto hace muchos años, y que creo que ya no vive. He contratado a un detective privado de confianza para que averigüe qué ha sido de ella. El que contrataste tú es un estafador. Por favor, no te pongas en contacto con él y bajo ninguna circunstancia le des más dinero. Te informaré de los resultados de mis pesquisas en cuanto me sea posible.

Me parecía mal decirle al chico en una carta que Kai estaba muerta (decírselo en un mensaje de Facebook, nada menos), pero aún peor me parecía no decírselo. Debía de estar ansioso por tener noticias mías, sobre todo porque se había dejado en mi despacho sus datos bancarios, su tarjeta de la Seguridad Social, el nombre de soltera de su madre y un montón de datos sensibles que ahora estaban en poder de una perfecta extraña: o sea, yo.

Al releer mi nota, me di cuenta de que el tono era demasiado formal: casi jurídico. Sonaba fría, y no era frío precisamente lo que yo sentía. La verdad era que estaba acojonada, así que quizá fuera mejor dejarlo así.

Intenté pensar en algo cálido que añadir y se me ocurrió esto:

Tengo varias fotos suyas y algunas cosas que le pertenecieron. Estaría encantada de quedar contigo para enseñártelas cuando te venga bien. Contestaré a cualquier duda que tengas en la medida de mis posibilidades.

Ya estaba. Sincera, pero no del todo. Educada, pero no invasiva. Pulsé «enviar» y mi pequeña misiva salió disparada al éter.

Me recosté en la silla, preguntándome cuándo la leería Julian. Y cómo reaccionaría. Necesitaba distraerme. El *loft* me parecía de pronto una caverna, como si el morado brillante y el amarillo de mis cuadros contemporáneos no alcanzara a llenar sus altas y blancas paredes. El espacio parecía ansiar otro latido. El latido de un corazón más grande que el de Henry.

No salía con nadie con regularidad. Tenía un plantel de exnovios que solían estar disponibles para rememorar viejos tiempos en términos amistosos, pero hacía tiempo que no respondía a sus llamadas: no me sentía con ánimos. Desde hacía casi un año, sufría una jaqueca de cuerpo entero, metafóricamente hablando. Hasta hoy.

Esa tarde, estando en mi despacho con Birdwine, algo había vuelto a despertar dentro de mí. Al quitarme el sujetador, había recordado lo delicioso que era abrazar el cuerpo desnudo y fornido de un hombre excitado por el deseo. Había sentido un dulce desmadejamiento en el vientre que me recordaba que estaba hecha de carne cálida, de sangre y de hueso.

Esa energía se había esfumado. Ahora, lo único que quería era tener compañía humana. Pero tal vez, si estaba con alguien, mi cuerpo volvería a despertarse.

Agarré el teléfono y fui recorriendo mi lista de contactos. Davonte contestó, pero estaba en Nashville, en una fiesta por los ruidos que se oían de fondo. El número de Jack estaba fuera de servicio. Cuando llamé a Remi saltó el buzón de voz, y en el número de Raj contestó una mujer.

—¿Quién es? —preguntó enérgicamente.

Ignoraba si era su esposa o su novia o si aspiraba a serlo, pero dije algo inofensivo y colgué. La mitad de los casos de los que me ocupaba procedían de los estragos que causaba el adulterio, y jamás ayudaría conscientemente a un hombre a incumplir las promesas que le había hecho a otra mujer.

Ello rara vez me había causado problemas. Mi tipo eran los vaqueros posmodernos, y esos no eran muy dados a hacer promesas. Cuando uno de ellos se echaba novia, yo no volvía a tener noticias suyas y, si las tenía, daba por terminada nuestra relación. Mantenía una estricta política anticapullos, y nunca había conocido a un adúltero del sexo que fuese que, por debajo de todas sus excusas («Él no me entiende», «Nos hemos distanciado» o «Se niega a hacer eso que tanto me gusta en la cama»), no tuviera un punto de capullo.

Eso reducía mis posibilidades (los capullos nunca escaseaban), pero no demasiado. Físicamente, no prefería un tipo concreto. Había salido con tíos altos y bajos; delgados, rechonchos y musculosos; blancos, negros, amarillos y rojos. Me atraía cualquier tipo simpático que estuviera de paso y prometiera buena charla, buen sexo y ninguna complicación. En el mundo tampoco faltaban los tipos con fobia al compromiso que disfrutaban sinceramente de la compañía de una mujer, solo que esta tarde yo no encontraba ninguno. A no ser que quisiera salir a buscar uno nuevo.

No quería. Había prescindido de los ligues de una noche desde mis tiempos en la universidad. Eran demasiado arriesgados, y el sexo solía ser poco satisfactorio. Encontrar y cultivar el tipo de relación que me gustaba podía ser cuestión de semanas o incluso de meses. Volví a dejar el teléfono en la mesa, irritada.

No tenía trabajo para mantenerme ocupada y la tarde se extendía ante mí, insoportablemente larga. Aun así, no tenía ímpetu para volver a la oficina. Tal vez debería haber aceptado otro caso sin remuneración, a fin de cuentas.

Henry se tumbó panza arriba y agitó las zarpas, intentando provocarme. Estaba encantador, pero me desordenó todos los montones. Lo tomé en brazos y lo acuné, apretando la cara contra su cuello y aspirando mientras me lo permitió su cálido y agradable olor a gato. Pasado un minuto, su necesidad de afecto quedó colmada y empezó a empujarme con las patas hasta que lo dejé en el suelo. Me quedé mirando la mesa llena de papeles. Parecían devolverme la mirada.

No estoy segura de qué habría hecho si mi iPhone no hubiera empezado a sonar. Contesté sin mirar siquiera la pantalla.

—¿Diga?

—¿Ya lo has llamado? —preguntó Birdwine sin pararse a saludar.

—No —contesté a la defensiva.

—Tonterías —dijo—. Aunque puede que le hayas escrito. —Me quedé callada. Facebook no era técnicamente un correo electrónico. Pero Birdwine ya se estaba riendo de mí—. Te he pillado. En fin, me he informado sobre él lo más rápido que he podido. El caso es que he estado echando un vistazo a sus finanzas y hay algo que me preocupa.

Tenía que ser algo gordo, pensé, para que me llamara enseguida.

—¿Sobre su familia adoptiva o sobre él en concreto?

—Sobre él. Los padres eran los típicos americanos de clase media.

—O sea, que tenían un montón de deudas —repuse yo, y entonces reparé en que había hablado en pasado. *Eran*. Empecé a pasearme entre la mesa y el sofá, inquieta—. ¿Sus padres adoptivos han muerto?

—Pues sí. La madre tenía diabetes tipo uno. Su salud empeoró cuando Julian era adolescente. Era celíaca, y más tarde tuvo cáncer de intestino. El padre murió repentinamente de un ataque al corazón cuando ella estaba ya muy enferma. El estrés acabó con él —añadió como si aquello fuera un hecho fehaciente.

Yo, sin embargo, sabía lo que estaba haciendo. Me estaba contando lo que había leído entre líneas, expurgando documentos y hojas de cálculo. Sabía que, si lo hubiera tenido delante, le habría visto mover las manos como solía hacerlo cuando exponía una hipótesis.

—El chico acababa de empezar el último curso en Berry College cuando murió su padre. Dejó los estudios y volvió a casa. A partir de entonces se ocupó de cuidar a su madre. Murió en octubre pasado. ¿Quieres que te lea la necrológica?

Yo me había quedado un poco rezagada e intentaba procesar todo aquello mientras me paseaba entre la mesa de comedor y el sofá del salón. Birdwine había destilado la información hasta hacerla tan densa que me costaba masticarla.

—No sé. ¿Quiero?

—No. Es larga, una columna entera del *Marietta Daily Journal*. Muy comprometida con su parroquia, con sus vecinos, etcétera, etcétera. Murió «tras una larga enfermedad». Al final solo dice: «La sobrevive su querido hijo, Julian».

Se me encogió el corazón.

—¿Eso es todo? ¿Nada más? ¿No tiene ni hermanos ni primos?

—No, nada. Sus padres eran hijos únicos, y los dos han muerto. Entre tanto, sus antiguos amigos se han marchado a la universidad y los nuevos están en Berry. El chaval no tiene a nadie. Y en noviembre contrata a Tim Worth para que busque a Kai.

Suspiré. Julian y yo éramos huérfanos: ya teníamos tres cosas horribles en común. Yo confiaba en que, si aceptaba que nos viéramos, le gustaran los Braves o las películas de David Cronenberg para que tuviéramos algo inofensivo de lo que hablar. De lo contrario, una sola comida con él bastaría para que volviera a necesitar terapia.

—Noto que tu glándula de la compasión ha empezado a segregar —comentó Birdwine—. Pues eso no es todo. También está en la ruina, Paula. Y lo que es peor aún: las facturas del médico y la residencia acabaron con el fondo de pensiones de los Bouchard. El chico no acabó sus estudios y trabaja en Mellow Mushroom. El poco dinero que tenía habrá servido para pagar a Worth. Imposible volver a Berry. Apenas tiene ingresos. Se presenta en tu lujoso despacho del centro, ve tus alfombras, tus carísimos zapatos y yo me pregunto, ¿qué se le pasa por la cabeza?

Parecía haber una nota de censura en su voz, pero yo me lo tomé como una buena noticia. Si Julian iba tras mi dinero, todo sería mucho más fácil. Estaba en deuda con él, y tenía dinero de sobra. Si era un capullo, saldaría mi deuda de la manera más literal y me desentendería de él.

Mi ordenador emitió un tintineo. Volví a la mesa y vi que Julian había contestado a mi carta con una solicitud de amistad. Era menos desconfiado que yo, o simplemente pertenecía a otra generación, o bien las sospechas de Birdwine eran fundadas y aquel era un primer paso para exprimirme el bolsillo.

—A ver qué te parece esto —le dije a Birdwine—. Le mandé a Julian una nota por Facebook no hace ni diez minutos. Y ya me ha respondido.

—¿Lo ves? Se ha dado mucha prisa. Otra señal de alarma.

—No, son estos jóvenes de hoy día —le contesté en tono gruñón, como un carcamal—. Sospecho que nunca se desconectan.

—Ni siquiera para hacer pis —convino él—. Pero aun así.

En la parte de abajo de la pantalla se abrió una ventanilla de chat. Me senté y me incliné para leerla.

¿Hola?

Flanqueado por signos de interrogación, aquel sencillo saludo parecía una súplica. Me acordé de los ojos en forma de media luna de Julian, de su energía nerviosa. Se sonrojaba con facilidad, y la oleada de rojo y rosa que cubría su piel delataba sus emociones. Yo tenía buen olfato para la gente, y Julian olía a esperanza, a nerviosismo y a preocupación, todo ello mezclado con una pizca de desesperación. No creía que Julian Bouchard fuera un simple capullo: habría sido demasiado fácil. Pulsé «aceptar».

Al final, había hecho dos amigos en el espacio de unas pocas horas. Ahora estaba hablando por teléfono con uno y mensajeándome por Facebook con el otro. Aquel miércoles estaba siendo la bomba.

—Ha abierto un chat —le dije a Birdwine.

—Pareces entusiasmada.

—He olvidado lo que significa esa palabra —contesté—. ¿Es una dolencia asociada con el estrés?

—Sí, eso creo. Bien, yo ya te he avisado. Te dejo para que charles con tu pequeño sablista. Por la mañana iremos a ver al que le sablea a él —concluyó Birdwine.

Fui a darle las gracias pero ya había colgado. Decir «¡Hola! ¿Qué tal?» y «Adiós, que tengas un buen día» no era lo suyo.

Me quedé mirando el cursor, que parpadeaba bajo el *¿Hola?* de Julian.

El teléfono, que todavía tenía en la mano, volvió a sonar. Eché un vistazo a la pantalla.

Era Remi, devolviéndome la llamada. Acerqué el pulgar al botón verde, pero lo dejé allí, en suspenso. No sé por qué. Tenía otra opción, el chat en Facebook, pero ¿no había tenido ya suficiente ración de Julian para un solo día? Remi me gustaba. Me gustaba mucho. Tenía esos ojos negros y brillantes que a veces se ven en los cajunes y era exactamente de mi misma altura, de modo que en la cama nuestros ojos quedaban a la par. Esperé un momento, concentrando todas mis energías en captar cualquier ligera vibración procedente de abajo.

Pero nada: el deseo que había sentido en el despacho, con Birdwine, había vuelto a sucumbir, o al menos yacía profundamente dormido. Dejé que saltara el buzón de voz y acerqué el portátil.

Vaya, hola, le respondí a mi hermano.

5

Mi madre y yo cumplimos nuestra condena. Vivimos en edificios bajos y achaparrados, agrupados aquí y allá como naves en un polígono industrial. Yo comparto alojamiento con treinta y tantos adolescentes, y Kai convive con varios centenares de presas. Mi cabaña alberga a seis chicas de menos de dieciséis años y a una «madre de casa» llamada señora Mack. En el módulo de Kai viven cuarenta mujeres vigiladas por guardias armados. Ella está en prisión por obstrucción a la justicia y destrucción de pruebas, y yo me encuentro en una residencia de acogida por haber cometido el delito, mucho más íntimo, de enviarla a la cárcel. Es injusto, desde luego, que mi prisión sea mucho más reducida y amable que la suya.

Sobre todo, porque mi madre no es como yo.

Si Kai pudiera verme ahora, diría que tampoco me parezco a mí misma. Que no soy la niña de la pandereta, con su vestido de lentejuelas de segunda mano, ni la gitanilla que exclamaba «¡Qué línea de la vida tan larga!» mientras miraba la palma de una mano por encima del hombro de su madre. Apenas me acuerdo de la chica estudiosa y seria que empecé a ser en Asheville. Cada vez más, soy la Paula que surgió en el condado de Paulding la primera vez que me pidieron que eligiera entre huir y pelear. En este sitio he aprendido (o he decidido) que no soy de las que huyen.

Durante mi primera semana aquí, un chico se cayó accidentalmente por las escaleras y se rompió la muñeca. La verdad es que me siguió hasta la escalera con muy malas intenciones. La segunda semana, una chica de otra cabaña vino a visitarme y se tropezó con la puerta, con tan mala suerte que acabó con los dos ojos morados. La verdad es que entró por la fuerza y me dio un empujón, así que tuve que estrellarle la cara contra el marco. Yo también he encajado muchos golpes, claro, algunos muy duros. Pero siempre me defiendo. Al final, como suele pasar, los matones me dejaron en paz y se fueron en busca de ratones más dóciles.

Más que yo, me preocupa Kai. Como mejor se defiende mi madre es escabulléndose, recurriendo al camuflaje, confundiéndose con el entorno y escapando a la carrera. Es capaz de barruntar un problema a gran distancia, y siempre se las arreglaba para que estuviéramos muy lejos cuando llegaba el momento crítico, hasta que aquella redada orquestada por su propia hija la pilló desprevenida. Desde su detención está atrapada entre rejas, paredes y puertas, sin posibilidad de escapar.

Por lo menos cuando estaba encarcelada aquí, en Atlanta, podía ir a visitarla. Cuando ratificaron su sentencia fue trasladada a una prisión de mujeres al sur de Georgia. Su abogado, que también actuaba como mi tutor legal, consiguió que le permitieran llamarme (por suerte dimos con un juez comprensivo), pero ya no puedo ver la expresión de su cara, ni sus gestos, ni mirarla a los ojos. Y así me resulta mucho más difícil saber si está mintiendo.

—¿Estás bien? —le pregunté la primera vez que hablamos, después de su traslado.

—¡Claro que sí! No te preocupes, cariño. Ya me he echado un novio en la cárcel. Se llama Rhonda. —Lo dijo en tono ligero, como si fuera una broma. Pero no estaba bromeando—. ¿Y tú? ¿Has hecho algún amigo?

—De ese tipo no —contesté, pero le hablé de Joya, una chica de trece o catorce años y ojos soñolientos que desprende un reconfortante aroma a humo de marihuana.

Es mi amiga, aunque sea negra. Aquí la amistad se distribuye casi siempre por razas, de modo que yo debería estar sola, igual que en Paulding. Joya recurre a mí porque su madre está en rehabilitación por orden judicial. Tanto ella como yo tenemos a alguien fuera de aquí. Las otras dos chicas negras de nuestra cabaña están en vías de adopción. Pertenecen únicamente al estado y solo se tienen la una a la otra.

Ahora, cinco llamadas más tarde, Kai y yo nos hacemos preguntas más fáciles.

—¿Comes suficiente fruta? —dice ella.

—Sí —miento yo—, un montón.

Tengo el teléfono tan pegado a la oreja que cuando colguemos la tendré roja y dolorida. Me muero de ganas de oír su voz, su risa, sus historias.

Estoy sentada en el suelo del almacén, con las piernas cruzadas, entre el material de papelería amontonado y las estanterías llenas de paquetes de puré de patata y latas de sopa. Me encuentro en el edificio grande que ocupa el centro del recinto, donde están el comedor y la sala de descanso. La señora Mack me deja hablar con Kai desde el teléfono de personal que hay en un rincón, junto a la cocina. El cable es tan largo que puedo llevármelo al almacén y cerrar la endeble puerta.

—¿Fresca? —pregunta ella—. Porque la de lata es casi todo azúcar.

—Sí, fresca —contesto, aunque tengo enfrente una hilera de latas de macedonia llenas de cubitos amarillos tan empapados de sirope que no hay forma de distinguir la pera de la piña.

Seguro que Kai sabe que la comida de aquí no es muy distinta de la suya. Empanadillas con tiras de pollo, pastel de carne, espaguetis. Pero de todos modos estoy creciendo bien, con fruta o sin ella. Mis michelines infantiles han empezado a cambiar, como predijo Kai. Veo cómo se va alargando mi cuerpo, igual que el suyo, cómo se va curvando conforme a sus líneas. Me estoy metamorfoseando en aquello que echo de menos.

—¿Esa tal señora Mack se porta bien contigo? —pregunta.

—Supongo que sí. Bueno, la verdad es que estoy harta de ella —miento, pero la verdad que se esconde debajo, la que espero que entienda Kai, es «Nadie puede reemplazarte».

Me cae bien la señora Mack. Es negra, de mediana edad, y me llama «chiquilla». Nos llama así a todas. «Quiero mucho a mis chiquillas», canta cada mañana cuando nos despierta, y yo la creo. Nos quiere a todas de la misma manera que mi madre quería a sus novios: genéricamente, como si fuéramos todas intercambiables.

—¿Duermes bien? —pregunto yo.

—Sí —contesta mi madre.

Nuestras llamadas siguen una pauta fija. Ahora va a preguntarme cómo duermo yo y qué tal me salió el último examen de matemáticas, y luego yo le preguntaré qué libro está leyendo. Estas preguntas insignificantes, las mentirijillas que nos contamos, son promesas que nos hacemos la una a la otra. «Yo estoy bien si tú estás bien». Cuando apremie el tiempo, me contará el siguiente episodio de un viejo cuento para antes de dormir. Tenemos que acabar *El bebé Ganesha en el banquete*. Yo cerraré los ojos y dejaré que su voz aterciopelada me envuelva como una niebla cálida. Esta vez, sin embargo, Kai rompe la pauta.

—Oye, necesito que me hagas un favor. Si puedes.

Noto tensión en su voz y me incorporo un poco.

—Vale —digo en un tono que no es del todo una afirmación ni del todo una pregunta.

La oigo tragar salivar. Luego dice rápidamente y en voz baja:

—Estoy haciendo una cosa. Escribiendo algo. Una especie de poema.

Resulta extraño que pronuncie esas palabras en voz baja y con tanta urgencia. Kai rebosa arte por los cuatro costados. Es una narradora excelente, dibuja de maravilla, canta bien, toca la mandolina... Me sorprendería más enterarme de que no escribe poesía en prisión, pero me lo cuenta como si la rima y el verso hubieran sido declarados bienes de contrabando. Es casi una confesión, como si una reclusa dijera que está fabricando vino en la cisterna del váter o excavando un túnel con una cuchara robada.

—Vale —repito.

—Es una revisión del *Ramayana* —añade a toda prisa, con más premura de la necesaria—. Solo de la parte en que el demonio roba a Sita. ¿Te acuerdas de eso? Sita y Rama viven felices en el bosque. Entonces Ravana la secuestra y la encierra como en una prisión. Se parece mucho a una prisión. ¿Entiendes?

—Sí —contesto, y noto un calambre en el estómago.

Ha escogido ese fragmento del *Ramayana* porque es lo que está viviendo. Se me han llenado de bilis todos los órganos del abdomen. Yo también debería salir en el poema, haciendo el papel de demonio.

—Voy a mandarte el poema por correo en cuanto lo acabe.

—Estoy deseando leerlo —miento yo.

—También hay otra persona que quiero que lo lea. ¿Sabes a quién me refiero? —pregunta. Me quedo pensando un momento. No, no lo sé—. Confiaba en que pudieras mandárselo a tu tío. —Sigo sin entender. Yo no tengo ningún tío—. El que te llamaba «potrilla».

¿Se refiere a Dwayne? Era él quien me llamaba así.

—Creo que sí —respondo.

No digo su nombre porque no sé quién está escuchando. Puede haber un guardia a su lado, o algún mandamás de la cárcel escuchando la conversación. Las llamadas desde la cárcel nunca son privadas, a no ser que estés hablando con tu abogado.

—Te refieres a ese que tenía la casa llena de cucarachas.

—Sí, ese —dice con firmeza—. ¿Podrías mandarle el poema?

Ella no puede mandárselo directamente a Dwayne. Los presos tienen prohibido mantener contacto con los reclusos de otras cárceles, a menos que sean familiares muy cercanos. Sobre todo tiene prohibido comunicarse con Dwayne, cuyo proceso sigue abierto y está relacionado con el suyo.

Se hace el silencio entre nosotras. Dwayne era solo un novio más, y ni siquiera le duró mucho. ¿Por qué le escribe poemas? Además, me da miedo que me pillen.

Pero, por otro lado, mi madre parece necesitarlo tanto… No está bien, y la culpa es mía.

«¿De qué emergencia se trata?», me preguntó la operadora cuando llamé al 911 desde el Dandy Mart, y ni siquiera era una emergencia. Ni siquiera sabía lo que era una emergencia. Ahora sí lo sé. Una emergencia es que Kai esté encerrada a doscientos kilómetros de mí. Es vivir en estas cabañas llenas de niños feroces.

Anoche, mi nueva compañera de habitación se acercó sin hacer ruido y se arrodilló junto a mi cama. Metió la mano debajo de la manta y buscó a tientas ese sitio entre mis piernas.

—¿Puedo dormir contigo? Seré muy buena.

Candace aprendió esto de su padrastro. Joya me contó que por eso está en acogida.

Me senté en la cama y le di un empujón en los hombros, tan fuerte que se cayó al suelo.

—Largo de aquí, bollera. No necesito ningún novio.

Es una niña blanca y delgaducha que se encoge cuando hablo con ella, y cuando no le hago caso se acerca sin hacer ruido y se sienta muy cerca de mí. Respira por la boca y sorbe todo el tiempo por la nariz porque tiene alergia, y la piel roja y despellejada de debajo de sus fosas nasales me da ganas de vomitar. Además huele mal, como a moho, como si alguien la hubiera llenado de ropa mojada y luego se hubiera olvidado de ella.

Volvió a levantarse parpadeando, con los ojos enrojecidos y lacrimosos por culpa de la histamina.

—Te doy dos dólares.

Le pellizqué el brazo con tanta fuerza que contuvo la respiración. Tan fuerte que le dejé una marca. Se encogió y agachó la cabeza como si se lo tuviera merecido. Si fuera un perro, me habría enseñado la panza. Ella es nueva, pero yo tengo mi reputación. La solté y me volví hacia la pared, dándole la espalda. Se quedó donde estaba.

Un minuto después la oí sorber. Me corrí un poco para dejarle sitio al borde de la cama.

—Las manos quietas. Y quiero esos dos dólares a primera hora de la mañana.

Se acostó y se apretó contra mi espalda. Dormimos acurrucadas como dos cachorros ateridos.

Si me pillan pasando mensajes de Kai podrían alargarle la pena. Y yo tendría que quedarme aquí más tiempo. Las autoridades presionarían para quitarle la patria potestad. Si nos pillan, ningún juez lo pasará por alto, por comprensivo que sea.

Aun así, le digo:

—No sé sus señas. Pero se lo enviaré si las consigo.

No es un sí, pero tampoco es un no. Es un «lo intentaré». Casi, casi un «quizá» sincero.

Abro la puerta del almacén y veo a Candace al otro lado, muy cerca. Da un salto, con los ojos como platos. No debe de haberme oído colgar. Yo pensaba en funcionarios de prisiones entrometidos o en que alguien tuviera la línea pinchada, pero no se me había ocurrido que también podía haber espías por aquí.

—¿Qué haces? —le digo enfadada mientras intento recordar qué he dicho en voz alta.

—He venido a ver si había algo de merendar.

Se ha encogido todo lo que puede aunque sigue técnicamente de pie. Paso por su lado dándole un empujón y echa a andar junto a mí, curvando las comisuras de sus labios rosas.

—No te estaba escuchando hablar con tu madre sobre el correo ni nada.

Me giro y la agarro de la muñeca, apretándola tan fuerte que siento aplastarse sus huesos de pajarito bajo mis dedos. Da un chillido y yo me acerco mucho a ella. Con el estirón que he dado le saco casi cinco centímetros, y me aprovecho de ello.

—No querrás que nos llevemos mal —digo con la esperanza de que conteste que sí—. Porque dormimos en la misma habitación, ¿recuerdas?

Traga saliva y su mirada huidiza se desliza hacia un lado, pero asiente con la cabeza. En cuanto se echa a llorar, aflojo la mano y le sonrío con dulzura. Un poquito de azúcar después de una bofetada, porque el efecto de las bofetadas no parece durarle mucho tiempo. Puede que esté demasiado acostumbrada a ellas. Tendré que tener cuidado con ella a partir de ahora, por lo menos hasta que llegue el *Ramayana* de Kai. Y hasta que decida qué voy a hacer con él.

Mi madre envió por correo aquel poema hace veintitrés años y todavía lo tengo. La tinta azul oscura está descolorida y el papel seco y raído por los bordes, pero todavía se puede leer. Lo he guardado todos estos años en un pequeño baúl del ejército, al fondo de mi vestidor, en la estantería más alta, detrás de las cajas de botas. Flota entre otros pecios de mi desordenada niñez: una tobillera de cascabeles deslustrada, un pomo de cristal antiguo que robé de la casa de Hervé, tres sartas de cuentas del Mardi Gras.

Ahora lo llevaba dentro de mi maletín. Lo había sacado justo antes de marcharme a recoger a Birdwine. Pensaba pasarme por Kinkos para escanearlo. Quería una copia digital para mí porque había decidido regalarle el original a Julian. Era suyo por derecho: un poema de amor de su madre, dedicado a su padre (quizá) y escrito mientras ella lo llevaba en su vientre.

—¿Qué tal tu charla con el chico? —preguntó Birdwine.

Era lo primero que decía desde que había farfullado «¿Podemos parar a comprar un café?» nada más recogerlo. Yo le señalé el vaso que le había comprado en Starbucks cuando iba hacia a su casa, y metió la cara dentro.

—No sé. Rara. Tensa. Le he invitado este fin de semana —le dije a Birdwine mientras el GPS nos ordenaba entrar en un pequeño aparcamiento.

Aparqué delante de una hilera de tiendas que no llegaba a la categoría de centro comercial: un puesto de comida china para llevar, el taller de un tatuador y un colmadito en el que podías comprar lotería, además de leche.

—Va a venir a casa, pero puede que lo lleve a cenar fuera, de tapas o a una parrilla. Territorio neutral.

—Improvisa —contestó Birdwine.

Cuando salimos, me di cuenta de que debería haber dejado que me trajera él. En aquel barrio en el que los intentos de gentrificación habían fracasado, su coche no habría llamado la atención. Al otro lado de la calle, enormes edificios victorianos divididos en apartamentos minúsculos daban sombra a chalecitos al estilo de Cape Cod, con las obras de reforma empantanadas.

Me indicó una puerta cerca del final de la calle, entre un salón de manicura y una pequeña librería de segunda mano. Estaba cubierta de letreros. El de más arriba decía: *se alquila oficina*. Debajo estaba el de Krauss & Spaulding, un bufete de ínfima categoría (poco menos que un kit de divorcio «hágalo usted mismo»), y al lado el de Worthy Investigations, cuyo borde superior estaba tapado por un trozo de cartulina en el que se leía, escrito a mano: *¡masajes! ¡depilación a la cera! ¡tarot! ¡sin cita previa!*. La cartulina tenía dibujada una flecha roja que apuntaba entusiásticamente hacia arriba.

—¿Una puta? —pregunté.

—Pues sí —contestó Birdwine.

Era callado por naturaleza y nunca estaba muy despierto por las mañanas, pero su actitud empezaba a atacarme los nervios. Era como si hubiera decidido a sangre fría mantener esta amistad y ahora la soportara a duras penas. Si no hubiera sabido que eso era imposible, habría pensado que tenía resaca. Pero sabía que era imposible. Si Birdwine hubiera empezado a beber el día anterior, a esas horas todavía estaría bebiendo.

—Estoy a punto de comprobar si tienes pulso —le dije.

Se espabiló un poco y dijo:

—Para ser justos, yo me apostaría algo a que si le pides que te haga la cera en algún sitio, te la hace.

—Eso se llama matar dos pájaros de un tirón —contesté yo para que la conversación no decayera.

Empezamos a subir las escaleras.

Arriba había otra puerta con múltiples cerraduras y un portero automático. Alguien (seguramente la puta) había colocado una lata de refresco aplastada para impedir que se cerrara. El estrecho pasillo que había más allá olía a comida india quemada.

—¿Cómo es que Julian contrató a Worth? Este antro debería haberle hecho huir despavorido, de vuelta a su barrio —comenté.

Incluso antes de que Birdwine se informara acerca de su situación económica, yo había deducido por sus pantalones baratos que Julian no podía permitirse pagar la tarifa diaria que cobraban las modernas agencias de detectives del centro de la ciudad. Aun así, se me ocurrían media docena de firmas que, aunque pequeñas, eran mucho más decentes y olían mejor que aquella, en sentido literal y figurado.

—Dudo que haya visto este sitio —contestó Birdwine—. Worth tiene una página web muy elegante.

Me detuve y lo miré con aprobación.

—Oye, por fin te estás espabilando. ¿Crees que estás lo bastante despierto para enfrentarte a ese tío?

Respiró hondo por las fosas nasales haciendo mucho ruido y sacudió los hombros como un oso despertando de su hibernación.

—Cuenta conmigo —dijo.

El directorio que había arriba nos informó de que Worthy Investigations ocupaba la oficina del final del pasillo. De camino hacia allí pasamos por delante de un despacho desocupado. La puerta estaba abierta de par en par. Era una habitación grande, con varios cubículos delimitados por paneles de poco grosor. No había más muebles que un aparatoso escritorio de madera. El suelo estaba cubierto por una moqueta de un azul deplorable, deshilachada y llena de manchas.

—Este edificio parece la casa de los horrores —dije yo.

—Es muy del tipo Sam Spade. Philip Marlowe. Seguro que Julian piensa que este es el aspecto que debe tener la oficina de un sabueso.

—¿De un *sabueso*? ¿Quién usa ya esa palabra? —pregunté.

Pero mi hermano sorpresa, con su cara de inocencia, sus citas de Yoda y sus fotografías de paisajes evocadores, tal vez siguiera usándola.

Continué por el pasillo y Birdwine me siguió.

—Cuando entró con aquellas piernas largas y espectaculares, supe que aquella mujer me traería problemas —dijo con voz suave, haciendo una buena imitación de Bogart.

—Ni que lo digas —contesté yo con una sonrisa.

Teniendo a Birdwine despierto y cubriéndome las espaldas, me apetecía meterme en líos. Era una sensación agradable. Más que agradable: deliciosa. ¡Sí, oh, dioses, cuánto lo había echado de menos! No me sentía tan viva desde... Bien, desde la declaración de Skopes. Desde el día en que me devolvieron el cheque con la nota de Kai.

La puerta de Worthy Investigations tenía un cristal ahumado. Vi luz detrás. El detective estaba en casa.

Puse mi sonrisa más amable, la que reservaba para los jurados. Se la mostré a Birdwine y pestañeé, tierna como un cervatillo. Había cambiado el traje por una falda corta más informal y una camiseta de seda salvaje, y había suavizado mi maquillaje usando un brillo de labios de color claro y prescindiendo de pintarme la raya. No me había peinado con secador y el pelo me colgaba en crespos tirabuzones negros por la espalda. Cuando me vestía así, la gente (sobre todo si era blanca) me tomaba por una chica de veintitantos años.

—Entonces, ¿yo soy el poli malo? —preguntó Birdwine en voz baja.

—Sí, creo que sí, pero primero veamos qué ambiente se respira en el despacho —respondí. Birdwine, que sabía improvisar sobre la marcha, echó mano del pomo de la puerta, pero yo chasqueé la lengua—. Las señoras y los polis buenos primero.

Worth estaba sentado a su mesa, al fondo de un despacho largo y estrecho. Levantó la vista cuando entré y al instante me dedicó una gran sonrisa. Tenía unos cincuenta años y estaba en buena forma. Una espesa mata de cabello prematuramente canoso y un grueso bigote remataban su cara de mandíbula cuadrada. Parecía el cabeza de familia de una teleserie de los años ochenta, y su corbata granate y su camisa abotonada encajaban perfectamente en esa imagen.

—¿Es usted Tim Worth? —pregunté con cierta vacilación.

Worth, que ya se estaba levantando, contestó:

—¡Pues claro que soy yo! Pase, pase, por favor. Lo lamento, mi chica no ha llegado todavía, pero he hecho café. ¿Puedo ofrecerle una taza?

Crucé la pequeña zona de recepción y me dije que en realidad no había ninguna «chica». El escritorio que había junto a la cafetera tenía encima un teléfono fijo y un flexo. Ni ordenador, ni planta, ni fotografías familiares. Parecía de atrezo. Resultaba interesante que Worth hubiera escogido por asistente imaginaria a una mujer joven y que hubiera empleado el adjetivo posesivo. «Mi chica». Apenas había dado nueve pasos dentro de la oficina y ya había empezado a hacerme una idea bastante clara de aquel tipo. Si le calentaba como es debido, se abriría igual que un molusco.

—No, gracias —contesté con el mismo tono dubitativo.

—¿Qué puedo hacer por usted? —preguntó Worth, acompañando sus palabras con una buena dosis de encanto.

Era bastante atractivo, si te gustaba su tipo o tenías una fijación con papá. No era mi caso. Luego miró más allá de mí y su tersa sonrisa se aflojó ligeramente.

—Ah, hola, Zachary.

—Worth —dijo Birdwine.

Delante de la mesa había dos butacas para los clientes, bajas y con los cojines hundidos. Worth debía de haberlas elegido después de leer algún libro de liderazgo empresarial titulado *Cómo ser un perfecto capullo*. Me detuve a la derecha de su mesa y permanecí de pie, girándome un poco para ver todo el despacho.

118

Birdwine se dejó caer en el sofá de flores de la recepción, que crujió ruidosamente bajo su peso. Estiró sus largos brazos sobre el respaldo y se relajó. Su presencia puso en guardia a Worth, que volvió a mirarme con expresión calculadora.

Frunció el entrecejo.

—Espere un segundo. ¿La conozco de algo?

—Soy Paula Vauss —contesté en tono levemente interrogativo—. Le dio mi nombre y mi dirección a un cliente, Julian Bouchard.

—Ah, sí, la hermana biológica. —Siguió de pie, con la cabeza erguida, al mismo nivel que la mía—. Medio hermana, quiero decir. Evidentemente.

Sentí que mi sonrisa intentaba ensancharse, un poco como la de un tiburón.

—Evidentemente.

Empezó a hablar con lentitud, sin dejar de mirarme, confiando en calibrar mis intenciones.

—La verdad es que pensaba llamarla esta semana.

Sí, claro. Mantuve las manos junto a los costados y las cejas levantadas para darle a entender que estaba dispuesta a creerle, o al menos a escuchar su historia.

—Lamento que el chico se haya puesto en contacto con usted, ha sido precipitado.

Pronto lo lamentaría aún más. Arrugué la nariz con expresión entre socarrona y seductora. Sentía la mirada de Worth deslizándose por mi cuerpo como un dedo buscando signos de braille.

Dejé que se hiciera el silencio para ponerlo nervioso. Llevaba meses descentrada y de pronto allí estaba, metida de lleno en el juego. Músculos que había olvidado que tenía empezaron a despertar y a flexionarse. Era como un desperezarse: una sensación deliciosa. Dejé que el silencio se alargara.

Worth era un embaucador, y no malo del todo. Lo bastante bueno, al menos, para engatusar a jóvenes o a personas desesperadas o no demasiado inteligentes. Pero no era genial. Si lo fuera, tendría un despacho mejor y «mi chica» no sería una invención. Yo podía, por tanto, dejar que el silencio se abriera de par en par, como el pico de un polluelo, aguardando a que Worth lo llenara.

Birdwine conocía esta táctica: todos los polis la conocían. Agarró un viejo ejemplar de *People* y se puso a hojearlo. Las páginas crujían en medio del silencio. Worth se removió, nervioso, y apartó la mirada. Carraspeó y por fin decidió lanzar el sedal, por si pescaba algo.

—Habrá sido una verdadera sorpresa conocer a su hermano. Espero que al menos haya sido prudente.

Era una forma de abordar la cuestión sólida y segura. Si la aparición de Julian me había disgustado, el tono de ligera desaprobación de Worth nos colocaba en el mismo bando sin ser lo bastante hostil para obligarme a defender al chico. Era casi paternal, como un ligero chasqueo de la lengua.

—En absoluto —respondí, siguiéndole la corriente. Me incliné hacia él y añadió en tono confidencial—: Se presentó en mi despacho en horas de trabajo. *Dice* ser mi hermano por parte de madre, pero he pensado... —Miré a Birdwine, que seguía arrellanado en el sofá, mirando absorto las fotos de la boda o el bebé de algún famoso.

—Sí, ya veo. Es usted una mujer con recursos y de pronto aparece de la nada un chico que dice ser su hermano. Es lógico que desconfíe —repuso Worth, picando el anzuelo—. Entonces... ¿ha contratado a un investigador privado? —Él también miró de reojo a Birdwine. Cuando respondí asintiendo con la cabeza y poniendo los ojos en blanco como si mi opinión de Birdwine coincidiera con la suya, se arriesgó a escarbar un poco más—. ¿Su madre no ha podido confirmar la identidad de Julian?

Bajé las pestañas para que no viera el destello de interés que iluminó mis ojos. Según Birdwine, Worth tenía por costumbre reunir toda la información posible en muy poco tiempo para ir administrándola con cuentagotas a lo largo de meses y meses, sin dejar de cobrar entre tanto. Si había encontrado a Kai en noviembre, tenía que haber sido antes de su diagnóstico. ¿Sabía que estaba muerta? Si no lo sabía, tenía ante mí una bonita trampa, lista para utilizarse. Le puse un poco de cebo.

—Mi madre y yo no mantenemos relación —dije—. Y, aunque nos habláramos, no le preguntaría por Julian. No es una persona muy sincera, que digamos.

Worth rodeó la mesa, acortando la distancia entre nosotros. Bajó la voz, confiando en que Birdwine no le oyera.

—Así que ha buscado ayuda profesional. —Asentí y añadió casi susurrando—: ¿Por qué él?

—El señor Birdwine ha trabajado en ocasiones para mi bufete. Pero en esta cuestión... —respondí en voz baja, y dejé la frase en suspenso con una nota de insatisfacción.

Se inclinó hacia mí y se llevó la mano al pecho.

—Y ahora ha venido a la fuente de la que proviene la información de Julian. Ese debería haber sido su primer paso, en realidad.

Se estaba haciendo pasar por Papá Worth, dispuesto a ayudarme a aclarar cualquier duda relativa a la legitimidad de Julian. Yo quería saber si el chico era un estafador dispuesto a desplumarme o si de verdad era mi hermano entregado en adopción. Papá Worth lo sabía y Birdwine no. Mantuve los ojos abiertos de par en par y acepté el papel de la Chica que necesita que Papá le explique la situación.

—Quería preguntarle por qué acudió a mí Julian —dije—. No parece saber dónde vive mi madre. Usted me encontró y, en fin... —Miré a Birdwine y bajé de nuevo la voz, pero no mucho. Quería que me oyera—: No hay más que seguir el rastro del dinero. Es lo único sensato que me dijo el señor Birdwine. No pudo costarle mucho tiempo llegar de mí a ella. Le envío un cheque todos los meses.

Birdwine resopló.

—Dije que a un investigador *competente* no le llevaría mucho tiempo. ¿Cree usted que su madre se esconde cerca del trasero de Worth? Porque si puede usar las dos manos quizá la encuentre.

Fruncí los labios como si su lenguaje me hubiera ofendido y miré a Worth como diciendo: «¿Ve usted lo que he tenido que soportar?». El detective meneó la cabeza con aire desaprobador, y de pronto allí estábamos, convertidos en aliados. Ese Birdwine sí que sabía trabajarse a la gente.

—Pues claro que la encontré —dijo Worth en voz alta para que Birdwine le oyera—. Ha sido simplemente una desafortunada coincidencia que acudiera usted a mí antes de que me pusiera en contacto con usted. Seguí el rastro de sus cheques hasta Austin poco después de hablarle a Julian de usted, pero procuro ser muy minucioso. Quería confirmarlo antes de que Julian echara las campanas al vuelo. Ya ha visto usted lo impetuoso que puede ser el chico.

—¿Confirmarlo? ¿Vio usted a mi madre? —pregunté, y dejé que se me notara el escepticismo.

—No, no. Nosotros, los detectives privados, tenemos una red profesional. Al menos, los que estamos a bien con nuestros colegas. —Lanzó otra mirada a Birdwine—. Le pedí a un colega de Austin que se pasara con el coche por su casa. Me mandó la confirmación de los datos, algunas fotografías. Pensaba ponerme en contacto con usted esta semana y reunirlos a usted y a Julian de manera mucho menos estresante.

Sonreí para él, animosamente, y para mí misma, porque acababa de pillar a aquel capullo.

—¿Fotografías? —pregunté—. ¿Podría…? —Imité su lenguaje corporal, inclinándome hacia él y llevándome la mano al pecho—. Mi madre y yo no nos hablamos desde hace tiempo, como le decía. Hace años que no vivimos en el mismo estado.

Dejé que aquella verdad dolorosa quedara un momento suspendida en el aire, sólida como una roca. Siempre era mejor recurrir a la verdad. Sonaba tan real… Una sola verdad bien escogida podía sostener un enorme cúmulo de medias verdades y mentiras.

—Me encantaría ver las fotografías que ha hecho su colega esta semana.

—Desde luego —contestó—. He imprimido un par, si quiere una.

—Sí, gracias —dije casi sin aliento.

Worth se volvió hacia la cajonera que había junto a la pared, detrás de él, y abrió el cajón de arriba. Fue pasando las carpetas de la letra B y sacó el expediente de Julian. Lo hojeó y extrajo por fin una fotografía de papel grueso. Dejó la carpeta cerrada sobre su mesa, delante de él, y se inclinó para pasarme la fotografía.

Era Kai. Al mirarla, me pareció que el aire se espesaba, como si la verdad que había lanzado al aire poco antes se convirtiera de pronto en una columna de presión barométrica. Era cierto: hacía años que no veía a mi madre.

En aquella foto tenía unos cincuenta años pero parecía mayor y estaba muy delgada, tal vez por la enfermedad que, escondida, se extendía ya por su cuerpo. O quizá simplemente porque fumaba y era ectomorfa de nacimiento. Estaba sentada al sol. Era un primer plano de cabeza y hombros, y detrás de ella parecía haber un río. Seguía teniendo aquella cascada de pelo moreno, entreverada por gruesos mechones de canas. Le había crecido una redecilla de arrugas alrededor de los ojos y su mentón se había suavizado, pero su boca estaba enmarcada por dos profundos paréntesis, como si hubiera sonreído mucho más de lo que yo imaginaba.

Cuando me repuse de la impresión de verla, comprendí por qué Worth había elegido aquella fotografía en primer plano. Mostraba solo el cuello de lo que parecía ser una blusa bordada de grueso brocado. Austin en pleno julio era tan húmedo como Venus y superaba los treinta grados. Aquella foto se había tomado en noviembre, cuando Julian contrató a Worth. No quería arriesgarse a que me percatara de que en aquella foto «recién hecha», Kai iba vestida para soportar el tibio invierno de Austin.

—Vaya, fíjate —dije, y me preparé para asestarle el golpe final—. ¿Y estas fotos son del... lunes, ha dicho?

Asintió con un gesto.

—Las recibí el lunes a última hora.

—¡Es increíble! —exclamé. Dejé que mi amable sonrisa fuera ensanchándose hasta que Worth pudo ver todos mis dientes. Me encantó enseñarlos. Había olvidado lo mucho que me gustaba dejarme de zalamerías y asestar un buen mordisco—. Un auténtico milagro, teniendo en cuenta que mi madre falleció el pasado invierno.

Se hizo un largo silencio. Worth tragó saliva y su cara enrojeció en torno al blanco bigote. Parecía una mañana de Navidad.

—Bueno, espere, he dicho que recibí las fotos el lunes, pero quién sabe cuándo las hizo mi colega de Austin… Digo, no. Puede que… —vaciló y por fin se quedó callado.

—Oye, Worth —dijo Birdwine sin apartar la mirada de la revista—, como investigador competente, ¿sabes por casualidad a qué se dedica la señora Vauss, aquí presente?

Me encogí de hombros, quitando importancia a su comentario, y no dije nada. No era necesario. Birdwine había lanzado al aire el término «abogada». Pasaron otros diez segundos mientras un torrente sigiloso de palabras implícitas inundaba la habitación: *demanda, daños y perjuicios, imputación, fraude.*

Alargué el brazo y recogí la carpeta de encima de la mesa. Worth hizo un ademán como si quisiera impedirlo, pero no se atrevió a arrebatármela.

—Creo que esto pertenece a mi hermano, señor Worth —dije—, y que su relación contractual con él se ha terminado. —Volví a guardar la fotografía de Kai y metí la carpeta en mi bolso. Empecé a darme la vuelta, pero me detuve y lo miré—. Una cosa más: está claro que no ha movido un dedo para ocuparse de este caso desde noviembre pasado, y pese a todo John ha seguido recibiendo sus facturas. Le ha sacado unos cuatrocientos dólares al mes. ¿Verdad que es interesante, Birdwine?

—Fascinante —contestó. Dejó la revista y se levantó bruscamente, llenando su mitad del despacho—. Oye, Paula, ¿no crees que sería conveniente que le reembolsara ese dinero?

Worth pestañeó, abrió la boca y volvió a cerrarla como un pez moribundo.

—Bueno —dijo—, podría hacerlo, digo…

—Pues sí, Birdwine —respondí yo, interrumpiéndolo—. Aceptaré un cheque, señor Worth, lo cual es un gesto de bondad y de confianza por mi parte, teniendo en cuenta lo sucedido. Con diez mil quedará todo arreglado.

Se quedó estupefacto.

—Eso es mucho más de lo que…

—He añadido los intereses —dije. Había calibrado su ropa, su despacho y su secretaria imaginaria y calculaba que podía permitirse pagar diez mil. A duras penas. Sería un enorme descalabro para su bolsillo—. Es lo que llamamos una disculpa fiscal. Una disculpa fiscal muy razonable, dadas las circunstancias.

Worth se había puesto blanco.

—No voy a permitir que me extorsionen.

—¿Extorsionarlo? —lo interrumpí, y el último vestigio de dulzura desapareció por fin: había dejado de ser la niña buena de papá—. Es un regalo. —Rodeé lentamente la mesa para acercarme a él, haciendo resonar mis tacones sobre la tarima arañada del despacho como el redoble siniestro de un tambor—. Si tarda más de sesenta segundos desde este instante en extenderme ese cheque, retiraré la oferta, aceptaré a mi hermano como cliente y acabaré con usted. —Cuanto más me acercaba, más dejaba ver mi verdadera faz, que hasta entonces había mantenido oculta tras el carísimo brillo de labios y los buenos modales. Una faz llena de dientes, franca y decidida—. Eso es un fraude sin paliativos. Llamaré a la policía y haré que le detengan y le imputen, y eso será solo el principio. Me quedaré con su licencia, con su negocio y con su futuro. Si tiene usted suerte, puede que el juez no me entregue su escroto atado con un gran lazo rosa. Pero yo se lo pediré. Puede estar seguro.

Durante un segundo reinó un silencio mortal. Worth miró mi cara desnuda y desprovista de artificio, abrió sin decir palabra el cajón de su mesa y sacó una chequera. Miré a Birdwine y vi que me estaba mirando.

Mirándome de verdad, viendo todo lo que había aflorado, como un feroz estallido de alegría, por detrás de mis modales civilizados. El aire pareció chisporrotear entre nosotros. Yo estaba tan deseosa de morder algo que me mordisqueé el labio inferior. En aquel momento estábamos juntos, Birdwine y yo, envueltos en la música de aquel triunfo, en la melodía surgida de la pluma de Worth al deslizarse sobre el papel de la chequera.

Me costó apartar la mirada, pero cuando lo hice vi que Worth estaba escribiendo mi nombre en el hueco reservado para el beneficiario. Toqué con los nudillos sobre la mesa, con fuerza.

—¿Cree acaso que tengo intención de quedarme con el dinero de mi hermano?

Worth se detuvo, luego anuló el cheque y empezó a extender otro a nombre de Julian.

La mirada de Birdwine no se había movido. Podía sentirla fija en mí. Cuando lo miré, estaba sonriendo. No me ponía muy guapa cuando vencía a un adversario, pero a Birdwine le gustaba. Siempre le había gustado así, ¿cómo podía haberlo olvidado? Le gustaba muchísimo. Sentí su mirada fija en mi piel, que de pronto estaba tan caliente como helado se había quedado Worth.

Arrancó el cheque y me lo tendió sin decir palabra.

Lo tomé y, en vez adiós, le dije:

—Mi hermano lo llevará al banco el lunes. Y, si no tiene fondos, no habrá un solo dios ni encima ni debajo de la Tierra capaz de sacarlo a usted de apuros.

Le temblaron un poco los párpados mientras hacía cálculos de cabeza. Por fin movió ligeramente la cabeza y comprendí que el cheque tendría fondos. Vi también cuánto le dolía aquello a Worth, y aquel dolor hizo que el aire me dejara un regusto dulce en la lengua.

Salí y Birdwine me siguió, cerrando suavemente la puerta a nuestra espalda. La euforia del triunfo, que tan bien conocía, me embargaba por completo. Había echado de menos ese éxtasis, esa sensación de no tener un solo punto flaco en todo el cuerpo. Estaba hecha de hueso, de dientes y de sangre ferrosa.

Recorrí el sucio pasillo y, al llegar a la oficina desocupada, me detuve. Dura como el pedernal, enseñando aún mi sonrisa de vampira, me volví para mirar a Birdwine. Estaba ansiosa por encontrar una vena vulnerable, un punto blando en el que hincar mis dientes. Miré a Birdwine y no vi ninguno. No tenía nada de blando, y yo no le daba ningún miedo. Su cara tenía una expresión que yo no había vuelto a ver desde que me dejó. Desde entonces habíamos trabajado juntos en varios casos, pero nunca me había mirado así. Ni una sola vez, a pesar de que sabía que no me importaba rememorar viejos tiempos con mis examantes.

Le puse las manos en el pecho. Sentí el latido acelerado de su corazón como un eco inmenso resonando en la anchura de su pecho. Lo empujé hacia la puerta abierta y la cruzó como si mi empujón lo hubiera obligado a ello. Pero no era así. Birdwine era una montaña, no una cosita pequeña y blanda que yo pudiera mover a mi antojo. Mi empujón consiguió moverlo únicamente porque él quiso que así fuera. Cerré la puerta con el pie y nos quedamos a solas. Tendí los brazos hacia él, pero Birdwine ya me estaba agarrando. Me levantó del suelo, dejándome descalza.

Me trepé a su cuerpo mientras tiraba de mí, rodeándolo con las piernas, con la falda subida hasta las caderas. Agarré su pelo a puñados. Me hizo levantar la cara hacia la suya. Mirándonos a los ojos, aspiré su aliento un solo segundo cegador. Después, cerramos los ojos y nuestras bocas se abrieron. Birdwine apoyó las manos en mis caderas apretándome contra sí, y yo habría pagado diez mil dólares en metálico a cambio de que ambos estuviéramos desnudos como animales, sin ninguna prenda cubriendo nuestros puntos más esenciales.

Froté mi mejilla contra la suya, escondí la cara en su cuello y le mordí. Después deslicé la lengua hasta su hombro y susurré contra su piel:

—Vamos a tu casa.

En cuanto terminé de hablar, comprendí que había cometido un error. Debería haber dejado que aquello ocurriera sin más, dulce y velozmente, allí mismo. Deberíamos habernos revolcado por el suelo tirando las delgadas mamparas. Deberíamos habernos tomado el uno al otro en medio del desastre.

Sentí, en cambio, que Birdwine aflojaba su abrazo.

—Igual que en los viejos tiempos —dijo.

Respiró hondo, estremeciéndose, y me sentó sobre la mesa. Se retiró y yo lo dejé marchar. Sus ojos, abiertos otra vez, tenían una expresión casi furiosa. Cuando habló, sin embargo, su voz sonó neutra y calmada. Casi indiferente.

—No vamos a liarnos, Paula. Si empezamos, nos estrellaremos contra el mismo muro que la otra vez, y volverás a romperme el puto corazón de nuevo.

Fue como si me dieran un pinchazo. Todo el deseo escapó de mí. De pronto veía la mugre de la alfombra, la pintura descascarillada. Olía a cominos quemados. Habían sido sus dos últimas palabras, «de nuevo», las que me habían hecho reaccionar.

Hasta ese momento, ignoraba que hubiera estado enamorado de mí. ¿Qué había querido decir con eso de que nos habíamos estrellado contra un muro? ¿Se refería a que me había querido? Al dejarme alegando falta de comunicación, yo había dado por sentado que estaba enfadado conmigo por algún motivo. Cuando dejó de responder a mis llamadas, pensé que tenía que estar muy cabreado. Después de aquello, me centré en restaurar nuestra relación laboral. No solía dedicar mucho espacio mental a pensar en mis relaciones íntimas con los hombres. Buscaba siempre, de hecho, relaciones que no exigieran ningún esfuerzo por mi parte en ese sentido.

—Birdwine —dije—, no sabía que te había roto el corazón.

Aquellas palabras me dejaron un sabor extraño en la boca. No eran propias de mí, pero ahora éramos amigos, y era yo quien había empezado todo aquello. Era yo quien primero le había tendido los brazos, quien había cerrado la puerta. Se merecía una explicación.

Debería haber contestado al teléfono cuando me llamó Remi la noche anterior. Debería haberle invitado a pasarse por mi casa para rememorar viejos tiempos. Pero en lugar de hacerlo había invocado el fantasma de un viejo amor en aquel despacho mugriento. Un amor que yo misma había matado hacía un año, antes de saber que existía. Descubrí que muerto me gustaba aún menos. Los espectros no eran lo mío.

Me levanté y al instante me horrorizó el tacto crujiente de la moqueta bajo las plantas descalzas de mis pies. Corrí a ponerme los zapatos. Mientras estaba de espaldas a Birdwine me enderecé la ropa y me alisé la falda y el pelo. Cuando estuve más o menos presentable, me giré para mirarlo. Estaba muy tranquilo, junto a la mesa. Se frotaba la sien con una de sus manazas, lo cual nunca era buena señal. Tenía el pelo alborotado, y recordé fugazmente su tacto cuando lo había agarrado y había tirado de él, ansiosa por tenerlo más cerca.

Bajé la mirada. Se suponía que estábamos buscando a mi madre muerta. Habíamos acordado probar a ser amigos, y en aquella tesitura me hacía mucha falta un amigo. ¿Qué demonios se me había pasado por la cabeza?

A decir verdad, no me había parado a pensar. Solo había sentido deseo. Y había reaccionado.

Por fin dije:

—Yo no me lío con mis amigos, Birdwine. Ni literal, ni metafóricamente. Así que esto ha sido una metedura de pata. Lo siento.

Con las prisas, había arrojado mi carísimo bolso a la hedionda moqueta. Al recogerlo, casi tuve la sensación de que también le debía una disculpa.

—No tienes por qué —dijo Birdwine, pero no me habría extrañado que se largara allí en busca de una estación de metro y que me bloqueara en su móvil.

Cuando terminé de arreglarme la ropa y me colgué el bolso del hombro, había dejado de tocarse la sien.

—No voy a romperte nada —le dije. No podía repetir otra vez aquella palabra delante de él. «Corazón». No quería mencionarla, volver a invocarla—. ¿Podemos fingir que esto no ha pasado? ¿O atribuirlo al amianto de este edificio? He sufrido un envenenamiento de amianto.

Aquello le hizo reír. Solo un poco.

—Sí, el amianto es un conocido afrodisíaco. —Cuando volvió a hablar, su voz sonó seria y firme, pero no fría—. Dame las llaves. Conduzco yo. Así podrás echarle un vistazo al expediente de Worth. Podemos empezar a buscar a Kai donde él lo dejó.

En realidad, sí tenía un punto débil. Sentí el latido de mi corazón vibrándome en la garganta.

—Gracias.

Tenía que respetar cualquier raya que trazara Birdwine. Así pues, le lancé las llaves. Las agarró en el aire, salimos de la oficina y bajamos las escaleras en fila india, hasta mi coche. No me lo habían robado y ni se habían llevado los tapacubos. Otro triunfo, pensé. Y no solo eso: además había conseguido poner a Worth de rodillas. Para un solo día, no era mal resultado. Había estado a punto de pasarme de la raya con Birdwine y nuestra reciente amistad, pero mi amigo más querido y antiguo era en realidad el triunfo. Y con él podía irme a la cama cuando quisiera, sin complicaciones.

Subimos al coche. El aire estaba aún un poco cargado entre nosotros. Procuré no hacer caso. La mañana había sido demasiado buena para que acabara con una sensación de amargura o de vergüenza. Saqué de mi bolso la carpeta de Worth, la levanté para que Birdwine la viera por el rabillo del ojo, y sonrió. A él también le gustaba ganar.

—Veamos qué hay en el sobre sorpresa —dijo.

—Para en el Kinkos que hay cerca de tu casa. Quiero escanearlo todo. Tú puedes quedarte con esto —respondí.

Y, de paso, también podría escanear el poema de mi madre.

Al abrir la carpeta, me encontré con la foto que ya había visto. La volví como si fuera una hoja y encontré una foto de cuerpo entero de Kai con la misma blusa y el mismo río al fondo. Estaba de espaldas a la cámara, mirando a una niña pequeña que tiraba pan a los patos. Su blusa de brocado era de manga larga, y la había conjuntado con unos vaqueros viejos. De espaldas estaba muy bien, pero yo no podía decirlo en voz alta: habría estado fuera de lugar. «Eh, Birdwine, mira qué genes tengo. A lo mejor dentro de quince años yo también tengo este culo».

—Kai decía siempre que los patos eran unos hijos de puta con muy mala idea —comenté—. Y sin embargo aquí está, rodeada de ellos.

Birdwine me lanzó una mirada, como si dijera: «¿En serio? ¿Ahora vamos a hablar de patos?».

—Pican —añadí tercamente.

No quería que se hiciera el silencio en el coche.

Aunque él no lo hubiera dicho expresamente, yo ya no podría olvidar que, un año antes, había estado enamorado de mí. ¿Cómo se le había ocurrido? Si lo que uno buscaba era amor, no debía tomar el camino que conducía hasta mí: era un camino lleno de alambre de espino, plagado de osos y dinamita, y marcado por enormes carteles que decían *aquí no hay nada para ti.*

Lo miré de reojo y vi que estaba otra vez apretándose la frente con los dedos. Sí, Birdwine era un alcohólico. Tenía tendencia a perseguir cosas que no le hacían ningún bien. Cosas mucho peores que yo. Siempre volvía en busca de algo que pudiera matarlo.

Como si me hubiera leído el pensamiento (o como si me hubiera sorprendido mirándolo), apartó los dedos de su frente y apoyó deliberadamente la mano en el volante. También él conocía los gestos que lo delataban.

—Sí —dijo—. El fin de semana pasado me dieron la medalla de los ocho meses de abstinencia.

—Enhorabuena —contesté, a pesar de que lo había dicho a modo de advertencia, no para jactarse.

Rara vez superaba los seis meses, y que yo supiera nunca había llegado al año. Aquel era un periodo peligroso.

—¿Son todo fotografías? —preguntó cambiando de tema.

Hojeé más fotografías de Kai contemplando a los patos gordos, poniéndose aún más gordos a la orilla del río.

—No, abajo hay hojas impresas. Notas o… —Me interrumpí bruscamente al pasar a la siguiente fotografía.

En ella, Kai rodeaba con el brazo a la niña que daba de comer a los patos. Miré más de cerca. Me quedé sin respiración.

—¿Qué pasa? —preguntó Birdwine.

—Mierda —dije—. Será una broma.

Era una niña blanca y gordita, aunque por su tono de piel y su mata de pelo oscuro debía de tener ancestros mexicanos. Pasé a otra fotografía. La siguiente era un primer plano. La niña estaba acurrucada bajo el brazo de mi madre, y sus ojos eran como los de Kai, verdes claros y rasgados, en forma de media luna cuando sonreía. No me hizo falta ver su cara ni sus ojos de cerca para darme cuenta. Ya había reconocido su silueta, esas piernas largas y zancudas, ese tripa blanda. Yo también era así a su edad.

—Gordita culona —le dije a Birdwine con voz estrangulada.

Aquellas fotografías eran de hacía ocho meses. Un año o dos más tarde, el cuerpo de la niña empezaría a cambiar y su tripa blanda se iría recolocando poco a poco. Qué genes tan potentes los de mi madre.

—Voy a parar —dijo Birdwine, y se metió bruscamente en el aparcamiento de una gasolinera.

Apagó el motor y le puse la fotografía en las manos. De pronto le cambió la cara, de curiosa a inexpresiva. No conseguí adivinar qué estaba pensando.

—Paula —dijo—, ¿quién es esta niña?

—No lo sé —contesté, aunque había una cosa que sí sabía—. Pero es hija de Kai. Mírala. Joder, por lo visto mi madre tiene un bebé en cuanto me doy la vuelta. —Rebusqué rápidamente en la carpeta, tirando fotografías y papeles al suelo, en busca de un nombre. Worth también había ocultado aquello—. Voy a demandar a ese tipo. No, voy a matarlo. Da la vuelta, tengo que matarlo ahora mismo.

—¿Cómo se llama la niña? —repitió Birdwine con extraña urgencia.

—Se llama… Hana —dije. Me esperaba un nombre como Lakshmi, o quizá Dharma—. Hana May.

Al decirlo en voz alta, comprendí de dónde procedía el nombre. Era una feminización de Hanuman. El dios mono, impetuoso pero tan ferozmente leal, había sido siempre uno de los preferidos de Kai. Seguí leyendo.

Nueve años, de modo que ya debía de haber cumplido diez. Padre desconocido, aunque vi que Kai tenía novio. Qué sorpresa.

Había encontrado todo aquello en un esquema hecho por Worth. Era toda la información que el muy capullo había conseguido reunir en un día, resumida, guardada en un archivo y administrada con cuentagotas para que el dinero siguiera llegando a su bolsillo.

—¿Dónde está? ¿Dónde está? —masculló Birdwine para sí mismo mientras leía el papel por encima de mi hombro. Parecía asqueado. Tan asqueado como yo, incluso. Asqueado hasta la médula. Clavó el dedo en mitad de la página—. Ahí. Una dirección.

Una dirección auténtica, no el apartado de correos de Kai: 1813 de Bellman Avenue, Austin. Unidad B, o sea que tenía que ser una especie de apartamento. También figuraba un número. Eché mano del teléfono, pero Birdwine sacó el suyo primero y empezó a marcar.

Yo necesitaba leer otra vez la nota de Kai. Hurgué en mi bolso en busca del sobre (¿por qué tenía tantas barras de labios?). Estaba justo al fondo.

No, gracias. Tengo dinero suficiente para que me dure el resto de mi vida.

Eso era una broma. El cáncer se extendió por todas partes antes de que me diera cuenta, así que «el resto de mi vida» será bastante poco.

Me temblaron las manos. Aquellas fotografías se habían hecho en noviembre, y Kai tenía buen aspecto. Estaba un poco avejentada, y un poco flaca, pero parecía estar bien. Yo había recibido la nota en febrero, y ella me había contestado que le quedaban semanas de vida, «con suerte».

¿Hasta qué punto habría tenido suerte? Habían transcurrido más de veinte semanas, convertidas en meses. Así que tenía que estar muerta. ¿Verdad? Sin duda, sabiendo que le quedaba tan poco tiempo, habría hecho los preparativos necesarios para que su hija pequeña estuviera bien atendida.

Se había mudado catorce veces en la última década: yo tenía una lista de apartados de correos que lo demostraba. Worth no había encontrado el nombre del padre, ni había anotado el apellido de Hana May. ¿Era Vauss? Vi en su esquema que mi madre había vivido en Austin con el nombre de Kira Redmond. ¿Hana también habría llevado el apellido Redmond? ¿Cómo se apellidaría ahora?

—El número no existe —dijo Birdwine al colgar—. No figura ninguno nuevo.

Volví a mirar la nota de mi madre. *Me voy de viaje, Kali. Vuelvo a mis orígenes…*

Sus orígenes. Tal vez hubiera llevado a Hana con sus padres. Aunque no lo creía. Debían de tener setenta y tantos años si todavía vivían, y además eran unos racistas insoportables. Había dado a Julian en adopción para salvarle de ellos. No dejaría a su hija pequeña con aquella gente. Así pues, ¿cuáles eran sus orígenes? Malditos fueran ella y su amor por el puto misticismo. A veces la poesía no era la solución. Yo incluso diría que nunca lo es.

—*La muerte no es el final. El final serás tú.* —leyó Birdwine por encima de mi hombro—. ¿Significa eso que pensaba traerte a la niña?

—Si es así, lo hizo fatal —contesté, tan nerviosa que parecía furiosa—. Suelo darme cuenta, si dejan un huérfano en mi puerta. Piensa en Julian, por ejemplo.

—Pero aquí dice que vais a veros, ¿no? —Birdwine señaló la hoja.

Volveremos a encontrarnos y habrá historias nuevas que contar.

—Es posible que no se refiriera a esta vida —respondí, y leí en voz alta la última frase—. *Ya sabes cómo funciona el karma*. Kai creía en la reencarnación.

—Pero sabía que se estaba muriendo —repuso Birdwine—. Debía de tener algo previsto para la niña.

—Espero que sí, pero… —dije—. Esta nota absurda… Llevaban solo unos meses viviendo en Austin cuando a Kai le diagnosticaron la enfermedad. ¿Se puede encontrar a alguien en quien confíes hasta ese punto en tan poco tiempo? ¿Alguien que críe a tu hija? ¿Y si…?

No había forma de acabar aquella pregunta de manera tranquilizadora. Podía tener tantas respuestas espantosas. Yo sabía lo que les pasaba a las niñas pequeñas cuando las desarraigaban y quedaban a merced del mundo. Las que tenían suerte se curtían en el sistema de acogimiento. Otras se hincaban de rodillas entre matas de azalea. En todo caso, se les acababa la infancia. Eso, a las que vivían. Porque otras desaparecían, se caían por el borde del planeta, dejando atrás a la tortuga cósmica para precipitarse en la oscuridad infinita.

—Birdwine…

—No —dijo clavándose con tanta fuerza tres dedos en la sien que la piel se le puso pálida—. No es necesario.

Lo dijo como si supiera que estaba a punto de suplicarle. Y era cierto. Estaba a punto de suplicarle, de decirle que no podía darme largas y dejar para más adelante la búsqueda del cadáver de mi madre. «He aquí la información». Tampoco podía ir a zambullirse en la botella más próxima. Ya no se trataba de mí, ni del amor absurdo que me hubiera tenido en algún momento, ni de mi cuestionable capacidad para no bajarme las bragas. Todo eso era morralla, gracias a Hana.

Una brutal marea de emociones, nuevas y al mismo tiempo espantosamente conocidas, se agitaba dentro de mí. Mi familia no estaba constituida solo por mí. Hacía casi veinticinco años que no me sentía así, desde que envié a Kai a prisión. Ni siquiera había sentido aquello con Julian, un hombre crecidito que tenía una familia propia. Era un súbito desdoblamiento de mi ser que resonaba en el aire, a mi alrededor. Yo sabía lo que era ser una niña perdida. Había pertenecido a esa misma tribu.

Tenía que asegurarme de que mi hermana pequeña no se uniera a ella de manera permanente.

—Esto sí *puedo* arreglarlo —dijo Birdwine con extraña intensidad.

Pensé que estaba hablando de nosotros, que se refería a que, aunque nuestro idilio amoroso hubiera sido un desastre, me ayudaría a cerciorarme de que mi hermana estaba a salvo. Pero cuando lo miré vi que tenía la mirada fija en un punto distante, y que si había algo que se sentía incapaz de arreglar, fuera lo que fuese, no tenía nada que ver conmigo.

—¿Qué quieres decir? —pregunté.

Pestañeó y volvió a concentrarse en la fotografía de Hana.

—Que voy a encontrarla. —Aquellas cuatro palabras me parecieron las más dulces del idioma. Me miró y volvió a decir—: Voy a encontrarla.

6

El *Ramayana* de Kai llega en un gran sobre naranja, con un clip en un extremo. Solo unas pocas páginas que podría haber metido en un sobre normal si no le hubiera importado doblarlas. Ha ilustrado los márgenes con una enredadera infinita cuajada de rizos y espirales. El sobre procede del economato de la cárcel, y es más caro facturarlo. O lo cambió por algo, o es cortesía de Rhonda.

Joya y yo nos sentamos en la cama, la una junto a la otra, para leer el *Ramayana* con la espalda pegada a la pared. Joya es menuda y tiene los ojos muy grandes, y con el pelo peinado en trencitas parece más joven y dulce de lo que es. Más joven y dulce que yo, aunque vaya un curso por delante de mí. Nos sentamos muy pegadas para poder leer al mismo tiempo. Empieza así:

> *Igual que la esposa de la serpiente fue arrancada de su hogar [y del verdadero amor,*
> *y el águila la llevó en sus garras a lugares aún por transitar,*
> *así Sita fue arrancada de Rama.*
> *El desánimo hizo presa en su corazón,*
> *pero las cadenas que la rodeaban no quebrantaron su voluntad.*
> *Negó al demonio que la había raptado y se mantuvo fiel.*
> *Y aunque esto fue hace mucho tiempo, sigue siendo, todavía es.*

Joya hizo una pedorreta con la boca.

—¿Por qué serán las madres tan pesadas?

—Ni idea —contesté.

Nos gusta comentar entre nosotras cómo son las madres, porque las dos tenemos una. Es lo que nos distingue y lo que hace que las otras chicas de la cabaña nos odien, menos Candace, que es demasiado rara y está demasiado hecha polvo para darse cuenta de que tendría que odiarnos. Joya y yo formamos una tribu. Hasta tenemos un nombre. Candace nos llama «las niñas de mamá».

—¿Por qué? —le pregunté la primera vez que oí esa palabra.

—Porque las dos tenéis mamá, boba —contestó, y luego dio un respingo, como si esperara una bofetada por haberme llamado boba.

Posiblemente en su casa la hubiera recibido. Yo, sin embargo, le sonrío. Me gusta el nombre. Incluye los dos sitios donde mejor me siento: con Kai, y en esta tribu de dos que formamos Joya y yo.

El resto del poema es igual, ampuloso y rimado, con Kai haciendo el papel de Sita. Dwayne es su Rama, aunque sea un Rama improbable y paleto. Sita-Kai es un verdadero cáliz, tan rebosante de ternura que sufre un derrame de amor. Se mantiene firme y fiel. Rhonda no aparece bajo ningún disfraz.

La última página, después del poema, es un dibujo hecho con lápices de colores.

—Hala, qué bonito —dice Joya.

Es muy bonito, sí. Mucho más que el poema.

—Kai trabaja dibujando, a veces —le explicó—. Monta un caballete en un parque o cerca de algún sitio turístico, en cualquier parte por donde pase mucha gente. Dibuja a la gente más delgada de lo que es, o con la nariz más pequeña, o con traje de princesa o de astronauta. Le pagan veinte pavos por retrato.

En el dibujo, Sita aparece arrodillada en lo alto de la página, serena y sonriente. Tiene el regazo lleno de flores de loto que aprieta tiernamente contra su vientre. A Kai se le da especialmente bien dibujar las caras y, por si el poema no estaba lo bastante claro, le ha puesto la suya a Sita. Rama tiene la piel de color azul cielo que evidencia su naturaleza divina, pero sus rasgos encajan con los de Dwayne. Hasta le ha puesto sus rizos de color miel a aquel príncipe divino de la antigua India.

—¿Ya puedo entrar? —pregunta Candace con voz suplicante desde el otro lado de la puerta.

Joya la ha hecho salir a patadas cuando ha llegado el correo, y ha ido de mala gana a darse una ducha. Técnicamente la habitación también es suya, pero la verdad es que Joya le da pánico. Ahora mismo es la única chica blanca de nuestra cabaña, y es muy, muy blanca. Viene de la parte oeste de Georgia, tierra de metanfetamina, y tiene la piel lechosa y el pelo del color de la mantequilla, tan fino y sutil como el algodón de azúcar. En su tierra, los negros y los blancos no se mezclan, así que es raro que se haya pegado a mí. Dentro de mí, el negro y el blanco se han mezclado por completo, junto con una buena cucharada de rasgos asiáticos y sabe Dios qué más.

—Lárgate, Candace —le grita Joya, y yo digo al mismo tiempo:

—Apártate de la puerta.

El demonio Ravana está dibujado de través, con un cuerpo de lombriz que acorrala a Sita en el rincón. Cada una de sus diez cabezas se sostiene sobre un largo cuello que se prolonga por su cuerpo formando barrotes. En la ilustración, el demoníaco Ravana representa el sistema penitenciario de Georgia.

Rama ocupa casi toda la página. Avanza decidido hacia Ravana con la cimitarra en alto, listo para atacar al demonio. Aquí, las enredaderas de los márgenes están cubiertas de flores. Pero al mirar más de cerca veo un cúmulo de hojas puntiagudas oculto cerca de Rama, entre las flores, y, como soy hija de Kai, reconozco su forma.

—Hojas de marihuana —le digo a Joya, señalándolas.

A mí me hace gracia, pero ella entorna los ojos. Agarra el poema y empieza a hojearlo.

—¿Crees que le está mandando un mensaje? Sobre los cargos por tráfico de drogas o…

—No. Es solo una broma.

—Eso espero —dice ella—, porque si le está diciendo que se meta con los traficantes, lo matarán. Lo harán papilla, seguro.

Sacudo la cabeza. Los amigos de Dwayne venden sándwiches de mostaza y ácidos en los aparcamientos de las salas de conciertos. Cometen hurtos y roban casas vacías, sí. Son unos pobres diablos con el signo de la paz tatuado. Pero solo matarían a alguien por accidente, conduciendo borrachos o colocados.

—Los traficantes de *crack* no son como los de marihuana —le digo.

La madre de Joya consumía *crack* antes de empezar la desintoxicación.

Joya resopla.

—No hay traficantes buenos.

—Y aquí no hay ningún mensaje secreto sobre drogas —le digo mientras echo otro vistazo al poema.

No quiero mandarlo, pero no porque me den miedo los *hippies*, sino por todo ese rollo. ¿De verdad estaba Kai tan loca por Dwayne? Era majo y todo eso, pero la verdad es que vivíamos en una furgoneta. Mi madre se había enamorado de él en parte porque las noches empezaban a ser largas y frías.

Joya confunde mi silencio con indecisión.

—Aun así, no puedes mandarlo. Si pillan a Kai intentando ponerse en contacto con Dwayne a través de ti… No te echarán la culpa a ti, joder. Se la echarán a tu madre. Le aplicarán la RPP.

O sea, que le retirarían la patria potestad. A Joya le tiembla la voz con solo pronunciar las siglas.

—¿Ya puedo entrar? —pregunta Candace desde detrás de la puerta, en voz más alta y más lastimera.

—Sí, entra si quieres que te demos una paliza —responde Joya—. Vuélvete al baño —dice con acento de negra, y me da un codazo en las costillas.

Yo contengo la risa. Habla así con algunas de las chicas negras, pero a veces le gusta hacerlo también con Candace, que casi se mea en los pantalones.

Al otro lado de la puerta no se oye nada.

—No va a irse —digo en voz baja, y me pongo a imitar a Candace apretando los labios y pegando la oreja a una puerta invisible.

—¿Quieres que la cchc? Puedo arrancarle la cabeza como si fuera una gamba —dice Joya.

No lo dice por decir. Shar y Karice, las otras dos chicas de nuestra cabaña, intentaron amedrentarla cuando llegó. Se acercaron a ella en la sala común sonriendo con muy malas intenciones, dispuestas a enseñarle quién mandaba allí. Creían que iba a acobardarse y a llorar, y que le darían un par de bofetadas. Eran más que ella, y era tan pequeña y tan mona... Fue un error. Joya se abalanzó sobre Shar y la agarró de los aros. Tiró de ellos, rajándole los lóbulos de las orejas. Cuando cayó al suelo chillando, Joya se arrojó sobre Karice y la mordió en la cara, y luego empezó a darle puñetazos en el mordisco hasta que Karice se puso en posición fetal. Joya se levantó sin un rasguño en el momento en que entraba la señora Mack. Le dijo que Shar y Karice, que estaban sangrando, se habían peleado entre sí, y mientras tanto no les quitaba ojo, como si las desafiara a contradecirla. Ninguna de las dos dijo nada.

—No merece la pena meterse en líos por Candace —le digo, y luego grito—: ¡Un minuto!

Me levanto y saco mi baulito de debajo de la cama. Es la única cosa que tengo que se cierra con llave, aunque con Candace las cerraduras sirvan de poco. Lo abro y empiezo a sacar fotografías, mis pendientes de pluma de pavo real, un mechón trenzado de crin que le corté al caballo percherón de Hervé. Quiero poner el *Ramayana* al fondo para que no se arrugue.

—¡Eh, vosotras! ¡Que estoy aquí fuera con una toalla! —gimotea Candace.

Lo guardo todo con cuidado, y luego la dejo entrar. Durante las noches siguientes noto la presencia del poema cada vez que intento dormir. Es como si hubiera dejado que algo vivo y peligroso se moviera bajo mi cama. Doy vueltas y sueño. La comida no me sabe a nada y todo lo que toco me produce una sensación ligeramente extraña. Debería quemar el poema, pero no lo hago. Kai me pidió que se lo mandara a Dwayne, pero tampoco lo hago. Me detiene el temblor que oí en la voz de Joya cuando dijo «RPP».

La víspera de mi siguiente conversación telefónica con mi madre, no pego ojo. Hay una farola justo al otro lado de la ventana, y su resplandor me parece un foco de vigilancia. Podría decirle a Kai que no me ha llegado el poema. Podría decirle que se lo llevó un perro. Podría culpar a Candace. Por teléfono podría colar, pero ¿qué pasará cuando venga a buscarme? Como la mayoría de los grandes mentirosos, Kai tiene olfato para la verdad. No hay nada más difícil que mentirle cara a cara.

Oigo crujir la cama de Candace, como si bastara con pensar su nombre para llamarla. Pero mi cama está demasiado llena de angustia para dejar sitio a Candace. Me deslizo hasta el borde, formando con mi cuerpo una barrera para impedirle el paso cuando se acerca sin hacer ruido.

Mentir no solucionará el problema. Si le digo a Kai que el poema se ha perdido o se ha estropeado, puede volver a escribirlo y mandármelo otra vez.

Candace se queda allí, esperando, y yo me tapo la cabeza con la manta.

—¿Puedo dormir contigo? —susurra como si no le bastara con eso por respuesta.

—Muérete, Candace —contesto con todo el desprecio que puedo, pero no se inmuta. Su cuerpo esponjoso puede absorber cantidades de mezquindad sobrehumanas.

—Tengo palotes pica pica —dice en tono zalamero.

«Palotes pica pica» es como llaman los palurdos al Fun Dip, mi chuchería preferida. Salgo de debajo de la manta para ver si de verdad tiene. Me enseña unas bolsitas. No hay de lima, pero sí de uva y cereza.

—¿De dónde las has sacado?

—De Jeremy.

Jeremy es un chaval con acné que vive en una de las cabañas para chicos. Tiene los ojos como muertos y un bulto constante en los pantalones.

—Puaj, seguro que están contaminadas con alguna asquerosidad —digo.

Si Jeremy le ha dado chucherías, tiene que haber hecho algo por él. O haberle hecho algo a él. Me dan ganas de pellizcarla con todas mis fuerzas, pero me conformo con decirle:

—Qué asco das.

Se pone el pelo algodonoso detrás de las orejas con un aspaviento y cambia de tema.

—A mí el poema de tu madre me gusta mucho. Es muy romántico.

Me incorporo bruscamente y la pellizco.

—¡No te acerques a mis cosas!

Encaja el pellizco y espera el siguiente. También lo encajará y seguirá esperando, resignada a que suceda.

—¿De dónde has sacado la combinación?

No hace caso de la pregunta.

—Sé cómo puedes mandarle el poema a Dwayne sin que tu madre se meta en líos.

—Y deja de espiarme —replico.

Resoplo por la nariz, enfadada. Es una fisgona incorregible. Pero ahora tiene dos cosas que quiero. Me siento en la cama y me corro a un lado para hacerle sitio.

—Dame el de cereza.

Nos recostamos en las finas almohadas y lamemos los palitos de goma blanda, mojándolos en las bolsitas de azúcar coloreada. Procuro dejar un par de centímetros entre ella y yo. Candace no es de fiar. Habla mal de mí con las chicas blancas de las cabañas de los mayores. Pero por las noches es como la enredadera del amor que Kai dibujo en los márgenes. Se enrosca, se pega y se agarra hasta estrangularme. Tengo que estar quitándomela de encima continuamente o no se despegaría de mí.

Me mira por encima de su palito de pica pica y las comisuras de su boca dibujan una sonrisa taimada y expectante. Tiene la boca llena de azúcar y de ideas.

—¿Cómo? —pregunto por fin.

—Te lo voy a decir en voz baja. —Candace sabe cómo sacarle partido a un trato.

Pongo mala cara, pero me quedo quieta cuando se aprieta contra mí. Noto un olor a falsas uvas en su aliento.

—Escríbele una carta muy, muy larga y aburrida contándole lo que ves en la tele y háblale de un poema que estás escribiendo para el colegio. Luego copias el poema y se lo mandas con la carta.

—Umm —digo ambiguamente, apartándome de ella.

Se inclina hacia mí y apoya la cabeza en mi hombro clavándome la barbilla puntiaguda.

—Si está escrito con tu letra y quemas el original, no podrán echarle la culpa a tu madre.

Es buena idea, hay que reconocerlo. Candace es tan idiota que a veces se me olvida que puede ser muy astuta. Ahora le debo una, así que no la echo a patadas de la cama cuando se acaba el pica pica. Le doy la espalda y se aprieta contra mí. Dos minutos después está como un tronco, quieta e inerme como un cadáver.

En su cama nunca duerme así. Llora y patalea, diciendo «No, no, no» y «No me gusta». Oírla gemir y suplicar me revuelve el estómago. Me pregunto si yo también lloro cuando duermo, si soy tan patética como Candace. Yo también tengo mis noches malas, cuando sueño con esa llamada al 911.

¿De qué emergencia se trata?, pregunta la operadora en sueños y veo coches de policía pasando a toda velocidad por delante del Dandy Mart, cientos de ellos, avanzando deprisa como una larga fila de cucarachas negras. «¡No hay ninguna emergencia! ¡No hay ninguna!», grito, pero ya es demasiado tarde. Veo una luz roja, como de un incendio, alzándose detrás de las trepadoras. Oigo gritar a mi madre y eso siempre me despierta. En el sueño, jamás puedo deshacer la historia que le conté a la operadora.

Ahora Candace está tan dormida que le suda la cabeza como a un bebé. Noto como me moja la camiseta. Sigo despierta mucho rato, pegada a la pared, notando el roce del azúcar derramado en la sábana.

Por la mañana he tomado una decisión. Voy a ver a la señora Mack y lloriqueo un poco. Soy hija de Kai, así que sé que hay que empezar contando alguna verdad:

—Siempre me llamaba «potrilla» y me ayudaba con las matemáticas.

La verdad es un cimiento sobre el que la mentira se alza fuerte y alta.

—Sé que en realidad no es mi padre, pero es el único papá que he tenido.

Y luego, encima de toda esa armazón, coloco lo que de verdad me interesa:

—Ojalá pudiera escribirle. Me gustaría saber si está bien.

La señora Mack me consigue su dirección y hasta me da los sellos. Es muy fácil.

Sigo el plan de Candace al pie de la letra: le escribo a Dwayne una carta larga y aburrida que incluye el poema, disfrazado de tarea escolar. El dibujo no puedo mandárselo. Me falta talento para copiarlo, y sería muy fácil atribuir el original a Kai. No quiero arriesgarme a que le retiren la patria potestad. Y de todos modos Dwayne se dará cuenta de que el poema es suyo. Kai cuenta constantemente historias del *Ramayana*, y salta a la vista que el poema lo ha escrito ella.

Lo más seguro sería destruir los dos originales, pero el poema lo ha escrito mi madre, y le ha puesto su cara a Sita con aire un poco abstraído. Escondo las dos cosas al fondo de mi baulito militar y cambio la combinación del cierre. Otra vez. Aunque con eso no voy a conseguir que Candace deje de hurgar en mis cosas. Es un misterio cómo se las arregla para meterse en todas partes.

Resolví ese misterio dos décadas después, cuando saqué el *Ramayana* de Kai para regalárselo a Julian. Había sacado el baulito del estante de arriba del armario, y entonces caí en la cuenta de que no recordaba la combinación. Ni siquiera recordaba cuándo lo había abierto por última vez. Probé con mi fecha de cumpleaños, con el día en que murió Jimi Hendrix, y con varios códigos postales que había tenido anteriormente. Me puse tan nerviosa que empecé a sacudir la cerradura y la solté dándole un tirón de través con desprecio.

Era una cerradura barata y se abrió entre mis manos con un clic. Me quedé mirándola tontamente un segundo, y luego me eché a reír. La cerré de nuevo y luego la levanté y tiré de ella, intentando hacer el mismo movimiento que antes. Tardé menos de un minuto en abrirla. Dichosa Candace… Joya y yo nos preguntábamos si sus orejas de murciélago gigante le permitían oír el tambor de la cerradura, o si había sido una ladrona internacional de joyas en otra vida. Yo podría haber cambiado la combinación usando el número infinito pi, que aun así habría hurgado en mis cosas a su antojo.

Ahora el *Ramayana* ilustrado de Kai reposaba sobre mi barra de desayuno con mis otros recuerdos de infancia, y Julian venía de camino. El mechón de crin trenzado había desaparecido, seguramente deshecho hacía mucho tiempo, pero todo lo demás estaba expuesto como un minimuseo de reliquias maternas. Las piezas de la colección eran lamentablemente muy escasas, pero eso no me había impedido enderezarlas y reordenarlas nueve veces. Julian llegaba veinte minutos tarde.

Si aparecía, sería nuestro primer encuentro después de aquella desastrosa escena en mi oficina, cuando me entró el pánico y Birdwine amenazó a Julian. Nos habíamos enviado algunos mensajes más por Facebook. Yo le había contado resumidamente cómo había conseguido sacarle el archivo a Worth. Tan resumidamente que era como una novela reducida a un haiku, pero le había adjuntado las fotografías escaneadas de Hana con nuestra madre en el estanque de los patos. Había respondido: *Uf.* Y luego, una hora después: *Son muchas cosas para asimilarlas de golpe.*

Ni que lo digas.

El intercambio de mensajes me había dado ganas de hablar con el chico cara a cara.

Su mensaje de esta mañana decía: *No paro de mirar las fotos de Hana. ¿Qué crees que deberíamos hacer?*

Le respondí: *Le di a Birdwine un billete de avión para Austin, mi tarjeta American Express y carta blanca. Él la encontrará.*

¿Está ya en Austin? ¿Puedo ayudar en algo?, había insistido Julian, así que le conté todo lo que sabía, que no era gran cosa.

Birdwine me había llamado el día anterior, después de pasarse por el minúsculo apartamento de Kai en Bellman Avenue. Su novio, Dave Tolliver, seguía viviendo allí. Creía que ella se apellidaba Redmond, y que la niña se llamaba Hannah Redmond. El diecinueve de febrero, Kai y Hana habían metido casi todas sus pertenencias en la vieja ranchera de Dave y habían desaparecido mientras él estaba en el trabajo.

La típica huida de Kai. Había abandonado todo lo que no cabía en el maletero. Le dije a Birdwine que le pagara el coche a Tolliver: unos mil doscientos dólares. A cambio, Tolliver le entregó todo lo que Kai había dejado en su casa. Tenía cuatro cajas grandes guardadas en el trastero del sótano. Eran sobre todo libros, cartas y fotografías que conservaba por si acaso volvía Kai. Birdwine lo había inspeccionado todo, documento por documento, y había ido recomponiendo lo sucedido a través de los informes médicos, los frascos de medicamentos vacíos, los mensajes telefónicos garabateados a toda prisa, las fotografías, las facturas sin pagar y, por último, un folleto sobre el cáncer. Intenté no imaginarme a algún desconocido de bata blanca entregándole gélidamente a Kai un tríptico de papel satinado acerca de la enfermedad que la estaba matando.

—Cuando nos largábamos así —le dije a Birdwine—, a veces era porque había otro hombre.

—Puede que esta vez no —respondió—. La cosa pinta mal. ¿Hasta qué punto quieres que te lo cuente con detalle?

—Cuéntamelo objetivamente, como si fuera cualquier otro caso —respondí.

La sola idea de aquel folleto (de que existiera tal cosa) casi me había desmadejado.

Se hizo un silencio al otro lado del teléfono. Luego Birdwine dijo:

—Pero no es cualquier otro...

—Por favor —dije tajantemente, con la sequedad de un disparo—. De aquí en adelante, los hechos desnudos, Birdwine.

—Muy bien. Entonces... El cáncer empezó en los pulmones. Tenía un enfisema desde hacía años, y cuando descubrió que no era solo eso el cáncer ya se había extendido por todas partes —dijo con su ritmo de siempre. Yo sabía que estaría moviendo las manos en círculos, como hacía siempre cuando exponía una hipótesis. Su voz era enérgica, casi clínica, como yo quería—. Hígados, huesos, cerebro. Había empezado a sufrir delirios, alucinaciones. No estaba en pleno uso de sus facultades mentales. Tomaba fármacos muy fuertes, se comportaba de manera extraña, y alguien llamó al DFPS, el servicio de protección al menor de Texas. Dave dice que no fue él, y yo le creo. Estaba colado por Kai: ni siquiera llamó a la policía para denunciar lo del coche. Puede que fuera alguien de un grupo de juego de *homeschoolers* al que iba Hana. No creo que hubiera otro hombre. Huyeron porque los de los servicios sociales la asustaron.

Cuanto más hablaba Birdwine, más rápido me latía el corazón. Empecé a sentir los pulmones pegajosos. Aquel relato cambiaba la extraña frase escrita entre paréntesis a un lado de mi cheque. *Evidentemente, no quiero que vengas.* Yo había creído que no quería verme, pero el viaje del que hablaba en la nota era literal. Quizá solo me había dicho que no fuera porque no iba a estar allí.

—Pero Kai sabía que se estaba muriendo —dije—. No creo que se fuera en peregrinación a ver la madeja de hilo más grande del mundo. Debía de tener algún plan para Hana.

—Sí, pero ¿cuál? Tenía que ser algo que los servicios sociales no aprobarían. Si no, no se habría marchado —repuso Birdwine.

Yo no tenía ni idea. Leída a la luz de la demencia y de los fármacos, la nota de Kai sonaba menos a misticismo neohippie y más a una peligrosa mezcla de locura y pánico.

—Bueno, ¿y ahora qué? —pregunté.

—Puedo preguntar a las madres del grupo de juego y a los servicios sociales, y Dave me ha dado el nombre de algunas personas más. Tengo tu lista de apartados de correos, así que sé dónde había vivido antes. Dave me ha dado el número de matrícula del coche, así que tal vez pueda localizarla por ahí. ¿Se te ocurre alguna otra posibilidad?

No, ninguna. No podía ocurrírseme, después de más de quince años de silencio y anécdotas de segunda mano.

—Birdwine... —dije, y me detuve. Tenía una palabra atascada en la garganta, palpitando al ritmo de mi corazón: «encuéntrala, encuéntrala, encuéntrala».

—Entendido —respondió con voz suave y tranquila, mortalmente serio.

Era como si pudiera sentir el redoble atropellado de mi corazón a través del cable telefónico, como si le impulsara el mismo ímpetu que a mí. Se había entregado por completo a aquella búsqueda, como si se tratara de algo personal. Tal vez tuviera motivos propios, pero yo me sentía tan patéticamente agradecida que ni siquiera me lo planteé. Sencillamente lo acepté y me preparé para soportar lo que vendría después: la espera.

Nunca se me había dado bien esperar, pero no tenía otro remedio. Hana había desaparecido en el mundo de Kai. Yo había crecido en él. Los nombres, las relaciones y las identidades eran cambiantes. Respetar la ley no era obligatorio. No había red de seguridad. No hubo nada que parara mi caída cuando Kai fue a prisión. Se había esfumado, enferma y drogada, y Hana podía haber acabado en cualquier parte del país. Era casi seguro que Kai había muerto. A Hana podía haberle pasado cualquier cosa.

Cuando sonó el timbre me llevé un susto de muerte. Julian llegaba media hora tarde. Marqué el código para dejarle entrar en el edificio y empecé a pasearme de un lado a otro, entre la cocina y la puerta de entrada. Mis tacones resonaban en el suelo con un ritmo nervioso que hizo asomarse a Henry por encima del sofá, molesto, como si se preguntara por qué hacía vibrar el suelo. La inclinación de sus orejas cambió cuando pasé a su lado con paso enérgico y, alarmado, corrió a meterse en el cuarto de la lavadora. Tenía un escondite detrás de la secadora.

Julian tardaba tanto en llegar a mi piso que me pregunté si habría subido por la escalera. Volví a pasearme siguiendo el mismo recorrido. Tal vez hubiera muerto mientras subía la escalera. En ese caso, no volvería a verlo. Sería muy típico de nuestra herencia genética. Me acerqué a la puerta y la abrí de un tirón.

Y allí estaba Julian. Era más alto que yo, pero mis tacones eran lo bastante altos para igualarnos. Sus ojos se ensancharon, y se sobresaltó como un cervatillo. Levantó las manos. Si había estado concienciándose para llamar a la puerta, aún no lo había conseguido.

—Hola —dijo.

—Hola —respondí—. ¿Pensabas entrar? ¿O llamar a la puerta? ¿O…? —Quería hacerme la graciosa pero, como solía sucederme cuando estaba nerviosa, me mostré casi beligerante.

—Sí —contestó, pero no hizo intento de cruzar el umbral. Tragó saliva audiblemente y se frotó un lado de la cara con la mano, como Birdwine cuando intentaba no irse de borrachera—. Primero necesito decirte una cosa. Llevo un rato aquí, en tu felpudo, intentando decidir cómo disculparme por cómo salieron las cosas el día que nos conocimos. Debí darme cuenta antes de que eras mi hermana. —Hablaba atropelladamente, como si fuera un estudiante de primero de Derecho presentando su primer caso ante un jurado de pega—. Pero pensé… Quiero decir que di por sentado que… Pero no porque yo sea…

—No sé de qué estás hablando.

—He venido ensayando todo el camino y luego me he quedado sentado en el coche, sudando y ensayando, y ahora lo estoy liando todo, ¿verdad? —Se tomó un segundo para reponerse y luego me miró a los ojos—. Lo que intento decirte es que no soy un racista, eso es todo.

Aquello me pilló desprevenida. Me había olvidado de aquel momento de tensión en el despacho, cuando él había dado por sentado que su hermana sería blanca porque él lo era. Por lo visto había estado dándole vueltas al asunto, magnificándolo, y ahora hablaba con tanta seriedad que su actitud me pareció al mismo tiempo enternecedora e inquietante.

—Me alegra saberlo —dije para zanjar el tema.

Pero él pareció tomárselo como una muestra de sarcasmo, porque se puso colorado.

—No, lo digo *en serio*: no lo soy. No me importa que seas… —Vaciló, sin saber cómo calificarme. A decir verdad, nadie sabía nunca cómo referirse a mí. Por fin dijo—: Lo que seas.

Sentí que una carcajada me subía por la garganta y procuré sofocarla. No estaba segura de qué cara tenía, pero no podía ser buena porque él farfulló:

—Mis padres no eran así. Para nada. —Su voz fue subiendo de tono y de volumen a medida que afloraban las palabras, imparablemente—. Entiendo que lo pienses, porque fui a Berry College, que es un sitio muy blanco y muy pijo, lo sé, pero la novia que tuve allí era negra y no fue…

—Mi última novia también era negra —dije yo para que dejara de hablar.

Y funcionó. Se quedó helado.

—Ah, perdona. Pensaba que… —Volvió a quedarse callado, tragó saliva y añadió—: No sabía que eras gay.

—No lo soy —contesté, y entonces sí me eché a reír. No pude evitarlo—. Te estaba tomando el pelo.

Se le agrandaron aún más los ojos y balbució:

—¡Bueno, de todos modos yo no soy homófobo!

Parecía a punto de echarse a llorar sobre mi felpudo de bienvenida. ¿Qué demonios me pasaba?

—Lo siento, no tiene gracia —dije, aunque seguía sonriendo—. Es solo que… Mira mi traje.

Miró mi chaqueta un segundo y luego volvió a fijar la mirada en mí, desconcertado.

—Es… eh… es un traje muy bonito.

—¿Verdad que sí? —Me había vestido como para ir a una reunión especialmente sangrienta. Me había peinado con secador y me había puesto carmín rojo mate—. Me he puesto mi disfraz de arpía para recibirte. Mira qué zapatos. Estos tacones tan altos solo pueden calificarse de violentos. Tú estás hecho un lío, y nada de esto está siendo de ayuda. —Me hice a un lado, me quité los zapatos y me quedé allí, descalza.

Entones me di cuenta de que en realidad no estaba nerviosa: estaba aterrorizada. Aquel chico llevaba sobre sí el peso de la deuda más grande de mi vida, una deuda que aún no había podido saldar. No me había dado cuenta de ello porque no solía comportarme así, pero me había vestido para entrar en batalla con uno o varios monstruos. Incluso había dispuesto las reliquias de nuestra herencia común en prietas filas, igual que un fiscal dispone sus pruebas. Ahora, mientras mi hermano temblaba en la entrada, me sentía un poco más tranquila, como una señora que se da cuenta de que la pequeña serpiente de jardín que tiene delante quizás esté más asustada que ella. Quizás.

—Empecemos otra vez, ¿de acuerdo? —le dije.

Me quité la chaqueta y la dejé sobre la mesa, junto a la puerta.

Las serpientes de jardín podían ser animalitos encantadores, si se les concedía medio minuto y un poco de hospitalidad. Se trataba de un encuentro muy simple. Lo único que tenía que hacer era descubrir qué quería Julian, y dárselo. No era tan distinto a mi trabajo cotidiano y (dejando a un lado los seis meses anteriores) yo era muy buena en mi oficio.

—Primero, no creo que seas racista ni homófobo, ni nada por el estilo. No te conozco en absoluto. Así que pasa para que eso pueda cambiar. —Di un paso atrás para dejarle pasar.

—Gracias —respondió. Seguía teniendo el ceño fruncido por la preocupación, pero ya no parecía a punto de vomitar. Entró torpemente y se detuvo, conteniendo la respiración al ver mis ventanales—. ¡Madre mía! ¡Qué vista! —Miró alrededor, fijándose en los altos techos, en las paredes blancas y en las líneas diáfanas de mis muebles, que servían de telón de fondo a los cuadros abstractos de brillantes colores que coleccionaba—. Tienes una casa muy, muy bonita.

Yo, mientras tanto, me dediqué a estudiarle. Sus facciones me resultaban tan familiares que tuve una sensación de *déjà vu*: los ojos de mi madre, su frente ancha y sus miembros largos. Incluso tenía mis manos de dedos largos, aunque más blancas y peludas que las mías. Era desconcertante.

Miré su cara y descubrí que me observaba con la misma intensidad que yo a él. Se sonrojó y meneó la cabeza.

—Perdona. Esto es tan raro… Tenemos casi la misma nariz.

Tenía razón, aunque yo no me había dado cuenta hasta entonces.

—Es rarísimo, sí —respondí, porque era lo que sentía, a pesar de saber que era así como funcionaba la biología.

Después de otro incómodo silencio, dijo:

—¿Alguna noticia de…? He olvidado su nombre. Ese tipo tan imponente al que mandaste a Texas.

—Birdwine. No, todavía no. Pero la encontrará —contesté enérgicamente, y cambié de tema—. Hablando de detectives privados, cuando fuimos a ver al que contrataste, le pedí que se replanteara ciertas cosas. Y me extendió un cheque para ti.

Saqué el cheque de Worth, que tenía guardado en el bolsillo de la falda, y se lo di.

Puso unos ojos como platos al ver la cifra.

—Esto es más de lo que…

Yo hice un ademán para quitarle importancia al asunto.

—Considéralo una indemnización por daños y perjuicios. Lo habría llevado ante los tribunales y le habría hecho pagar más si hubiera creído que podía permitírselo.

Se quedó mirando el cheque, apretando los dientes para contener alguna emoción. Por fin dijo:

—No te imaginas lo que esto supone para mí. En serio. Cuando mi madre se puso enferma… —Se detuvo y sacudió la cabeza.

—Olvídalo —dije.

Birdwine tenía razón: el chico estaba metido en un atolladero fiscal. Esta reunión, que tan nerviosa me había puesto, tal vez tuviera un desenlace muy sencillo.

Comenzó a guardar el cheque en su cartera, pero luego se detuvo.

—Perdona, pero el cheque está a mi nombre… ¿Tengo que pagarte algo? Quiero decir que fuiste a hablar con él como abogada…

Sencillo, y un cuerno. Julian necesitaba hasta el último dólar y más aún, sobre todo si quería volver a la universidad y acabar la carrera. Y sin embargo allí estaba, en mi *loft* de medio millón de dólares, mirando mi sofá blanco (un sofá que yo había comprado para que hiciera juego con mi gato, y cuyo precio superaba el importe del cheque de Worth) y ofreciéndome un porcentaje. Si intentaba engatusarme, era todo un virtuoso.

—A la familia y los amigos no les cobro —contesté.

Sonrió radiante al oír la palabra «familia» y pensé que tal vez me cayera bien. Pero me pareció violento y demasiado personal que me cayera bien un chico con el que estaba en deuda, y que además tenía mi nariz y mis manos, solo que en versión chico.

—¿Te apetece un café, o una Coca-Cola o algo? O, ya es por la tarde, ¿una cerveza? —A mí me habría venido bien una porque ya estaba claro que, aunque ignoraba qué relación íbamos a trabar, Julian no era un problema que pudiera resolver por completo en un solo día.

—Una Coca-Cola estaría bien —contestó.

Me siguió hasta la cocina, pero se detuvo cuando vio todas las cosas que había desplegado sobre la barra del desayuno.

—¡Vaya! —Se fue derecho al *Ramayana* de Kai, tomó el dibujo y miró a Sita—. ¿Esto lo dibujó ella?

—Sí. Es un autorretrato —dije mientras me acercaba a la nevera—. El tipo azul con la cimitarra es uno de sus novios. Según mis cálculos, puede que fuera tu padre.

Julian se inclinó hacia el dibujo.

—Pues si es él, no nos parecemos mucho.

Abrí dos latas de Coca-Cola y fui a sentarme a su lado.

—Estuvo en la cárcel después de una redada antidroga. Kai me pidió que le mandara una copia de este poema y si miras aquí y aquí… —Pasé las páginas y le indiqué un verso que decía *el vientre de Sita, lleno de amor como la luna* y otro en el que se leía *El amor fue creciendo en Sita con el paso de las lunas*—. Además, en el dibujo Kai tiene todo el regazo lleno de flores de loto. ¿Ves cómo las abraza? ¿Sus manos, cómo se tocan los pulgares y los dedos? Es un símbolo de fertilidad. Quería que Dwayne supiera que estaba embarazada.

Joya había sospechado que el poema era un mensaje cifrado. Y lo era, desde luego: Kai no se habría arriesgado a que le retiraran la patria potestad para enviarle una nota de amor a su novio.

—Es increíble —masculló Julian—. ¿Por qué haría eso?

—No lo sé —contesté—. En Georgia las leyes de adopción son muy traicioneras y, cuando mandó el poema, Dwayne no figuraba oficialmente como tu padre. Creo, o mejor dicho supongo, que Kai no quería mencionarle como padre biológico y concederle derechos legales sobre ti, a menos que se le ocurriera algún plan genial. Estaba casi a mitad del embarazado cuando me pidió que enviara el poema. Calculo, por lo que recuerdo y por las fechas de tus papeles de adopción, que solo quedaban unas semanas para que decidiera seguir adelante con la adopción y entregarte a los Bouchard. Puede que tuviera esperanzas de que Dwayne pudiera obrar algún milagro. En el poema, Rama salva a Sita: llega acompañado de un ejército y de otro dios, Hanuman, y la libera. Creo que, en el fondo, no quería entregarte.

Julian intentó asimilar aquella información. Luego dijo:

—¿De verdad crees que este tío era mi padre biológico?

Me encogí de hombros.

—No lo sé. Creo que a Kai le convenía decirle que lo era, por si acaso podía ayudarla. Puedes hacer averiguaciones si quieres. Pero escoge a un detective mejor que Worth. Yo lo único que puedo decirte es que le mandé por correo el poema de Kai y nunca me contestó.

Nos quedamos en silencio, él extrañamente melancólico y yo más bien incómoda. Kai había ingresado en prisión más llena de suerte y de fortuna que nunca y había vuelto a casa vacía. Por debajo de las cenizas y del vino tinto agriado, olía a fracaso. Su mirada era distante e inexpresiva. A mí me dio por los chicos y por la cerveza, me desmandé y empecé a cometer pequeños delitos, intentando llamar su atención. Cualquier cosa con tal de despertarla, de obligarla a fijar de nuevo la mirada en mí.

Nunca supe lo que le había hecho hasta que aquel muchacho bautizado en honor de Ganesha se presentó en mi despacho.

Julian dejó el dibujo a un lado y tomó el montón de fotografías antiguas. Mirando por encima de su hombro, fui explicándole cosas mientras las iba pasando. Le señalé a Kai adolescente, posando junto a otras aspirantes a *hippies*, le mostré el rancho de las afueras de Dothan donde se había criado con nuestros amargados abuelos. Y lo guie a través de una serie de fotografías pertenecientes a nuestra vida errante, después de abandonar Alabama.

—¿Tienes alguna de ese tipo al que le mandaste el poema? — preguntó.

No tenía ninguna, y de pronto me di cuenta de que no tenía ninguna foto de los novios de Kai. Al menos, de ellos solos. En las fotografías que había decidido conservar, los novios aparecían únicamente como objetos de fondo, marcando el tono: Kai hecha un nudo sobre una esterilla de yoga morada que era de Eddie; Kai bebiendo café de achicoria en el bar que había debajo del apartamento de Anthony; y cuatro fotos distintas en las que aparecíamos las dos montadas en caballos de Hervé.

—Lo siento —dije—. Creo que no.

Ladeó la cabeza con aire melancólico.

—No pasa nada. Puede que sea mejor así. Ya he perdido tres padres este año. Es raro, ¿verdad? Aunque no fuera adoptado, habría acabado siendo huérfano.

«Pero no hijo único», pensé yo.

Si no hubiera marcado el 911, habríamos crecido juntos. Traté de imaginármelo: un mundo en el que Kai no hubiera ido a prisión y yo no hubiera acabado en una residencia para menores en acogida; un mundo en el que yo no habría tenido que aprender a pegar duro antes de que me pegaran a mí, y en el que habría tenido un hermanito. Le habría dado de comer, lo habría acunado, le habría leído en voz alta: todas esas cosas que hacen las hermanas mayores. La gente se encariña con aquello a lo que sirve, y yo habría querido a Julian. ¿Cómo sería ahora si en vez de estar sentada al lado de Julian estuviera sentada junto a Ganesh?

Poco importaba. Todo eso no había sucedido, y ahora estaba allí, con aquel joven melancólico, absorto cada uno en su historia y en su dolor. Sentí que debía hacer algo. ¿Abrazarlo? ¿Darle unas palmaditas en el hombro? Pero no era una persona afectuosa por naturaleza, y él estaba de luto por sus padres adoptivos más que por la madre que teníamos en común. A decir verdad, incluso a mí me estaba costando un gran esfuerzo aprender a llorarla.

—Me resulta muy extraño pensar que nací en prisión —comentó Julian—. Estoy seguro de que no lo estoy asimilando bien. O de que no lo estoy asimilando en absoluto. Me parece como muy lejano. Es como oír que tu tatarabuelo era contrabandista o pirata. Es fascinante, pero como lo es una historia de ficción. Quiero decir que yo tenía a mi padre y mi madre, ¿sabes? —Sacudió la cabeza y se volvió a medias hacia mí. Tenía los ojos muy colorados—. Imagino que en cambio para ti es todo muy real.

Entonces hizo lo que yo no me había atrevido a hacer: se inclinó y me abrazó. Un abrazo de verdad, comprometido. Me puse rígida (no pude evitarlo), pero estaba claro que Julian era una per-

157

sona acostumbrada al contacto físico, así que no me aparté. Seguimos así unos segundos, Julian dándome palmaditas en la espalda como si intentara que echara los gases.

Yo miraba fijamente por encima de su hombro la colección de objetos procedente de mi baúl del ejército. No había mucho que ver. Intenté estarme quita mientras sentía latir su corazón. Por violento que me pareciera aquel abrazo, el chico abultaba más y tenía más vida que toda mi infancia junta, que apenas ocupaba la mitad de la barra del desayuno.

Mi móvil empezó a sonar en el cargador de la cocina y estuve a punto de dar un salto hacia atrás de puro alivio. Julian agachó la cabeza, avergonzado.

—Eh, perdona, yo…

—No, no, no pasa nada. Pero debería responder. Puede que sea Birdwine.

Se sentó muy derecho, asintiendo con la cabeza, y yo rodeé la barra para contestar al teléfono, todavía un poco sobresaltada por el ruido del timbre. Medio año antes, aquel tono de llamada tintineante había sido un ruido casi constante en mi vida que anunciaba llamadas de socios, amigos, empleados, rivales jurídicos y clientes. Estaba entonces tan acostumbrada a aquel aparato que a veces me quedaba dormida con él pegado a la oreja.

Agarré el teléfono y miré la pantalla. No era Birdwine. Solo decía *oakleigh winkley*.

Qué sorpresa. Había grabado su número hacía tiempo, cuando Nick se hizo cargo de su caso, pensando que tendría que asistir a gran parte del proceso. Pero lo había estropeado todo y la habíamos perdido como clienta. Y ahora, de pronto, menos de una semana después, me llamaba por teléfono.

Levanté un dedo mirando a Julian y dije:

—Tengo que contestar. Es una clienta. —Había dicho aquellas palabras mil veces, pero de eso hacía ya tiempo. Fue agradable, me sentí a gusto al pronunciarlas. Deslicé a un lado la barra verde y dije—: Paula Vauss.

—Ah, menos mal que contesta —dijo Oakleigh, cuyo timbre ronroneante tenía hoy cierta aspereza—. La he llamada cinco veces como mínimo. Estaba segura de que iba a saltar el buzón de voz.

—Hola, Oakleigh, ¿en qué puedo ayudarla? —pregunté.

—¿Es posible que me haya metido en algún lío? La policía quiere hablar conmigo. Acaba de llamarme un hombre, un agente de policía.

Reconocí entonces aquel tono peculiar de su voz: no era desprecio, era miedo. Oakleigh tenía miedo, y no estaba acostumbrada a ello. Le habría dado la bienvenida al club, si no fuera porque no quería pertenecer al mismo club que Oakleigh Winkley.

—Podría llamar a ese otro abogado, el nuevo al que he contratado para el divorcio, pero no creo que tenga tratos con la policía. Entonces me acordé de que Nick me dijo una vez que usted se dedicaba a cosas relacionadas con delitos como por... caridad, ¿no es así?

Casi sonreí. Aquello era tan propio de mi socio... Se había impacientado y enfadado conmigo por mi sucesión de clientes insolventes, pero no hasta el punto de dejar de utilizarlo como un activo para hacernos quedar bien: «El trabajo gratuito de Paula ejemplifica el compromiso de nuestro despacho con la sociedad». Oakleigh seguía hablando.

—Me dijo que por eso había faltado usted a mi declaración, así que saqué su tarjeta del bolso y...

—¿Por qué quiere hablar la policía con usted, Oakleigh? —pregunté.

—Mi ex... mi casi ex... Quiero decir, mi marido, está en el hospital, o lo estaba esta mañana a primera hora. Cree que he intentado matarlo. Eso, al menos, es lo que le ha dicho a la policía.

Parpadeé, atónita. Julian se había alarmado al oír hablar de la «policía» y me miraba con las cejas levantadas y expresión inquisitiva. Me tomé un segundo para formular una pregunta delicada.

—¿Y por qué piensa eso su marido? —pregunté con el tono adecuado: sereno y desprejuiciado.

Oakleigh soltó un soplido y dijo:

—Es culpa suya. Se cuela en la casa y hace cosas. Cosas horribles, ¡y yo me estoy perdiendo la clase de *spinning*! Pero sigue teniendo la mayoría de su ropa aquí, así que... Mire, la verdad es que es muy complicado. Y no sé cuándo va a llegar la policía. ¿Podría venir, por favor?

—¿Quieren hablar con usted en su casa? —pregunté.

Julian se levantó con los ojos muy abiertos y me miró como si fuera una película con un desenlace sorprendente. Me pareció muy mono, así que negué con la cabeza con expresión socarrona y sagaz, como si todos los días me pasaran cosas así.

—Sí, ya se lo he dicho. Dicen que se pasarán por aquí esta tarde, lo cual, pensándolo bien, es muy inexacto —contestó Oakleigh.

No me alarmé. Si Oakleigh le hubiera pegado un tiro a Clark o le hubiera puesto lejía en el cóctel margarita, la policía no habría llamado ni hubiera fijado una cita. Se habrían presentado sin avisar para ver cómo reaccionaba. La habrían llevado a comisaría para interrogarla en un cuartito cerrado. Aquello me sonaba a vulgar riña doméstica: un asunto del que cualquier buen abogado especializado en divorcios podía ocuparse. Por otro lado, recuperar a Oakleigh Winkley como clienta del bufete sería todo un golpe de efecto. Me ayudaría a congraciarme con mis socios, y eso me interesaba mucho.

—¿Puede esperar un momento? Tengo que ver si puedo cambiar mi cita de las dos —le dije a Oakleigh, y silencié la llamada sin esperar respuesta.

—¿Tienes que irte? —preguntó Julian.

—Sí —contesté con sincero pesar.

Me había puesto rígida cuando me había abrazado, y me había apartado de él dando un brinco a la primera oportunidad. No quería que el rato que habíamos pasado juntos acabara así.

—¡Ay, no! Pero si todavía no hemos hablado de Hana...

Seguía sacando a colación a Hana a pesar de que no había nada de lo que hablar. Birdwine la encontraría. Tenía que encontrarla y no había más que hablar.

—No trabajo hasta mañana. ¿Puedo esperarte aquí hasta que acabes?

Sentí un rechazo inmediato ante esa posibilidad. No podía darle al chico libre acceso a mi *loft*. Sería para mí aún más íntimo e invasivo que el abrazo y las palmaditas en la espalda. Se haría amigo de mi gato y registraría mis armarios. Y no es que se lo reprochase. Si él me hubiera dejado a solas en su casa, sin duda habría registrado sus cajones. Teníamos curiosidad el uno por el otro.

Si hubiera tenido cinco años menos, le habría dado cinco dólares y lo habría dejado en el centro comercial o en el cine para que esperara allí hasta que yo concluyera mis asuntos de persona adulta. Pero no estaba segura de cómo reaccionaría teniendo ya veintitantos años.

—Podrías venir conmigo —dije.

—¿En serio? ¿A un interrogatorio policial? —preguntó, levantando la voz por la emoción.

—¿Por qué no? —contesté.

Se puso prácticamente a dar saltos sobre el taburete, y qué demonios: aunque no había consultado el calendario, quizá fuera el Día de Llevarse a la Mascota al Trabajo.

—Tendrás que mantener la boca cerrada pero no nos llevará mucho tiempo, y luego puedo llevarte a cenar.

—Sí, genial —respondió.

Me descubrí sonriendo, y de pronto me di cuenta de que me apetecía de verdad que me acompañara. En parte por una cuestión de pundonor. En nuestro primer encuentro me había visto temblando, presa de un auténtico ataque de ansiedad. Hoy, me había presentado ante él vestida como una arpía por puro miedo, y había acabado rígida como un palo y casi llorosa. Quería que me viera tal y como era. Volví a la llamada de Oakleigh.

—Puedo despejar mi agenda esta tarde —le dije mientras me acercaba a la zona que me servía de despacho—. Pero que conste que, si acepto el caso, la abogada soy yo y punto. Tendrá que despedir a su nuevo abogado y mi bufete se hará cargo del divorcio.

—De acuerdo —contestó, tan aliviada que parecía incluso ansiosa.

—Le llevaré el contrato. Tendrá que firmarlo antes de contarme algo más sobre lo que ha hecho o no ha hecho. —Moví el ratón para despertar a mi ordenador.

—Muy bien, estupendo. Dese prisa, por favor. El policía dijo que…

—Y necesitaré una provisión de fondos —la interrumpí yo mientras empezaba a imprimir nuestro contrato estándar para clientes.

Se hizo un silencio incómodo.

—Bueno, pero dispongo de fondos limitados. Clark se ha mostrado tan poco razonable… —Dejé que mi silencio hastiado hablara por mí: aquella condición era innegociable—. Tal vez pueda reunir veinticinco mil dólares. ¿Es suficiente para empezar?

—Está bien —contesté como si le estuviera haciendo un favor.

El dinero era tan relativo… En opinión de Oakleigh, tener solo veinticinco mil dólares a mano equivalía a estar en la ruina. Me pregunté qué pensaría Julian de aquello. Mientras abría mis archivos de trabajo, mandé imprimir también un impreso interno. Tendría que contratar a Julian por un día si iba a asistir a una reunión con una clienta.

—Voy para allá. Y, Oakleigh, si llegan antes que yo… Sea amable, ofrézcales té o café, pero retrase todo lo que pueda el interrogatorio. Dígales que voy de camino.

Si alguien podía convertir una simple riña doméstica en algo grave era Oakleigh Winkley jactándose de sus privilegios delante de la policía, sin supervisión.

—Dese prisa —repitió, y colgamos.

Recogí los papeles y me acerqué a la puerta, donde esperaban mi chaqueta y mis zapatos. De pronto me alegraba de haberme vestido para arrasar en los tribunales. En menos de tres minutos estaría lista para salir. Julian me siguió.

—Esto puede ser interesante —le dije mientras volvía a ponerme mi uniforme—. Al menos averiguaremos cuál es el tono adecuado de esmalte de uñas para un interrogatorio policial.

Sonrió, un poco indeciso. Claro que él no conocía a Oakleigh Winkley. Una sola hora con ella y pillaría el chiste.

—Me alegro. Me estaban interesando tanto las fotografías que me he distraído, ¿sabes? —comentó.

—¿De qué? —pregunté alisándome la falda.

—De Hana —contestó como si fuera evidente.

Le lancé una mirada de fastidio.

—Ya te lo he dicho, Birdwine…

—Va a encontrarla, lo sé. Y es genial, pero ¿qué va a pasar después?

Yo estaba recogiendo mi bolso y volviéndome hacia la puerta, pero aquella pregunta me hizo pararme en seco. Lo que ocurriría después de encontrarla era un hueco en blanco, y su presente estaba distorsionado por la lente de mi propio pasado. Pensar en Hana me hacía retrotraerme en el tiempo, regresar a la época en que era una niña perdida.

Descubrí que era incapaz de imaginarme el después. ¿Cómo iba a hacerlo? Hana se hallaba suspendida en el ahora, como el gato de Shrödinger. Estaba al mismo tiempo viva y muerta, a salvo y asustada, hambrienta y bien alimentada, durmiendo a pierna suelta y llorando en la oscuridad. Había estado ciega incluso a la noción de que Hana tuviera un futuro. Solo la veía oscilando en un presente incierto.

La sencilla pregunta de Julian me desconcertó, y de pronto comprendí que Hana y yo no éramos la misma persona. Yo había sido una «niña de mamá», una niña amada y provista de un salvavidas. Cuando se llevaron a mi madre, fue solo a la cárcel. Había tenido una fe ciega en que Kai volvería a buscarme. ¿Qué fe podía tener Hana, una vez hubiera muerto Kai? Estaría atrapada allí donde Kai la hubiera dejado, presa del esperpéntico plan que hubiera ideado... o quizá ni eso.

Hana no sabía que yo existía, y mucho menos que la estaba buscando. Ignoraba que alguien la estuviera buscando. No era como yo: era como Candace, Shar o Karice, como todas las niñas perdidas del mundo que se sentían abandonadas y despreciadas. No podía saber que había alguien que en aquel preciso momento estaba diciendo su nombre.

7

Esto sucedió hace mucho, mucho tiempo y está sucediendo ahora. Raktabiya, el Demonio de la Semilla Roja, se alzó contra la Tierra. Vino a quemarla y a calentarse sus grandes pies rojos con sus ascuas.

Los ejércitos de la Tierra se levantaron, enarbolando sus espadas para defender a la gran madre. Se precipitaron hacia él y le asestaron mil estocadas, todos a una. El Demonio cayó, y el ejército lanzó un grito de júbilo.

Pero mientras los combatientes celebraban su victoria, la sangre del Demonio de la Semilla Roja empapó la Tierra, y la Tierra es una madre extremadamente fértil. Allá donde una gota había tocado el suelo, surgía otro Raktabiya, crecido del todo y con la espada en alto, de modo que las mil estocadas se convirtieron en otros tantos demonios. Los ejércitos de la Tierra retrocedieron, perseguidos por una legión de demonios.

Lucharon con bravura los hijos de la Tierra, pero no sirvió de nada. Cada vez que asestaban una estocada a un demonio, su sangre se esparcía y cada gota hacía brotar otro del suelo, y otro, y otro más, hasta que los ejércitos de la Tierra se vieron sobrepasados en número. Los cadáveres se amontonaban sobre el suelo, y pronto perecerían todos.

Fue entonces cuando llegó Kali. Vino no porque la hubieran llamado los hombres: todos los seres humanos invocan a sus dioses, y muy pocos reciben respuesta. Kali vino porque el corazón mismo de la Tierra estaba gimiendo.

Los demonios tuvieron miedo al verla, hasta que se dieron cuenta de que no llevaba espada. Solo campanillas. ¡Cómo se rieron y la señalaron al verla así armada! Llevaba pequeñas campanillas colgadas de los dedos, y otras más grandes en las muñecas y los tobillos, y grandes y hondas campanas que retumbaban al colgar de un cincho alrededor de su cintura.

Se rieron, pero no por mucho tiempo. Kali comenzó a bailar a la música de sus campanas y, mientras bailaba sacó su larga lengua y dejó que se desplegara. Restallaba como un látigo, marcando el ritmo. Giraba como un derviche. Bailaba por sí sola al tintineo de las campanas, y era más roja y más larga que toda la legión de la Gran Semilla Roja.

Los ejércitos de la Tierra se reagruparon y comenzaron a abatir a los demonios. Kali bailaba entre ellos, haciendo restallar y girar su lengua roja, lamiendo la sangre en el aire, antes de que cayera al suelo. Lamió cada gota, de modo que, al morir, los demonios no eran más que un cascarón, vacío y transparente como una bolsa de plástico. Los cuerpos resecos de la Semilla Roja eran tan livianos, tan insustanciales, que se agitaban en el aire mientras los pies de Kali danzaban entre ellos. Los ejércitos de la Tierra lanzaban tajos y estocadas y Kali bebía y bebía, hasta que la legión de la Gran Semilla Roja quedó reducida a una nube de pelusas de diente de león que flotaban al viento, formando remolinos y espirales.

—Apártate del teléfono, zorra —dice una voz femenina al otro lado de la línea, tan fuerte que retumba.

Joya y yo nos sobresaltamos. Estamos acurrucadas en el suelo del almacén, con el altavoz del viejo teléfono activado y la cabeza ladeada para escuchar el cuento de mi madre.

Nos miramos con los ojos muy abiertos, y entonces vuelve Kai.

—No pasa nada. Rhonda le está explicando a esa bruta que no se puede ser tan maleducada. Ah, esperad…. Un segundo más.

Oímos ruidos de fondo, voces furiosas a través del altavoz.

Joya cruza los brazos y susurra:

—Jo, tu madre sí que sabe contar cuentos.

—Sí.

Los cuentos de mi madre no tienen versión Disney: si dan miedo, los cuenta de tal manera que los hace espeluznantes. Tal vez demasiado espeluznantes, si va a estar tan lejos, discutiendo sobre el tiempo que pasa al teléfono con una señora de voz áspera que quizá sea peligrosa.

—Ya estoy aquí. Tenemos unos minutos más —dice.

—¿Ese era el final de la historia? —le pregunta Joya.

—No —contesta Kai al mismo tiempo que yo digo:

—Sí.

No quiero que mi madre se gane una enemiga mortal por seguir hablando por teléfono. Quiero que no corra ningún peligro. Además, me gusta que el cuento de la Semilla Roja acabe ahí. Si fuera la hora de irse a la cama y Kai me estuviera arropando, ahora diría:

—Cada uno de esos demonios convertidos en vilanos es un deseo para ti. Cierra los ojos y pide lo que quieras.

Y yo me quedaría dormida mucho antes de haber acabado de pedir mis deseos.

No me gusta el final que prefiere Kai, ese en el que Kali, borracha de sangre demoníaca, no puede dejar de bailar. Está tan embriagada y se siente tan poderosa que empieza a desgarrar la Tierra. No hay forma de detenerla. Los ejércitos se acobardan y todo parece perdido hasta que llega su amante. Se tumba en el camino de Kali y, cuando sus pies descalzos tocan su pecho, ella para de repente. «Para no aplastar su preciado corazón», dice Kai en esa versión del cuento, y es entonces cuando hago un ruido como de vomitar.

—¿Tienes tiempo de acabar? —pregunta Joya sin hacerme ningún caso.

Yo la miro con fastidio. Se suponía que tenía que estar sentada fuera, montando guardia por si Candace nos espiaba. Pero entonces Kai se puso a contar *La Semilla Roja*, y yo la invité a pasar. Pensé que tenía que oírlo, sobre todo porque hay una chica nueva en nuestra cabaña. Kim es una niña grandullona, con cejas gruesas y fruncidas, y se ha aliado con Shar y Karice. Ahora las Niñas de mamá estamos en desventaja. Shar mira a Joya con odio cada vez que se cruzan. Todavía le guarda rencor por lo de sus lóbulos, y la madre de Joya ha acabado la desintoxicación y ahora vive en una casa tutelada. A Shar se le está agotando el tiempo para vengarse de ella.

Los cuentos de mi madre son muy potentes, y este en particular es una poderosa llamada a la acción. Quería compartirlo con Joya. El día en que aquellas chicas blancas del condado de Paulding me apodaron Gordita Culona, confiaba en que Kai me contara el cuento de la Semilla Roja. Si me lo hubiera contado, tal vez hubiera vuelto al colegio con campanillas en las muñecas, lista para comerme el mundo. Pero Kai me contó *El ratón de Ganesha*, y yo llamé a emergencias.

—Tiene que colgar o va a meterse en un lío —le digo a Joya en voz alta para que Kai me oiga quejarme.

—Pero yo quiero oír el final —protesta ella.

—Todo cuento tiene mil finales —dice Kai. Parece tranquila, o puede que solo esté cansada—. Podría contarte un final que ni siquiera Paula conoce.

—Ay, sí, por favor —dice Joya, y a mí me pica la curiosidad.

Me gusta parar cuando Kali gana la batalla, pero a Kai le gusta el romanticismo. Y que yo sepa no hay un tercer final.

—Hace mucho, mucho tiempo, ahora mismo —comienza Kai—, Kali tiene un niño recién nacido…

—Espera, ¿qué? —digo yo.

Nunca he oído un cuento en el que Kali sea madre. Es La Madre, claro, la que quema los bosques antiguos para que después crezca hierba nueva del suelo carbonizado, más tierna y más verde

168

que nunca. Pero no me imagino a Kali como una mamá, usando dos de sus manos para cambiar un pañal mientras los huesos humanos atados a sus muñecas arañan y entrechocan.

—Ha dicho que Kali tenía un bebé. Cállate ya —dice Joya, y Kai empieza otra vez.

Hace mucho, mucho tiempo, ahora mismo, Kali tiene un hijo recién nacido. Pero está embriagada por la sangre de la Semilla Roja. Celebra su victoria bailando tan violentamente sobre la Tierra que las grandes campanas de su cintura suenan como una descarga de artillería. Las campanillas de sus dedos tienen un tintineo tan agudo que hace daño a los oídos, y las de sus muñecas tañen y ladran. Baila tan fuerte que el mundo comienza a resquebrajarse por los cimientos. Tiemblan las ciudades. Los océanos se agitan, encabritados.

El soldado más valiente se apodera del hijito de Kali y lo lleva al campo de batalla. Se acerca a Kali tanto como se atreve y deja suavemente al bebé sobre un montón de soldados muertos. Luego escapa. Los cuerpos están fríos, y el bebé está desnudo. Se siente desgraciado al encontrarse allí, solo y helado. Abre su boquita y comienza a llorar con un hilo de voz.

Pero Kali le oye. Deja de bailar y sus campanas se quedan quietas. En medio del silencio, todos oyen el llanto del pequeño. Kali se acerca a él, rauda y ligera. Los océanos se calman y la Tierra vuelve a soldarse con un estremecimiento, restañando sus junturas. Kali levanta al bebé y se sienta sobre el montón de cadáveres. Comienza a amamantarlo, a acunarlo y cantarle una nana. Las campanas tintinean dulcemente, al son de sus movimientos suaves. A su alrededor, la blanca nube de los demonios comienza a caer, posándose en ráfagas como nieve recién caída. Cubre como un manto la masacre, hasta que el mundo entero queda tapado, impoluto y como nuevo. Los únicos colores son los de Kali y su hijo, sentados sobre una blanca colina.

Kai deja de hablar y todo queda en silencio. Así es como debe acabar el cuento para las Niñas de mamá. Es el final en el que te quedas fría y sola y tu madre viene y te envuelve en sus brazos. Hasta a Joya se le han enrojecido los ojos. Suelta un suspiro y oímos un gemido sofocado al otro lado de la puerta.

Reconozco aquel sonido: es la dichosa Candace, que otra vez ha venido a espiar mis conversaciones. Sus alergias la han delatado. O puede que esté siendo alguna emoción que no tiene derecho a sentir. Joya se levanta de un salto y sale del almacén con cara de asesina. Oigo retirarse a Candace a galope tendido, gritando «¡Espera, espera, espera! ¡No, no, no!» y el ruido de sus pasos al cruzar corriendo la sala de descanso.

Quito el altavoz del teléfono y, en medio del silencio, oigo que a Kai se le ha entrecortado la respiración.

—¿Mamá? —digo.

Rara vez la llamo así desde que estuvo con Hervé y me acostumbré a llamarla Kai. No la habría llamado «mamá» si hubiera sospechado que Candace podía estar cerca. Para Joya y para mí, es una palabra sagrada.

—Mamá, ¿estás llorando?

—No, cariño —miente.

Miente bien, pero no tanto. Hay un silencio y yo agarro el teléfono con fuerza, apoyándome en él. Estoy tan acostumbrada a su respiración, a los matices de su silencio, que noto cómo se rehace. A muchos kilómetros de distancia, siento que mi madre endereza la espalda, y yo enderezo la mía. Siento que su boca triste dibuja a la fuerza una sonrisa. Cuando vuelve a hablar, su voz suena alegre y enérgica.

—Cariño mío, se me ha acabado el tiempo para hablar por teléfono. Te quiero. Cuídate. Pronto nos veremos. Muy pronto. Estos últimos meses van a pasar volando.

Es mentira, pero es una buena mentira. En ese momento parece tan segura que las dos lo creemos.

Hacía un año y medio que no veía a mi madre. Yo había cumplido años, había crecido siete centímetros y medio y había tenido la regla. Ella en cambio había encogido, desocupada por mi hermano. Para entonces Ganesh ya se había ido, convertido en Julian.

¿Había visto ella al bebé? ¿Lo había sostenido en brazos? ¿Le había dado de mamar? Cuando se lo sacaron, ¿tuvieron que decirle que era un niño o lo sabía ya ella, del mismo modo que supo que yo era una niña?

«Tenías una energía tan femenina», decía siempre.

Es raro pensar en mí de ese modo, pequeña y ciega, y atada a ella. En ese tiempo previo a la memoria, todo lo que tocaba era suyo. Oía su voz desde dentro, sin saber que era una persona distinta. En aquel entonces, Kai era sencillamente el mundo entero.

Este chico que ahora se sienta a mi lado en el coche también comenzó su vida allí, en mi estancia abandonada. Cuando Kai contó el nuevo final de *La Semilla Roja*, ¿era él el bebé que imaginaba? No creo. Cuando contó aquella historia, ya lo había enviado con los padres que ella misma había elegido cuidadosamente, según su kaicéntrico criterio.

Los Bouchard eran una pareja de clase media (ella, maestra de educación infantil; él, agente de seguros), porque Kai no se fiaba de los ricos. Se querían, porque Kai daba mucha importancia al amor. La señora Bouchard padecía una dolencia que le impedía tener hijos biológicos y que reducía sus posibilidades de adopción, por lo que el niño de Kai sería posiblemente su único vástago, el hijo único alrededor del cual giraría su vida. Lancé una mirada a Julian, que leía, muy concentrado, en el asiento del copiloto. Me fijé en sus tersas mejillas sonrosadas y en sus rizos. Sus ojos eran grandes y brillantes. Parecía el modelo de un anuncio de leche entera o de melocotones orgánicos. Nunca un bebé había sido depositado en un lugar menos parecido a un campo de batalla que el hogar de los Bouchard.

Llegamos frente a una aparatosa mansión de estilo colonial sureño y mi GPS anunció que estábamos en casa de Oakleigh. Entré, y me alegró ver que no había más coches en el largo camino de entrada. La policía no había llegado aún, lo cual era una suerte.

Necesitaba ponerme en situación. Por el camino, mientras observaba a mi hermano intentando descifrar la espesa jerga legal del contrato de colaboración, yo había estado pensando en Hana y en el cuento de la Semilla Roja.

Aquel bebé del campo de batalla era yo. En persona, era larguirucha y arisca, tenía granos en la frente y la cadera siempre ladeada en un ángulo insolente. Pero para Kai seguía siendo esa cosa tan amada, diminuta y fría, a la que oía llorar sobre un montón de cadáveres. Había entregado al bebé que llevaba en su vientre. Yo era el único que le quedaba. Quería venir a por mí y salvarme. Yo llenaría sus brazos vacíos y volvería a salvarla.

No entendí del todo aquel cuento hasta que el niño que perdió mi madre me preguntó qué haría con Hana cuando la encontrara. Julian, docto en asuntos de familia nuclear, había visto la situación desde una perspectiva inexistente para mí. ¿Qué demonios iba a hacer?

Mi hermano me dirigió una mirada nerviosa al llegar a la última página. Yo no tenía su mismo marco de referencia, sobre todo en lo referente al concepto de *familia*. Cuando era niña, para mí «familia» equivalía a Kai y a mí viviendo despreocupadamente entre un plantel de amantes y amigos que, en último término, carecían de importancia. Nunca tuve muñecas ni Barbies, pero a veces, cuando era pequeña, jugaba a las casitas con Kai. Yo era la mamá y le daba de comer con mi cuchara. Debía de pensar que algún día sería madre. Luego hice aquella llamada al 911 que abrió una grieta entre nosotras. La grieta se fue alargando y ensanchando, hasta que mi familia se partió en dos: yo sola y ella. Nunca había intentado fundar otra.

Estaba en mitad de la treintena y aún no había sentido, ni siquiera levemente, el impulso biológico de reproducirme. No creía que eso fuera a sucederme a mí. Siempre bromeaba diciendo que, si alguna vez se ponía en marcha mi reloj biológico, en vez de pulsar el botón de repetición para que sonara más tarde, arrancaría de cuajo el mecanismo de alarma.

La necesidad de encontrar a Hana, sin embargo, me había golpeado tan fuerte como la biología. Era igual de básica y de irracional. Ansiaba encontrarla del mismo modo que un hambriento ansía un bocadillo, o como una persona sumergida nada derecha hacia arriba, en busca de aire. Solo tenía que pensar su nombre para dar marcha atrás en el tiempo. Sabía lo que significaba ser la niña perdida, y me embargaba una oleada de emoción demasiado potente para ser un simple recuerdo. El corazón se me aceleraba y repetía con su latido un único mandato: «encontrarla, encontrarla, encontrarla».

Me costaba ver más allá porque los instintos como el respirar, el comer o el consolar a un bebé que llora arman demasiado estruendo para dejar sitio a la lógica. Surgen de lo más hondo de la parte más primitiva del cerebro. Julian me había hecho volver a la realidad con solo formular aquella pregunta. Cuando encontrara a Hana, ¿qué diablos iba a hacer con ella?

Tener hijos no entraba en mis planes ni siquiera remotamente. Dios mío, ni siquiera tenía un lugar donde ponerla: vivía en un piso completamente diáfano, diseñado para una sola persona. La falta de paredes delataba mi condición de solitaria con la misma rotundidad que lo habrían hecho mil puertas cerradas. No había literalmente sitio en mi vida, ni salón ni habitación sobrante, que me permitiera tener familia.

Julian seguía leyendo, bebiendo cada palabra. Era el mismo joven que había deambulado por la ciudad con todos sus papeles importantes metidos en una carpeta y que luego los había dejado tirados en el suelo de mi despacho y había huido presa del pánico. Era emotivo e impetuoso, pero estaba Bien Educado, en el sentido sureño de la expresión. Sabía que debía ponerse la servilleta en el regazo, abrirles la puerta a las ancianas y leer los contratos antes de firmarlos.

—Es un impreso interno —dije—. Necesito que lo firmes sobre todo para que puedas acompañarme.

—Sí. Y es muy buena idea —contestó sin mirarme—. Tengo la sensación de que es una buena práctica.

—¿Una buena práctica? ¿Para qué?

—Para aprender a coordinarnos —dijo. Abrí la boca para decirle que iba a ser solo un día, pero añadió—: Tendremos que hacerlo cuando encontremos a Hana.

Traté de emitir un sonido de significado ambiguo, pero me salió una especie de zumbido estrangulado. Julian había vuelto a cambiarme la perspectiva.

Había hablado en plural, como si ya ocupara un lugar dentro de mis planes inexistentes. Como si tuviera derecho a darles forma. Pero él no pertenecía a mi tribu, y mucho menos a la de Hana.

El chico había nacido en un barrio residencial, con una mamá y un papá y una bici y seguramente un perro llamado Duke o Fido. Casi había completado sus estudios en Berry College y carecía de referentes para imaginar el mundo del que procedíamos Hana y yo. Nunca había pisado los sitios en los que Birdwine estaría buscándola. Lo único que teníamos en común eran los genes de mi madre, diluidos por los de dos hombres distintos y dispersos dentro de cada uno de nosotros. Estaba exigiendo una ración de una tarta que nunca había olido, ni probado.

Me entregó el impreso firmado.

—Listo —dijo, muy animado.

Yo no podía pensar en eso ahora. Julian tenía razón. Tenía que cumplir una función absolutamente contraria al disparate que proponía él. Me dedicaba a diseccionar familias, y aquel huérfano me estaba preguntando cómo íbamos a crear, los dos juntos, aquello que yo destruía cotidianamente con mi trabajo. Lo miré sacudiendo la cabeza, salí del coche y fui a cumplir mi función, la única que entendía.

Él también salió y me siguió hasta el porche que rodeaba la casa. Me obligué a dejar a un lado sus suposiciones y a concentrarme. Llamé al timbre y sonreí a la cámara. No vi su ojito de cristal mirándome, pero las cámaras de seguridad eran a los ricos lo que la mirilla a los pobres. Sentía esa leve descarga eléctrica que me recorría la piel cuando me vigilaban.

Oakleigh abrió la puerta casi inmediatamente, con el ceño fruncido. Miró a Julian, se fijó en su libreta y su bolígrafo, que sostenía como si estuviera listo para ponerse manos a la obra, y dedujo que era mi secretario o alguna otra cosa sin importancia. Prescindió de saludos y presentaciones y comenzó a despotricar de inmediato, antes incluso de que se cerrara la puerta.

—No veo por qué tengo que hablar con la policía. Fue Clark quien entró aquí y empezó todo esto. ¿No podemos contraatacar y que lo detengan a él? Ha allanado mi casa, ha cambiado mis cosas y las ha estropeado. Lo hace todos los días.

La nota de miedo que había advertido en su voz por teléfono había desaparecido, transmutada en ira.

Julian se echó hacia atrás, con los ojos como platos. Ella dio media vuelta y se alejó con paso firme. Julian y yo entramos en el vestíbulo abovedado.

—He cambiado el código de seguridad. Dos veces. ¿Qué se supone que tengo que hacer ahora?

—Cambiarse de ropa —sugerí.

Llevaba un vestido rojo, ceñido y muy corto, y unas botas negras que le llegaban hasta más arriba de la rodilla. Entre el bajo del vestido y lo alto de las botas se veía gran cantidad de muslo bronceado y fino, y mientras la seguíamos sorprendí a Julian mirándola. Se puso muy colorado y desvió la mirada. A decir verdad, yo no conocía a muchos hombres heterosexuales capaces de mantener la mirada fija en el techo en una situación así.

—Ya me he cambiado. Cuando la llamé estaba en pantalones de yoga —contestó Oakleigh indicándonos que la acompañáramos.

Había una amplia escalera y, más allá, un arco ancho que daba a un salón. Se dirigió hacia la escalera, subió tres peldaños, luego se detuvo y se volvió hacia nosotros. Casi posando.

—A los polis les encanta este vestido. El mes pasado me quitaron una multa.

—Ajá —dije yo, confiando en que no nos tocara una agente de policía.

Entonces se volvió hacia la pared y clavó un dedo en ella.

—¡Fíjense!

—Yo veo pintura blanca —dije—. Este es Juli…

—¿Blanca? —me interrumpió, y de pronto dirigió el diez por ciento de su rabia hacia mí—. Es vainilla polar, o sea, un color crema muy cálido. Pero ¿es que no ven el recuadro? —Volvió a clavar el dedo en la pared.

Julian y yo nos inclinamos como un par de pintores expertos y entonces advertí el leve cambio de tono. Había un pequeño rectángulo algo más claro que el resto, con un agujerito en la parte de arriba.

—Lo que no pueden ver es un boceto de Picasso. Y no lo ven porque Clark lo descolgó y lo guardó en el armario de los licores para hacerme creer que me lo habían robado. ¿Qué piensa hacer al respecto?

Oakleigh me estaba tratando como si fuera una criada, y a Julian como si fuera un mueble. Era hora de ponerla en su sitio. Puse cara inexpresiva y aburrida y le tendí mi contrato con dos dedos.

—Nada, hasta que firme esto. Y necesito ese cheque.

Puso los ojos en blanco pero bajó, agarró los papeles y tendió imperiosamente la mano hacia Julian. Él le pasó su bolígrafo. Oakleigh giró sobre tus tacones y cruzó el arco, conduciéndonos al salón.

Había allí un enorme sofá modular de color ceniza cubierto con un número excesivo de cojines blancos y negros, frente a una chimenea lo bastante grande para asar un cerdo. Oakleigh rodeó el sofá y se acercó a un escritorio Cheveret, abrió el cajón y sacó una chequera.

Julian estaba echando un vistazo a la habitación, con los brazos pegados a los costados.

—Relájate —le dije en voz baja.

Negó con la cabeza y susurró:

—Si rompo un jarrón, tendré que vender mi coche para pagarlo.

Tenía gracia verlo tan apocado ante aquel despliegue de riqueza. Se había portado hasta cierto punto de la misma manera en mi despacho y mi *loft*, pero, cuando yo era pequeña, la casa residencial de los Bouchard me habría parecido una auténtica mansión.

—A Oakleigh no parece importarle mucho que se estropeen las cosas —dije sin levantar la voz, señalando el cuadro que colgaba encima de la chimenea.

Era el retrato de boda de Oakleigh y Clark.

Aparecían en una majestuosa escalera de estilo preguerra civil, Oakleigh con un enorme vestido que la hacía parecer un hinchado merengue de alta costura y Clark con un esmoquin hecho a medida. Era la primera vez que veía al marido de Oakleigh. O algunas partes de él, al menos. Era un tipo delgado y elegante, con el pelo rubio estudiadamente alborotado y la mandíbula cincelada. Es decir, lo que yo esperaba. Lo que me sorprendió fueron los cuernos de demonio, el bigotillo de Hitler y los ojos malignos, rasgados y rojos como la sangre, con las pupilas muy negras y partidas en vertical, que tapaban la parte superior de su cara. Oakleigh, por su parte, no tenía cara, solo un tachón negro y nervioso hecho a bolígrafo. Su cabeza entera había sido atacada con tal furor que el lienzo presentaba rajas y arañazos.

—Aquí tiene —dijo al arrancar el cheque. Cruzó la habitación mirando el retrato—. Sí, ¿lo ven? No debí pintar así encima de su cara, pero yo por lo menos lo bajé y lo guardé en el armario. Él me destrozó la cara y volvió a colgarlo. Lo he dejado para enseñárselo a la policía.

Me entregó el cheque y el contrato, ambos firmados. La O de Oakleigh era enorme, y el resto de las letras eran tan gordas y redondas como conejitos de anime.

—Nunca firme nada sin haberlo leído primero —le recomendé mientras guardaba ambas cosas en mi bolso.

Se encogió de hombros con coquetería y contestó:

—Creía que leer mis contratos era asunto suyo.

—Muy bien. La próxima vez incluiré una cláusula que me conceda su alma inmortal —repuse yo, y por fin conseguí que esbozara una sonrisilla. Le estaba dando el beneficio de la duda al asumir que tenía alma.

A Julian se le iluminó la cara al fijarse en el sofá.

—¡Gatitos! —exclamó, y se acercó a ellos.

Había dos, uno blanco y otro negro. Dormían enroscados el uno junto al otro, formando un yin-yang afelpado que yo había confundido con otro cojín.

No era una actitud muy profesional y Oakleigh levantó las cejas hasta una altura de vértigo al ver que Julian se dejaba caer en el sofá y se ponía a los dos gatos sobre el regazo. Él me miró con una sonrisa, sin percatarse de lo que ocurría, y se puso a acariciar las orejas del gato negro, que comenzó a ronronear con entusiasmo mientras el blanco bostezaba. Sus ojos eran de un azul brillante. Si Julian hubiera sido de verdad mi ayudante, yo habría pedido excusas y lo hubiera hecho salir para despedirlo inmediatamente. Pero verle haciendo carantoñas a aquellas cositas peludas me dejó descolocada. Mi corazón volvió a latir con aquel mismo ritmo urgente: «encuéntrala».

Me oí decir:

—Pensaba que eras amante de los perros.

Los ojos de Oakleigh se ensancharon para incluirme en su mirada incrédula.

—Claro que sí —contestó Julian—. Pero ¿a quién no le gustan los gatitos? —Se volvió hacia Oakleigh—. ¿Cómo se llaman?

Ella soltó un bufido.

—No lo sé. ¿Blanquito y Negrito? Los compré ayer, después de que Clark entrara otra vez en casa.

Julian pasó las uñas por la costura de sus pantalones. El gato negro lo oyó y dio un brinco. Blanquito no vio moverse el dedo de Julian hasta que vio saltar a Negrito. Seguramente era sordo, igual que Henry.

Yo, que seguía un tanto fuera de juego, no entendí la relación entre el allanamiento de morada y comprarse unos gatitos.

—¿No habría sido mejor comprarse un dóberman?

—No, porque Clark es alérgico a los gatos —replicó Oakleigh con aspereza.

Seguía molesta porque El Ayudante se hubiera arrellanado en su sofá y se hubiera puesto a jugar con sus animalitos. Pero lo más curioso de todo fue que yo me molesté con ella, a pesar de ser una clienta y de que Julian había metido la pata.

«Así que a esto es a lo que sabe el nepotismo», pensé, y descubrí que no me desagradaba su sabor.

—Oakleigh —dije con la energía suficiente para que volviera a prestarme atención—. ¿Hasta qué punto es alérgico su marido? ¿Alérgico de tocar un gato y morirse? ¿O de estornudar por la caspa del gato?

—¿Y cómo quiere que yo lo sepa? Nunca lo he visto relacionarse con gatos. Era alérgico —respondió como si estuviera hablando con alguien muy, muy corto de reflejos—. No llevaba encima una inyección de epinefrina ni nada por el estilo pero decía que se ponía fatal con los gatos, así que, como sigue entrando en casa y estropeándome cosas, me he comprado un par.

—¿Qué más ha estropeado, aparte de lo evidente? —pregunté lanzando una ojeada al retrato de boda.

No acababa de creerme que Clark hubiera entrado en la casa. Oakleigh me parecía muy capaz de estropear sus propias cosas para hacerle quedar mal.

Ella se sonrojó.

—Es una locura. Fui a cortarme el pelo y cuando volví había desaparecido el boceto de Picasso. Pensé que a lo mejor se lo había llevado antes, cuando vació la caja fuerte, y que no me había fijado. De todos modos cambié el código de seguridad y me fui a cenar. Cuando volví, la alarma seguía conectada, pero la mitad de mis zapatos estaban en la bañera. La ducha estaba abierta. Se estropearon todos los de ante. Fue entonces cuando encontré el boceto en el armario de los licores. Cambié otra vez el código, y ayer salí a recoger un montón de ropa que había llevado a la tintorería. Con todo este caos me había olvidado de ella, y al lado de la tintorería había una tienda de animales. Entré y compré los gatitos. Mientras estaba fuera Clark... —Titubeó y bajó la voz hasta reducirla a un susurro iracundo—: Estoy convencida de que orinó en mi estuche de maquillaje. Me puse como loca pensando en dónde más podía haber meado. Empecé a tirar comida, y ahora llevo el cepillo de dientes en el bolso. Así que esta mañana me fui a pilates y, mientras estaba fuera, vino, me arañó toda la cara y volvió a colgar el retrato, y aún no sé qué más ha hecho. Me da miedo hasta mirar. Había dejado la ropa de la tintorería colgada sobre la barandilla de la escalera. Eran casi todo trajes suyos y camisas de vestir. Debió de llevársela al salir.

—Habría visto los gatitos —comenté yo mientras los veía removerse sobre las rodillas de Julian—. ¿Por qué iba a llevarse la ropa?

—Bueno, seguía metida en esas bolsas de plástico, y estaban cerradas. Parecía perfectamente limpia —contestó Oakleigh.

Me extrañó que escogiera aquellas palabras: que dijera que la ropa «parecía» limpia en lugar de decir sencillamente que lo estaba. Se quedó mirando el suelo y añadió hoscamente:

—A lo mejor pensó que mejor se la llevaba antes de que se llenara de caspa de gato.

Enarqué una ceja.

—Usted quería que se la llevara.

—Yo no he dicho eso —repuso con un gesto de inocencia tan estudiado que muy bien podría haberse puesto a frotar la puntera del pie contra el suelo.

Julian me miró con desconcierto, pero yo estaba tan perdida como él. Noté que sus pantalones azul marino ya tenían adheridos pelos blancos de gato. Yo mantenía a Henry bien cepillado porque gran parte de mi ropa era negra, y aun así tenía que utilizar un cepillo especial para quitar el pelo cada vez que salía de casa. Me fijé, sin embargo, en que el pelo de Negrito no destacaba en la tela azul, y entonces lo entendí: Oakleigh había escogido a aquellos encantadores productores de pelo por su color.

—Pasó a los gatitos por la ropa de su marido —dije sorprendida. Julian también pareció sorprendido—. Pasó al blanco por dentro de las mangas de sus camisas de colores claros. Y luego al negro por los trajes. ¿Cuántas veces?

—Bueno, no sé. Los gatitos son muy tontorrones —respondió—. ¿Qué voy a hacerle yo si les gusta jugar a los túneles?

—Madre mía —comentó Julian.

—Y luego volvió a meter la ropa en las bolsas, la colgó donde su marido pudiera verla y se marcho a pilates.

—Yo no he dicho eso. Pero Clark no debería haber hurgado en mis cosas —contestó con voz remilgada y no exenta de orgullo.

Comprendí entonces que era cierto que su marido había estado entrando en la casa sin su permiso. Las parejas enzarzadas en un divorcio conflictivo culpan a sus cónyuges de que llueva, de tener padrastros en las uñas o de la clamidia que saben perfectamente que han contraído por su cuenta, pero no idean complicadas trampas felinas para sus ex si son ellos mismos quienes están llevando a cabo el sabotaje.

¡Ojalá hubiera vuelto a contratarme la primera vez que su marido entró en la casa! Habría instalado nanocámaras para sorprenderlo orinando en su maquillaje. Habría sido un arma infalible en la negociación de un acuerdo. Lo de los gatitos, en cambio, había sido una venganza perversa, pensada para hacerle daño más que para proteger sus pertenencias. Lo cual situaba a Oakleigh seis peldaños por encima de la media en la escala del comportamiento estándar en caso de divorcio. Los casos DGSH solían involucrar a dos egoístas que trataban de quedarse con la mayor cantidad de cosas posibles mientras se lanzaban dentelladas el uno al otro. Pero Oakleigh había mandado a Clark al hospital. ¿Sabía de antemano hasta qué punto le haría daño? Cabía esa posibilidad. Si era así, había sido condenadamente lista. Si su marido hubiera muerto por culpa de una fina capa de caspa de gatito, me habría gustado ver al fiscal de distrito capaz de plantear dudas razonables al respecto.

—¿Cree que me he metido en un lío? —preguntó, malhumorada y tan modosita que casi parecía un bebé.

Negué con la cabeza.

—Oakleigh, si dejo que la detengan por vengarse gatunamente, me comeré mi licencia de abogada y me pondré a trabajar como pinche de cocina, ¿de acuerdo? Cuando llegue la policía, muéstrese todo lo recatada que pueda con ese vestido y deje que yo me encargue de las explicaciones.

—¿Va contra la ley que no mencione que dejé que los gatitos jugaran con su ropa?

—No vamos a sacar a relucir ese tema si ellos no preguntan. Y no van a preguntar —contesté, distraída.

De modo que Clark no estaba robándole. Estaba intentando sacarla de quicio, cambiando de sitio y estropeando sus cosas preferidas con la única intención de hacerla enloquecer. De pronto deseé conocer a aquel tipo capaz de ahogar un montón de zapatos y de orinarse en las barras de labios de su mujer para ver qué cara tenía al natural. La inquina y la mezquindad que evidenciaban sus acciones lo situaban, como mínimo, a la misma altura que su mujer. Tenía, además, alguna forma secreta de entrar y salir de la casa, y conocía al detalle las entradas y salidas de su mujer.

—La espía —dije—. Se da cuenta, ¿verdad? Entra en casa nada más marcharse usted.

—¿Cree que me está vigilando? —preguntó como si de verdad no se le hubiera ocurrido nunca.

Aquello reforzó mi teoría de que, pese a ser extremadamente quisquillosa, Oakleigh no era un cerebro criminal capaz de planear el asesinato perfecto sirviéndose de unos animalitos adorables. Pero también volvió a prender la rabia horrenda que había mostrado poco antes.

—¡Ese cabrón!

—Informaremos de ello a la policía, pero quiero que mi detective privado venga a registrar la casa en busca de micrófonos y cámaras.

—¿Crees que Clark me está grabando? —chilló con un pánico tan instantáneo que me pregunté a quién se estaría tirando.

Tendría que estar preparada por si Clark tenía en su poder una grabación de contenido sexual que pudiera colocar sobre la mesa de negociación.

—No creo. Tranquilícese. Si tuviera cámaras aquí, habría visto lo que hizo con los gatitos.

Ella no se tranquilizó en absoluto: comenzó a pasearse de un lado a otro, alterada.

—Entonces, ¿tiene a alguien siguiéndome?

—Es posible —contesté.

Cabía la posibilidad de que fuera el propio Clark quien la vigilaba.

Necesitaba a Birdwine, pero no iba a pedirle que dejara de buscar a Hana por Oakleigh Winkley, ni aunque Oakleigh estuviera en llamas y él tuviera el último extintor del mundo guardado en el bolsillo. Lamenté no tener tres o cuatro Birdwines de repuesto. Me sorprendía que la gente pudiera arreglárselas sin uno. Tendría que recurrir a los colaboradores de Nick para que buscaran cámaras y micrófonos y descubrieran cómo burlaba Clark el sistema de alarma.

—¿Cómo consigue entrar el señor Winkley? —preguntó Julian.

El chico era listo: había seguido mi mismo razonamiento.

—No lo sé —contesté—. Pero lo averiguaremos. Y luego podemos impedirle entrar o bien colocar cámaras para…

—Ni pensarlo. Voy a dejar la casa abierta. Que venga cuando quiera. Pienso pegarle un tiro —nos interrumpió Oakleigh, girándose para mirarnos—. Esto sigue siendo Estados Unidos. Puedo disparar a cualquiera que entre en mi casa sin mi permiso, ¿verdad?

Julian se quedó muy quieto pero yo puse los ojos en blanco.

—Por favor, Oakleigh, no planee asesinatos delante de mí. Sería moralmente muy embarazoso si lo matara y yo tuviera que defenderla —le dije en tono hastiado para que Julian comprendiera que no me tomaba en serio sus amenazas.

El bufete me pasaba los casos de divorcio más enconados, así que las amenazas de muerte eran de rigor. Las había oído por centenares y nunca había visto cumplirse ninguna. Todavía, al menos.

—No tiene gracia —respondió ella con voz chillona mientras cruzaba la habitación con paso decidido, derecha hacia el mueble del televisor—. Tenemos dos armas, una en el dormitorio y otra aquí abajo.

Abrió un cajón grande, casi al fondo, y comenzó a sacar mandos viejos y rollos de cable que tiraba descuidadamente al suelo. Luego sacó de la parte de atrás una caja de madera.

—Clark las compró para mí, por si acaso entraba alguien cuando él estaba de viaje. Le estaría bien empleado que... —Se interrumpió bruscamente al abrir el estuche del arma.

Estaba vacío. Se puso pálida y se le desorbitaron los ojos como a un bulldog francés. El amor traicionado era la cosa más fea del mundo y, mientras la observábamos, el semblante de Oakleigh adoptó su manifestación más rastrera y repulsiva. Cuando volvió a hablar, su rostro se había contraído y congelado en un rictus de odio mortal.

—Ese cabrón. Ese cabrón... ¡Me ha robado mis pistolas!

Aquello había superado la barrera de lo normal, incluso tratándose de uno de mis casos. Me levanté y le tendí las manos con expresión conciliadora.

—Está bien, vamos a calmarnos. Cierre eso. Vuelva a meter las cosas en el cajón. La policía llegará en cualquier...

No me estaba escuchando. Salió corriendo hacia el vestíbulo. Oímos los tacones de sus botas resonando en la escalera. Sin duda iba a comprobar si también faltaba la otra pistola. Un minuto después la oímos soltar una sarta de maldiciones espeluznantes. De modo que sí: la otra también faltaba.

—¡Madre mía! —susurró Julian—. ¿Está...?

Hice un ademán para quitarle importancia.

—La cosa pinta mal, con lo de los gatitos, el pis y las pistolas desaparecidas. Pero he visto casos peores.

No estaba segura de que así fuera, sin embargo, ni tampoco estaba segura de que hubiera empleado un tono tan tranquilizador si hubiera estado hablando con Verona, por ejemplo. Pero Julian parecía muy preocupado, y además no era un empleado del bufete. Era otra cosa.

—Ha dicho que iba a dispararle —añadió, todavía angustiado.

Oímos los pasos furiosos de Oakleigh en el piso de arriba. Parecía estar dando salida a su rabia gritando a pleno pulmón mientras rompía una cómoda con un hacha de mano.

—Y estoy segura de que lo haría si lo tuviera delante en este preciso momento y tuviera un arma. Todos lo harían, en el calor del momento. Pero ese momento se pasa en mil casos de cada mil uno.

—¿Y qué hay del caso número mil uno? —preguntó.

—Esos son los que salen en los periódicos.

—¿No deberíamos… subir?

Negué con la cabeza y me senté a su lado para esperar cómodamente en el sofá (mientras seguía corriendo el contador de mi tarifa) a que Oakleigh acabara de desahogarse en el piso de arriba. La policía no me preocupaba. Todavía no había conocido a un solo policía de Atlanta capaz de dedicarle más de cinco minutos a una denuncia por agresión cuya arma era un cachorro de gato. Cuando llegaran, los informaría de los allanamientos cometidos por Clark para que tuvieran constancia de ellos. Les contaría, sobre todo, lo de las pistolas. No me gustaban las pistolas, y menos aún en manos de Clark Winkley. En un caso de divorcio tan explosivo, no era buena idea que los contendientes estuvieran armados: siempre podía darse ese caso mil uno. Pero al menos el estruendo de la planta de arriba empezaba a remitir.

—¿Ves? Ya se está calmando.

—La gente no se comporta así —contestó Julian.

—Claro que sí —le dije yo, y me sentí aliviada al comprobar que mi afán por proteger al chico llegaba solo hasta cierto punto. No quería que se asustara de verdad, pero tampoco podía permitir que siguiera viendo el mundo de color de rosa—. Hay mucha gente capaz de comportarse así. No te divorcies nunca, Julian.

Soltó una risa nerviosa, liberando tensión.

—Ni siquiera estoy casado.

—Ese es el único medio infalible para evitar un divorcio —respondí. Y luego, como me había preguntado algo inconcebible (qué haríamos cuando encontráramos a Hana), añadí—: Fundar una familia es un asunto peligroso.

Apartó la mirada de los gatitos y me dirigió una mirada diáfana.

—Si te refieres a nosotros, no es lo mismo. En absoluto. Nosotros estamos buscando a una niña pequeña.

Caray, qué directo era el chico. Me quedé mirándolo con cara de póquer. Hana no sería como una pizarra en blanco, ni como una niña de diez años de las que salían en la tele. Las niñas preadolescentes de carne y hueso exigían tiempo y, en el mejor de los casos, eran exasperantes y tenían mal carácter. Yo lo sabía porque había sido una de ellas. Y la que buscábamos, en concreto, tenía una historia complicada. ¿Creía acaso Julian que iba a correr a lanzarse en nuestros brazos, tan encantada como un perrillo rescatado? Nosotros no éramos Kai. No éramos nada para ella. Aquel asunto me obsesionaba porque veía reflejada en ella mi niñez, pero a Hana no le sucedería lo mismo. Y no tendría nada en común con el tierno y cándido Julian. Incluso a mí, que ya era adulta, me costaba imaginar cómo había sido la infancia de mi hermano.

—Cuando eras pequeño, ¿cenabais en familia? —le pregunté.

Arrugó el entrecejo.

—Bueno, cenábamos.

—¿En una mesa? —insistí—. ¿Los tres sentados, y hablabais de cómo os había ido el día y de lo que pensabais hacer al día siguiente?

—Sí, pero es normal cenar en familia.

—Ya. ¿Y qué hacíais después?

186

—¿Después de cenar? Pues no sé —contestó—. Leíamos o veíamos la tele. A mi madre y a mí nos gustaban los juegos de mesa. ¿Qué pasa? No es tan raro.

—¿Y crees que nosotros vamos a hacer lo mismo? ¿Hana, tú y yo? ¿Cenar estofado de atún y luego jugar al Pictionary?

—No —respondió, pero enseguida añadió—: Al principio, no.

En aquellas tres palabras vi desplegarse en su imaginación todo un futuro ilusorio, jovial y teñido de rosa. No se parecía en nada al escenario que empezaba a perfilarse en mi cabeza: una familia del tipo Frankenstein, precaria y compuesta de trozos de cadáveres. El chico no había visto mucho mundo: era evidente por su reacción ante el ataque de Oakleigh. No estaba preparado para enfrentarse a Hana, ni al *Después*, ni al *Nosotros*. A decir verdad yo tampoco lo estaba, pero al menos era más realista respecto al *Ahora*.

—Julian, es posible que no la encontremos. Y aunque la encontremos, no va a ser una niñita encantadora con coletas. Seguramente...

—Lo sé —me interrumpió, crispándose al oír mi tono—. No me he criado con los Osos Amorosos, Paula.

—Está bien, está bien —respondí en tono ligero, intentando aplacar su enfado—. Pero seguro que no tenías que fregar los platos porque ya se encargaban de ellos unos duendecillos...

—No, en absoluto —respondió, aún más enfadado—. Y mi madre no se pone perlas para limpiar el polvo ni... —Titubeó y se le empañaron los ojos—. No se ponía perlas, quiero decir. No se ponía perlas. Éramos normales.

—Lo siento —dije.

Había escogido mal mi línea de interrogatorio, teniendo en cuenta que el chico había perdido a su madre hacía muy poco. Kai había elegido a unos buenos padres para él. Tal vez hubieran alcanzado el grado de fantásticos si no se hubieran muerto antes de tiempo.

—No quiero que te enfades, pero lo que tú llamas «normal» es en realidad algo muy bonito y bastante raro —añadí con intención de tranquilizarlo, pero conseguí el efecto contrario.

Una gruesa lágrima rodó por su mejilla, y apartó a los gatitos de su regazo.

—¿Crees que no puedo enfrentarme a esto? ¿Que soy demasiado blando? ¿O demasiado tonto? ¿O qué? —preguntó con voz fuerte y pastosa.

Yo no me explicaba cómo se me había ido la conversación de las manos tan rápidamente.

—Creo que mi clienta está arriba y que yo no debería haber sacado a relucir ese tema estando aquí —dije con firmeza.

Se levantó bruscamente y se acercó a las cosas que Oakleigh había dejado tiradas en el suelo. Negrito saltó del sofá y lo siguió, con Blanquito tras él. Julian se arrodilló y comenzó a enrollar los cables de espaldas a mí. Pensé que intentaba recuperar la compostura, pero cuando se volvió hacia mí vi que seguía llorando. Sus ojos parecían tener mucha más edad que el resto de su cuerpo. Habló otra vez, en voz baja y atropelladamente pero con enorme intensidad:

—Soy más duro de lo que parezco, ¿sabes? Puede que no lo fuera hace un año, pero ahora… Cuando murió mi padre, solo quedé yo. Estuve solo con mi madre esas últimas semanas. Fue… —Se detuvo con el cable en las manos temblorosas y buscó una palabra, pero no la encontró. Cambió de dirección diciendo—: Le cambié el pañal. Casi al final, en la residencia. Aquel día había un auxiliar de guardia, un hombre. Antes siempre había tres chicas jóvenes que se turnaban, y yo me quedaba al margen. Pero ese día la chica de siempre estaba de baja o algo así, y la sustituyó aquel hombre. Era un tipo mayor, más o menos de su edad.

Mientras hablaba, sus manos trémulas seguían enrollando el cable. Negrito daba saltos intentando atrapar el extremo. Era una monada pero no ayudaba gran cosa. Opté por mirarlo en vez de mirar las manos temblorosas de mi hermano, que seguía hablando, imparable:

—Noté el olor, ¿sabes? Me di cuenta de que necesitaba que la… Iba a llamar a aquel auxiliar y ella empezó a llorar. Estaba casi siempre ida, pero esa tarde no. Temblaba y hacía un ruido horrible, como de tragar, y yo lo odiaba, y sabía que estaba llorando, así que me incliné y le dije: «¿Qué pasa, mamá? ¿Qué te ocurre?». Mis padres se habían hecho novios en el instituto. Ningún otro hombre la había visto desnuda, me dijo. Siempre iba a ginecólogas. Estaba tan consumida que se había quedado en nada, y la piel le colgaba en pliegues flácidos.

Oakleigh seguía arriba, y ahora el chico lloraba abiertamente. Me quedé paralizada ante aquel despliegue de pena y de soledad desnudas y, lo que es peor, no pude evitar preguntarme si Kai habría estado tan frágil y tan indefensa al final de su vida. ¿Había habido alguien a su lado? No quería saber más, pero Julian siguió hablando, implacable.

—Miró al techo y lloró, y yo le hablé del diario de avistamiento de pájaros que teníamos cuando yo era pequeño, y la limpié. Contuve las arcadas porque no quería que me oyera y se sintiera mal. Fue terrible, pero lo hice porque era mi madre. Para eso está la familia, Paula. Para eso sirve, aunque Hana no tenga ninguna.

»Así que eso es lo que tenemos que ser. Quiero que construyamos algo bueno para ella. Tenemos que hacerlo, y no entiendo por qué estás tan empeñada en asustarme, joder. Estoy intentando que seamos amigos, pero cada dos por tres siento que te estás riendo de mí o que me odias. Pero eres lo único que tengo. Y tú y yo somos lo único que tiene Hana. Somos lo único que… —Había ido subiendo de tono, pero de pronto se le quebró la voz, bajó la cabeza y se echó a llorar con todas sus fuerzas.

Seis espantosos segundos después, me dio la espalda y empezó a meter los mandos y el cable enrollado en el cajón, apartando suavemente a los gatitos. Seguía llorando cuando intentaron meterse los dos en el cajón como dos bolitas peludas. Julian lo cerró y se frotó la cara con las manos.

—No te odio —le dije en voz baja—. Si te sirve de algo, tú también me das miedo.

Se limitó a bajar los hombros, a sorber por la nariz y a tragar saliva. Yo no sabía qué podía hacer con un joven que rompía a llorar en medio de la casa de una clienta insoportable, y que para colmo me contaba el aspecto que tenía una madre cuando estaba enferma y se iba muriendo poco a poco.

Pero una cosa estaba clara: a él también le había dado fuerte con lo de Hana. Cuestión de biología. Yo había calculado mal tanto la hondura de sus sentimientos como su implicación en aquel asunto. Me preguntaba si él también oía aquel latido: «encuéntrala, encuéntrala, encuéntrala».

Mientras tanto, en la planta de arriba se había hecho un silencio inquietante. Oakleigh podía volver en cualquier momento. Me di cuenta de que el malestar que sentía no se debía únicamente a Julian. No quería que los ojos desdeñosos de Oakleigh vieran a mi hermano así, con la cara llorosa y el alma en carne viva. Me acerqué a él y le di mis llaves.

—Lo siento —le dije con la voz más suave que tenía—. Estas cosas se me dan muy mal. Ve al coche a esperar, ¿de acuerdo? Yo acabaré aquí lo antes posible. Luego podremos hablar.

Tomó las llaves sin mirarme y salió de la casa.

Maldita sea, había malinterpretado a Julian en más de un sentido, y le había tratado mal. Tenía que hacerle sitio en mi vida, a él y también a Hana. Metafóricamente, al menos. Pero no ahora mismo. Respiré hondo lentamente y di gracias a los dioses por saber compartimentar mis emociones.

Llamé desde el móvil a la oficina del abogado de Clark, Dean Macon. Dejé un mensaje informándole de que ahora representaba a Oakleigh. Ella bajó unos minutos después, cuando la policía llamó a la puerta. El resto de la tarde fue muy sencillo desde el punto de vista laboral. La policía apenas se interesó por el Suceso de los Gatos, y nosotras dejamos constancia de nuestras quejas. Después, Oakleigh subió a darse un baño, dejándome a solas para que llamara a la agencia de detectives a la que solía recurrir Nick. Les pedí que enviaran a alguien lo antes posible para que descubrieran cómo entraba Clark y retiraran las cámaras y los micros que hubiera.

Mientras esperaba a que llegara el detective, salí al coche. Julian estaba en el asiento del copiloto, leyendo algo en su teléfono. Me miró cuando me senté a su lado. Parecía avergonzado pero las lágrimas se habían secado por completo y solo tenía los ojos ligeramente hinchados.

—Siento haberme puesto así —dijo—. Ha sido un día muy estresante.

Acepté su disculpa con un ademán y dije sin preámbulos:

—¿Y si te contrato el resto del verano?

Soltó una risa de sorpresa.

—Claro, como lo de hoy ha salido tan bien…

—Hablo en serio. Podrías venir los días que no tengas que trabajar en la pizzería, una o dos veces por semana. Así podríamos ir conociéndonos de manera un poco más natural, con el tiempo.

Parecía indeciso.

—No sé si me desenvuelvo bien en, ya sabes, un ambiente tan agresivo.

Me di cuenta entonces de que ni siquiera sabía qué había estudiado en Berry, y me avergoncé por lo poco que le había preguntado sobre sí mismo. Ni en nuestro encuentro de esa mañana, ni en el anterior, ni a través de Facebook. Así que dije:

—¿Qué estudias en la universidad?

—Psicología. Quiero ser psicoterapeuta algún día. No tengo madera de abogado, eso seguro.

—No siempre es tan estresante —le dije—. Acepta mi oferta. Será solo hasta el final del verano. Te prometo que te dejaré contestar al teléfono cuando Verona se vaya a comer, lo cual es aburridísimo. Y también tendrás un montón de cosas que archivar.

—Vale, me has convencido —contestó con una sonrisa.

—¿Te he comentado que pago veinte pavos la hora?

—¡Madre mía, de pronto me encanta archivar! —Miró la fea casa colonial—. Por veinte pavos la hora, puede que hasta me guste la señora Winkley.

El dinero era tan relativo… Para él aquellos veinte dólares eran una fortuna, pero yo podía pagárselos de mi bolsillo, como hacía Catherine cuando contrataba a su hijo mayor para el verano, y ni siquiera notaría su falta. El trabajo me permitiría proporcionarle algún dinero. Y si las cosas se ponían muy feas o el agua se llenaba de tiburones, tendría medios para regresar a su cómoda existencia en Berry College.

Yo, sin embargo, no creía que fuera a hacerlo. El chico tenía carácter, y compartía mi necesidad de encontrar a Hana. Yo tenía que respetarlo y encontrar el modo de fusionar nuestras respectivas visiones del futuro.

—¿Trato hecho? —pregunté.

Asintió, y mientras nos estrechábamos la mano el detective de la agencia de Nick aparcó su coche detrás de nosotros.

Resultó que Clark había quitado un sensor de la ventana de uno de los baños de arriba y había reprogramado el sistema de alarma para que no detectara su falta. Para llegar a la ventana tenía que colarse a hurtadillas en el jardín del vecino, subirse a un árbol y escurrirse por el empinado tejado de la parte de atrás de la casa. El detective puso a prueba la ruta y dictaminó que era practicable aunque extremadamente peligrosa. Clark tenía que estar en muy buena forma física y en muy mal estado mental para exponerse a aquello. Había arriesgado literalmente la vida más de una vez para orinar en el estuche de maquillaje de Oakleigh y estropearle los zapatos.

Le pedí al detective que arreglara la alarma. Me habría encantado instalar nanocámaras, pero temía que Clark se las arreglara para entrar en la casa cualquier noche y estrangulara a Oakleigh. Eso suponiendo que ella no se agenciara otra pistola y le pegara un tiro primero delante de la cámara.

A la mañana siguiente llevé el cheque de Oakleigh y su contrato a la oficina. Los arrojé sobre la mesa de Nick como quien no quiere la cosa, como si fuera la Paula de antes, la que atraía a clientes y conseguía sustanciosos anticipos, y Nick me dedicó su sonrisa de siempre. En aquel nuevo mundo en el que encontrar a Hana podía marcar un antes y un después, necesitaba congraciarme con mis socios. Necesitaría tiempo libre cuando tuviera que instalar a mi hermana. Pasé los diez días siguientes poniéndome al día de los casos abiertos, hablando con nuestros clientes y facturando horas y horas de trabajo. Mientras ponía mis asuntos en orden, tuve la inquietante idea de que tal vez aquello equivaliera a «preparar el nido».

Sentía, sin embargo, unos ojos constantemente fijos en mí, ese hormigueo eléctrico que asalta a quienes se saben vigilados. Nick se pasaba con frecuencia por mi despacho para comprobar cosas que no era necesario comprobar. A medida que fueron pasando los días sin más ataques de ansiedad y sin que aceptara ningún caso de defensa gratuita, mis dos socios se fueron relajando, sin embargo, y el aire gélido del bufete volvió a caldearse.

Cuando me sentía ansiosa, cuando mi corazón se aceleraba con aquel latido («encuéntrala, encuéntrala, encuéntrala»), procuraba recordar que no era la única que se sentía así. Julian también estaba a la espera, y Birdwine seguía buscando a Hana.

Pero cuando por fin tuve noticias, no fueron buenas. Birdwine me mandó un *e-mail* sin asunto, ni siquiera *He aquí la información*, porque no había nada de lo que informar. Noté que estaba avergonzado porque ni siquiera había firmado el mensaje:

> *He seguido su itinerario por cuatro estados antes de perder la pista. No hay nada. He perdido el rastro, Paula, y desde aquí no puedo hacer nada más. Vuelvo a casa.*

8

Joya está sentada de lado en mi cama. Aquí las habitaciones son ínfimas: hay el espacio justo para dos camas pequeñas, una cómoda compartida y un armario. Abajo hay una sala común con mesas para hacer los deberes, un viejo sofá azul marino, una butaca y varios pufs grandes donados por alguien, pero Shar, Karice y Kim prácticamente han meado en círculo alrededor de los asientos para marcar su territorio. Joya comparte habitación con Kim, así que solo podemos refugiarnos en mi cuarto. Echamos a Candace y nos apoyamos en la pared, con los hombros pegados y los pies colgando. Después de año y medio, estoy tan hecha a esta cama que noto un ligero hundimiento en el colchón, donde encaja mi trasero.

Hoy, en cambio, ocupo otro lugar. Me he desplazado hacia arriba, mucho más cerca del cabecero arañado, y me he despegado un poco de los hombros de Joya. Ella no lo nota, o no le importa. Está tan contenta que casi no puede estarse quieta. Yo miro nuestros pies descalzos: los míos, luego un espacio vacío, y los de ella. Tiene pies de muñeca, muy pequeños y con los dedos redondeados. Los dobla adelante y atrás, como si estuvieran saludando. Pies felices diciendo adiós.

—Estás moviendo toda la cama —le digo.

Mis pies son más largos y huesudos, y están mucho más quietos.

—Y tú estás amargando toda la habitación —contesta, pero ella sonríe y yo no.

Nuestras voces suenan muy altas en medio del silencio. Estamos solas, con toda la cabaña para nosotras. Se nos hace raro ser las únicas dos personas en el edificio, pero las demás se han ido al comedor del edificio central. La señora Mack dijo que me traería un bocadillo si quería saltarme la cena y quedarme con Joya. Joya va a ir a un restaurante de verdad, con su madre. Van a comer juntas para celebrarlo (filetes, puré de patata y tarta), porque Joya no va a volver. Todas sus pertenencias están guardadas en dos bolsas, en la sala común de la cabaña.

Cuanto más esperamos, más amargada y más furiosa me siento. Es como si estuviera empapándome de algo horrible. Debería haberle dado un abrazo rápido, haberle dicho adiós y haberme ido a cenar.

Pero eso habría significado sentarme sola en el comedor. Durante las comidas, las chicas negras y los dos chicos blancos que hablan y visten como negros ocupan las mesas pegadas a las ventanas. Las chicas blancas, incluida Candace, ocupan las mesas de al lado de la puerta. Solo hay cuatro chicas hispanas. Se sientan solas en un extremo de la mesa más cercana a la cocina y hablan en español. Nosotras, las Niñas de mamá, ocupamos el otro extremo de su mesa. Formábamos desde hacía más de un año una minúscula nación propia, y de pronto he comprendido el problema de ser una Niña de mamá: va a venir una madre, pero no es la mía.

Si me hubiera sentado sola en el comedor, al menos habría podido comer una tostada caliente con ajo. Aquí, en cambio, el hambre de toda clase de cosas me retuerce las tripas mientras veo a Joya conseguir lo que más deseo.

—Me estoy perdiendo los espaguetis de esta noche —digo enfurruñada, y ella salta:

—¿Es que no te puedes alegrar por mí?

—Sí —contesto. Ojalá fuera cierto.

—Con las largas que le han dado a mi madre, podrías haberte marchado tú primero fácilmente.

—Lo sé.

Su madre salió de rehabilitación hace meses, pero la obligaron a instalarse en una casa tutelada. Solo podían visitarse con supervisión. Su madre había tenido que encontrar trabajo, mantenerlo, pasar sus análisis de orina semanales y ahorrar cierta cantidad de dinero. Daba la impresión de que, cada vez que conseguía un objetivo, añadían otro. Ahora, sin embargo, tenía su propio apartamento al sur de la ciudad, con una habitación para su hija. El mes anterior había podido pasar una noche con Joya, y luego dos fines de semana. Ahora por fin iba a llevarse a Joya para siempre.

—Pues deja de fastidiarme —dice Joya.

—No te estoy fastidiando —contesto, enfadada. A Kai todavía le quedan tres meses de condena, y quién sabe cuánto nos marearán cuando salga—. O a lo mejor, si te estoy fastidiando, es porque vas a dejar que me coma yo sola este marrón.

—¿Qué quieres decir? —pregunta Joya. Estaba demasiado contenta para enfadarse por cualquier cosa, pero yo sigo pinchándola.

—Me refiero a Shar y Karice. Fuiste tú quien las zurró, y Shar no ha podido vengarse todavía. Cuando te marches, vendrán a por mí.

Desdeña la idea con un gesto de su manita.

—Venga ya, como si no pudieras con ellas.

Podría con las dos, de hecho. Estoy segura. Joya pudo, y yo soy más alta y más fuerte, y casi igual de mala. Pero ya no son dos.

—Ahora tienen a Kim.

—Kim no es tan dura. Tú quítate los pendientes. No te pongas ni siquiera los de bolita hasta que arregles cuentas con ellas. —Se incorpora y dobla las piernas bajo el trasero, poniéndose en situación. Le gustan las tácticas de combate—. Tienes que pegar primero a Shar, nada más empezar, todo lo fuerte que puedas. Ve a la cara, se cree muy guapa. Si la tumbas a ella, seguro que las otras dos se escabullen como cucarachas.

—Yo sé arreglármelas sola —mascullo.

—Sí, claro que sabes —dice Joya. Me mira, calibrándome, y luego asiente con la cabeza—. Vas a estar perfectamente. —No es un juicio de valor: es una orden.

—Tú también —le contesto en el mismo tono, solo que con una pizca de resentimiento.

En realidad, Shar y Karice no me preocupan. He tenido muchas peleas. Si se me retuercen las tripas no es por ellas. Quiero a Kai. Deseo tanto que venga a buscarme que tengo la sensación de que cien manos me retuercen con furia todas las vísceras del abdomen.

No quiero seguir hablando con Joya. Debería deslizarme hasta mi sitio de costumbre, pegarme a su hombro como siempre. Si hiciera algo tan sencillo, podríamos pasar esos últimos minutos en silencio. A Joya no le van las lágrimas, ni los discursos.

Pero no puedo. No puedo sentarme tan cerca de ella. Ya no es Joya. Es una chica que va a dejarme, una chica que va a conseguir todo lo que deseo.

Ella, en cambio, parece creer que estamos bien. Me ha ayudado a planear mi defensa contra Shar, así que debemos de ser uña y carne. Se acerca un poco más. Tiene los ojos marrones muy oscuros, pero en la penumbra parecen negros.

—Paula, voy a llamarte, ¿vale? Vamos a seguir viéndonos.

Encojo el hombro vagamente. Me está lanzando una migaja, pero yo he visto suficiente mundo para saber que no es cierto. Puede que me llame una o dos veces. O incluso que pida venir a visitarme. Pero su casa está a cuarenta y cinco minutos de distancia, en otra zona escolar, y su madre trabaja a jornada completa. El tiempo escasea y la gasolina cuesta dinero. La verdad es que hemos terminado. ¿Joya quiere fingir lo contrario y que nos despidamos tan ricamente? Pues que le den.

—Lo digo en serio —insiste.

—Ya veremos —contesto yo con énfasis. Necesito que cierre el pico de una vez.

—Mi madre tiene coche. Me traerá a visitarte.

Una oscuridad lacerante se agita dentro de mí cuando dice lo que tiene su madre, lo que hará su mamá, que va a venir a buscarla.

—Tú no vas a volver por aquí —le digo—. Yo no volvería y tú tampoco volverás, a no ser que tu madre dé positivo en un análisis de orina y vuelvan a traerte a la fuerza.

Entrecierra los ojos. Es lo que más tememos las dos, y yo lo he nombrado. Nunca nos hacemos eso la una a la otra, hablar de que su madre podría reincidir y la mía no salir de la cárcel por buena conducta. Son cosas que podrían arrebatarnos a nuestras madres, y nunca las mencionamos.

Hablamos de cómo son las madres y lo que haremos y diremos cuando las nuestras vengan a buscarnos. He oído hablar mil veces de la cena que va a tomar Joya esta noche en el Demy's Burguer & Blues. Sé que tienen colgadas en las paredes fotografías firmadas de Hound Dog Taylor y Muddy Waters. Joya me ha descrito tantas veces el puré de patatas con queso cheddar y cebollino que es casi como si yo misma lo hubiera comido hace mucho tiempo. Sabe que, cuando Kai venga a buscarme, lo primero que comeremos serán sus famosas tortitas hechas con ralladura de naranja. Kai siempre me ayuda a pintar mi cuarto, y hemos debatido una y otra vez el color que debería elegir. Planeamos la vida con nuestras madres con gran detalle, como si fuera segurísimo que van a venir. Cualquier otra posibilidad es insoportable. Es un pacto implícito que nos une, que nos convierte en las Niñas de mamá. Y ahora estoy rompiendo nuestra norma más secreta y tácita.

—Pero eso no va a pasar —afirma Joya, y no es solo una advertencia: es una ventana, un ofrecimiento. Me está dando la oportunidad de retirar lo que he dicho.

—Espero que no. Pero, en fin… —Me encojo de hombros cansinamente, como si lamentara que su madre tenga todas las de perder.

Se pone de rodillas y se yergue todo lo que puede. No es muy alta.

—Pero no va a dar positivo y tú lo sabes. Di que lo sabes.

Tengo un regusto amargo en la boca, pero también rico, sabroso y ácido como mantequilla de limón. Yo también me pongo de rodillas, más alta que ella, y me pongo el pelo detrás de las orejas para que vea que no me hacen falta sus ridículas lecciones de estrategia. Ya me he quitado los pendientes.

—Solo estoy siendo sincera —digo—. Es una tontería que nos despidamos, cuando seguro que vas a estar de vuelta dentro de seis meses. Si es que tu madre aguanta tanto...

Sacude la cabeza.

—Yo me piro, idiota. Me largo, y tú te quedas aquí, pobrecilla —dice alzando la voz, y sus ojos negros brillan, anegados de debilidad. Le he hecho daño, y no puedo evitar alegrarme.

—Por ahora, pero ¿a que no me ves llorar? —contesto con una sonrisa desdeñosa.

Lo digo como si fuera más dura que ella, pero no lo soy. Nunca he conocido a nadie más duro que ella.

Se inclina hacia mí, tanto que siento el calor de su aliento en la cara.

—Pero vas a llorar. A la bollera de tu madre le gusta esa cárcel. No quiere venir a buscarte. Prefiere quedarse en prisión, la muy tortillera.

Tenso los labios sin darme cuenta. Sabe que lo de Rhonda es un golpe bajo. No quiero que Kai se sienta tan sola que necesite tener una novia en prisión o, peor aún, cambiar su belleza y su cuerpo por más tiempo al teléfono, o por sobres naranjas y sellos. Por eso esta pelea es tan peligrosa: porque las dos conocemos nuestros puntos flacos. Y yo respondo golpeándola en uno de ellos.

—Pues tu madre volverá a prostituirse. Siempre vuelven.

—¿Quién vuelve? —pregunta.

Es un desafío, no una pregunta. Me está retando a que lo diga. Hay una promesa de dolor en su voz, y yo quiero que me haga daño. Quiero que se lance a por mí con uñas y dientes. Es preferible a sentir este desgarro, como si me estuvieran arrancando la piel.

—Las putas —contesto mezquinamente, y me siento bien por ser tan mezquina—. Las putas como esa puta de tu mamá.

Estoy lista para que se abalance sobre mí. Quiero que me pegue. Me lo merezco. He dicho lo más vil que puede decirse.

No concibo una fuerza lo bastante fuerte para impedir que salte sobre mí, pero Joya la encuentra. Sus ojos brillan como ónice desconchado. Ladea la cabeza y se inclina, espera cinco largos segundos como si se movieran a cámara lenta hacia mí para darme un beso. Pero se ladea y acerca la boca a mi oído.

—Retíralo. Sé buena y bésame el culo, anda, porque sé lo que hiciste. Le mandaste el poema de tu madre a su novio.

Sus palabras, ese cálido susurro rozando mi oreja, me golpean con más fuerza que un puño.

—Podría contarlo. Podría darte una paliza ahora mismo y llevarme tu baúl. Guardaste ese poema, y es una prueba. Y entonces no la soltarán por buena conducta. Se quedará en la cárcel. Y tú estarás aquí hasta que seas mayor de edad.

Todo se oscurece dentro de mí. No respiro, ni hablo. Joya podría hacerlo. Le he apretado demasiado las tuercas.

Su cuerpo sigue estando muy cerca, en tensión, listo para mi ataque. Soy más grande, pero ella es tan dura… Si pierdo, no me cabe ninguna duda de que lo hará. Se llevará el baúl y clavará a Kai a la pared.

Me echo hacia atrás para que me vea los ojos. No muestro miedo. Conozco a Joya. Tiene un instinto infalible para encontrar el punto flaco de los demás. Así que no puedo tener ninguno, es así de sencillo. Mantengo la calma y sacudo la cabeza con una expresión irónica, como si hubiera dicho una chorrada. Obligo a mi boca a torcerse en una sonrisilla.

—A mí me da igual, como si se muere allí. Fui yo quien la mandó a la cárcel.

Lo digo en voz baja y suave, pero aun así suena potente. La verdad siempre suena muy, muy cierta. Ella se da cuenta: oye su tañido claro como el de una campana por debajo de mis palabras. La verdad central es lo que permite colar la mentira.

—¿Qué? —dice. Incluso pestañea. La he pillado desprevenida: ya no me lleva ventaja.

—Fui yo quien llamo a la poli, idiota —contesto.

Nunca lo había dicho en voz alta. Es la mayor verdad de todas, el secreto número uno agitándose como algo vivo dentro de mí. Es tan dulce decirlo en voz alta, confesárselo a esta chica que no va a darme su absolución, que va a odiarme por ello. He hecho algo que ella jamás haría.

—Yo fui quien denunció a Kai.

Se echa hacia atrás apoyándose en los talones, arrodillada sobre la cama.

—¿Por qué?

—Porque me tocó las narices —respondo, y dejo que mi respuesta quedé allí, en suspenso.

Joya ya conoce un secreto que podría ser la ruina para Kai y para mí. Ahora le estoy haciendo entrega de otro aún peor. Es una estrategia arriesgada, y ahora me toca convencerla para que se acobarde. Me inclino hacia ella y digo en voz tan suave como un suspiro:

—Me quedé con el poema para utilizarlo como arma. Yo misma se lo enseñaré al supervisor de la condicional si Kai vuelve a tocarme las narices. —Hago una pausa. Quiero que Joya entienda esto último. Es lo más importante—. Soy capaz de hacer cualquier cosa si alguien me toca las narices, ¿entiendes? Cualquier cosa. Mandé a la cárcel a mi propia madre porque me obligó a irme de Asheville, y guardé ese poema para poder hacerlo otra vez. Si te metes conmigo, ¿qué crees que seré capaz de hacerte?

Me mira a los ojos, indecisa, oscilando entre la incredulidad y la violencia. Yo no pestañeo. Ni una sola vez. No me muevo, ni dudo. Y entonces baja los párpados y cierra los ojos.

—Eres un mal bicho —dice con el acento con el que habla con otras chicas negras. Así es como le habla a Candace para asustarla o impedirle entrar en la habitación. Pero a mí nunca me ha hablado así. Cuando abre los ojos agitando la mano, se ha convertido en una desconocida—. Hemos terminado. De todos modos ya no te necesito, porque me largo a mi casa.

Yo también me echo hacia atrás y me encojo de hombros como si aquello me importara un bledo, pero el golpe que me ha asestado tiene mucho de verdad, y la verdad se va aposentando. Lo único que tiene que hacer Joya para vencer es dejarme aquí, y las dos lo sabemos. Baja la barbilla inclinando una sola vez la cabeza, y hemos terminado la una con la otra. Se levanta de mi cama y baja a esperar con sus bolsas. Yo soy Roma ardiendo tras ella. No mira atrás, y yo no lloro. Las Niñas de mamá son carbón y ceniza: tan hechas añicos que es como si nunca hubieran existido.

No volví a ver a Joya. No hablaba de ella y procuraba no pensar siquiera su nombre, hasta que en la universidad pude ir a terapia gratis. Mi psicóloga dijo que, entre niñas como nosotras, no era raro que las cosas acabaran así. Que habíamos perdido tantas cosas en nuestra corta vida que intentábamos cauterizar nuestras heridas antes de que nos las infligieran. Que cerrábamos a fuego el hueco de una ausencia antes incluso de sentirla.

Años atrás, tuve una clienta que me recordaba a Joya. Fue uno de mis primeros casos de defensa gratuita, una forma de zanjar mi deuda con el karma, además del cheque mensual a Kai. La chica tenía dieciocho años recién cumplidos, era menuda, con la piel de color chocolate con leche y los ojos tan oscuros que desde lejos parecían negrísimos. La habían lavado el cerebro hasta el punto de que se refería a su chulo como su «novio», y estaba a punto de comerse una condena de diez años para cubrirle las espaldas.

Cuando concluyó el proceso, el chulo fue enviado a la cárcel y a mi clienta la sentenciaron a cinco años de libertad condicional y a someterse a terapia psiquiátrica. Me abrazó temblando cuando acabó el juicio. Tenía un cuerpo tan delicado y frágil como el de un gorrión. Esa noche me pasé un poco con el *bourbon* y llamé a Birdwine. Le dije que quería encargarle un trabajo y que iba a pagarlo de mi bolsillo, lo que normalmente significaba que iba a hacerme cargo de la defensa de una persona sin recursos. Le di el nombre de Joya.

Debería haber sabido que era una locura. Conocía las cifras de reincidencia, sabía lo raramente que acaban bien las historias como la de Joya. Según las estadísticas, en cuanto volviera a su entorno de siempre su madre retomaría viejas amistades, volvería a las andadas y Joya se hundiría con ella. Las hijas de prostitutas adictas al *crack* casi nunca llegaban a hacer un curso de higienista bucodental, y mucho menos a estudiar en Yale. Pero Joya era tan dura que yo tenía esperanzas. Esperanzas absurdas y desmedidas. Tan desmedidas como para formular la pregunta.

Birdwine la localizó enseguida porque tenía antecedentes policiales. Drogas y prostitución. Había muerto al sur de Atlanta a los diecinueve años, atrapada en un tiroteo entre bandas.

—No tengo muchos detalles —me dijo—. Una prostituta negra... Los periódicos no iban a gastar tinta en eso. —Su voz gruñona y ronca sonaba extrañamente suave—. ¿Quieres que siga indagando?

Se hizo un brevísimo silencio, lleno, por mi parte, de un anhelo de lo más absurdo: quería pedirle que localizara al camarero que sirvió la cena a Joya en el Demy's Burger & Blues hacía tantos años. Quería saber si su madre y ella lo habían pasado bien. Quería pruebas de que nuestra ruptura no le había amargado el placer de ver llegar el coche de su madre, ni le había agriado el sabor de aquel puré de patatas con queso y cebollino.

Sofoqué aquel anhelo con la misma rapidez con que surgió. Ya conocía la respuesta. Sabía lo difícil que era empañar la alegría que se siente cuando alguien (la persona a la que más quieres en el mundo) cumple su promesa y viene a buscarte. Pasara lo que pasase después, aquella cena tuvo que ser fantástica.

—No —contesté—. Mándame la factura.

—Este corre de mi cuenta —dijo Birdwine, y añadió justo antes de colgar—: Siento lo de tu amiga.

O bien había hecho una investigación tan exhaustiva que había hallado el nexo entre nosotras, o simplemente se había dado cuenta de que se trataba de algo personal. En cualquier caso demostraba mucha sagacidad. Fue entonces cuando decidí que merecía la pena seguir confiando en él, a pesar de sus borracheras puntuales. Desde entonces me había servido de él para cualquier asunto importante y jamás lo había lamentado. Hasta ahora. Hasta que me mandó un *e-mail* diciéndome que había perdido el rastro de Hana. Mi hermana había caído en picado, perdida en el mismo mundo que había devorado a Joya. Quería interrogar a Birdwine, revisar su expediente, ver si algo me daba una pista. Pero Birdwine no estaba disponible.

Yo sabía dónde estaba. Sus desapariciones nunca eran un misterio. Iba siempre al mismo sitio: a un lugar llamado Borrachera. No aparecía en Google Maps y para llegar hasta él había que tomarse su tiempo.

Yo estaba impaciente, pero no furiosa. Birdwine era lo que era, y mi enfado no iba a cambiar eso, ni a conseguirme lo que quería con más rapidez. En cuanto volviera a aparecer, le engatusaría para que me lo contara todo. Y si eso fallaba, le arrancaría la información a la fuerza.

Tres veces al día (antes de ir al trabajo, a la hora de la comida y después de tomar una cena rápida en mi despacho), me iba a casa de Birdwine y me quedaba allí sentada. No esperaba en el coche. La primera mañana conseguí colarme por la trampilla del perro y saqué la llave de repuesto de Birdwine de la mesa de su despacho. Looper le habría arrancado la cara de un mordisco a cualquier desconocido que lo hubiera intentado, pero se puso contentísimo al verme y se echó a dormir a mi lado, en el sofá, encantado de respirar y descubrir que el mundo estaba lleno de aire fresco. Es tan fácil engatusar a un perro…

El tercer día de mi vigilia coincidió con uno de los días libres de Julian en la pizzería. Se presentó a mediodía para seguir con sus «prácticas». Yo estaba muy liada, así que lo dejé en manos de Verona. A eso de las siete lo mandé a comprar comida china para poder cenar algo mientras trabajaba y le pregunté si quería quedarse y acompañarme a casa de Birdwine.

Lo que le había dicho en el coche, en casa de Oakleigh, era cierto. Los días que venía a trabajar conmigo, lo invitaba a comer, le hacía preguntas y procuraba acostumbrarme a su espasmódica tendencia a abrazarme cada vez que nos decíamos hola o adiós. Ahora yo también lo abrazaba a él e intentaba permitirle que fuera mi hermano de manera más auténtica y eficaz que limitándome a actualizar el apartado *¿De qué conoces a Julian?* en Facebook. Pero pensaba, además, que le vendría bien visitar el destartalado barrio de Birdwine.

El vecindario era muy variado: negros, blancos y marrones, jóvenes y viejos, algunos de ellos de paso por allí camino de la cima, otros intentando buscar un asidero en su descenso al abismo. Enfrente de la desvencijada casita de Birdwine, una taquería que olía a carne de caballo y a espray anticucarachas compartía edificio con una ruinosa peluquería de caballeros. Dos puertas más abajo, un próspero despacho de drogas hacía su agosto. La calle entera tenía una atmósfera de peligro inminente que yo conocía muy bien, gracias a los múltiples capítulos de mi infancia. Hana también lo conocería.

Cuando llegamos a la calle de Birdwine, vi que la puerta de su casa estaba abierta de par en par. Looper estaba en medio del reseco trozo de césped delantero. Parecía agobiado por la preocupación.

—¡Mierda! Está en casa —dije, y paré el coche. No esperaba verlo hasta el día siguiente, como muy pronto.

Julian apenas se había fijado en la sordidez de las calles mientras las recorríamos, pero se incorporó bruscamente al darse cuenta de que nos habíamos detenido.

—¿Vive ahí? —preguntó.

—Sí —contesté. Oímos un estruendo procedente de la casa. Birdwine no estaba causando muy buena impresión—. Si fuera un desconocido el que está destrozando la casa, Looper estaría arañando la puerta —dije.

El perro movió la cola al oír su nombre y dio otro paso hacia la puerta, intentando que lo siguiera. Me apoyé contra el coche.

—Todavía no, amiguito.

—¿Cómo puedes estar tan tranquila? —preguntó Julian.

Seguía con la puerta de su lado abierta y movía la cabeza mirando a un lado y otro de la calle. Me recordé a mí misma que unos días antes, mientras cenábamos, se había indignado porque una vecina había dejado que sus dientes de león invadieran el césped de su casa en Marietta. Tenía que andarme con pies de plomo.

—Todavía no ha matado a nadie —le dije. No era la primera vez que veía a Birdwine a la vuelta de una borrachera, y no me hacía ilusiones, ni románticas ni de ningún tipo, respecto a lo que iba a encontrarme allí dentro—. Puede que no sea una escena muy bonita, pero no es peligrosa.

—Tengo la sensación de que nos están vigilando —comentó Julian mirando inquieto a su alrededor, pero cerró la puerta y se puso a mi lado—. ¿Tú también lo notas?

—No —respondí, pero después de que lo mencionara me di cuenta de que, en efecto, lo notaba. Me había sentido tan vigilada en el despacho últimamente, que me había acostumbrado a sentir aquel leve hormigueo eléctrico en la piel—. Serán seguramente los del dispensario de pastillas que hay dos puertas más abajo. El camello está siempre vigilando la calle.

No solo por la policía, sino porque a veces la señora Carpenter, la dueña de la casa de en medio, se paseaba por la acera en sujetador. Birdwine y el camello procuraban cuidar de ella.

Mi explicación no consiguió tranquilizar a Julian, pero al menos los ruidos de dentro habían cesado. Esperé un minuto más, luego decidí entrar. No quería dar tiempo a que Birdwine perdiera el conocimiento.

—Puedes esperarme aquí si quieres. —Apagué el motor y le tendí las llaves—. Puedes poner la radio.

Dudó un momento y tragó saliva. Casi se había puesto el sol.

—No. Vamos.

Dentro, daba la impresión de que un oso había destrozado el cuarto de estar. Una silla de madera había quedado reducida a astillas, la mesa baja estaba volcada y casi metida en la chimenea y había agujeros y rajas en el tabique de pladur. Birdwine parecía haberse cabreado con la habitación y haberla emprendido a batazos con ella. El bate mismo yacía, rajado, en medio del suelo.

Oí un canturreo alto y desafinado procedente de la cocina. Birdwine parecía haberse cansado de romper cosas, pero seguía consciente. Bien.

Looper se subió de un salto al ancho sofá de cuadros y se tumbó sobre un lecho de trocitos de escayola que se prendieron a su denso pelo como copos de nieve. Apoyó su cabezota cuadrada sobre las zarpas y nos miró a Julian y a mí moviendo las cejas. Fuera lo que fuese lo que sucedía al fondo de la casa, estaba claro que era un problema humano. Él esperaría allí.

—Cobardica —le dije, y meneó la cola. En fin…

Me dirigí a la cocina con Julian pegado a mi espalda. Estaba nervioso, pero tuve la sensación de que estaba dispuesto a defenderme. Había vuelto a subestimarlo, pensando que había preferido acompañarme porque fuera empezaba a oscurecer. El chico era aún mejor perro que Looper, leal de la cabeza a los pies.

Encontramos a Birdwine junto a su horrenda vitrocerámica de color aguacate. Uno de los ojos eléctricos de la cocina emitía un intenso resplandor naranja, y una sartén llena de huevos estrellados descansaba a su lado, sobre un fuego apagado. Birdwine estaba de espaldas a nosotros. Canturreaba mientras meneaba la sartén y removía unos huevos que no se estaban haciendo. Nos miró con pasmo cuando entramos. Estaba hecho un asco. Tenía el ojo izquierdo tan hinchado que casi no podía abrirlo y la sangre se le había secado formando una costra en la comisura de los labios.

—Mmm, Pau —dijo.

Yo me lo tomé por un saludo. Estaba tan borracho que se tambaleó al volver la cabeza, como si estuviera en una barquita en medio del mar, sacudido por las olas.

—´Stoyhaciendobuevos.

Estoy haciendo huevos.

—Querrás decir que estás a punto de provocar un incendio —le dije.

Me dedicó una versión bobalicona de aquella gran sonrisa que me gustaba tanto, enseñando el hueco de sus dientes. Seguía teniéndolos todos, al menos desde mi perspectiva.

—Dios, me da miedo pensar en cómo habrá quedado el otro —susurró Julian pestañeando rápidamente.

—No hay ningún otro —dije yo.

Birdwine volvía siempre de sus borracheras con costillas rotas, dientes rotos y nuevos y emocionantes caballetes en su larga nariz. Antes me había preocupado que matara a alguien por accidente. Era muy corpulento, y sabía pelear. Pero nunca volvía con los dedos rotos o los nudillos heridos. Ponía el broche final a sus borracheras cabreando a la gente y dejándose pegar.

La cocina era grande, con espacio para una mesa y dos sillas cerca de la puerta. El viejo portátil de Birdwine, un armatoste que yo llamaba «su Craptoposauro», estaba sobre ella, abierto. Me acerqué y eché un vistazo a la pantalla.

Tenía abierto Facebook, lo cual me extrañó tanto que tuve que mirar dos veces. No era muy aficionado a las redes sociales, este Birdwine. ¿Habría intentado trabajar estando borracho? ¿Estaba relacionada con Hana aquella página? Me dieron ganas de sentarme en la silla más cercana y ponerme a indagar, pero la manga de Birdwine rozaba peligrosamente el fuego encendido de la cocina. Dejé abierto el buscador y me acerqué a él.

—Julian, ¿te importa acabar tú los huevos? Sabes hacer huevos, ¿verdad? —pregunté mientras agarraba a Birdwine por los hombros y lo apartaba de la cocina.

—Todo el mundo sabe hacer huevos —contestó con exagerada afabilidad.

Conduje a Birdwine a través de la cocina. Se tropezaba y perdía el equilibrio, pero avanzaba en la dirección que le indicaba, arrastrando los pies.

—Mira, Birdwine, es Julian, ¿te acuerdas de él? —le dije, y añadí digiriéndome a mi hermano—: Y tráele también un poco de agua.

Hice sentarse a Birdwine en una silla vacía y yo ocupé la más cercana al ordenador. La página de Facebook correspondía a una mujer llamada Stella Martin. Su muro estaba lleno de fotografías que parecían ser de unas vacaciones familiares en la playa. Yo no conocía a ninguna Martin, pero su nombre de pila me sonaba vagamente.

—Esto está lleno de cáscaras —comentó Julian—. Creo que son todo cáscaras.

Miré a Birdwine, que se tambaleaba en su silla.

—Olvídalo. Apaga la cocina y trae el agua —le dije a Julian, y mascullé para mí misma—: Stella, Stella, Stella... ¿Quién eres?

—¡Stellaaaa! —gritó Birdwine repentinamente, imitando a Marlon Brandon borracho.

Julian dio un respingo y dejó caer la sartén en el fregadero estrepitosamente. Birdwine se echó a reír.

Yo lo miré con severidad.

—¿Hay algo sobre Hana? —preguntó Julian.

—Todavía no lo sé. Birdwine... ¿Esto tiene que ver con mi caso? ¿Eh?

Mierda, debería haberle exigido que me mantuviera informada día a día. Pero no había querido hacerlo. Había estado muy ocupada intentando no pensar dónde podía estar Hana y lo que podía descubrir Birdwine, y procurando hacer bien mi trabajo.

Él no contestó. La fotografía del perfil de Stella Martin mostraba a una atractiva rubia de unos cuarenta años. Los últimos mensajes que había publicado hacían referencia a sus vacaciones. Vi un montón de fotografías en las que aparecía con un hombre pecoso y con cara de bobalicón al que llamaba «mi maridito». Tenían un montón de hijos: un chico adolescente que ya era más alto que su madre y, después, unas cuantas niñas rubias que iban en progresión descendente, como peldaños de una escalera. Calculé que la mayor tendría diez u once años, casi la edad de Hana, pero aparte de eso no vi ninguna otra relación.

Entonces me acordé. Stella se llamaba la exmujer de Birdwine, la que lo llamaba Zachary. La que lo había dejado por otro hombre y ahora vivía en Florida.

—¿Vas a publicar algo en el muro de *tu* Stella, Birdwine? —pregunté.

Pensaba decirlo en voz baja, y me sorprendió oír lo alta y áspera que sonaba mi voz.

—Qué va —contestó—. Solastoyvigilando.

No, solo la estoy vigilando.

—¿Qué? —preguntó Julian. Había encontrado un gran vaso de plástico con un dibujo del Increíble Hulk y lo estaba llenando con agua del grifo—. ¿Quién es Stella?

Me recosté en la silla. Aquello eran bobadas relativas a su exmujer: no eran asunto de Julian. Ni mío tampoco en realidad, pero aun así eché un vistazo a la página y vi que Birdwine se había registrado con el nombre de Jennifer James.

—¿Quién es Jennifer James? —pregunté con voz estentórea.

—Yo —contestó Birdwine, y al menos esta vez habló con claridad. Habría hecho mejor limitándose a contestar con monosílabos.

—¿Qué estás mirando? —preguntó Julian al traer el agua.

Le pasó el vaso de Hulk a Birdwine, que engulló el agua con avidez, de la manera menos atractiva posible.

—No se trata de Hana. Buscaré los otros archivos dentro de un segundo, ¿vale? Pero ¿puedes…? —Me detuve, buscando alguna excusa para que saliera de la habitación. Quería preguntarle a Birdwine por qué demonios estaba vigilando a su exmujer. Y, además, necesitaba medio minuto para calmarme—. ¿Puedes ir a cambiarle las sábanas? Deberíamos meterlo en la cama, y seguramente estarán asquerosas.

Julian pareció alarmado.

—¿Quieres que… que abra sus cajones y busque sábanas?

—Hay un juego de repuesto en el armario de la ropa de casa. Es la puerta más estrecha que hay en medio del pasillo, junto al cuarto de baño. Su dormitorio está al fondo.

—Conoces muy bien la casa, ¿no? —me preguntó ladeando la cabeza.

—Julian, por favor —le dije—. Podría desmayarse en cualquier momento, y no habrá forma de moverlo.

Julian frunció la boca en un mohín de reproche, como uno de esos conejitos de Internet, pero se marchó.

Volví a mirar la pantalla. La exseñora Birdwine, ahora Martin, era una de esas personas que aceptaban cualquier solicitud de amistad. Tenía casi seiscientos amigos, de modo que a Birdwine le había sido fácil inventarse un perfil y acceder a su página. Ahora podía mirarla como quien mira la televisión.

—Esto me parece sumamente saludable para ti —le dije.

Asintió con socarronería de borracho y estuvo a punto de perder el equilibrio y caerse de la silla. Me dieron ganas de dejar que se cayera. De permitir que se magullara un poco más. A fin de cuentas, ¿qué era otro ojo morado entre amigos?

Pero ¿por qué estaba tan cabreada porque estuviera sufriendo por Stella? No me gustaba lo que eso daba a entender. Justo antes de que se marchara en busca de Hana, me había dado cuenta de que había estado enamorado de mí. Pero no me había hecho la pregunta lógica: ¿había estado yo enamorada de él?

Debía de haberlo estado, al menos un poco.

No me había percatado de ello pero, viéndolo en retrospectiva, me daba cuenta de que había hecho todo lo posible por aniquilar aquel amor. Ni siquiera había tenido que pensármelo. Me salía de manera natural. Tenía mucha práctica.

Me había enamorado de William, mi mejor amigo, estando en el instituto. Me había acostado con él una sola vez. De hecho, era el primer hombre con el que me había acostado, pero la cosa no había pasado de ahí. Después empecé a acostarme con compañeros de la universidad, y ayudé a William a conquistar a la chica de sus sueños. Habíamos acabado siendo los tres grandes amigos. En la facultad de Derecho, había tenido una aventura con Nick que podía haberse convertido en algo serio. Él había querido que así fuera en cierto momento, pero yo le había dejado claro que distaba mucho de ser monógama y le había contado historias de mis conquistas como si fuéramos compañeros de barra de bar. Empecé a actuar como su fiel aliada, tanto en los simulacros de juicio como cuando se fijaba en alguna chica. El sexo se acabó, pero acabamos siendo socios.

Luego estaba Birdwine. Lo miré desde el otro lado de la mesa. Estaba manchado de sangre reseca y olía a carroña. Pero, ¡ay, dioses!, lo que había entre nosotros, fuera lo que fuese, no había conseguido matarlo. Al menos, no del todo. Lo había convertido en un colega y amigo, claro (papeles con una fecha de caducidad mucho más larga que la de mis aventuras amorosas), exactamente como había hecho con William y Nick. Pero casi sin darme cuenta había dejado de buscar otros hombres. Ya no llamaba a mis examantes a altas horas de la noche. Y desde luego no había hecho ningún esfuerzo por emparejarlo con otra mujer.

Pero eso daba igual. El muy hijo de puta se las había arreglado solito para encontrar el rastro de su exmujer.

Tenía el ojo morado casi cerrado por completo. Me levanté y eché un vistazo a su congelador. Las dos hieleras estaban vacías, pero había una bolsa de guisantes congelados. Me los llevé a la mesa.

—Sujeta esto —le dije poniéndole la bolsa de guisantes contra el ojo.

Soltó un gruñido, pero consiguió levantar una zarpa y sujetar la bolsa. Olía a sudor rancio y a *bourbon* aún más rancio, con una nota acre de olor a sangre reseca.

Cuando intenté volverme, me agarró de la muñeca con la mano libre. Me miró con el ojo bueno y farfulló algo atropelladamente.

Entre los labios hinchados y los efectos del alcohol, tardé un momento en entender lo que había dicho, pero al fin conseguí descifrarlo:

Me importa un bledo Stella.

Me sostuvo la mirada y pensé que decía la verdad.

—¿Y a mí qué me importa? —contesté, pero mi voz se había suavizado y, ¡oh, dioses y pececitos!, quedó clarísimo que sí me importaba.

No como solían importarme los hombres, aunque en apariencia Birdwine fuera mi tipo: campechano y lo bastante calamitoso como para que fuera fácil de olvidar. Pero yo no lo había olvidado, ¿verdad que no? Tenía gracia: siempre me había dicho a mí misma que era un bien prescindible pero, vistos en retrospectiva, mis actos demostraban lo contrario. Lo había espiado y perseguido para conseguir atraerlo de nuevo a mi órbita. Lo había tratado como si fuera Nick o William: paño de la mejor calidad.

Y ahora allí estaba, abofeteándolo con una bolsa de guisantes, enfadada por haberlo sorprendido espiando a su exmujer en las redes sociales. Casi como si el amor fuera una posibilidad. Casi como si lo quisiera para mí sola, en mi vida tanto como en mi cama.

Bueno, en mi cama no, al menos esa noche. Bebido y apestando, no. Y menos aún con mi hermano pequeño merodeando por allí, tan incómodo en la pocilga de Birdwine como había estado en la mansión de Oakleigh Winkley.

—¿Paula? —dijo Julian al volver. Vio que Birdwine me tenía agarrada del brazo, vio lo cerca que estaban nuestras caras, y arrugó más aún el ceño: pasó de conejito a tía abuela mojigata y santurrona—. Creo que las sábanas de repuesto están aún más sucias que las que hay puestas.

Me incorporé y me desasí de la mano de Birdwine. Cambiar las sábanas habría sido inútil, de todos modos. Birdwine era tan sucio que seguramente tendríamos que quemar toda la cama al día siguiente. Aun así, no pude evitar acordarme de que, cuando estábamos juntos, siempre procuraba tener listo un juego de sábanas limpias. En aquel entonces tenía un aliciente. De modo que, ¿dormía siempre solo últimamente? No me gustó nada que aquella idea me pusiera de tan buen humor.

Empecé a levantar a Birdwine.

—¿Me echas una mano?

Julian se acercó, lo agarró por el otro lado y echamos a andar por el pasillo, hacia el dormitorio. Era un camino que yo había recorrido muchas veces con Birdwine, pero nunca había pensado que algún día lo recorrería acompañada por un hermanito superprotector.

Birdwine se apoyaba pesadamente en nosotros, cojeando de una pierna.

—Birdwine, ¿dónde está el archivo de Hana? —le pregunté.

Farfulló unas palabras que ni siquiera yo entendí, bajó el brazo y apoyó la mano en mi trasero.

—Ni se te ocurra —le dije, y volvió a soltar aquella extraña risa de borracho.

—Tienes un cuuulo precioooooo —dijo.

Julian torció la boca aún más.

—Lo sé —contesté yo, y dejé su mano donde estaba. A juzgar por la foto de Kai, conservaría aquel culo unos cuantos años más, aunque últimamente nadie pareciera fijarse mucho en él.

Lo ayudamos a cruzar la puerta y lo llevamos directamente a la cama.

—Túmbalo boca abajo, por si vomita —le dije a Julian, que no se inmutó. Podía ser muy ingenuo, pero había ido a la universidad.

Inclinamos a Birdwine, y se desplomó sobre el colchón. Empezó a hablar con la cara pegada a la almohada, pero a pesar de todo se le entendió mejor que nunca:

—Métete en la cama conmigo.

Julian pareció escandalizado, pero yo sonreí al ver que aún le quedaba una brasa viva, y que se encendía al pensar en mí.

—No me tienta ni un poquito la idea —le dije—. Pero pregúntamelo otra vez cuando te hayas bañado con lejía.

Lo decía en serio, aunque quizás él no se acordase por la mañana. Pensaría, quizá, que había sido un delirio alcohólico.

Miré su ojo morado. La comisura de su boca hinchada y manchada de sangre. El daño que le habían hecho al estrellar la cara contra el puño de algún otro tipo, una y otra vez, mientras sus manos rudas permanecían tan impolutas como las de un bebé. Pensé entonces: «No, sigue enamorado de mí». En cuestiones de amor, yo era la personificación misma de un puño, presentado convenientemente en forma de mujer y con un buen culo. Birdwine había hablado tan en serio como yo.

Tiré de la manta que tenía bajo los pies y lo arropé con ella. Julian esperó detrás de mí, tan incómodo que sentía su malestar emanando de él a oleadas.

La respiración de Birdwine se había vuelto profunda y estentórea. Su sonido atrajo a Looper, que se subió de un salto a la cama y se tumbó a sus pies.

—Ah, conque ahora apareces, saco de pelo inútil —le dije, y le rasqué las orejas.

Salimos de la habitación, Julian con la cabeza gacha, mirándome por debajo de su flequillo rizado.

—¿Qué pasa? —pregunté.

Se sonrojó y desvió la mirada. Se limitó a decir:

—¿Tú le has entendido? ¿Dónde está el archivo de Hana?

—Tendremos que buscarlo. Yo miraré en el ordenador, pero puede que sea un archivo de verdad, de papel. Birdwine es de la vieja escuela. ¿Por qué no echas un vistazo por ahí?

Habíamos vuelto al cuarto de estar y Julian dijo:

—¿Quieres que registre la casa de un borracho grandullón y medio loco?

Hice un ademán quitando importancia a la silla destrozada y la mesa volcada.

—¿Crees que va a enterarse?

—Vale, tomo nota —contestó Julian.

Aquello me hizo sonreír. Yo habría dicho lo mismo, y en el mismo tono. Lo agarré por los hombros y lo dirigí hacia el escritorio de Birdwine en el rincón.

—Empieza por ahí —le dije, y me fui a la cocina.

Volví a sentarme delante del ordenador y moví el ratón para que se encendiera la pantalla. Apareció de nuevo la página de Facebook de Stella Martin. Seguía mostrando a la familia al completo, posando en la terraza de su casa de la playa. De pronto me quedé sin respiración. Al dejar de fijarme en la ex de Birdwine, lo vi al instante.

¿Qué había allí que desentonaba con los demás?

Stella, muy rubia, aparecía de la mano de su marido, bajito y pelirrojo. Vi cómo se recombinaban sus facciones y el color de su cabello en las tres niñas pequeñas. El chico se erguía en el centro, moreno y ancho de pecho.

Volví dos fotografías atrás, hasta una en la que el chico aparecía en medio de las olas, alto, fornido y recio, con la niña más pequeña trepando por él como si fuera un árbol. Me incliné y observé su cara. Tenía los ojos grandes y marrones y los párpados pesados. Su cabello era grueso y tieso, y su piel olivácea. Estaba bronceado, mientras que el resto de la familia presentaba diversos tonos de rosa o se estaba pelando. Sus dientes eran muy rectos, pero tenía un hueco entre los paletos.

Yo conocía aquel hueco. Siempre me había gustado el de Zach Birdwine.

Hice las cuentas. El chico era grandullón, pero aún no tenía pelo en el pecho y muy poco en las piernas, y su cara conservaba todavía la redondez y la tersura de la infancia. Tenía como mucho quince años, aunque tal vez solo tuviera doce. En todo caso, había nacido antes de que yo apareciera en escena, cuando Birdwine aún estaba casado.

Me recosté en la silla. No podía ser. Llevaba casi una década trabajando con Birdwine. Habíamos sido amantes más de seis meses. Se suponía que ahora éramos amigos. Aquel era un asunto demasiado gordo para que hubiera dejado de contármelo.

A simple vista, su hijo parecía haber ido a parar a un buen sitio, con libros y vacaciones en la playa, y un montón de hermanitas adorables. El marido apoyaba el brazo sobre su hombro con aire al mismo tiempo posesivo y cómodo. Los gestos de toda la familia denotaban buena sintonía: ligeramente vueltos los unos hacia los otros, se apoyaban mutuamente. Parecían la típica familia feliz. Al menos, en Facebook.

¿Era por eso por lo que le había abandonado Birdwine? Si era así, había cometido un error. El chico no lo veía de esa manera. Por muy amable que fuera la señora Mack, yo no me sentí aliviada, ni agradecida cuando el estado de Georgia me separó de mi madre.

Julian apareció en la puerta con expresión tensa, sosteniendo una carpeta de color marrón.

—Estaba en su coche.

Minimicé el buscador cuando me trajo la carpeta. Estaba cabreada pero no iba a traicionar a Birdwine contándole su vida privada a Julian, a quien no le caía bien. Además, no me apetecía ver a una familia feliz publicando historias felices que tal vez incluso fuesen ciertas. A fin de cuentas, me hallaba allí con las piezas descabaladas de varias familias disfuncionales.

Y éramos más. El mundo estaba lleno de personas como nosotros: gente abandonada y gente que huía, gente afligida y rota.

—Buen trabajo —le dije a Julian al tomar la carpeta.

Se quedó a mi lado, retorciéndose las manos.

Las primeras páginas eran las notas de las entrevistas de Birdwine, garabateadas con su letra opaca y ladeada. Había en primer lugar una entrevista con Tolliver, el novio de Kai en Austin. La súbita desaparición de mi madre en plena noche lo había dejado estupefacto. Ni siquiera le había dicho que estaba enferma, a pesar de que, según afirmaba él, estaban muy enamorados. Sí, ya.

Miré a Julian, pero no estaba leyendo. Seguía retorciéndose las manos, con la mirada fija en mí.

—¿Se puede saber qué mosca te ha picado? —le pregunté.

—No me había dado cuenta de que sois pareja. Birdwine y tú —dijo.

—No somos pareja —contesté mientras pasaba otra página.

—Ah, vale —dijo con exagerada incredulidad.

—Tranquilízate, Julian. No somos pareja —insistí en tono áspero y enfadado. Sobre todo porque, apenas unos minutos antes de ver al pájaro cuco de Birdwine depositado en el nido de otro hombre y abandonado allí, había estado pensando seriamente en él. En nosotros dos como pareja, incluso.

Julian se sentó enfrente de mí y cruzó las manos sobre la mesa.

—Bueno, me alegro. Porque ese tipo da miedo. Y está claro que tiene alguna adicción.

—¿Tú crees? —pregunté mientras ojeaba distraídamente otras cuatro páginas—. Olvídalo, no tiene importancia.

—Pero la tendrá —contestó—, cuando encontremos a Hana. Ese tipo no es... No creo que sea una buena influencia para una niña.

Sentí una punzada de rabia cegadora. Si lo hubiera dicho media hora antes, le habría echado una buena bronca. Le habría dicho que intentara no comportarse como un pijo de mierda. Pero entre mi embarazosa escena junto al lecho de Birdwine y aquel instante, habían cambiado muchas cosas.

Un solo vistazo al hijo de Birdwine, abandonado en Florida, había bastado para que mis lealtades cambiaran de la historia a la sangre. Julian, a fin de cuentas, lo estaba intentando con todas sus fuerzas. Rebosaba grandes planes. Quería que formáramos una familia para Hana. Birdwine, en cambio, había abandonado tan completamente a su único hijo que el chico ni siquiera aparecía en sus conversaciones.

Me dieron ganas de agarrar el archivo, salir de allí y llevárselo a otro detective. A uno al que no conociera de nada. Preferiblemente, mujer.

Aun así, no podía pasar por alto el cándido comentario de Julian.

—Crees que Birdwine no es de nuestra clase, y lo entiendo. Pero, Julian, tú y yo no somos de la misma clase. Resulta que, en efecto, Birdwine es una calamidad. Pero yo también lo soy. Y esa niña a la que estamos buscando también lo será. ¿De verdad crees que esto... —Abarqué con un ademán la casa destrozada, el barrio destartalado, la sensación de torva vigilancia que reinaba fuera—... ofendería su tierna sensibilidad? Cariño, tú creciste jugando al béisbol y alimentándote según las recomendaciones dietéticas, pero Hana procede de este entorno, en el que las personas se abandonan unas a otras, se utilizan entre sí, o se devoran.

Fue poniéndose más y más colorado a medida que hablaba, así que cerré la boca antes de que perdiera los nervios.

—Lo sé —me dijo, y no parecía enfadado en absoluto—. Pero para eso sirve rescatar a alguien, ¿no? Para sacarlo de una mala situación. Para llevarlo a un sitio mejor. No perfecto. No hay ningún sitio perfecto. Pero sí puedes llevar a esa persona al mejor sitio que esté a tu alcance.

Parpadeé, atónita. Madre mía, qué cierto sonaba aquello.

Julian tenía razón otra vez. Debería haber sabido que él entendería mejor que yo aquellas cuestiones. No podía resucitar a mi madre, obligarla a casarse con el misterioso padre de Hana la víspera de su concepción e instalarlos en una casita de campo junto al mar fragante. Pero podíamos encontrarla. Podíamos asegurarnos de que estaba sana y salva, bien alimentada y atendida, porque era lo mínimo que merecía. Lo mínimo que merecía cualquier niño.

—Muy bien. Te escucho, pero tú también tienes que escucharme. Cualquier plan que hagamos dará por sentadas demasiadas cosas. Estás dando por sentado que vamos a encontrarla. Estamos dando por sentado que Kai ha muerto y que Hana no. Y que tiene diez años. Pero puede que ya se haya embarcado en algún plan de autorrescate, aunque sea disparatado, que haya trabado lazos con alguien, que se esté buscando un lugar propio. No podemos planear nada partiendo de la ignorancia total.

Mis palabras sonaron tan ciertas como las suyas.

—De acuerdo. Eso significa que debemos centrarnos en lo que ya tenemos. —Asentí, pensando que se refería al archivo, pero añadió—: Tú y yo. Creo que estamos empezando a ser de verdad un equipo.

Me detuve cuando todavía estaba asintiendo, pero Julian me lanzó una sonrisa, resplandeciente como un pedazo de sol, con el pelo alborotado como un teleñeco. ¡Qué chico este! Era tan hogareño, y tan dulce en el fondo... No pude evitar sonreírle, contenta de que entendiera que lo estaba intentando de veras.

Aparté la mirada antes de que se lanzara a otra de sus efusiones de afecto y seguí pasando las notas de Birdwine. Las leía por encima, confiando en que algo me llamara la atención y volviera a ponernos sobre la pista de Hana. Casi al final del montón de hojas, encontré el mapa.

El tiempo se detuvo.

—¿Qué pasa? —preguntó Julian.

No pude responder. Me costaba tanto respirar que tenía la impresión de haber corrido un esprint. Hurgué en mi bolso, saqué otra vez el sobre y releí la última nota de Kai.

Me voy de viaje, Kali. Vuelvo a mis orígenes.

El bueno de Julian se acercó enseguida y, apoyando una mano sobre mi hombro, preguntó:

—¿Estás bien?

No, no estaba bien. Birdwine había dibujado el itinerario seguido por Kai y Hana con rotulador fluorescente: una línea de color naranja brillante que recorría zigzagueando buena parte del Sur. La tracé con el dedo, siguiendo la trayectoria de Kai. ¿Habría que entender literalmente cada línea de su mística y pretenciosa nota? ¿Cuándo había sido Kai tan literal?

—Mira —dije, aunque a Julian aquello no le decía nada.

—¿El mapa? ¿Por qué? ¿Sabes dónde está Hana? —preguntó con una urgencia idéntica a la mía.

Levanté la vista y miré aquellos ojos, los ojos de mi madre.

—Está en mi vida —le dije—. Hana está en algún sitio, en medio de mi vida.

9

Es mejor así, pienso cuando la puerta se cierra detrás de Joya. No lloro. Lo que siento supera el llanto hasta tal punto que no puedo moverme, o saldrá de mí y hará algún ruido, y no sé qué ruido será ese. Me tumbo en la cama sin moverme, pero dentro de mi piel cada átomo se agita con una sola idea: quiero a mi madre. La quiero ciegamente, como un ratón recién nacido. Dentro de mi cascarón inmóvil, me agito y me estremezco. Mi cuerpo se muere de ganas de echar raíces, de buscar, de apegarse, de sentirse cálido y pleno.

Oigo a la señora Mack, a Shar, a Karice y Kim hablando y aporreando la puerta cuando vuelven de cenar. A Candace no la oigo, pero eso es normal. Irá detrás de ellas, sin decir esta boca es mía. Si entra en la habitación ahora mismo, si se atreve siquiera a mirarme con sus ojos húmedos, no respondo de mí.

Luego me llegan los ruidos felices que anuncian la llegada de la madre de Joya. Escucho, rígida y quieta, mientras cargan el equipaje. Oigo el ruido sordo de las bolsas y las voces de la señora Mack y de la madre de Joya hablando entre sí. Si me levanto, podré verlas desde la ventana. Nuestra habitación da al camino de entrada. Pero me quedo rígida en la cama, incluso cuando se cierran las puertas del coche. No lloro, ni me muevo cuando oigo arrancar el motor, cuando las escucho alejarse, cuando Joya se marcha con su madre.

Es mucho más de medianoche cuando por fin me derrumbo. Sola en la cama, en lo más negro de la noche, me despierto y descubro que ya estoy llorando. Mi cuerpo se agita y se retuerce, y tengo que sofocar los berridos que noto alzarse dentro de mí. Me vuelvo hacia la pared y los ahogó contra la almohada. Me abrazo a la almohada fresca, y ella no me abraza. Trago saliva y lloro en la tela de todos modos, la muerdo, me aprieto contra ella hasta que me entran náuseas.

Me aparto de la pared, mareada, y descubro los ojos saltones de Candace mirándome a quince centímetros de distancia. Asoman por encima del borde de la cama, estilo caimán. Me aparto tan bruscamente que tengo la sensación de haberme dejado la piel detrás, y un grito me sube por la garganta. Cierro la boca, atrapándolo detrás de mis dientes. Me siento, la miro con furia y dejo salir el grito como un largo siseo. Del susto se me han pasado las ganas de vomitar.

Candace no se mueve, sigue de rodillas junto a la cama. Veo relucir el blanco de sus ojos a la luz tenue del despertador.

—Estás gritando tanto que no puedo dormir.

Lo dice con un acento tan palurdo… Comiéndose las letras. Hablo su dialecto tan poco como hablaba el de Joya. Aquí nadie habla como Kai y yo. Nadie lleva pañuelos de colores, ni reconoce que sabe tocar la pandereta. La gente de Kai come sardinas en lata con mostaza y comenta de *El tao de Puh*. Son delincuentes menores con alma de artistas: músicos con las manos muy largas, pintores colocados, escritores que firman novelas y cheques falsos. Incluso Tick, aquel racista de mierda, era un poeta. La tribu de Kai tiene cachimbas y címbalos del mismo modo que los norteamericanos corrientes tienen posavasos. Somos gitanos entre gitanos, cambiamos constantemente de amor, de ciudad, de nombre, siempre en marcha, siempre reinventándonos mutuamente.

Aquí nadie habla como yo, ni entiende mis referentes, ni se sabe las canciones que me sé yo. No me parezco a ellos. Hasta mi vínculo con Joya se basaba en la inadaptación a este lugar.

Me froto la cara con las manos y de pronto cualquier cosa es mejor que estar sola. Me echo hacia atrás, dejando sitio para Candace. Se incorpora lo justo para apoyar la barbilla puntiaguda en el borde de la cama, desconfiada. Esto no tiene precedentes. Siempre ha tenido que sobornarme o persuadirme de alguna manera para que la deje tumbarse a mi lado.

Pego la espalda a la pared y digo:

—Dormiré mejor si ocupas el setenta por ciento de mi colchón que si te pasas la noche arrastrándote por el suelo y mirándome con esos ojos saltones. —Intento decirlo con aspereza, como haría Joya, pero tengo la garganta llena de mocos y me tiembla la voz.

Candace se lo piensa. Luego se desliza bajo las mantas. Se tumba boca arriba, mirando al techo.

—Ayer no querías ni verme. Solo estás llorando por Joya.

—No estoy llorando por Joya —contestó, y es tan verdad que suena a cierto.

—¿Y entonces por qué lloras?

No voy a decirle precisamente a Candace que echo de menos a mi madre.

—A lo mejor es porque por la mañana van a darme una paliza. —Sus ojos brillan en la oscuridad, llenos de interrogantes—. Shar, Karice y Kim. No pudieron con Joya. Y ahora que se ha ido, vendrán a por mí. —Y añado por pura maldad—: Seguramente a ti también te darán una buena zurra.

Traga saliva ruidosamente. Luego susurra:

—¿Crees que entrarán aquí y que nos atacaran mientras dormimos?

Este es el último sitio donde empezarían una pelea. La habitación de la señora Mack está justo debajo de nuestro cuarto. Pero Candace no sabe luchar, y no piensa estratégicamente. Mira la puerta con los ojos muy abiertos. Yo me ablando y añado muy exageradamente para que entienda la ironía:

—Podrían entrar en cualquier momento y matarnos a las dos. Yo que tú dormiría debajo de la cama.

Suelta una risilla nerviosa y se relaja.

—De todos modos conmigo no van a meterse —dice—, quitando a Kim.

—Kim es grandota, pero a la que tienes que vigilar es a Shar.

Puede que no esté llorando por la pelea, pero sé que va a haberla. Es agradable tener un cuerpo humano, aunque sea el de Candace, entre la puerta y yo. O puede que, simplemente, esta noche sea agradable tener un cuerpo vivo cerca.

—¿En serio estás asustada? —susurra como si la idea de que pueda sentir emociones humanas como el miedo fuera nueva para ella.

—¿A quién le gusta que le den una paliza? —pregunto en lugar de responder.

—Yo podría ayudarte —dice casi con vehemencia—. Si quieres que seamos amigas.

Suelto un soplido. Candace se encoge en cuanto ve a alguien con la mano levantada. No puedo saludarla con la mano sin que se ponga a temblar y retroceda como un perro apaleado, solo que un perro al menos es un vertebrado. Candace es tan blanda como la mantequilla.

—Me gustaría verte diciendo que eres mi amiga delante de Shar —le digo.

—Nunca has querido que lo sea —contesta malhumorada—. Casi no puedo ni entrar en mi habitación. Joya solo me decía «¡Largo de aquí!», y tú la dejabas.

—Bueno, Joya es una zorra. No quiero volver a oír su nombre nunca más —digo en voz demasiado alta, y para mi sorpresa me echo a llorar otra vez—. Lo digo en serio. No quiero ni oír su nombre.

Lloro tan fuerte que no estoy segura de que Candace entienda lo que digo. Pero debe de haberlo entendido porque dice:

—Pues entonces no tienes a nadie, ¿no?

No contesto, y la boca de Candace se tuerce hacia abajo pensativamente. Pasa un minuto y luego se pega a mí y me rodea torpemente con sus brazos esponjosos.

—Ea, ya está —dice dándome torpes palmaditas, como si fuera un bebé—. Ya pasó, no estés triste. Ea, ea.

Me doy la vuelta, pegando la cara mojada a la pared, y creo que no voy a parar nunca de llorar. Me quedaré aquí tendida y lloraré por mi madre (mi primer y único amor) hasta que sea una cáscara vacía, tan seca y liviana como una pelusa de diente de león. El viento me llevará en volandas lejos de aquí, y Candace podrá pedir un deseo.

Se pega aún más a mí, rodeándome con su cuerpo, con las rodillas encajadas en las mías y la tripa comprimida contra mi espalda. Me mece y me susurra, me estruja diciendo una y otra vez «ea, ea, ya pasó». Seguimos así hasta que por fin cesa el llanto. Miro la pared, hipando y tragando aire hasta que recobro el aliento. En cuanto me quedo callada, Candace cae en un sueño invertebrado y profundo. Al final yo también me quedo dormida, inquieta. En sueños, corro por pasillos vacíos e infinitos, buscando algo que he perdido. No hay escondrijos ni rincones, y ninguno de los corredores desiertos me conduce a lo que busco.

Aun así seguía buscando. A veces lo que había perdido era a Kai, y a veces era a una niña pequeña con un halo de rizos oscuros y ojos de media luna. A veces no sabía lo que era. Solo sabía que tenía que encontrarlo. Corría y mis pasos resonaban en las paredes desnudas. Luego pensaba que tal vez lo que buscaba estaba por encima de mí, en el mundo de la vigilia, y me descubría trepando hacia la superficie de mi sueño. Sentía otro cuerpo que me calmaba con su aliento y con el latido de su corazón. Un calor vivo, una prueba en contra de la oscuridad. Intentaba preguntar: «¿Eres tú?», y mi propia voz me despertaba.

Abrí bruscamente los ojos pegajosos, desorientada. Notaba un olor a perro sucio, y tenía la garganta reseca y dolorida por un llanto antiguo, rememorado en sueños. Tardé un momento en situarme. Reconocí el feo muro de cuadros que había delante de mí: tenía la cara pegada al respaldo del sofá de Birdwine. El cuerpo que se apretaba contra mi espalda era el de Looper. Lo miré con enfado por encima del hombro. Meneó la cola y su boca gigantesca se abrió de par en par a escasos centímetros de mi cara.

—Uf, qué mal te huele el bostezo —le dije, y luché por levantarme y apartarme de él. Se estiró y se tumbó panza arriba sobre el hueco cálido que había dejado mi cuerpo—. Perros, hay que ver —dije, y le acaricié la barriga.

Tenía la ropa toda arrugada y los pelos castaños dorados de Looper se destacaban sobre mi falda negra y mi blusa blanca. Genial. Julian dormía profundamente en el hundido butacón de piel. La noche anterior me había ofrecido a llevarlo hasta su coche pero no había querido marcharse. Sabía que yo volvería derecha a casa de Birdwine.

Así que nos habíamos quedado los dos. Yo había encendido mi portátil y me había conectado a mi cuenta en la nube. Estuve cotejando mis archivos personales con los datos de Birdwine, dibujando nuevas rutas, tomando notas y maldiciendo la mala conexión a Internet de Birdwine. Julian se dedicó alternativamente a seguir mis progresos y a hacer limpieza. Barrió la escayola y otros desperdicios y volvió a colocar los muebles en su sitio. Hasta fregó los platos. Ahora dormía como duermen los bebés satisfechos: con la espalda pegada al butacón y los brazos levantados en torno a la cabeza.

Me acerqué y le revolví el pelo con más delicadeza de la que había empleado para acariciar a Looper, pero con el mismo ánimo. Se inclinó hacia mi mano en sueños, del mismo modo que una flor vuelve la corola hacia el sol sin darse cuenta. Me detuve para no despertarlo, maravillada al comprobar que, incluso estando inconsciente, daba por sentado que cualquier mano que le tendían era una mano amable. Soñaba apaciblemente y sus ojos se movían detrás de los párpados cerrados. Dejé que siguiera durmiendo.

Esa mañana no me quedaba ya más ternura. Me había despertado llena de nubarrones de tormenta, con un fuerte deseo de arremeter contra Birdwine. Oí correr el agua en el cuarto de baño del fondo del pasillo. Así que estaba despierto. Y duchándose, lo que indicaba cierta disposición a volver al mundo de los sobrios.

No estaba listo para enfrentarse a mí, sin embargo. Me dieron ganas de irrumpir en el baño mientras aún estaba en situación vulnerable, mojado y desnudo, y preguntarle: «¿Cómo has podido?». Nunca me había insinuado que tuviera un hijo, ni siquiera cuando éramos amantes. La única pista había sido su empeño en encontrar a Hana. Desde el principio se había mostrado alarmado y ansioso. En mi despacho, cuando le había dicho que Kai se había reinventado como una mujer sin hijos, había contestado con misterioso énfasis: «Una madre no puede hacer eso».

Pues él sí había podido. Así que no podía ser tan difícil.

Y pensar que la noche anterior, estando de pie a su lado, se me había ablandado el corazón y le había hablado con ternura, casi con anhelo… Me acordé de lo triste que parecía cuando me dijo que le había roto el corazón. Sí, ya. El corazón de Birdwine y seguramente también un par de unicornios. Por lo visto no tenía ni pizca de compasión por las criaturas mitológicas.

Ahora tenía ganas de echármelo a la cara y decirle que estaba hasta el gorro de él. Luego le enseñaría mis notas y las líneas y puntos que había añadido a su mapa y le diría que moviera el culo y se fuera a buscar a mi hermana. Después, era muy libre de seguir su camino. Derechito al infierno. También le daría un mapa para llegar hasta allí si lo necesitaba.

Su carpeta estaba sobre la mesa baja. La recogí, pero me temblaba tanto en las manos que no pude leerla. Tardé un segundo en darme cuenta de que el temblor procedía de mis manos.

Tenía que calmarme. Estaba furiosa y descolocada, y me había despertado echando de menos a mi madre, o quizás echando de menos el calor de un cuerpo humano en la cama, a mi lado. Pero esto último podía arreglarse.

El agua de la ducha seguía corriendo y Julian aún dormía a pierna suelta, así que tenía un momento para mí. Fui a la cocina y preparé café. Tenía la sensación de que toda la suciedad de la casa se me había metido en la boca y se me había podrido allí. La noche anterior había registrado el cuarto de baño y encontrado un cepillo de dientes que estaba casi segura de que era mío. Pero de todas formas lo había llevado a la cocina y lo había lavado con jabón de fregar los platos. Ahora volví a usarlo.

Luego saqué el cepillo para ropa de Birdwine de un cajón y me quité casi todo el pelo de la blusa y la falda. Mucho mejor. Ya parecía más yo. Me puse los zapatos y la chaqueta. Tenía el pelo alborotado, así que me lo alisé como pude y me lo recogí a la altura de la nuca. Después, en dos minutos, me puse la pintura de guerra: base mate, raya oscura, boca roja sangre.

Me miré en el espejo del estuche de maquillaje y comprobé aliviada que me asemejaba bastante a la versión más dura de mí misma. Lo suficiente como para darle un buen escarmiento a Birdwine, e incluso para ir directamente al trabajo desde allí. Una ventaja de llevar siempre elegantes trajes negros era que solo Verona se daría cuenta de que aún llevaba el del día anterior: tenía mucho ojo para el corte y la marca de la ropa, además de un interés muy propio de su edad (veintitantos) en los trapos sucios de los demás. Se sentiría muy defraudada si veía al perrazo peludo que había compartido el sofá conmigo. De allí en adelante, procuraría hacerlo mejor. Para quitarme de la cabeza a Birdwine de una vez por todas, no tenía más que buscarle un buen sustituto.

Para entonces el agua de la ducha había dejado de correr. El portátil de Birdwine seguía abierto sobre la mesa de la cocina. Lo encendí y lo volví hacia la puerta para que lo viera en cuanto entrara. Mientras venía por el pasillo, serví café en dos tazas desparejadas, una verde y otra decorada con alegres margaritas y la leyenda *maestro del año*. Ojalá hubiera tenido una taza al *padre del año* o al *mejor papá del mundo*. Me apetecía ponerme un poco sarcástica.

Dobló la esquina cojeando, con una camiseta vieja y unos Levi's que parecían más viejos aún. Tenía el pelo mojado y peinado hacia atrás, lo que me permitió ver claramente sus moratones. La hinchazón del ojo había remitido un poco gracias a los guisantes congelados, pero empezaba a teñirse de colores: negro y violeta, y un espectacular color ciruela oscuro. Me dedicó una mirada contrita absolutamente falsa. La verdadera expresión de sus ojos era de desconfianza.

No se disculpó por lo de la noche anterior. Una vez me había dicho que nunca se disculpaba por emborracharse. Pedir perdón implicaba una promesa de ponerle fin, y a Stella le había pedido perdón infinitas veces. Ya no lograba reunir la fe necesaria para formar las palabras, y estaba harto de verse fracasar en el intento.

Entonces vio la fotografía de la pantalla de su ordenador. Yo había dejado el navegador abierto en un primer plano de su hijo, posando junto al «maridito» de Stella. Las cabezas de ambos ya estaban a la par.

Birdwine se detuvo y su mirada se volvió seria e inexpresiva. Si me quedaba alguna duda de que aquel chico era su hijo, su cara bastó para despejarla. Me miró con el ojo bueno y se llevó los dedos a la sien.

Le ofrecí la taza de las margaritas. Un segundo después, se acercó y la aceptó. Se apoyó en la encimera, en diagonal respecto a mí. Seguía sin decir nada. Yo tampoco hablé. Estaba utilizando su viejo truco de polizonte. Saltaba a la vista: lo miraba con cara de pocos amigos y dejaba que el silencio se prolongara y fuera cargándose de tensión. Bebió un trago de café mientras me observaba por encima del borde de la taza. Sabía lo que estaba haciendo.

—Vale —dijo—. Empecemos por la criaturita.

Muy bien, era un buen comienzo. El hecho de que él hablara primero me aseguraba el triunfo: era, a fin de cuentas, su forma de pedirme perdón. Pero también planteaba inevitablemente la pregunta, «¿Qué criaturita?». Porque teníamos entre los dos un buen montón donde elegir: mi hermano huérfano, que roncaba en su butacón, su hijo abandonado, y mi hermanita desaparecida.

—¿Qué tal si empezamos por tu hijo? —pregunté en tono áspero y acusador.

Me había dado pie, pero noté que ya empezaba a arrepentirse.

—¿De veras quieres que hablemos de eso? Yo ya sé dónde está el mío.

—Descuida, hablaremos de Hana en cuanto se levante Julian. Tiene que estar presente en la conversación.

—Muy bien, pero no quiero que esté presente en *esta* —repuso Birdwine con una nota de advertencia. Estaba dispuesto a hablar del chico, pero solo durante un rato.

—De acuerdo —repuse, y procuré poner un tono impersonal, como si estuviera interrogando a un testigo en el estrado—: ¿Cuándo fue la última vez que viste a tu hijo?

Miró con énfasis la pantalla y luego volvió a fijar la mirada en mí.

—Hace un segundo.

Muy bien, de modo que era un testigo hostil.

—En persona.

—Cuando tenía tres años.

—¿Cuánto tiempo hace de eso?

—Diez años.

Tenía preparada mi siguiente pregunta, pero su respuesta me dio que pensar. Me extrañó la coincidencia temporal: diez años atrás, Birdwine había empezado a ir a Alcohólicos Anónimos. Parecía contradictorio, meterse en AA y luego dejar de ver a tu hijo. La mayoría de la gente empezaba a desintoxicarse para *poder* ver a sus hijos. Cambié el rumbo de mi interrogatorio.

—¿Por qué no lo ves? —pregunté.

—Porque no me han invitado.

—¿Y? —le espeté. Aquel era ya el interrogatorio menos impersonal de toda la historia del sistema judicial—. ¿Es que necesitas que te inviten? —me corregí.

—Pues sí.

Se le daba bien hacer de testigo hostil. Estaba dispuesto a dar al letrado de la acusación lo que le pedía y nada más. Pero aquello no era un tribunal. Era la cocina de un hombre al que casi había querido. O por lo menos había estado dispuesta a intentarlo, la noche anterior. Ahora sentía aquella ternura como una bala que había esquivado por los pelos.

—¿Por qué? —insistí, y la voz me salió como un rebuzno, ronca y furiosa. Él no contestó, y eso me enfadó aún más—. ¿Por qué no te explicas?

Se encogió de hombros, impasible.

—No veo de qué puede servir, Paula.

—¿Ah, no? Pues yo sí. Así por lo menos entendería por qué lo has hecho aunque no… —Me detuve. El resto de la frase se me atascó en la garganta. Había estado a punto de decir «aunque no pueda perdonarte».

Me lanzó una sonrisa remolona y levantó las cejas. Bajé la cabeza, encajando el golpe. Él tenía razón: no servía de nada.

Cambié de táctica y dije sin inflexión:

—Deberías habérmelo dicho. Antes. Cuando estábamos juntos.

—Sí, claro. Como te lo estás tomando tan bien… —Aquella respuesta era más propia de él que todo lo que había dicho hasta el momento, y cuando continuó comprendí por fin por qué me había dejado—: No tengo un buen cuento que contarle a una niña con complejo de abandono antes de irse a dormir.

—Pero podías haberme contado la verdad —respondí.

Comprenderlo no hacía que estuviera menos furiosa. De todos modos, no quería charlar: quería una disculpa. Sería tan fantástico no aceptarla…

—Y se suponía que estabas enamorado de mí.

—Sí —dijo.

—Joder, Birdwine, entonces deberías habérmelo dicho. Creo que yo también estaba enamorada de ti.

—Sé que lo estabas —dijo en un tono tan triste, tan seguro y hastiado que el impulso de hacerle daño, de elegir un hematoma y clavarle los dedos o los dientes, fue casi irresistible.

Me acerqué a él. Con los tacones puestos, alcancé a apretar los labios contra su boca hinchada, bruscamente. Sin ningún cuidado.

233

Dejó escapar un gemido de dolor contra mi piel, pero apoyó automáticamente la mano en mi cadera, como un reflejo. Abrió la boca, sorprendido por el dolor, y dejó escapar un soplo de aliento. Al aspirarlo, noté un sabor a menta y a *bourbon* añejo.

Aparté mi boca de la suya pero me mantuve cerca, ojo con ojo, furiosa.

—Esto no significa nada.

—Lo sé —contestó a pesar de que ya me había atraído hacia sí.

Torcí la boca.

—Pues deberías decírselo a tus pantalones.

Me enseñó el hueco de sus dientes, aunque tenía que dolerle sonreír.

—Qué romántica eres.

A aquella distancia, sentí el olor acre, ya difuminado, de la sangre de la noche anterior.

—Entiendes que era un beso de despedida —dije tajantemente, como si cerrara una ventana.

—Sí. —Bajó la mano y se acercó a la cafetera para llenarse la taza. No volvió a hablar hasta que estuvo de espaldas a mí—. No es lo que quiero, pero no puedo cambiarlo.

No supe si se refería al chico o a mí.

Pero no importaba. En todo caso, el amor podía romperse. Todos los amores podían romperse. En mi trabajo, ayudaba a decenas de parejas a escapar de él, llenas de furia o de estupor. Muchas de ellas partían a sus hijos por la mitad y también destrozaban aquel amor. Incluso la loca de Oakleigh, con sus gatitos asesinos, había amado a Clark Winkley alguna vez. Ahora, él se arriesgaba a romperse el cuello deslizándose por su tejado para orinar en su maquillaje y tachar su cara en los cuadros. Mis clientes, hasta el último de ellos, habían hecho promesas delante de sacerdotes, rabinos y jueces de paz, en presencia de sus amigos y familiares. Habían fundado un hogar. Habían tenido hijos. Luego, el «y vivieron felices y comieron perdices» se había resquebrajado y entonces había llegado yo para romperlo del todo y dividir los pedazos.

Entre Birdwine y yo quedaba algo, o yo no me sentiría así. No estaría a punto de llorar, como no me sucedía desde hacía… no sé cuánto tiempo. Desde la última vez que vi a Candace. Quedaba dentro de mí algún sentimiento vivo hacia él, y también tendría que romperlo. Muy bien. Romper cosas era lo que mejor se me daba.

Retrocedí, pero no fui muy lejos. Crucé la cocina mientras él seguía junto a la cafetera. Así pues, nos habíamos querido. ¿Y qué? Los dos habíamos tenido nuestra parte de culpa en la ruptura: él por su silencio, y yo por mi cinismo. Ahora aquí estábamos. Él seguía callado, y yo seguía siendo lo bastante cínica para saber que a un cuerpo hambriento se le puede alimentar con cualquier cosa.

—¿Vamos a volver a los *e-mails* titulados *He aquí los datos*? —pregunté.

No quería que se fuera ahora. Me interesaba que siguiera en el caso, por la forma concreta en que había naufragado su vida. Era como yo y mi trabajo con presas sin recursos: como sacar de la cárcel a pequeños avatares de mi madre. Ningún otro detective del planeta se implicaría tanto en aquel asunto.

—Es lo que dije que quería desde el principio —contestó sin inflexión en la voz. Pero luego enarcó una ceja y añadió con ironía—: Qué suerte la mía, haberlo conseguido.

Antes, me habría reído de su humor negro. Pero, dejando a un lado el trabajo, lo nuestro se había terminado y no habría un después. Lo demás empezaba ahora.

—Buenos días —dijo Julian desde la puerta.

Looper estaba a su lado, con la lengua colgando alegremente. Julian parecía casi tan ávido como el perro, pero se quedó parado cuando nos volvimos hacia él. Looper, en cambio, cruzó trotando la cocina y salió al jardín por la trampilla de la puerta. Mi hermano levantó la nariz como si advirtiera el olor de la furia y las feromonas que aún impregnaban el aire.

—Birdwine, creo que no te he presentado oficialmente a mi hermano —dije—. Este es Julian Bouchard.

—Julian —dijo Birdwine. Se acercó, impasible como una roca, y le tendió la mano.

Julian se la estrechó, mirándonos inquieto.

—Perdonad, he interrumpido algo. Debería haber hecho más ruido al venir hacia aquí, pero Paula me dijo que no erais pareja.

Como yo no respondí, lo hizo Birdwine en mi lugar.

—Yo diría que así es, en efecto.

La franqueza de Julian me había pillado por sorpresa. Enunciaba la verdad tan claramente, incluso incomodaba a los presentes... En eso también se parecía a mí, aunque no lo hubiéramos sacado de nuestra escurridiza madre biológica. ¿Sería algún gen regresivo? ¿O lo habríamos heredado de nuestros respectivos padres? Tal vez Kai si tuviera predilección por un tipo de hombre concreto.

—Ay, perdón. Parece que quizá sí haya... algo entre vosotros. —Julian se puso tan colorado como una solterona que hubiera sorprendido fornicando a sus perritos de Pomerania.

—Has llegado justo al final de la película. Cuando estaban pasando los créditos —dije enérgicamente—. ¿Podemos volver a centrarnos en el asunto que nos ocupa? Enséñale el mapa a Birdwine.

—¿Qué mapa? —preguntó Birdwine volviéndose hacia él.

—¿No se lo has dicho? ¿Cómo has podido no decírselo? —preguntó mi hermano, y lo miró emocionado—. Sabemos dónde llevó Kai a Hana. Quiero decir que sabemos dónde irán a continuación. O sea, dónde habrían... Donde fueron. O donde habrían ido.

Se hizo un lío con los tiempos verbales, pero Birdwine entendió lo que quería decir.

—No, Paula no me lo ha dicho. —Me lanzó una mirada oblicua.

De pronto pensé que él también estaba enfadado. Pero ¿por qué razón? Podría haberse defendido, pero había pasado de darme explicaciones. Seguía hablando con Julian, sin embargo:

—¿Encontraste la pista de Hana a partir de mi archivo? ¿Cómo?

Julian me miró, pero yo me di la vuelta deliberadamente y fui a hacer más café.

—Julian, ¿por qué no le pones al día? —dije.

—Sí, vale. Bueno, pues anoche Paula descubrió adónde se dirigía Kai. Aproximadamente —explicó mi hermano, mirándonos a los dos con nerviosismo.

Sacó el mapa de la carpeta y lo desplegó sobre la mesa de la cocina. Birdwine se puso a su lado, cerró su ordenador como quien no quiere la cosa y lo quitó de en medio. Como si estorbara y el chico de la pantalla no tuviera nada que ver con él.

Julian me tapaba la vista en parte, y confié en que se diera prisa. Teniendo en cuenta el clima de frialdad que reinaba entre Birdwine y yo, Julian podía morir de hipotermia si se extendía demasiado.

—Fuiste a Austin y seguiste la pista del coche hasta Dothan, Alabama —explicó Julian, y señaló la línea de fluorescente naranja siguiéndola con el dedo índice—. Allí fue donde se crio Kai. Y donde nació Paula. —Volvió a deslizar el dedo por la línea—. Después, se dirigieron a Montgomery.

Julian ya estaba tardando demasiado. Yo estaba deseando salir de aquella casa, así que intervine:

—Nos mudamos a Montgomery con Eddie. Luego vivimos en Jackson, Mississippi, con Tick. Julian fue siguiendo el itinerario con la punta del dedo mientras yo hablaba. Kai y yo habíamos viajado por todas partes, a veces acampando como gitanos durante semanas, entre novio y novio. Saltábamos de ciudad en ciudad, cambiando de nombre y de medio de transporte, sobre todo si la relación que dejábamos atrás había acabado mal. La ruta que había tomado con Hana, sin embargo, ignoraba nuestras breves pausas, los hombres que no duraban o que no importaban, todos nuestros rodeos. Había llevado a Hana únicamente a aquellos lugares donde habíamos vivido cerca de un año. A todos los lugares donde habíamos tenido una dirección postal y algo semejante a una familia.

—En Nueva Orleans fue donde conoció a Anthony. ¿Ves?

—Madre mía —dijo Birdwine.

—Es el itinerario de su vida —comentó Julian—. Estaba llevando a Hana de gira por las principales paradas de su vida, por orden. Del nacimiento a... lo que fuese.

—La siguiente escala es Asheville, con Hervé, y allí fue donde perdiste su rastro —dije yo.

Birdwine meneó la cabeza.

—Maldita sea... Debería haberte mandado por SMS su ruta.

Yo no podía reprocharle que no lo hubiera hecho. Lo más común era darle al detective una lista de lugares o personas, pero yo ignoraba por completo qué sitios y a qué personas había frecuentado Kai durante los últimos años. Solo había pensado en cáncer cerebral, delirios y fármacos. Me había imaginado una especie de huida a la desesperada de los Servicios Sociales de Texas para sumergirse en un futuro opaco e incierto, no en nuestra historia antigua.

—Ha sido culpa mía. Te dije que me llamaras solamente cuando tuvieras resultados —contesté, pero mi absolución sonó fría como un témpano.

Julian cambió el peso del cuerpo de un pie a otro, incómodo.

—¿Creéis que es posible que todavía esté viva? —preguntó en medio del silencio.

Birdwine negó con la cabeza y dirigió a mi hermano una mirada cargada de tristeza y ternura.

—El tipo que le compró el coche en Dothan dijo que... —Hizo una pausa, pero Julian seguía teniendo aquella expresión de pajarillo, como si esperara que fueran a darle de comer un manjar delicioso—. Que parecía una muerta viviente. Apenas la reconoció en la fotografía que le enseñé. Que parecía su abuela. Lo siento.

Julian tragó saliva y apartó la mirada.

Birdwine llenó el silencio:

—Desde Dothan fueron en autobús, y en Asheville cambiaron de medio de transporte. Debió de conseguir que alguien las llevara, o puede que comprara otro coche. Aunque no en un concesionario. Lo comprobé. Puede que encontrara alguno en Internet, o que viera alguna cafetera con un cartel de *Se vende* en la ventanilla.

—O que lo robara. O que consiguiera que algún hombre le regalara uno —dije yo.

—Lo peor que pudo ocurrir es que empezaran a hacer autostop. En cualquier caso, les perdí la pista —continuó Birdwine mientras hojeaba las notas que yo había impreso la noche anterior.

Kai estaba llevando a Hana a través de un pasado que también era el mío. Había anotado todos los datos para Birdwine y trazado el itinerario en el mapa en color azul.

—Bueno, como ves, ahora ya sé adónde se dirigía.

El radio de búsqueda se había reducido de «cualquier parte del mundo» a un viaje de punto fijo en punto fijo. Kai estaba visitando todas las ciudades donde había tenido novio, donde ella había sido otra Kai y yo otra Paula. ¿Hasta qué punto habrá expurgado o inventado las explicaciones que le diera a Hana? De momento, la ruta coincidía con su verdadera historia, lo cual resultaba muy extraño. Mi madre no era muy aficionada a contar la verdad.

—Después de Asheville —dijo Julian—, se trasladó al oeste de Atlanta con Dwayne. Y luego al sur del estado. —Se sonrojó—. Donde nací yo. Pero Paula cree que prescindió de esa parte. Del episodio de la cárcel, y también de mí. Así que fue de Asheville al condado de Paulding…

—Y de allí aquí —concluí en su lugar.

No había otro destino posible. Kai desconocía el nombre actual de Ganesh, y nunca había dejado a un novio sin quemar todas sus naves. Pensaba traer a Hana aquí.

—Conmigo.

Birdwine asintió con la cabeza. Recordaba tan bien como yo la nota de Kai. *La muerte no es el final. El final serás tú.*

Lo decía literalmente, tal y como lo había escrito. Tenía, después de todo, un plan para Hana. Traerme a mi hermana. Era un intento desesperado, pero los dioses sabían que yo estaba en deuda con ella. Habría aceptado a Hana sin hacer preguntas, si de verdad hubiera sido el final del viaje. Pero Kai había calculado mal. En algún lugar de su sinuoso camino desde Asheville al condado de

Paulding y de allí a mi casa en Atlanta, a mi madre se le había agotado el tiempo.

—Voy a ponerme con ello enseguida —dijo Birdwine.

—Estupendo. Julian, vámonos. Tu coche sigue aparcado en mi oficina.

Julian nos miraba desconcertado.

—Pero, espera, ¿qué va a pasar ahora? No podemos irnos a casa. ¡Estamos tan cerca de encontrarla!

—Estamos más cerca que antes —repuso Birdwine—. Pero tengo que hacer un montón de llamadas y buscar en un montón de bases de datos. Tengo que preguntar en todos los hospitales, en todos los departamentos de policía, en todos los servicios de emergencias de la ruta que es probable que siguiera. Era una enferma terminal que viajaba con una niña pequeña. Tiene que haber dejado un rastro, pero la verdad es que harán falta días o incluso semanas de duro trabajo para encontrarlo.

—Entonces, no vas a volver a Asheville —dijo Julian pensativamente.

—Seré más útil aquí. Mi licencia de detective me da acceso a motores de búsqueda que te dejarían alucinado, chaval, y me manejo muy bien con el teléfono. Si eso no da resultado, entonces, sí, seguiré su ruta en persona. Iré enseñando su fotografía, peinaré la zona, preguntaré a todo bicho viviente. Pero espero no tener que llegar a eso.

Yo también lo esperaba. Tendría que hacer una lista mucho más exhaustiva. ¿Habría llevado Kai a Hana al Dandy Mart, le habría enseñado la fila de teléfonos públicos desde la que yo había destrozado nuestras vidas? ¿Había aún teléfonos públicos? Tal vez los hubieran arrancado, y mi madre solo hubiera podido enseñarle a Hana el agujero donde habían estado antaño. Sería un resumen perfecto de su viaje: contemplar los agujeros donde una vez habíamos estado juntas.

—Si se trata de hacer llamadas y mirar cosas en el ordenador, podría quedarme y echarte una mano —se ofreció Julian—. Iremos más deprisa si somos dos. —Volvió a mirarnos, ansioso.

—¿Qué hay de tu coche? —pregunté, intentando ganar tiempo para pensar.

Nuestra madre biológica había muerto en la indigencia, sabía Dios con qué nombre. Al reducir el radio de acción de la búsqueda habían aumentado nuestras posibilidades de descubrir dónde habían descarrilado, pero el destino de Hana seguía en juego. Todavía era el famoso gato en su caja cerrada, vivo y muerto al mismo tiempo. Y no estaba segura de que Julian fuera el más indicado para abrir la tapa.

—Ya lo traeré luego —contestó—. Aunque tendréis que prestarme un cargador. Mi teléfono se ha… Casi no le queda batería.

—Me vendría bien un poco de ayuda, pero no tengo ni idea de qué vamos a encontrar —comentó Birdwine en tono cauteloso. Sabía que Hana era como una moneda lanzada al aire.

—No soy tonto. Pero aunque Hana lo esté pasando mal, encontrarla solo puede ser bueno —respondió Julian con cierta crispación—. Ahora está sola, y nosotros somos su familia.

Refrené el impulso de cambiar una mirada elocuente con Birdwine. Ya no éramos un equipo.

—Nosotros sabemos que somos su familia —le dije a Julian suavemente—, pero…

Se volvió hacia mí con ojos brillantes.

—Cuando la encontremos ella también lo sabrá. Anoche, cuando te quedaste dormida, ¿sabes qué hice? Encendí tu ordenador y solicité mi cambio de empadronamiento. También estuve echando un vistazo a una página de anuncios, buscando un piso compartido aquí, en Atlanta. Quiero que Hana sepa que ya antes de conocerla había empezado a cambiar mi vida por ella. Que quería ser su hermano mayor de verdad, antes incluso de verle la cara.

Reconocí aquel arrebato de genio. Aquel chico y yo teníamos la misma sangre, eso saltaba a la vista. Entonces miré a Birdwine. Sin darme cuenta. Y lo descubrí mirándome y pensando lo mismo que yo. Me apresuré a apartar la mirada. Sería demasiado fácil caer en nuestra vieja rutina, sobre todo mientras nos esforzábamos por encontrar a mi hermana. Sentía el vínculo que nos unía, tenue pero aún vivo, por debajo de toda mi ira. La rabia por sí sola no bastaría para matarlo. No podía aliarme con Birdwine en ningún sentido, ni siquiera para intentar ofrecerle a Julian una alternativa. De todos modos, el chico no la aceptaría.

Yo había intentando desengañarlo poco a poco, sirviéndole la realidad a sorbitos. Pero la idea de que pudiéramos estar tan cerca y no encontrar a Hana sana y salva, o de que no quisiera formar parte de nuestra familia... era un trago muy amargo, y no sería fácil digerirlo. Julian había perdido a sus padres hacía muy poco tiempo: no estaba listo para perder a más seres queridos, aunque fueran imaginarios. Ni siquiera decía que se le había muerto el teléfono cuando pedía un cargador...

Birdwine lo intentó de nuevo.

—Lo único que digo es que tienes que estar preparado. Puede que esta historia no tenga un final feliz.

—No estoy buscando el final de ninguna historia —contestó Julian con firmeza—. Estoy buscando a una niña pequeña.

Ignorábamos qué tren descontrolado se nos venía encima por culpa de Kai, pero Julian estaba decidido a permanecer en medio de la vía con los brazos abiertos de par en par. Y no solo eso: mientras que yo me temía lo peor, él en cambio esperaba lo mejor. Yo me estaba preparando para el impacto, y él se estaba pertrechando activamente para el futuro.

Tal vez me estuviera dando otra lección.

Por primera vez me permití jugar al juego que tanto le gustaba a Julian: el juego de las posibilidades. En el mejor de los casos, Kai habría llevado a Hana con su padre biológico, que sería un tipo alegre, estable y de fiar. Calculé que eso era tan probable como descubrir que había colonizado Marte. En el mejor de los casos posibles, Hana estaría viviendo con una amiga de buen corazón o con un novio escogido por el camino, o en una residencia de acogida decente. Pero ¿y en el peor de los casos? En el peor de los casos, se habría precipitado al abismo de la mano de Kai y de Joya. Para esa contingencia, no se necesitaba ninguna planificación. Otra posibilidad casi igual de espantosa era que estuviera viviendo en la calle, o que alguna persona cuya catadura moral podía variar entre la absoluta indiferencia y la maldad se estuviera aprovechando de ella o la tuviera retenida.

En todos los casos, salvo en el del padre biológico amantísimo e irreal, si Hana estaba viva yo pensaba pedir su custodia. Así que, ¿por qué no hacía planes como si fuera a suceder lo mejor, igual que Julian? Había varias cosas que tendría que añadir a mi lista de tareas pendientes: buscar una casa en un buen distrito escolar (una casa con tabiques de la que se desprendiera el mensaje «tengo sitio para ti»); reunirme con mis socios y explicarles cómo estaba a punto de cambiar mi vida...

—Muy bien —dije—. Yo me voy al trabajo. El lunes empiezo una negociación difícil y tengo que prepararme. Si... —Me detuve y miré a Julian con énfasis—. *Cuando* encontremos a Hana tendré que tomarme una temporada libre, así que necesito estar en buenos términos con mis socios. Julian, ¿puedes mandarme mensajes para mantenerme informada cada hora, más o menos?

Me sonrió.

—¡Claro que sí!

Pasé el día redactando el borrador de una propuesta de acuerdo para el caso Winkley contra Winkley, y vertí en ella mi mal humor. La propuesta beneficiaba hasta tal punto a Oakleigh que no era una verdadera propuesta: era la primera descarga de artillería de una guerra que prometía ser larga, sangrienta y siniestra. Cuando la viera Dean Macon, quizá se cagara en los pantalones o dejara el caso.

Julian me mantuvo informada mandándome mensajes durante todo el día. Perfecto. Necesitaba mantenerme al tanto de la búsqueda, pero no quería tener noticias de Birdwine. Ni siquiera un mensaje de cuatro palabras, ni un emoticón con cara de pena. No quería saber nada de él hasta que la ternura que había descubierto junto a su cama quedara reducida a cenizas tan frías y livianas que el viento se las llevaría fácilmente.

Me fui a casa y di de comer a Henry. Le rasqué la tripa hasta que se hartó y me dio un zarpazo. Entonces me metí en la ducha, puse el agua a la temperatura máxima que podía soportar y dejé que se llevara los posos que el día me había dejado en la piel. Salí de la ducha y, mientras me vestía, sentí que me estaba preparando para una batalla, más que para una agradable salida nocturna. Y tal vez así fuera.

Dejé que se me secara el pelo al aire, colgando en largos tirabuzones y espirales por mi espalda. Elegí unos vaqueros que realzaban el estupendo trasero que había heredado de mi madre y una camiseta ceñida en cuya pechera se leía *suertuda*. Cambié mis pequeños pendientes de diamantes por unos largos, formados por multitud de delicadas cadenillas rematadas en minúsculos granates. Me puse poco maquillaje: la cara lavada, rímel marrón y un brillo de labios suave. Lo único que quedó de la Paula diurna fueron los zapatos, cuya suela roja había dejado de ser una advertencia para convertirse en una invitación.

Me sacudí el pelo, todavía un poco húmedo. Los pequeños granates tintinearon como campanillas en mis orejas. Iba a salir, y si algún dios de los que caminaban por la Tierra o bajo ella se apiadaba de mí, acabaría tirándome a alguien.

10

Tengo un plato de huevos, una galleta, dos tiras de beicon flácidas, medio melocotón en almíbar con una guinda puesta encima como un pezón, y ningún sitio donde ir. No vacilo ni miro a mi alrededor, sin embargo. Me acerco a la mesa de ocho que hay cerca de la cocina y ocupo mi sitio de siempre en un extremo. Dos de las cuatro chicas hispanas ya han llegado y están comiendo, pero entre ellas y yo hay una silla vacía. La antigua silla de Joya está enfrente de mí. Hay otra desocupada a mi lado, de modo que estoy rodeada de ausencia. Los espacios vacíos dibujan un círculo a mi alrededor, convirtiéndome en el centro de una diana.

Shar, Karice y Kim entran antes de que dé el primer bocado. Se paran, recorren el comedor con la mirada y entonces Shar me ve. Ella marca la pauta: me mira fijamente a los ojos y echa a andar lentamente hacia la cola del desayuno. Karice y Kim la siguen de cerca, cada una a un lado.

He zanjado discusiones y puesto fin a rencillas en la parte arbolada del parque o detrás de los barracones provisionales del colegio. He sabido arreglármelas bien, respaldada por Joya. Soy alta, fuerte e implacable. Pero esto... Esto es una manada. Tengo que utilizar mi astucia o la cosa acabará muy, muy mal. Tienen cara de hienas: la barbilla agachada, los ojos ardientes y una sonrisa tan ancha que les veo el rojo de la lengua.

Les sostengo la mirada, muy seria y tranquila. Si la manada huele mi miedo, vendrán a por mí sin perder un instante. Ni siquiera pestañeo cuando Shar se para y se pasa la lengua por el labio superior. Tiene una boca muy ancha y unos dientes grandes, blancos y amontonados.

Me inclino hacia ella, respondo enseñándole mis dientes. No pienso convertirme en un saco de boxeo para esas zorras hasta que venga mi madre. No está en mi naturaleza.

Veo pasar por mi lado a Candace con su bandeja. Se escabulle con la cabeza baja, derecha a su mesa de siempre. Se acabaron los «ea, ea» de anoche. En cuanto se sienta me mira de reojo mientras se mete en la boca una tira de beicon fina como papel, estilo acordeón.

Cuando se siente la manada, dejaré que se coman casi toda la comida. Luego me iré, asegurándome de pasar justo al lado de su mesa. Si no me siguen, les lanzaré una mirada para que se mosqueen y vengan a por mí. Las llevaré hasta el sótano del edificio. Detrás de las escaleras hay un pasillo con varios trasteros sin rematar. Lleva a la lavandería y es largo y estrecho, así que no pueden rodearme. Iré retrocediendo por él e intentaré dejar fuera de combate a una antes de que lleguemos a la lavandería. Allí puedo plantarles cara una última vez, entre las estanterías y las grandes lavadoras. Aunque pierda, les haré tanto daño que se les quitarán las ganas de volver a intentarlo.

Me sé de memoria mi plan, pero no he contado con el suyo. Shar se gira, se aparta de la fila y se viene derecha a mí. Kim y Karice también dan media vuelta sin romper filas. Noto que se me alarga la columna vertebral. Me yergo en mi asiento. Shar aparta la silla de Joya y se deja caer en ella. Sus dos lugartenientes se quedan detrás, de pie, una cada lado.

—Buenos días —le digo a Shar, solo a Shar, como si solo tuviera cuentas pendientes con ella. Y en cierto modo así es.

—¿Cuánto crees que va a tardar la madre de Joya en volver a las andadas? —le dice Kim a Karice por encima de la cabeza de Shar.

Habla teatralmente, como si no me vieran mirar fijamente a Shar desde el otro lado de la mesa.

—Joya ni se enterará. Estará demasiado ocupada engañándose a sí misma —responde Karice.

No saben que Joya y yo hemos discutido. Aun así, siento que me hierve la sangre. Me gusta tan poco oír su nombre en boca de aquellas chicas como oírlo de labios de Candace.

No les hago caso, sigo buscando el punto débil de Shar. Es guapa, salvo por esos dientes amontonados. Intentará protegerse la cara. Veo por detrás de ella que las otras dos chicas hispanas se acercan con sus bandejas. Al vernos se paran y dudan junto al carrito de los cubiertos.

—Sí —dice Kim—, a Joya su mamá la va a dejar tirada.

Shar lleva el pelo corto, recogido con aretes, pero no tan corto como para que no pueda agarrarlo. Las orejas le asoman por debajo, y puedo ver las marcas que le dejó Joya en los lóbulos al tirar de sus pendientes. Se le han curado pero los sigue teniendo rajados: cada borde curó por su lado, y ahora tiene lóbulos dobles.

Como no reacciono a las pullas de Kim y Karice, Shar alarga de repente un brazo y me roba la galleta. La chupa dándole un largo y jugoso lametón y comiéndose la mitad de la mermelada. Luego vuelve a dejarla en su sitio. Me mira levantando una ceja, como si me preguntara qué voy a hacer al respecto, mientras se lame con fruición la mermelada de los dedos.

—Nunca te había visto tan de cerca, Shar —le digo—. No me había dado cuenta, pero los lóbulos de tus orejas parecen culos. Es como si tuvieras dos culos de vieja en las orejas.

Se levanta tan bruscamente que su silla araña el suelo. Ahora se cierne sobre mí, y Kim y Karice también se inclinan. Por un momento pienso que vamos a pelearnos aquí mismo. Noto que mi cuerpo se tensa, listo para improvisar.

En ese instante de tenso silencio, Candace se deja caer en la silla, a mi lado.

—Hola, chicas —dice, y la miramos con cara de pasmo.

Se sonroja y agacha la cabeza, levanta las rodillas y apoya los talones en el borde de la silla, rodeándose con sus flacos brazos. Sujeta su galleta con las dos manos, como un ratoncito sujetando una nuez.

Es alucinante. Cuando vuelvo a mirar al otro lado de la mesa, me quedo aún más alucinada. Karice está retrocediendo. Como está un poco detrás de Shar, esta no puede ver que se marcha. Karice da dos pasos atrás, luego tres. Después da media vuelta y se aleja hacia la cola como si tuviera que ir en busca de su medio melocotón con guinda. Kim se queda mirándola y luego vuelve a mirar a Candace. Mis probabilidades de ganar se han disparado de repente.

Shar mira a Candace con tanto odio que Candace se encorva como si fuera a doblarse en dos. Creo que seguiría doblándose si pudiera, en cuartos y luego en octavos, cada vez más pequeñita, hasta desaparecer.

Pero en lugar de hacerlo mira por encima de sus rodillas y le pregunta a Shar con auténtica curiosidad:

—¿Acabas de lamer su desayuno?

Las dos chicas hispanas notan que el viento ha cambiado cuando Karice pasa a su lado por la fila. La pelea que se olían ha quedado pospuesta, de modo que se acercan a su lado de la mesa con las bandejas.

—Creo que ha lamido su propio desayuno —contesto yo, y empujo la bandeja hacia Shar.

Shar está a punto de hablar, pero Candace la interrumpe:

—¿En el armario del material?

Kim ha estado mirando de Shar al espacio que antes ocupaba Karice sin saber qué hacer, pero de pronto se vuelve hacia Candace.

—Zorra, aquí a nadie le importa que existas. No te metas donde no te llaman.

Shar se recuesta en la silla, extrañamente silenciosa. Mira hacia atrás, a su derecha, donde debería estar Karice, y vuelve a mirar. Luego mira a su alrededor, hasta que la ve en la cola.

Candace da vueltas a su galleta entre las manos, le da un mordisquito.

Ahora nadie me mira a mí. Estaba en guardia, dispuesta a luchar, y de pronto soy invisible. Es desconcertante. Vuelvo a hundirme en mi silla.

Candace le dice a Shar:

—Qué amable ha sido Paula por traerte el desayuno. Anda, ve. Llévatelo al armario del material. —Se vuelve hacia mí y añade—: Ya sabes que le encanta comerse cosas allí.

Shar cierra del todo la boca y veo cómo se desinfla. No me interesa entender la mecánica de lo que está sucediendo. En el condado de Paulding, aprendí que prefiero luchar a huir. De Joya he aprendido a buscar los puntos flacos de mi adversario, a pegar primero y con más fuerza, a saltarme los preliminares. Ahora estoy viendo a Candace darle la vuelta a una pelea con una simple insinuación. Es muy eficaz. Kim está tan alucinada que ha dado un paso atrás.

—Esto no va contigo —le dice Shar a Candace.

Candace gira su galleta y le da otro mordisquito. Siempre se come así las cosas redondas: es exasperante. Les da mordisquitos por los lados, girándolas en las manos y haciéndolas más pequeñas sin que pierdan su redondez.

—Ya lo sé, ¿sabes? Era algo entre Joya y tú, pero Joya se ha marchado. En fin... —Acerca su silla a la mía, tan cerca que casi estamos pegadas.

Estoy tan interesada que me olvido de mis planes y le sigo la corriente. Me acerco aún más a ella y le digo a Shar:

—A lo mejor deberías irte al armario del material y darle un mordisco a lo que tanto te gusta comerte allí.

Sus mejillas se desinflan con un súbito soplido, como si hubiera recibido un golpe.

—¿Qué pasa? —le pregunta Kim, confusa, pero Shar niega con la cabeza.

—¿Cómo sabes...? —le dice a Candace, y luego se calla.

Es una pena, porque tengo mucha curiosidad por saber qué iba a decir. Candace sabe algo de ella, algún trapo sucio. No es de extrañar, teniendo en cuenta que siempre anda merodeando por ahí y espiando. Lo sé por experiencia. Lo que me sorprende es que se haya guardado el secreto tanto tiempo y que ahora lo esté usando en mi beneficio.

Candace sigue girando su galleta y dándole mordisquitos, y Shar empuja su silla hacia atrás y se aleja. Kim la sigue a toda prisa, haciéndole preguntas.

—¿Qué pasa con ese armario? —le pregunto a Candace.

—Muchas cosas. Ya sabes que Karice sale con ese chico tan alto, Arly, ¿no? Pues Shar se metió con él en ese armario cuando cortaron —susurra Candace. Su galleta tiene ahora el tamaño de un dólar de plata—. Karice ha vuelto con él y todavía no lo sabe.

—¿Y qué sabes de Karice? —pregunto. Tiene que ser algo gordo para que haya dejado tirada a Shar en mitad de una pelea.

—Nada —miente, y pone cara de inocente, con los ojos grandes y redondos.

—Sí, tú sabes algo —digo. Y es algo peor que un asunto de novios.

Cambia de tema.

—¿Has visto la cara que ha puesto Shar cuando me he sentado? —Se ríe por lo bajo y me mira otra vez, dando vueltas a su moneda de galleta. Se la mete en la boca y la chupa como si fuera un caramelo especialmente rico.

—Sí —digo con una sonrisa.

Empiezo a sentir afecto por ella, como si hubiéramos pasado juntas por una pelea y hubiéramos salido victoriosas. Aunque no tanto como para verla de color de rosa. Sé que Candace no tiene amigos. Tiene tratos.

—¿Hay alguien de quien no sepas algún trapo sucio, Candace? —le pregunto en mi tono más amable.

—De Kim, pero solo porque es aburrida —contesta—. La gente no tiene cuidado, y vivimos todas muy juntas. —Traga y me mira directamente—. La gente se cuenta unas cosas que no te creerías. Se distraen, se hacen un lío. Ni siquiera piensan en quién puede andar cerca. Se cuentan en voz alta sus cosas más íntimas.

Noto un vuelco en el estómago. Es casi como si viera a través de mi piel con esos ojos azules tan claros que son casi blancos. Me corre un escalofrío por la espalda.

¿Me oyó contarle a Joya lo de mi llamada al 911? La recuerdo arrodillada junto a mi cama. Se mueve con tanto sigilo… Sus orejotas parecen captar sonidos procedentes del espacio. ¿Está yendo de farol, como he hecho yo con Shar al seguirle la corriente sobre lo del armario? No lo sé. A ella se le dan mejor que a mí estas peleas. Yo acabo de estrenarme en ellas.

—¿Quieres un trozo de beicon? —le pregunto con toda la dulzura de que soy capaz.

Me sonríe y lo acepta. Se lo mete plegado en la boca. Baja la mirada recatadamente, posando las pestañas como pálidos abanicos sobre las mejillas. Todas las células de mi ser se encogen y giran como un torbellino. Lo sabe. Lo sabe. Me tiene en su poder.

Toma la otra loncha de beicon de mi bandeja y muerde el extremo sin preguntar. Un gesto audaz para poner a prueba la jerarquía.

Sopeso mis opciones, pero son limitadas. Quizá deba transigir. A fin de cuentas, me queda poco tiempo aquí. La fecha de la excarcelación de Kai ya está fijada y, si todo va bien, podría estar en casa con ella dentro de un par de meses.

Mientras veo a Candace masticar mi beicon como un rumiante, me doy cuenta de que tengo todas las de perder.

—¿Sabes lo que me gusta de ti, Candace? —pregunto, reabriendo las negociaciones—. Que no me has contado lo de Karice hasta hace un momento. Es muy guay. No hay muchas chicas que sepan tener la boca cerrada, como Joya y como yo. Por eso estábamos tan unidas.

Me mira, todavía de perfil, pero veo que se le iluminan los ojos. He dado la vuelta a la situación. Le estoy ofreciendo mi amistad a cambio de su silencio, y mi mercancía le interesa. Puede convertirme en su guardaespaldas y acurrucarse en la cama a mi lado, abrazada al latido de mi corazón, pero no puede conseguir que me guste.

Mientras piensa, le arranco mi beicon de la mano. Se gira hacia mí indignada, pero se encuentra con mi cara pegada a la suya, y tengo la mirada muy dura. He puesto mi amistad sobre la mesa, sí, pero no voy a ser su perro. Sabe luchar a su modo, pero si no afloja un poco le enseñaré que yo sé también luchar al mío, y la partiré en dos.

Tuerce la boca. Casi veo girar los ingeniosos engranajes de su cabeza, haciendo cálculos. Su mercancía sirve para un solo intercambio. Yo, en cambio, puedo molerla a palos siempre que quiera. Se lo digo con los ojos y con mi forma insolente de masticar el beicon con la boca abierta.

Baja la mirada, recatada otra vez. Cuando habla, su voz suena vacilante, casi en un susurro:

—¿Quieres que nos sentemos juntas en el autobús?

—Claro —contesto.

Es casi como si nos escupiéramos en las manos y nos diéramos un apretón. Habrá escaramuzas fronterizas y pequeñas negociaciones, pero hemos esbozado un pacto. Un pacto que se me hará llevadero el poco tiempo que me queda aquí.

O eso pensaba yo entonces. Pasaron meses antes de que me diera cuenta hasta qué punto había jugado conmigo. Candace habría sido una abogada de primera. Por ejemplo, cuando se encontraba con Jeremy, el de los ojos muertos, en la escalera del salón de recreo, no cambiaba sexo por golosinas: quería ambas cosas, el sexo y las golosinas. Jeremy le gustaba, pero, a pesar de que lo deseaba, le hacía pagar con azúcar por besarla y por tocar sus pechos incipientes para que pudieran meterse mano el uno al otro. Para obtener todo lo que quería.

Los rudimentos de la negociación más turbia los aprendí de Candace. Se las arregló para conseguir las golosinas y un novio. O

252

lo que ella pensaba que era un novio. Candace no procedía de un mundo en el que pudiera gustarle a un chico, simplemente y con ternura. El amor era algo furtivo que había que pagar u obtener por la fuerza. Su vida le había brindado una visión borrosa y distorsionada de ese animal. Pero aun así lo quería. Ansiaba el amor con todas sus fuerzas, a pesar de que no lo habría reconocido ni aunque se hubiera precipitado sobre ella y le hubiera cruzado la cara. Lo cual acabaría sucediendo, naturalmente. Yo me encargaría de ello.

Pero ¿acaso yo era mejor, incluso ahora, con treinta y tantos años, a punto de entrar en un salón de billar con mis zapatos de vampiresa, intentando tirarme a un extraño? Y teniendo a Birdwine, un amor fallido que ya debería haberse convertido en tejido cicatricial. Aun así, la noche anterior, esta mañana, ahora mismo, lo estaba sintiendo. Era un picor alojado en lo más hondo de mi pecho, tan por debajo de mi piel que no podía rascármelo ni encontrar alivio. Tenía que ahogarlo. Sofocarlo por completo.

Un alegre reencuentro con un viejo amigo no serviría de nada. Para olvidarme de Birdwine necesitaba algo más perverso e inmediato, aderezado con el peligro que solo acompaña a lo desconocido.

Iba a ir a McGwiggen's, un tugurio del centro que había sobrevivido a la gentrificación sin perder su lustre. Era un paseo cómodo incluso con tacones, sobre todo si no te importaba tomar un atajo entre dos edificios. A mí no me importó. Metí la mano en mi bolso, agarré mi bote de espray con el dedo en el disparador y doblé la esquina. Recorrer aquel callejón oscuro, estrecho y flanqueado por puertas traseras y cubos de basura, era como adentrarme en mi pasado.

En mi pasado no había ninguna Hana cuyo destino se perdiera de vista, oculto más allá de un horizonte opaco. La única niña perdida aquí era yo, deseosa de algo que se asemejaba más a una pelea cuerpo a cuerpo que a puro sexo. Me adentré en una oscuridad antigua y familiar, en una Paula anterior, una Paula reencarnada en el ruido acompasado de mis tacones de aguja sobre el duro cemento y en el tenue olor a descomposición. Recordaba aquella ansia. Había habitado dentro de mí antes de William, antes de Nick, y mucho antes del maldito Birdwine. La descubrí a los trece años, enamorada de una madre de ojos mortecinos que olía como un cenicero y lloraba cuando bebía vino. Se hizo más honda cuando murieron Kai y todos sus apellidos, todas sus encarnaciones. Me quedé con Karen Vauss, una expresa en libertad condicional que mantenía siempre los ojos ligeramente fijos a mi derecha. Empeñó su mandolina, cambió sus coloridas faldas de seda y sus pies descalzos por un uniforme de camarera y feos zapatos ortopédicos. Karen Vauss no solía contar cuentos, de modo que no me dijo quién debía ser. Apenas soportaba mirarme.

Pero los chicos sí me miraban. Eso lo aprendí enseguida. Me seguían, me suplicaban, me deseaban, y yo podía doblegarlos y poseerlos durante una o dos horas. Podía inventarme un nuevo yo bajo cada nueva mirada, podía sentirme satisfecha, poderosa, sola.

Quería sentirme de nuevo así. Ahora mismo. Sentía a mi espalda, en el callejón, el espectro de todas las chicas que había sido antes, siguiéndome sigilosamente. Casi podía oír mis pasos pretéritos, como un eco. Durante un instante fue tan real que me asusté. Me detuve y me volví para mirar. Solo había silencio y oscuridad. Seguí andando.

Me había enrollado con chicos en habitaciones traseras en medio de una fiesta, en cobertizos de jardín, en aseos de gasolineras, en tejados bajo los cuales sus padres dormían a pierna suelta. Me había tirado a uno contra la pared de un callejón oscuro muy parecido a aquel, él con la espalda pegada a la pared y con las rodillas dobladas para que pudiera rodearlo con mis piernas.

Ahora necesitaba un cuerpo de hombre distinto, con una forma distinta y un olor distinto contra el que apretarme. Si empujaba lo suficiente, podría olvidarme de Birdwine, dejarlo atrás por la fuerza. Quería que una boca nueva reinventara mis sabores, borrara de mi lengua aquel regusto a menta fresca y a *bourbon*.

La entrada delantera de McGwiggen's estaba al otro lado de la esquina, pero aquí, en el callejón, había una puerta con cristal ahumado. Daba al pasillo de los aseos. Wes, el barman, debía de haberme visto llegar por la cámara de seguridad, porque ya había sacado una bandeja de bolas y estaba abriendo una Corona cuando entré en el local. Ocupé una mesa de billar junto a la pared del fondo, a pesar de saber que tenía las bandas desgastadas y una raja de unos diez centímetros en el fieltro, cerca del punto de pie. Desde allí podía ver sin obstáculos el bar y la puerta delantera.

Mi única concesión al presente era mi teléfono móvil. Lo saqué y me lo guardé en el bolsillo de atrás del pantalón. Si Julian me enviaba un mensaje, lo notaría. Después procuré olvidarme de mis hermanos. Estuve observando a la clientela mientras me preparaba para jugar una partida de bola nueve. Había poco donde elegir, pero todavía era temprano.

El tipo blanco del fondo parecía muy interesado en mi partida, pero o bien me doblaba la edad o bien había llevado una vida muy dura. Podía mirar tanto como quisiera, pero no iba a llevármelo a casa. Cuatro taburetes más allá había un candidato potencial, un negro de unos cuarenta años, ancho de hombros y con el pelo cortado casi al cero. Me miraba, y yo lo miré a él. Entonces sonrió, mostrándome el hueco entre sus dientes delanteros, y lo echó todo a perder.

No perdí de vista la puerta mientras jugaba el solitario. Golpeaba con excesiva fuerza, pero me sentaba bien hacerlo, sobre todo cuando colaba las bolas. Me gustaba el ruido de su rebote, el estampido de las bolas al caer por la tronera. Entró un cliente fijo al que conocía de vista. Nos saludamos con un movimiento de cabeza, pero no mostré interés: era alguien con quien probablemente volvería a encontrarme. Un chico entró por la puerta de atrás. Muy mono, pero demasiado joven. Wes echó un vistazo a su documentación y lo mandó a casa, de vuelta con su madre.

Estaba jugando mi segunda partida cuando entró un tipo con cierto potencial. Era blanco, de piel muy clara y cabello rubio oscuro. Medía cerca de un metro ochenta con las botas puestas, era delgado y elegante. De mi edad, o cerca. Se detuvo a echar un vistazo al local y, al verme, sonrió. Una sonrisa bonita. Como si yo fuera exactamente lo que andaba buscando.

Tenía cara de niño bonito, pero no me importó: mandíbula estrecha, nariz esculpida, pómulos anchos. Si a ello se añadían su complexión delgada y larguirucha, su piel blanca y sus ojos claros, se obtenía el polo opuesto de Birdwine. Tenía, por tanto, todas las de ganar. Le devolví la sonrisa.

Lo perdí de vista mientras lanzaba el primer tiro, pero cuando me situé para entronar la bola uno, allí estaba. Había ocupado un taburete justo enfrente de mi mesa. Se había puesto de espaldas a la mesa para poder verme. Me miraba con deseo, y yo le devolví la mirada mientras rodeaba la mesa para el siguiente tiro.

Llevaba una americana azul marino encima de una camisa de cuadros con ribetes que le daba un aire vagamente vaquero. Sus botas también eran de estilo wéstern, aunque no daba la impresión de pasar mucho tiempo al aire libre. Tenía el cabello muy corto, como de oficinista, y se lo peinaba hacia atrás, retirado de las sienes.

Calculé mal el ángulo y la bola dos pasó de largo y se detuvo detrás de la nueve. Él levantó su cerveza en un brindis socarrón. Se lo devolví, y lo interpretó como una señal de que podía acercarse. Me gustó cómo lo hizo, avanzando sin prisas, derecho hacia mí.

—¿Puedo invitarte a una copa? —preguntó con un acento tan exagerado que me dio la risa.

—Nunca había oído a nadie fingir tan mal el acento sureño —le dije.

Sonrió. Tenía los dientes perfectos. Rectos y regulares.

—Bueno, el de Georgia, al menos —contestó sin ningún acento. Podía ser de cualquier parte, y eso también me gustó—. ¿Qué me contestas?

—Ya estoy bebiendo —dije, señalando la cerveza todavía medio llena que había dejado sobre la banda, detrás de mí—. ¿Te apetece jugar?

—Claro —contestó, y agarró mi taco.

Tenía las manos tan bien cuidadas que casi parecía que se hacía la manicura, no como las zarpas de oso encallecidas de Birdwine. No se molestó en reagrupar las bolas ni en empezar desde cero la partida. Se limitó a echar un vistazo para repetir el tiro que yo había fallado. Me lo tomé como un reconocimiento tácito de que esa noche a los dos nos importaba un bledo ganar una partida de bola nueve.

—¿Cómo te llamas?

—Señorita del Bar, en este momento —respondí—. Aunque también podría ser Recuerdo Agradable.

—La segunda opción me gusta más —dijo, enseñándome otra vez sus dientes blancos. Rodeó la mesa hablando en voz baja para que tuviera que seguirlo—. ¿Perdería posibilidades si te dijera que me llamo…? —Se detuvo un momento, calibrándome con la mirada—. ¿Cowboy de Paso?

—No, para nada. No he venido aquí buscando marido.

Me gustó la franqueza implícita del apodo que había elegido. Dejaba claro que andaba buscando un encuentro pasajero, lo cual compensaba el aire de disfraz de su camisa y sus botas: nunca había visto un *cowboy* más inverosímil. Un contable de paso, quizá. No llevaba alianza de casado, pero de todos modos le miré el dedo anular y dije:

—Pero tampoco busco al marido de otra.

—No estoy casado —contestó, pero enseguida puntualizó—: Bueno, ya no.

Perfecto. Tiró, y yo levanté mi botella y bebí un largo trago de cerveza, sintiendo cómo iba calentándose a medida que bajaba por mis tripas. Observé su manera de inclinarse y de colocar el taco antes de disparar. Metió dos bolas antes de fallar y devolverme el taco. Cuando me incliné para tirar, su mirada se deslizó sin disimulos por mi cuerpo, como un bálsamo que calmó el ardor que notaba dentro del pecho.

Habíamos iniciado una danza ancestral que ambos conocíamos bien. Yo la había aprendido igual que las futuras debutantes apren-

257

dían a bailar el cotillón. No hice más preguntas: no me interesaban. Podía ser banquero o conductor de autobús, de Austin o de Albuquerque. Su ropa era anodina, con excepción de aquellos detalles de estilo vaquero, pero tenía el pelo recién cortado y había invertido mucho dinero en su dentadura. Me agradó que cuidara más el cuerpo que el envoltorio. Tenía los antebrazos fibrosos, y sospeché que encontraría un cuerpo de gimnasio provisto de excelentes abdominales cuando le quitara la americana y le abriera la camisa.

Mis pequeños granates tintineaban, colgados de sus cadenitas, cuando me inclinaba y cambiaba de postura, oscilando hacia él, para rodear luego la mesa. Seguimos jugando a aquel juego, y a veces yo lo seguía a él, y a veces dejaba que él me siguiera a mí. Todo me resultaba tan familiar que empecé a tener la sensación de que también lo conocía a él. En su forma de moverse, vi la personificación de todos los chicos con los que me había encontrado una sola vez y a los que no había visto nunca más.

Había bailado aquella danza con jugadores de fútbol americano, fornidos como murallas humanas. Con jugadores de baloncesto, largos y deliciosos. Un tímido ajedrecista se me acercó una vez en una fiesta, respondiendo a una apuesta. Estaba nervioso, y me gustó su manera de mecerse: el balanceo de muslo y cadera delataba una comprensión instintiva. Me fui con él a su colegio mayor y lo convertí en el rey de los frikis. Recordaba también a un estudiante de gastronomía que cocinó para mí: sus hábiles manos ejecutaron aquella misma danza como manejaba el cuchillo. Le dejé lamer la mantequilla de mis dedos. Y ahora este vaquero. Sí, lo conocía. Tenía la impresión de conocer a mil como él. Era una campana que tañía en el fondo de mi memoria mientras nos movíamos alrededor de la mesa.

Nadie había colado aún la bola nueve, pero aun así me incorporé y dejé el taco en su soporte. Ya me había decidido: sería él.

Sonrió, y su mirada se hizo más aguda y ansiosa.

Rodeó la mesa hacia mí y oí otra campana, una real: el tintineo y la vibración de un mensaje de texto. Di un paso atrás y saqué el teléfono.

—Un segundo, tengo que ver esto —dije—. Mi hermano pequeño está teniendo un mal día.

Se recostó en un sofá. Los dos sabíamos que habían terminado los preliminares. Me dieron ganas de dejar el teléfono en el bolso y dejar para después el mensaje de Julian. No me apetecía que la vida real vibrara dentro de mis pantalones.

Pero la última vez que habíamos hablado, Julian se había comportado como una marioneta de Birdwine. La voz de Birdwine se oía de fondo, y Julian repetía como un loro y parafraseaba los pormenores de su búsqueda, que avanzaba lentamente hacia Georgia. Tenían que comprobar todas las rutas en busca de cualquier pista de Kai y Hana. Era un trabajo meticuloso y concienzudo, y mi hermanito parecía frustrado. No había querido parar, porque tal vez la siguiente pista, o la siguiente, dieran fruto. Birdwine y yo, más realistas, sabíamos que las búsquedas de ese tipo podían requerir semanas de trabajo.

—Mañana llamaré al trabajo para decir que estoy enfermo y vendré aquí otra vez —me había dicho Julian al final de la conversación.

—¿Necesitas que vaya a buscarte para que te lleve a tu coche?

—No, va a acercarme Birdwine.

Era la primera vez que llamaba a Birdwine por su nombre, y no me gustó ni un poquito su tono de admiración. Al parecer habían pasado el día confraternizando mientras trabajaban. Justo lo que me hacía falta: que el recto Julian se uniera a una facción proBirdwine el mismo día en que yo me había pasado al enemigo. Y lo que era aún peor: Julian había dejado su coche en el aparcamiento del bufete, y a mí no me apetecía nada estar cerca cuando fueran a buscarlo. Había salvado el expediente diciendo:

—Mejor, porque voy a ir a McGwiggen's.

—Ah, ¿qué es McGwiggen's? —había preguntado mi ingenuo hermano.

—Un salón de billar —le había dicho, pero Birdwine sabía que no era solo eso.

McGwiggen's tenía fama de ser un buen sitio para ligar. Birdwine no era el único que sabía manejar una marioneta por teléfono.

No había vuelto a hablar con Julian desde entonces, y sin duda para él había sido un día estresante. Así que pulsé el botón de pausa del *cowboy* y reactivé el teléfono.

Pero el mensaje no era de Julian. Era de Birdwine. Directamente.

¿Puedes mandarme el número de móvil de Julian? Olvidé pedírselo.

Simples palabras. Nada importante. Pero fue como si mi pie desnudo hubiera tocado su pecho, como si hubiera sentido latir su gran corazón contra mi empeine.

Me detuve. El mundo entero se paró. El aire quedó inmóvil a mi alrededor, y yo también: quieta dentro del silencio. La vibración de mi cuerpo se esfumó. La máquina de discos sonaba como un tintineo lejano y tenue.

Había venido aquí a borrar mi historia con Birdwine, pero aquel sencillo contacto me hizo comprender que tenía el pie apoyado sobre algo vivo. Lo único que tenía que hacer era apretar, pisarlo con fuerza, y lo mataría.

Intenté recordar la última vez que me había ido a la cama con un desconocido. Cuando obtuve la licencia para ejercer la abogacía, mi vida amorosa ya seguía una pauta. La última excepción que había hecho fue… en la facultad de Derecho, cuando Nick empezó a llamarme «cariño» cuando nos acostábamos. El amor podía romperse, a pesar de lo que afirmaban la poesía y las películas románticas. Yo lo había roto primero con William y luego con Nick. Era mi forma de ser.

No podría retirar aquello, una vez hecho. Pensé en la cara magullada de Birdwine, callado y torvo, en su cocina. Tenía un hijo en alguna parte. Un hijo al que nunca veía, del que nunca hablaba. Era un mal cuento para una niña con complejo de abandono, como él mismo decía, y tal vez yo no pudiera perdonárselo. Quizá no estaba en mi naturaleza el perdonar.

¿Cómo iba a saberlo? Nunca lo había intentado.

—¿Lista para que nos vayamos? —preguntó el Cowboy.

Parpadeé, intentando situarme. El mundo se puso de nuevo en marcha. Oí a Guns N' Roses sonando a todo volumen en la máquina de discos, pero mi canción íntima había cesado. Estaba harta de bailar. Le lancé una sonrisa reticente y meneé el teléfono hacia él.

—Sí, voy a tener que marcharme. Esta vez no va a poder ser.

—¿Perdona? —dijo alzando la voz, en tono un poco cabreado—. ¿Lo dices en serio?

—Cálmate —le dije. No me interesaban los arrebatos de mal genio. Estaba pensando otra vez en Candace. No en sus habilidades, ni en su propensión al engaño, sino en sus ansias. Al menos, ella siempre había sabido lo que quería—. Te he robado menos de media hora de tu noche, y la partida de billar corre de mi cuenta. Que tengas una buena vida.

Me acerqué a la banda y, tras apurar mi cerveza, recogí mi bolso.

—Espera, espera —dijo. Se había dado cuenta de que conmigo no iba a funcionarle el cabreo. Probó otra táctica: rodeó la mesa acercándose a mí, listo para sacar su revólver—. Estábamos pasándolo bien, ¿no? Pues entonces ¿por qué parar? Podemos tomar unas copas, o si quieres podemos ir a tu casa.

Creo que me puse pálida, y comprendí que había tomado la decisión correcta. Había imaginado nuestros cuerpos entrelazados, pero no en mi casa. No podía imaginármelo en ningún escenario en el que transcurriera mi vida. Si por algún milagro encontrábamos pronto a Hana, lo último que quería era que el olor a CK One de aquel viajero estuviera aún impregnado en mis sábanas.

—Tengo que irme —dije.

Me alejé mientras marcaba el número de Birdwine.

—¿Me estás tomando el pelo? —gritó detrás de mí, otra vez cabreado—. ¡Eh! ¿Te estás burlando de mí o qué?

Seguí andando, desaparecí por el pasillo que llevaba a los aseos y a la puerta de atrás. Había el silencio suficiente para que oyera el pitido de la línea, una y otra vez. Maldito Birdwine: dejó que saltara el buzón de voz. Esperé a oír la señal.

—Estoy en McGwiggen's —dije sin preámbulos—. He conocido a un tipo. Podría haberme ido con él pero no lo he hecho. Le he dado puerta. Ni siquiera amablemente, y no tienes ni idea de cuánto me gustaría mentirte. —Hablaba en voz alta para hacerme oír por encima de la música. Salí al tranquilo callejón—. Me gustaría decirte: «¿Qué hay, Birdwine? Me estoy tirando a un vaquero». Así podría hacerte daño sin correr el riesgo de echar un mal polvo o contagiarme de clamidia.

¡Oh, dioses, qué bien sentaba gritarle! Era una delicia. Si años atrás se me hubiera ocurrido llamar a Kai así de enfadada, me habría ahorrado mucho dinero en anticonceptivos y tal vez un tercio de mis sesiones con el psicólogo. No había nadie que pudiera oírme, como no fueran los viejos cubos de basura plateados a los que iban a parar las sobras de los platos combinados de McGwiggen's. Olía a agrio, como a salsa picante y a huesos, con un desagradable aroma a salsa barbacoa revenida.

—He dejado tirado a ese tipo como si tuviera alguna obligación contigo. ¿Por qué será? ¿Por qué siento todavía que te lo debo, cuando está tan claro que eres un cretino? Cuando has…

La luz inundó el callejón a mi alrededor, y al girarme vi que el Cowboy me había seguido. Retrocedí cuando la puerta se cerró tras él.

—Vas a dejarme plantado —dijo, pero no sonó a pregunta. Era una afirmación, al mismo tiempo ansiosa y extrañamente empática.

Pulsé el botón para finalizar la llamada y guardé el teléfono en el bolso, alarmada, para tener las dos manos libres. Lamenté que no se me hubiera ocurrido agarrar el espray al salir del bar, pero ahora no podía ponerme a buscarlo. Me enderecé. Con aquellos tacones tan altos, le sacaba unos cuantos centímetros.

Puse una voz tan fría como pude. Es decir, ártica.

—Ya te lo he dicho: no puede ser. Vuelve dentro.

—No querrás que me cabree —dijo como si le fuera algo en ello.

Con demasiada intensidad, teniendo en cuenta que ni siquiera nos habíamos invitado a una copa. La adrenalina comenzó a filtrarse en mi torrente sanguíneo. Sentí que me hinchaba. El aire se había cargado de tensión, y seguía cargándose.

Dio un paso hacia mí, sin invadir mi espacio, pero casi. Estaba entre la puerta y yo y, si intentaba agacharme y pasar a su lado, le daría la oportunidad de agarrarme. Si sabía pelear, si empleaba toda la fuerza de su torso, muy superior a la mía, no tendría ninguna oportunidad de zafarme. Pero un tipo así (músculos de gimnasio, carillas en los dientes y corte de pelo caro), tal vez empezara suavemente, con un bofetón de prueba o una llave. Yo podría atacar sus partes blandas, rápidamente y sin vacilar. Incapacitarlo el tiempo suficiente para entrar.

Dio otro paso hacia mí. Me mantuve inmóvil, porque las presas huyen y el hambre sigue a todo lo que corre. Las luces de encima de la puerta rodeaban su cabello de un nimbo amarillo. Una sombra caía sobre sus ojos, de modo que solo los veía brillar. La luz rebotaba en su nariz esculpida, en su mandíbula estrecha. Elegante. Familiar.

Supe entonces quién era.

No me sonaba su aspecto porque se pareciera a todos los universitarios a los que me había tirado detrás de unos árboles. Me sonaba porque lo conocía. Lo había visto antes. Solo una vez, en un cuadro. No lo había reconocido sin los cuernos de demonio, los ojos rojos y el bigote hitleriano.

Mi ligue de esa noche era el marido de Oakleigh.

—¿Clark? —pregunté, tan sorprendida que retrocedí y choqué con la fila de cubos de basura. Estiré el brazo hacia atrás y apoyé la mano en el borde para no perder el equilibrio—. ¿Clark Winkley?

—Mierda —dijo, furioso porque le hubiera reconocido. Pero no se apartó.

Dio otro paso hacia mí y, al cambiar la luz, pude verle de nuevo los ojos. Tenían un brillo maligno. Me convencí de que iba a atacarme, y mi cuerpo se tensó como un muelle. No podía permitir que me agarrara. Tenía que hacerle todo el daño que pudiera si quería escapar.

Pero se quedó donde estaba. No hizo intento de agarrarme: metió la mano en el bolsillo de su chaqueta y cerró el puño, sujetando algo. Entonces me di cuenta de que no había hecho el único movimiento que hacían todos los hombres del mundo cuando jugaban al billar con una mujer: inclinarse por detrás para ayudarte a apuntar, aunque fuera innecesario. Y no porque no se alegrara de verme, sino porque no había querido que yo sintiera la pistola.

—Clark, esto no tiene que ver conmigo —dije con toda la calma que pude reunir, a pesar de que de pronto se me había quedado la boca seca.

—Deberías haberte acostado conmigo. Pero no, tenías que portarte como una arpía —contestó.

Su cara de niño bonito se había contraído. Las aletas de su nariz estaban hinchadas. Recordé que Oakleigh había elegido aquella nariz en la consulta del cirujano plástico. Tenía los lados de la boca húmedos, se le escapaba la saliva y ni siquiera lo notaba.

—Dios mío, todos los que te conocen dicen que eres una puta. Deberías haberte portado como una puta.

Aquello tenía que agradecérselo a Macon, su abogado. Aquel cerdo debía de haberle hablado de nuestro pasado. ¡Ay, dioses, cuánto detestan los hombrecillos insignificantes que los venza una mujer! Sobre todo, una mujer con la que se han acostado. Así pues, su abogado le había dicho que yo era una golfa, y Clark había ideado un plan para llevarse a la cama a la abogada ligera de cascos. ¿Qué habría pasado si lo hubiera invitado a mi casa? Claro… Que el lunes, al presentarme en la reunión, habría descubierto que el vaquero anónimo era la parte contraria. Habría tenido que retirarme del caso.

—Clark —le dije—, no ha pasado nada. Todavía no. Ahora mismo no hay nada que contar. Hemos jugado un rato al billar. Me he dado cuenta de que eres el marido de mi clienta, y tú de que soy la abogada de Oakleigh. Y nos hemos dicho adiós.

Fue un error pronunciar el nombre de Oakleigh.

—No. No, no, maldita sea —dijo, y la saliva que se acumulaba alrededor de sus labios me salpicó la cara—. Sois las dos unas zorras y no vais a saliros con la vuestra.

¿Por qué había taponado yo su ratonera? Hasta entonces se había conformado con acosar a Oakleigh, arriesgándose a morir al trepar a los árboles y deslizarse por el tejado para mearse en el estuche de maquillaje de su mujer. Pero yo había llamado su atención al impedirle entrar en la casa. Toda su atención. Había entrado en McGwiggen's menos de media hora después de mi llegada. Sabía perfectamente dónde estaba, del mismo modo que sabía cuándo salía Oakleigh de casa. Había estado siguiéndome.

Hacía días que sentía que alguien me vigilaba y me seguía. Hasta Julian lo había notado en casa de Birdwine. Esa noche había visto por fin una oportunidad, y la había aprovechado. Levanté una mano con gesto conciliador mientras con la otra seguía apoyándome en el borde grasiento del cubo de basura para mantenerme firme.

—Clark, vamos a calmarnos, ¿de acuerdo? —le dije en tono casi zalamero, como si estuviera hablando con un perro peligroso que me tuviera acorralada en un rincón—. Sé que estás muy enfadado.

—Tú todavía no sabes nada, zorra.

Sacó la mano del bolsillo.

Vi la pistola de cañón corto.

No parecía real. Sentí subirme por la garganta una carcajada, como una absurda burbuja. Sostenía una pistola de mujer, lustrosa y plateada, con las cachas de madreperla. Era una cosita de nada, demasiado ligera para que se notara que la llevaba en la chaqueta, pensada para descansar entre un estuche de maquillaje y un perrito chihuahua. La clase de pistola que a las mujeres como Oakleigh les parecían una monada. Y sin embargo aquella ridiculez apuntaba a mi abdomen. Podía abrirme un agujero. Podía matarme.

—Espera —dije, a pesar de que eran otras las palabras que se me agolpeaban en la garganta. Palabras inútiles. Quería decirle que no podía morir ahora, teniendo tantos asuntos pendientes.

Hana perdida aún. El destino desconocido de Kai. El bebé recién nacido de mi mejor amigo, al que habían llamado Paul en mi honor, y que nunca conocería mi cara. Mi hermano sufriría otro mazazo. Y las últimas palabras que yo le habría dicho a Birdwine serían las que acababa de grabar en su buzón de voz, furiosas, inclementes, ofensivas.

Clark se rio con una risa áspera y entrecortada. Levantó la pistola para apuntarme directamente a la cara. Relucía como un juguete acharolado en su mano elegante.

El oscuro agujero del cañón enfiló mi ojo izquierdo, prometiéndome el olvido. Le devolví la mirada y el tiempo se ralentizó. Se detuvo. Vi mi fin dentro de aquella minúscula negrura, lo vi todo como si ya hubiera sucedido. Como si hubiera pasado hacía mucho tiempo, y todavía estuviera pasando.

11

Es un momento peligroso.

Fuera brilla el sol y la luz amarilla entra a chorros por la ventana. Fuera, Kai viene hacia aquí. La de esta mañana va a ser nuestra primera visita en persona desde que la soltaron, y me siento como si yo también estuviera llena de un sol de color mantequilla. Brillo por dentro, casi incapaz de quedarme dentro de mi piel. Aun así, pongo cara de indiferencia y me quedo muy quieta. Estoy tumbada al lado de una bomba.

Mi colchón tiene la forma de un valle largo y estrecho. Candace yace en la trinchera central, mirando al techo. La depresión del medio, labrada con el paso del tiempo por todas las chicas que han dormido aquí, es el peso de la historia. En las raras ocasiones en que tengo la cama para mí sola, no noto que el cuerpecillo de Candace la haya cambiado. En estos momentos, Candace no parece una bomba. Parece una chica a punto de volverse a dormir en su sitio predilecto.

Yo descanso en el borde levantado de mi lado del colchón, de espalda a la pared. Todavía ahora siento las dos depresiones que dejamos Joya y yo en el borde, cuando nos sentábamos aquí todos los días. Es la prueba material de que estuvimos aquí, tan personal como la firma de un grafito o una huella digital. La última vez que Joya ocupó su hueco, se estaba preparando para abandonarme, y acabamos arrasándonos la una a la otra hasta los cimientos.

—¿Cómo es tu madre? —pregunta Candace.

Ha hurgado en mi baúl tantas veces que tiene que haber visto a mi madre fotografiada desde todos los ángulos. Contesto de todos modos, para aplacarla:

—Es alta y muy blanca —digo despreocupadamente.

No le digo lo guapa que es. No digo: «Antes solía poner mis pies descalzos sobre los suyos, y ella se ponía a dar vueltas, y yo gritaba: "Baila, baila"».

—Tiene el pelo largo. O lo tenía.

Es sábado por la mañana y la señora Mack ha mandado a las otras chicas a ver la televisión al salón de recreo del edificio central, para que Kai y yo podamos sentarnos en la sala común. Candace ha querido esperar conmigo, y no le he llevado la contraria. No quiero llevarle la contraria en nada. Ahora no.

Mi madre y yo hemos hecho planes durante nuestras conversaciones por teléfono. Sé que ya está buscando trabajo y casa, y que se está esforzando por cumplir todos los requisitos para recuperarme. Pronto me iré a casa con ella. Todos los pasos que dé desde ahora hasta mi marcha, los daré sobre el filo de una navaja con esta chica tarada que puede arruinarme la vida.

—Es raro que tu madre sea blanca —dice Candace.

—Sí —contesto yo.

—No me imagino cómo sería tu padre —añade sin apartar la vista del techo.

Siento un fogonazo de ira, pero lo dejo pasar y difuminarse.

—No sé.

Eso nos sitúa en terreno común. Candace solo ha tenido un padrastro, y era un mal tipo. Por eso, entre otras cosas, su madre ha perdido para siempre su custodia y Candace podría ser dada en adopción. Es blanca, pero también es una adolescente que arrastra traumas difíciles que incomodarían a mucha gente. No tiene muchas posibilidades de que la adopten.

—Eso es lo raro de los gatos —dice de pronto. Cambia de postura en la cama, se tumba de lado para mirarme a la cara y se echa hacia atrás. Ahora está al otro lado del colchón, justo al borde. La trinchera queda entre nosotras, inclinándonos la una hacia la otra. Las dos tenemos que agarrarnos para no caer—. Una mamá gata puede ser de cualquier tipo. Puede ser de varios colores. Y puede tener una camada con tres gatitos y que uno de ellos sea negro, otro amarillo y otro a rayas, porque son de padres distintos.

—Sí, ¿y qué? —preguntó desconcertada.

—Puede que tú seas igual —contesta—. A lo mejor eres los tres gatitos.

Noto que me arde la cara. Estoy segura de que, a su manera chiflada, acaba de llamar puta a Kai y a mí mutante o algo parecido. Pero me limito a decir:

—Eso sería guay, si tuvieras tres pensiones de manutención. Sería rica. Podría ir a Disney World y quedarme todo el verano.

Candace esperaba un estallido de rabia, y mi intento de bromear la pone nerviosa. Pestañea rápidamente y se desliza un poco hacia mí. El aliento le huele a dulce, a leche y a mantequilla azucarada, como si hubiera comido bizcocho.

—Tuve un sueño que no le he contado a nadie —susurra—. Una noche. Estaba soñando que tu mamá venía a buscarnos a las dos. Que nos íbamos las dos a casa a vivir con ella, y que tú me dejabas elegir el color de la pintura de tu habitación. ¿A que es raro?

Una pregunta con trampa. Intento ganar tiempo.

—Depende. ¿Qué color elegías?

Ella frunce las cejas.

—Creo que verde.

—Entonces no es raro —contesto.

—Ya, pero tenía que dormir en un cajón, debajo de tu cama.

Eso me hace sonreír. A veces Candace puede ser divertida.

—Vale, eso sí es raro.

—Ojalá fuera verdad —susurra en voz aún más baja, y sus ojos me miran muy intensamente. Ya no estamos hablando de su sueño—. ¿Crees que tu madre tendrá alguna vez a alguien en acogida?

—No creo que a la gente que ha estado en la cárcel les dejen tener a niños en acogida, es la única pega que le veo —contesto.

No es la única, desde luego, pero es lo único que puedo decirle sin arriesgarme.

—Pero van a dejar que te vayas con ella, así que no puede ser peligrosa para los niños —responde Candace.

«Pero yo soy su hija», me dan ganas de contestarle. «Nací de ella, y compartimos nuestra sangre y nuestra historia. Hubo un juez que hizo una excepción, que incumplió el reglamento basándose únicamente en la fuerza del vínculo que veía entre nosotras. Tú, en cambio, ¿quién demonios eres tú?».

Es la verdad, pero es una verdad que quemaría y provocaría ampollas si dejo que Candace la toque. No quiero recordarle que somos distintas en muchos aspectos. Especialmente, en el hecho de que yo tengo a alguien. No contesto hasta que Candace dice en voz alta:

—De todos modos lo que me estaba preguntando es si a ella le gustaría, no si le dejarían. Si querría tener más hijos.

Es un asunto demasiado peligroso. Cambio de tema.

—Ya sabes que tú y yo vamos a seguir viéndonos.

Le estoy dando a comer la misma cucharada de mierda que Joya intentó endosarme a mí, bien endulzada. Aun así, tengo que intentarlo. Candace tiene un arma que solo puede usarse una vez, pero si de todos modos va a perderlo todo, ¿qué puede detenerla?

Kai no debe saber que fui yo quien llamó a emergencias, que le costé su libertad. Y a Dwayne también, aunque eso me importe menos. A ella, en cambio, le importaba tanto que me preguntó si había recibido carta de algún viejo amigo tres veces seguidas después de que mandara el poema. Dwayne nunca contestó a mi carta. La cuarta vez que me llamó, Kai no volvió a hablar del tema, así que le pregunté:

—¿Qué pasó con, ya sabes, con ese poema sobre Rama y Sita?

Se hizo un largo silencio y luego ella dijo:

—¿Qué Rama? No recuerdo ningún Rama en nuestra historia.

Después, nunca volvió a mencionar a Dwayne.

—Pero, ¿y si te vas a vivir lejos? —pregunta Candace en tono lastimero.

—Seguro que Kai tendrá coche, o un novio que lo tenga. Como siempre.

Se inclina aún más hacia mí y habla deprisa, en voz baja, atropellándose.

—Pero estaba pensando qué pasaría si me escapo. Al principio se armaría un alboroto, pero no duraría mucho tiempo. Y de todos modos me buscarían en casa de mi madre. Y después de un tiempo dejarían de buscarme.

Veo a dónde quiere ir a parar, y hablo deprisa para cortarlo de raíz antes de que brote.

—Eres una niña, Candace. Se arma mucho jaleo cuando desaparece una niña.

Las dos sabemos que eso no es del todo cierto. Las niñas como Candace no interesan tanto a la prensa como los hijos desaparecidos de familias de clase media o alta. Por otro lado, Candace es rubia, delgada y con los ojos grandes, y eso a los de la tele les encanta. Puede que sí hubiera un alboroto.

—No me iré enseguida —dice—. Me haré amiga de Shar y Karice, hasta que todo el mundo se olvide de que tú y yo hemos estado muy unidas. Entonces me escaparé y estaré escondida hasta que dejen de buscarme. Y luego iré donde estés.

Tengo que hacer un enorme esfuerzo para mantener una expresión amable y despreocupada, pero me encojo por dentro pensando en la intensa súplica de aquellos ojos de gólem semejantes a lámparas. Me dan ganas de pellizcarla para que entre en razón. Su plan es imposible, una quimera, pero Candace no entiende muy bien cómo funciona el mundo cuando no cuadra con sus deseos.

—Tendremos que pensarlo, Candace. El supervisor de la condicional de Kai tendrá que ir a casa. Pueden presentarse en cualquier momento, y tienes que dejarlos pasar. Si te ven, volverán a mandarla a prisión y tú tendrás que volver aquí de todos modos.

Candace se mordisquea el labio de abajo. Después de pensar un rato dice:

—Sí. Pero tú también. Puede que para siempre. Tu madre no querrá volver a tenerte después de eso. Si vuelven a llevarla a la cárcel y es por tu culpa, seguro que no volverá a por ti. Estará muy enfadada.

Dios mío, qué astuta es. Está hurgando en la herida más negra que llevo dentro. Me obligo a sonreír.

—No estoy diciendo que no. Solo digo que tenemos que pensarlo despacio. Sin prisas. Y de todos modos seguro que podemos arreglarlo para que vengas de visita.

—¿Visitas cómo de largas? —pregunta—. ¿Y cuándo?

Justo en ese momento oigo llegar a Kai en la planta de abajo. Su llamada a la puerta. El ruido de los zapatos de señora mayor de la señora Mack sobre el linóleo cuando va a abrir la puerta.

Debería quedarme aquí, al menos un minuto más. Debería tranquilizar a Candace, apaciguarla. Pero oigo la voz de Kai, su voz real, no la que crepita y chisporrotea a través de la mala conexión telefónica mientras me aprieto el viejo teléfono contra la oreja. Oigo su voz viva iluminando la habitación, allá abajo. Y no puedo evitarlo: paso por encima de Candace, le clavo sin querer la rodilla en el estómago y se queda sin respiración. Me desprendo de ella como si fuera un objeto. Corro. Ni siquiera miro atrás mientras bajo los peldaños a saltos para ver a mi madre.

Está al pie de la escalera, iluminando la sala común. Consigue que las paredes gris pizarra, los pufs desinflados y los sofás hundidos de color azul marino se difuminen. Solo queda mi madre, vestida con un estampado de cachemira con los colores del sol: naranja, amarillo, oro. Se ha dejado el pelo más largo, le llega muy por debajo de la clavícula y le cae por encima de los pequeños pechos. Vuelve la cara hacia mí, sonriendo.

Salto a sus brazos desde los dos últimos peldaños.

—¡Uf! —exclama, y se ríe.

Da vueltas conmigo en brazos y su cabello oscuro se agita a nuestro alrededor, su falda me envuelve las piernas.

Da igual que su cuerpo parezca distinto, más blando y esponjoso en la cintura. Da igual que huela distinto: al hedor acre del tabaco y a champú barato. Sus brazos siguen siendo sus brazos. Sus ojos llorosos, que me miran, siguen siendo sus ojos aunque derramen lágrimas.

—¡Qué guapa estás! ¡Qué guapa estás! —repite sin parar—. ¡Y qué alta!

No hay nada que pueda afectarme en este momento. Nada. La señora Mack se marcha sin que lo note, como si se hubiera esfumado de la habitación.

Kai ha traído un *tupperware* que me golpea en la espalda mientras nos abrazamos, casi bailando. Son las tortitas, las que llevan ralladura de naranja en la masa. Están frías y el sirope las ha empapado y reblandecido. La mantequilla se ha solidificado. Aun así, nos sentamos una al lado de la otra en el sofá azul marino y nos las comemos con los dedos. Kai no puede dejar de tocarme, no puede apartar sus dedos pegajosos de sirope de mi cara, de mi pelo. Está muy callada, pero yo susurro y hago planes por las dos, hablando con la boca llena. No del pasado, ni del ahora. Hoy solo quiero hablar de nuestro brillante futuro, y ella se inclina, absorta en mi relato. Ahora la narradora soy yo: le refiero un futuro hecho a medias de esperanza y de espejismos, glorioso e inevitable. No puede dejar de llorar y de sonreír. Las lágrimas afloran continuamente, pero aun así es delicioso. Las horas más dulces que he vivido literalmente en años.

El tiempo nunca ha ido tan deprisa. Quiero frenarlo, obligarlo a pararse, permanecer aquí, en la sala común, mientras la tele, con el volumen quitado, emite dibujos animados antiguos y las largas piernas de Kai se aprietan contra las mías.

—Volveré para cenar el lunes por la noche, acuérdate —me dice, también emocionada—. Y luego otra vez el miércoles, y otro día, y otro, hasta que dentro de muy poco te lleve a casa.

Le sonrío, radiante, y veo a Candace más allá de ella. Ha salido del cuarto sin hacer ruido y se ha agazapado en lo alto de la escalera, encorvada. Nos mira con la barbilla apoyada en las rodillas. Le brillan los ojos, tan pálidos y azules como un áspero invierno. En esa mirada, siento oscilar la alegría al borde del desastre. Veo el final de todo.

Fueron quizá tres segundos de mi vida, aquella mirada. Luego, Candace retrocedió como un cangrejo, se perdió de vista y yo me volví hacia Kai. Pero aquel momento, cuando nuestros ojos se encontraron, se me grabó dentro.

En aquel instante, aprendí que el tiempo es ineludible. Que marchaba siempre adelante, conmigo dentro. A veces se arrastraba lentamente y otras volaba con excesiva rapidez, pero siempre estaba en marcha. Se movería siempre, inexorablemente, hasta traerme la palabra, la bala, el hálito que le pondría fin a todo.

Había sido el tiempo el que me había traído a este callejón. El que me había puesto delante al marido de Oakleigh.

Miré aquel agujerito negro. Detrás de él, las pupilas de Clark eran otros dos agujeritos negros, exactamente iguales. Los tres guardaban la promesa de un vacío enloquecedor. Su mano tembló y se tensó, el tiempo pasaba tan despacio que vi flexionarse cada pequeño músculo de sus dedos. La luz hacía brillar los pelos rubios de su mano. Eran como filamentos electrificados, cargados de energía y tan hermosos…

Solo pude decir «Espera, espera» de esa manera banal que nos es común a todos. Deseando un segundo más.

Él esperó.

Tenía un cuerpo de gimnasio, los dientes blancos y perfectamente arreglados. Se hallaba al límite de su resistencia, pero la violencia era algo nuevo para él. Dudó, y tuve tiempo para una cosa más.

En aquel breve lapso, podía decir «Espera» otra vez, o «Por favor», o «No», pero no lo detendría. Yo intuía que aquello no era nada personal. A él no le importaba que yo no encontrara a Hana.

Que no estuviera allí para velar por Julian. Que nunca pudiera decirle a Birdwine que allí, dentro del ojo negro de la pistola, había visto claramente todos sus defectos y sus fracasos y había comprendido que nada de eso cambiaba el amor que le tenía: lo necesario, lo bueno, lo valioso que era para mí.

Clark se había precipitado en un abismo, fuera de la clase que fuese. Estaba cayendo, y yo no podía sacarlo de aquella sima hablándole de las preocupaciones de mi vida insignificante, ni hacerle ver la tenue red de afectos que se disponía a segar. Para él nada de eso era real. Otra cosa que le debía a Candace, aquella lucidez: sus actos contra mí no tenían nada que ver conmigo, y cualquier pasaje de mi historia sería solo eso: una historia. Así pues, en el breve lapso de aquella duda, me olvidé de mí misma y conté un fragmento de la suya:

—Oakleigh tiene pruebas contra ti.

Bajó la barbilla y comprendí que había ganado un segundo más, aunque no aflojara el dedo que tenía apoyado en el gatillo. El ojo negro de la pistola seguía mirando mi ojo izquierdo. Traté de ver más allá, de verlo a él, pero era tan difícil… Costaba tanto mirar algo que no fuera aquella absurda pistola plateada…

—¿Qué? —preguntó como si no me hubiera oído bien.

—Tiene algo que puede arruinarte.

Aflojó la tensión del dedo. Alargó el cuello. Había captado su interés.

—Dime qué es —ordenó— o te pego un tiro.

Iba a dispararme de todos modos, lo noté en su ademán.

—Grabaciones —dije—. Estás justo enfrente de un bar. Vas a disparar a su abogada. Le estás dando a Oakleigh pruebas visuales.

Era muy difícil apartar la vista del ojo negro de la pistola, pero aun así conseguí hacerlo. Obligué a mis ojos a mirar por encima de su hombro, hacia el ojo más amable de la pequeña cámara de seguridad colocada sobre la puerta de McGwiggen's.

Miró hacia atrás automáticamente, volviendo a medias la cabeza para seguir la dirección de mis ojos. Cuando se movió, me moví con él: me agaché y di un paso adelante. Me sentí tan lenta como sin intentara hundirme en el cemento, meterme bajo la trayectoria de la pistola.

Movió la mano bruscamente y oí un enorme estruendo, tan cerca que me dejó sorda. El fogonazo del cañón me deslumbró. No sabía si me había dado. No lo notaba. Ni siquiera sabía si estaba viva, hasta que sentí un crujido al clavar el tacón en su empeine.

Chilló y oí el estampido de champán de otro disparo, amortiguado por el eco inacabable de la primera detonación dentro de mis oídos. Levanté la rodilla. Eché mano de sus ojos.

Oí el estrépito de la pistola al caer al suelo, y luego sentí sus manos agarrándome del cuello, buscando asidero. Éramos como animales. Como animales que intentaban salir vivos cuando todo aquello acabara. Le asesté un fuerte rodillazo en los testículos, y se dobló por la cintura. Clavé las uñas en la carne de su cara pálida. Alguien estaba gritando, un aullido desgarrador, y sentí que el ruido me rajaba la garganta por dentro. Así pues, era yo.

Aflojó las manos, su cuerpo eligió huir, evidenciando su naturaleza con la misma rotundidad que el mío. Sentí piel y líquido dentro de las uñas y tiré y desgarré. Me empujó: sus puños golpearon mi pecho como dos martillos. Sentí que mis manos se apartaban de su cara. Salí despedida hacia atrás, hacia los cubos de basura. Me estrellé contra ellos y dos se volcaron, desparramando su contenido, con un gran estrépito metálico. Caí entre ellos.

Oía aún el bramido de mi voz y, cuando levanté la cabeza, él se alejaba en una lenta y tambaleante carrera, encogido sobre sus testículos. Seguí gritando con el lamento de un espíritu mitológico. Aullaba. No entendía por qué la gente de dentro no me oía. Mi grito debía rebotar en los satélites espaciales.

Mientras pensaba esto, la puerta de cristal ahumado se abrió de pronto y apareció Wes con los ojos desorbitados en su cara ancha y juvenil. Grace, otra camarera, iba tras él. Era una chica dura, con la piel cubierta casi por completo de tatuajes. Tuve que apagar a propósito el sonido sobrenatural que salía de mí, como si quitara una mala canción en la radio. Wes miró frenético en derredor y echó a correr detrás de Clark. Clark lo vio y apretó el paso, encorvado todavía, intentando escapar.

Yo estaba despatarrada entre los cubos volcados, y mis pies estaban descalzos. Había perdido los zapatos al caer. Mis manos empezaron a moverse por mi cuerpo, arriba y abajo, como si tuvieran voluntad propia, buscando algún orificio de bala. Me toqué la cara, el pelo, el cuello, el pecho. Oí un estrépito al fondo del callejón, y luego otro grito. Wes había tumbado a Clark.

Me dolía la garganta de tanto gritar, y el pecho del empujón que me había dado con los puños. Me dolía todo el cuerpo por haberme estrellado contra los cubos y luego contra el suelo. Aun así, me incorporé. La pistola descansaba cerca de mí, brillante como un juguete. Vi mis zapatos allí, uno derecho y otro de lado. Grace se había arrodillado a mi lado, aunque yo no la había visto moverse.

—Dios mío, Paula —dijo—, te hemos visto por la cámara. Billy ha llamado a la policía.

Billy era otro camarero.

—¿Estoy sangrando? —le pregunté con voz rasposa—. ¿Sangro? ¿Ves si estoy herida?

—No —contestó—. No, pero tienes el pelo hecho un asco.

Entonces me di cuenta de que estaba en estado de shock, porque me eché a reír.

—¿Quién es ese? —preguntó Grace—. ¿Estás saliendo con él?

Negué con la cabeza y todo me dio vueltas.

—Era el tío mil y uno.

Oí gritar a Wes al fondo del callejón:

—¡No te muevas, capullo!

Grace me ayudó a levantarme y miramos ambas hacia la luz tenue del callejón. Wes estaba sentado sobre la espalda de Clark, restregándole la cara ensangrentada contra el pavimento. Clark se agitaba como un lenguado furioso bajo su mole. Al levantarme noté que me dolía más la cadera izquierda, pero el dolor me pareció muy lejano e insignificante. Era solo un hecho interesante que constataba. Dentro de mí la sangre corría en círculos como si todas mis venas formaran una pista de carreras y mis células rivalizaran por ser las más rápidas, las primeras.

—¿Estás bien? —preguntó Grace.

Estaba mejor que bien. No tenía ningún agujero en el cuerpo. Había ganado. Había visto huir a Clark y ahora lo veía tumbado en el suelo, con la sangre corriéndole roja por la cara, y ¡oh, dioses y pececitos, qué bien me sentía!

Billy salió en ese momento del bar con los ojos dilatados y la boca abierta. Echó un vistazo a la escena y corrió a ayudar a Wes.

—Vamos dentro —me dijo Grace, y tiró de mí hacia la puerta.

Di un paso hacia un lado, casi un tirón. Me di cuenta de que había echado a andar por el callejón, dispuesta a patear la cabeza de Clark. Pero Grace me rodeó con el brazo, me agarró y me detuvo. Me aferré a ella, tambaleándome, y mi mano le dejó manchas rojas en la camisa. Me había pintado la punta de los dedos con la sangre de Clark.

Grace me llevó dentro y me hizo sentarme en la oficina. Unos minutos después oí sirenas, y también me agradó su sonido. Sonaba a orden, sonaba a mi vieja amiga, la ley, avanzando rectamente hacia mí a través de la ciudad, entre alaridos.

La oficina de McGwiggen's era un cuartucho de paredes blancas, sin ventanas, que probablemente había empezado siendo un armario. Estaba esperando allí cuando entró Birdwine jadeando y con los ojos desorbitados. Observó la escena: yo sentada en la única silla, un trasto negro y barato, con ruedas, delante de una mesa de Ikea que sostenía un ordenador viejo.

—Hola —dije ronca todavía por mi extraño aullido de un rato antes.

Nunca me había alegrado tanto de verlo.

—Ah, hola —contestó parándose en seco. Se quedó allí quieto sin saber qué hacer, y luego se pasó por el pelo revuelto su mano grande como un guante de béisbol mientras intentaba rehacerse. Cuando volvió a hablar, su voz sonó estudiadamente despreocupada—: Bueno, ya sabes, he venido a rescatarte. Tachán.

Aquello me hizo sonreír, pero en cuanto pude ponerme seria otra vez le dije:

—Siento haberte llamado cretino.

Quería retirarlo antes de que el edificio se nos derrumbara encima o estallara el sol, o algún trozo de la estación Skylab cayera tenazmente del cielo y me matara. El mensaje que le había dejado, furioso y cruel, no podía ser lo último que oyera de mi boca. Pareció desconcertado, así que añadí:

—El buzón de voz… Te llamé cretino.

—Ah, ya. No pasa nada. Recibí tu mensaje hará quince minutos. Oí hablar a ese tipo cuando colgabas y su tono me dio mala espina. Pensé que la cosa se estaba poniendo fea. Te he llamado cuatro veces y ha saltado el buzón de voz, así que me he venido para acá, preocupado, y el aparcamiento ya estaba lleno de coches de policía. La gente decía tu nombre, hablaba de disparos, de una agresión. Así que digamos que me importa muy poco que me hayas llamado cretino. —De hecho, parecía encontrarse mal mientras lo contaba—. Grace me ha dicho que estabas aquí, me ha hecho un resumen de lo ocurrido en veinte segundos. ¿De verdad estás bien?

—Deberías ver al otro tipo —contesté.

—Me encantaría echármelo a la cara —repuso torvamente.

Deslicé los pies en los Crocs de color naranja neón que Grace había sacado de su taquilla y me había prestado. La policía se había llevado mis zapatos, precintados como pruebas. Me levanté, hice una mueca de dolor y nos miramos azorados a través del reducido espacio que nos separaba.

—¿Tus servicios de rescatador incluyen llevarme a casa?

Pareció sorprendido. Me miró arrugando el ceño con expresión recelosa, como si intentara adivinar cuáles eran mis intenciones. De pronto parecía tan precavido que se me partió el corazón. Pero se limitó a decir:

—¿Puedes irte?

—Sí, estaba esperando a que me llevara un agente —contesté.

Un enfermero me había limpiado los arañazos y me había echado un vistazo, pero no dejé que me toqueteara demasiado. Estaba bien, salvo por un par de espectaculares moratones que me había hecho al aterrizar sobre los cubos de basura. Un técnico había recogido muestras de debajo de mis uñas mientras un detective llamado Martínez me tomaba declaración. No se extendió demasiado, seguramente porque yo había estado bebiendo. Me había pedido que fuera a la comisaría al día siguiente para declarar por extenso. Así, de paso, podrían hacerme más fotografías. Tenían, en todo caso, un testigo inapreciable: la cámara de seguridad del callejón, que mostraba a Clark siguiéndome afuera y había grabado la mayor parte de la pelea. La pistola también estaba en su poder.

Para entonces yo ya me había calmado un poco y mi mente de abogada había empezado a barajar las mil maneras en que iba a crucificar a Clark Winkley. Conque intentando matarme, ¿eh? El borrador de acuerdo que había redactado poco antes me parecía de pronto una memez. Pero eso podía arreglarse. ¡Oh, dioses, cómo le iba a gustar aquel asunto a un jurado! Aunque yo dudaba de que su abogado fuera a permitir que aquel canalla se presentara ante un juez, y mucho menos ante un jurado. Intentarían llegar a un acuerdo extrajudicial lo antes posible para que Clark pudiera concentrarse en el proceso penal y en mi inevitable demanda civil en su contra.

—Mi coche está en el aparcamiento del otro lado de la calle —dijo Birdwine.

—Prefiero ir caminando —le dije—. Para que se me pasen los temblores.

Aquello le hizo replegarse aún más. No sabía hasta qué punto hablaba en serio.

Tuvimos que salir por el salón delantero porque el callejón estaba acordonado. Di las gracias a Grace, a Wes y a Billy y avisé a Martínez de que no necesitaba que me llevaran a casca.

Después, Birdwine y yo salimos juntos, adentrándonos en la noche. Hacía ya rato que mi efusión de adrenalina se había disipado, pero aún no me había dado el bajón. Solo sentía paz. Me agradó caminar hacia casa como si la noche fuera mía, como si todo lo que podía hacerme daño se hubiera acabado. La acera estaba agrietada y levantada en algunos sitios, pero tan iluminada por la luz amarilla de las farolas que apenas costaba esquivar los baches. El tráfico pasaba a toda velocidad, bullicioso e impersonal, moviendo a ráfagas el aire cálido de finales de verano.

Caminamos de remanso de luz en remanso de luz. Nos separaban veinte centímetros, y yo no podía salvar esa distancia. Julian, siempre tan directo y tan dulce, ya habría tendido los brazos. Lamenté no parecerme más a él. Notaba a Birdwine lleno de una energía nerviosa. Emanaba incontenible de su corpachón, electrizando el espacio que nos separaba. Sus pies golpeaban el suelo como si estuviera cabreado con la tierra. Seguía callado, y a mí no se me daba bien aquello. No sabía cómo decirle lo poco que me había importado saber lo peor de él al enfrentarme a una muerte inminente.

Por fin habló, y su voz sonó más serena y más calmada de lo que permitían adivinar sus gestos.

—*Soy* un cretino. Pero no se me da mal mi trabajo.

—Yo no creo que se te dé…

—Sí que lo crees —afirmó—. Tienes que creerlo. Has visto mi casa. Sabes que estoy siempre sin blanca. Pero me esfuerzo por cumplir y, cuando estoy centrado, soy muy bueno. La gente me contrata, Paula. Gente que ni siquiera quiera acostarse conmigo.

—Vale, vale —dije, riéndome un poco—. Se te dan bien un montón de cosas.

Volvió a ponerse serio.

—Estoy siempre en la ruina porque un tercio de mis ingresos va a parar a un fondo fiduciario. Para el chico. Mi hijo. Para la universidad o para una emergencia, lo que pueda necesitar. No porque me lo haya mandado un juzgado. Decidí hacerlo yo, y lo he cumplido. Llevo así diez años. No soy un mierda. —Me miró de reojo y puntualizó—: Solo lo parezco a veces. Pero no tanto como tú crees.

Torcimos a la derecha y echamos a andar hacia mi edificio. Cuando aquella pistola me estaba apuntando al ojo izquierdo, había perdonado los errores de Birdwine y aceptado por completo sus imperfecciones, por profundas y enconadas que estuvieran. Pero el hecho de que apartara todos los meses aquel dinero ponía de relieve todo lo bueno que había en él. Tal vez algunas personas no se sintieran conmovidas por ese gesto, por ese sacrificio económico, pero sin duda esas personas siempre habían tenido dinero de sobra, y desde luego no habían visto su casa. Yo sabía lo que era la necesidad. Kai y yo habíamos vivido casi en la indigencia cuando era pequeña, y yo había trabajado sirviendo mesas mientras estudiaba, hasta que conseguí algunas becas. A mí sí me importaba aquel gesto.

—No creo que seas un mierda —dije—. Además, no me debes ninguna explicación. No me debes nada. Lo que pasara con tu hijo, lo que ocurrió, es terrible y muy triste. Pero está claro que todavía te cuesta aceptarlo. Lo hiciste lo mejor que pudiste en su momento. Y sigues haciendo todo lo que puedes. Lo sé sin necesidad de que lo digas, porque te conozco.

No quiso mirarme entonces. No me miró en absoluto. Pero alargó el brazo y me tomó de la mano, apretándola hasta comprimirme los huesos, a punto de hacerme daño.

Yo me había pasado la vida anhelando el perdón. No lo había recibido, de modo que no sabía de primera mano qué estaba sintiendo Birdwine. Pero me lo había imaginado una y otra vez. Lo había deseado tanto… Había querido que Kai (que cualquiera que conociera mis peores defectos) dijera que seguía queriéndome, que era buena y valiosa.

Le di a Birdwine aquello que yo siempre había deseado, y él apartó la cara. Vi su reflejo en la pared de cristal del edificio por el que estábamos pasando. Las sombras convertían sus ojos en pozos negros, y su boca se inclinaba hacia abajo. Luego agachó la cabeza sin decir nada y seguimos andando casi una manzana, cogidos de la mano.

—Se llama Caleb. No sabe que existo —dijo por fin mientras sorteaba las grietas del cemento al resplandor amarillo de las farolas—. Yo no supe de su existencia hasta que tenía tres años. Lo digo en serio, así es. Sabía que ella estaba embarazada cuando me dejó. Me dijo sin rodeos que no era mío. Incluso dejé que acelerara los trámites del divorcio para que pudiera casarse con ese tal Martin antes de que naciera el bebé. Es su apellido el que figura en el certificado de nacimiento.

Aquello me impresionó. Martin era el padre legal del chico, entonces. En Georgia, sus derechos sobrepasaban con creces los de Birdwine.

Tragué saliva y dije en voz baja:

—Pues te mintió. Está claro que te clonaste a ti mismo. ¿El tío con el que se casó lo sabe?

—A no ser que sea idiota… Sabe qué aspecto tengo. Coincidimos un par de veces en aquel entonces, cuando se estaba tirando a mi mujer —contestó con solo un dejo de amargura.

¿Se había casado Martin con Stella aun a sabiendas de que tal vez el niño no fuera suyo? No había sido una apuesta, sino una decisión consciente: querría al niño, cayera la moneda del lado que cayera. Tal vez eso era el verdadero amor, en su manifestación más valiosa. Eso era para Julian, un chico adoptado que me hablaba de equipos y rescates y que ya estaba buscando piso y solicitando el cambio de empadronamiento, cambiando su vida de arriba abajo por el bien de una niña perdida que era como una moneda lanzada al aire. Esa noche tenía ganas de parecerme un poco más a él. No quería cegarme, perder de vista lo duro y odioso que era el mundo. Era difícil encontrar ternura, y mucho más difícil aún conservarla. Pero yo solo quería intentar alcanzarla.

—¿Cómo te enteraste? —le pregunté a Birdwine.

Parecía tener ganas de hablar, y había llevado él solo aquel peso durante demasiado tiempo. Yo necesitaba que supiera que sí podíamos hablar, a fin de cuentas.

—Por una amiga de Stella, una imbécil que nos conocía a los dos. Fue dama de honor en nuestra boda. Me mandó una carta diciéndome que había rezado mucho y le había dado muchas vueltas, y que al fin había llegado a la conclusión de que tenía derecho a saberlo. Eso fue hace unos diez años —dijo, y esta vez sí había en su voz una nota de amargura, mil veces más negra y reconcentrada que al hablar de la traición de su mujer.

Pensé que la sucesión temporal de los hechos encajaba a la perfección: diez años atrás, Birdwine había asistido a su primera reunión de Alcohólicos Anónimos.

—¿Y fue entonces cuando viste a Caleb?

—Sí. Ya se habían mudado a Florida. Fui hasta allí en coche y estuve vigilándolos más de una semana, pero no me vieron. Ya sabes cómo soy. Dios mío, Paula, tenían tan buen aspecto... Se los veía felices. Me di cuenta enseguida, porque no quería que lo fueran. Confiaba en encontrar un motivo para intervenir. Pero su hija mayor acababa de empezar a caminar, y oí a mi chico, Caleb, decirle al tipo del quiosco de helados que él era el hermano mayor. Todavía no pronunciaba bien la erre. Dijo *hedmano* o algo así, y parecía tan orgulloso... Cada dos por tres decía «papi». «Papi, mírame», «papi, aúpame». Y Martin lo aupaba. Stella llevaba al bebé en brazos, y Martin a mi hijo a hombros.

—Mierda —dije.

A la dama de honor había tardado mucho en remorderle la conciencia. Había esperado tres años después de que Stella tomara una decisión y eligiera a Martin antes del parto, cuando la biología hablaría por sí sola. No había forma más clara de decirle a un hombre que no le considerabas digno de criar a tu hijo, pero aun así formulé la pregunta, porque Birdwine tenía que saber que estaba dispuesta a escucharle y que su relato no cambiaría nada.

—Cuando Stella te dijo que estaba embarazada, ¿no tuviste dudas? ¿No hiciste cálculos?

Negó con la cabeza: un no rotundo que comenzó en los hombros y llegó como una reverberación hasta nuestras manos unidas. Una mentira dicha con todo el cuerpo, o quizá solo una negativa a creerlo, porque lo que dijo a continuación sonó a cierto:

—Quería creerla. Supongo que decidí creerla. En aquella época bebía mucho. Fue un alivio, cuando me dijo que estaba segura.

Levantó la mano en un ademán que parecía decir «qué se le va a hacer», dejando claro que no la culpaba.

Tal vez yo tampoco pudiera culparla. Me imaginaba a Stella, embarazada, trece años antes. Casada con aquel Birdwine calamitoso que yo misma había visto cuando se emborrachaba. En aquel entonces bebía a diario y su trabajo pendía de un hilo. Ella había conocido a otro hombre, abstemio y de fiar. Se había enamorado de él lo suficiente para traicionar sus votos conyugales. Y, al darse cuenta de que estaba embarazada, se había permitido el lujo de elegir. Yo había visto la cara más sórdida de Birdwine, de modo que lo entendía. Y, a decir verdad, ¿qué habría hecho de haber estado en su lugar?

Era una pregunta equivocada. Sabía cuál habría sido mi absurda respuesta: habría dejado plantado a aquel chico rubio tan formal y habría apostado por Birdwine.

—¿Crees que lo conocerás alguna vez? A Caleb. Quizá cuando sea mayor —pregunté.

No estaba segura de que fuera lo correcto, pero tampoco veía con claridad qué era lo más acertado. En aquel asunto, estábamos inmersos en distintos tonos de gris. Tal vez aquello no fuera tan distinto a lo que había hecho Kai por mi hermano. Me pregunté entonces por vez primera si Julian había crecido sabiendo que era adoptado. Deduje que sí por cómo hablaba de su familia. Caleb, el hijo de Birdwine, no lo sabía. ¿Había sido abandonado, robado, salvado o entregado voluntariamente? En realidad poco importaba, porque Birdwine estaba negando con la cabeza.

—No, a no ser que necesite un donante de médula o de riñón —contestó.

—Pues, por su bien, espero que nunca necesite un hígado —comenté, y Birdwine dio un respingo—. Sí, un golpe bajo. Pero tú sabes que es verdad.

Habíamos llegado a mi edificio. Le solté la mano y me volví para mirarlo. Estaba de espaldas a la pared. La luz dorada que salía del portal iluminaba el rostro de Birdwine.

—Cuando empecé a ir a Alcohólicos Anónimos —dijo—, me hice una promesa a mí mismo. Pensé que, si podía mantenerme sobrio un año y conseguir mi insignia, iría a conocer a Caleb. Me dije que entonces estaría a la altura. Había abierto ese fondo fiduciario, de modo que él sabría que siempre me había importado, ¿no? Si conseguía aguantar un año entero, me decía una y otra vez.

Meneé la cabeza.

—Es mucha presión para restablecerse.

—Sí. Una vez llegué a diez meses. Cuando él tenía nueve años. Hasta empecé a pensar en qué le diría, en cómo me enfrentaría a Stella… Desperté dos semanas después, en México. —Se encogió de hombros, un gesto socarrón, y añadió—: Voy a decirte algo bueno que tuvo nuestra ruptura, si es que puedo llamarla así. O lo que fuera lo que pasó en mi cocina, cuando viste su foto. Me di por vencido. Abandoné por completo la idea. Conocerlo es una fantasía. Podría pasar diez años sobrio y aun así no iría a verlo. Tendría que decirle al chico que su madre es una adúltera y una mentirosa y su padre un ladrón. Si no fui capaz de destrozarle la vida así cuando tenía tres años, no veo por qué voy a hacerlo ahora, cuando es un adolescente. Cuando vaya a la universidad, o antes, si ocurre algo y lo necesita, le cederé el dinero a Stella. Que le dé la explicación que quiera. —Se inclinó para mirarme. Acercó tanto sus ojos a los míos que me costó enfocar la mirada—. No te estoy contando esto por lo nuestro. No voy a intentar conseguir la insignia del año por ti, como una especie de redención absurda. Estoy harto de esos tratos conmigo mismo, y estoy harto de beber. No sé si servirá de algo. Lo he dicho otras veces, pero esta vez no hay condiciones. Simplemente estoy harto. Espero, creo, que esta vez va en serio.

—Yo también lo espero.

Aunque volviera a fracasar, no dejaría de intentarlo. Yo lo sabía, porque lo conocía.

Levantó las manos y dijo:

—Y tú sabes que te quiero, joder, así que…

Miré su ojo derecho y luego su ojo izquierdo, alternativamente.

—¿Por qué me quieres?

Yo sabía lo que quería, pero, pensando en él, no quería que sucediera porque podía hacerle mucho mal. No quería convertirme en un lindo puño en el que pudiera estrellar su cara. Me apoyé en la pared, con la cabeza justo al lado del panel de seguridad.

—Si vamos a intentarlo, tiene que ser algo más que sexo y masoquismo por tu parte.

No sabía si iba a responder. No sabía si tenía motivos para hacerlo, y era tan difícil adivinar sus reacciones… Pero entonces sonrió.

—Porque en este planeta de mierda todo el mundo dice un montón de cosas bonitas para quedar bien y al mismo tiempo hace cosas horribles —dijo—. Tú no: tú, al contrario.

Era una buena respuesta. Un acierto. Miré otra vez sus ojos, primero uno y luego otro, con más intensidad que al mirar los ojos de Clark, o el ojo de la pistola. El izquierdo, todavía hinchado, estaba rodeado por un cerco negro y violeta. Vi dilatarse sus pupilas cuando me puse de puntillas y me incliné hacia él. El presente era una locura, sí, pero en la oscuridad de sus ojos me vi claramente reflejada. Para él, yo era real. Me veía del todo, hasta el fondo, y conocía todas las cosas horribles que había hecho. Es más: sabía de lo que era capaz, y sin embargo me miraba como si fuera buena y digna de amor.

—Vamos arriba —dije. Mis palabras entrañaban una promesa que iba más allá del sexo. Pensé que se daba por sobreentendido, pero se limitó a esperar en silencio. Ni siquiera pestañeó, y sentí que empezaban a secárseme los ojos y a picarme como si fueran los suyos. Por fin añadí—: Sí, está bien. Sí. Te quiero, joder.

—Ah, sí —dijo, y marcó el código de entrada de mi puerta.

Yo tenía la sensación de no habérselo dado nunca, así que debía de haberme visto marcarlo y lo había recordado, el muy canalla.

En el ascensor permanecimos callados, sin tocarnos. Esperamos, y me pareció bien esperar hasta que estuviéramos en mi casa. Allí teníamos una puerta que cerrar a nuestra espalda, y ningún tabique. Subimos las escaleras del *loft* y nos tomamos el uno al otro mientras Henry dormitaba sobre la cómoda, ronroneando para sí mismo.

Nos tratamos con cuidado. Era necesario. Nos tocamos suavemente por respeto a nuestras heridas, sorteando hematomas y cicatrices. Nuestros encuentros no solían ser así. Aquello era algo nuevo y delicado, y mientras nos movíamos al unísono pude ver el perfil de Atlanta extendiéndose ante nosotros en medio de una neblina eléctrica, como si la ciudad se hubiera iluminado en medio de la noche únicamente para nuestro regocijo.

Después, se quedó conmigo. Yo nunca había querido que nadie se quedara, pero no quería que Birdwine se fuera y me dejara. Esa noche no. Se acurrucó a mi alrededor, adormilado. Yo, en cambio, no dormí. Estaba pensando en mi madre. Pensaba que ella también había visto el cañón de un arma en aquellos exámenes médicos, cuando el doctor le dijo: «Semanas, si tiene suerte».

Había querido traerme a Hana, pero había tomado el camino más largo, tratando de encontrar un futuro a través de nuestro pasado. *Contaba* con tener suerte.

En la oscuridad, envuelta en los brazos de Birdwine, comprendí que Kai estaba muerta. Ninguna otra cosa podía haberle impedido traerme a mi hermana. Sabía desde el principio que era probable que estuviera muerta. Había dado por sentado que su muerte era inminente e inevitable el día que recibí el cheque devuelto, y lo que había descubierto Birdwine en su piso de Austin lo confirmaba. Pero ahora lo notaba en los huesos.

A Kai se le había acabado el tiempo y ya nunca llegaría a mi puerta, nunca me tomaría de la mano, nunca me soltaría algún rollo místico como: «Mira, Kali Jai, tienes una hermanita. Le puse ese nombre por Hanuman, el dios mono, porque es mucho más fuerte de lo que ella cree». Lloraba en silencio, pero Birdwine debió de notar el temblor de mi cuerpo. Me estrechó entre sus brazos y noté que apretaba la cara contra mi pelo.

¿Era aquello el perdón, visto del otro lado? Para ella era demasiado duro perdonarme por la responsabilidad que había tenido en nuestro desastre, porque en gran parte era culpa suya. Su vida entera había sido como una pistola cargada y amartillada, abandonada con el seguro quitado en medio de la mesa. De niña, yo había tomado aquella pistola y había jugado con ella, y le había costado a Julian. Su ausencia nos había destrozado.

Pero ella no había cambiado. En cuanto acabó su condena, volvió a ponerse en camino, confiando en que el futuro la respaldara, sin red de seguridad a la que caer. Incluso cuando supo que se estaba muriendo. Debería haberme traído directamente a Hana.

Tal vez fuera el único modo en que podía obligarse a venir: recorrer con mi hermana pequeña los escenarios donde habían transcurrido los mejores momentos de nuestro pasado común. Quizá había sentido la necesidad de recordar lo que habíamos sido la una para la otra cuando daba vueltas conmigo sobre sus pies y yo gritaba: «Baila, baila». Cuando el olor a piel de naranja y humo de hoguera en su pelo oscuro era mi mayor consuelo. Cuando éramos lo único que no cambiaba en el mundo.

Esa era la Kai por la que lloraba, y la Kai a la que dejé marchar.

Cuando me desperté, Henry estaba tumbado en medio de la almohada de Birdwine. Dormía profundamente, hecho una bola. Noté un olor a café recién hecho procedente de abajo y oí el suave tableteo de unas manos moviéndose sobre un teclado. Así pues, Birdwine no había ido muy lejos. Su camiseta seguía en el suelo: una camiseta verde oscuro, de una cervecería de barrio. Era de talla

XL y el paso del tiempo había suavizado la tela. Me la puse y me acerqué a la barandilla.

Birdwine, descalzo y en vaqueros, estaba sentado en mi silla de oficina, que parecía empequeñecida por su tamaño. Miraba fijamente mi ordenador portátil, con una taza humeante a su lado, sobre la mesa.

—¿Me traes una taza de eso? —pregunté alzando la voz.

Miró hacia arriba, y yo nunca había visto su cara morena tan pálida.

—¿Qué pasa? —dije, tensándome al instante—. Por el amor de Dios, ¿qué pasa ahora?

—Creo que la he encontrado. —Giró la pantalla y la tocó. Luego volvió a mirarme—. Es un informe policial de hace cuatro meses. Creo que puede ser Hana.

—¿Qué? —dije—. ¿Cómo?

—Tenía ganas de ponerme a trabajar, pero no quería marcharme mientras dormías. No podía retomarlo donde lo dejamos Julian y yo, y tenía las notas en casa. Corría el riesgo de dejar alguna laguna y pasar algo por alto. Así que empecé por el otro lado. Paula, creo que la he encontrado.

—¿Dónde está? —pregunté, agarrándome tan fuerte a la barandilla que se me pusieron blancas las uñas.

—Aquí —dijo, y señaló la ciudad. Estaba saliendo el sol, empapando el horizonte con luz nueva—. Creo que está aquí mismo, en Atlanta.

12

Candace está sentada sobre el capó de un Chrysler viejo, de suelo bajo, aparcado delante de nuestra casa. Mía y de Kai. Yo vuelvo caminando a casa en medio de un aire tan húmedo que parece cargado de agua. Acabo de bajarme del autobús cuando veo su silueta desde lejos, calle abajo. Esa figura está fuera de lugar aquí. Está recostada, apoyada en las manos, columpiando los pies por el borde del coche y dando pataditas al parachoques. Es tan ajena a aquel lugar, tan invasiva, que destaca más que cualquier objeto de los que tengo a la vista. Parece estar tan a gusto como si hubiera nacido aquí mismo, en esta calle. Como si fuera suya y este fuera su lugar. Mi ruina de piernas flacuchas.

Ahora corro, mi cuerpo se precipita hacia ella como si tuviera voluntad propia. La pesada mochila me golpea la columna. Noto un terror frío en mis huesos largos, y la violencia se va desatando a medida que me acerco. Tiene una piruleta metida en la boca. Veo asomar el palo, veo cómo le abulta la mejilla.

La ventanilla lateral del coche baja y Jeremy, su novio el de los ojos muertos, asoma la cabeza. Le grita algo, señalándome calle abajo. Ella me mira y deja de balancear sus zapatillas de tenis de segunda mano, con los cordones colgando, deshilachados y sin atar. No hace intento de levantarse, ni de correr, ni siquiera retrocede. Me espera, inerme y resignada.

Es entonces cuando comprendo que ya está hecho.

En algún lugar una ardilla está chillando su rítmica canción de amor, y el sol me calienta la espalda. Corro hacia Candace porque no puedo entrar en casa. No sé si alguna vez podré entrar.

Me mira con sus ojos inexpresivos y blandos cuando me paro en seco delante de ella, encogiéndome de hombros para soltar la mochila. Empiezo a pegarle antes de oír el golpe sordo de la mochila al caer sobre el asfalto. Sigo abofeteando su cara y su cabeza con las manos abiertas, tan brutalmente, tan furiosa como si tuviera cien manos.

Encoge los hombros, recoge las piernas, se tapa la cara con las manos, pero no se aparta. Se queda inmóvil, como la insignia de un capó, y espera a que acabe. No entiende que no voy a acabar nunca.

—¡Eh, eh! ¡Para ya! —grita Jeremy.

Sale del coche atropelladamente, pero no le hago caso y sigo golpeándola. Estoy llorando y ella también. Se le cae la piruleta sobre el capó y resbala. La veo como un destello naranja deslizándose por el margen de mi campo de visión. Entonces Jeremy me rodea con los brazos por detrás y me aprieta contra su pecho. Tira de mí, me aparta de ella.

—Idiota… Idiota… —Siseo, tan atenazada por Jeremy que no puedo gritar.

Ella no debería estar aquí. No pueden estar aquí. Le lanzo patadas, intentando darle en la cara mientras Jeremy me aparta a rastras.

—¡No le hagas daño! —le grita Candace, enderezándose, preocupada.

Nos quedamos paralizadas un instante mientras el tiempo se detiene, Candace mirándome con el pelo algodonoso revuelto y los ojos irritados por las lágrimas. Jeremy me sujeta, yo jadeo contra sus brazos tensos. No me suelta hasta que nota que la necesidad de golpearla abandona mi cuerpo.

¿Qué sentido tiene? Ya está hecho.

Kai y yo llevamos aquí menos de un mes. Volvió cambiada de la cárcel, pero ¿no ha sido siempre así? Nuevo sitio, nueva Kai. Antes, yo siempre cambiaba para adaptarme a la narración: era el yang de su yin selecto y cambiante. Ahora, en cambio, usamos nuestro verdadero nombre. Su libertad condicional nos ata a nuestra historia verdadera. Karen Vauss canta menos, cuenta menos cuentos, bebe más vino que cualquier Kai que yo haya conocido. Karen Vauss está demasiado derrotada y cansada del mundo para mandar al cuerno la libertad condicional y escapar.

Me aflojo en brazos de Jeremy y pienso: «Yo puedo hacer lo mismo que ella». Puedo quedarme callada en el sofá y no desviarme hasta que Kai se desvíe. Puedo y lo haré, porque mi camaleónica madre es la única presencia que ha sido constante en mi vida. Yo lo eché a perder, por mi culpa acabamos en instituciones separadas, pero ahora la he recuperado. Tengo que decirle que soy capaz de mirar a Marvin como una huérfana de ojos tristes, si es lo que quiere. Marvin es el dueño del restaurante donde trabaja. Ha empezado a mandarme bollos rellenos de beicon cuando acaba el turno de Kai, y una mañana, muy pronto, sé que me despertaré y lo encontraré en pijama y descalzo, comiéndoselos en nuestra mesita de comedor. Puedo respaldarla, seguirle el juego si me perdona.

Me lo juro a mí misma, aunque me da miedo ver a la Kai que me espera dentro. Puede que la verdad que ahora conoce ya la haya cambiado. Muy bien. Voy a hacerle promesas a todos los dioses habidos y por haber: seré su compañera pase lo que pase, cuando me perdone.

Jeremy se aparta de mí y yo intento dejar de llorar en la calle, delante del coche. Candace se baja del capó, recoge su piruleta del bordillo y la inspecciona. Le quita una brizna de hierba, un trocito de hoja. Veo la huella de mi mano en su cara blanca.

—Deberías haberme traído contigo —dice como si eso fuera posible, aunque yo hubiera querido.

Se mete la piruleta sucia en la boca. En sus ojos hay desconfianza, crueldad y otra cosa. Algo que no consigo comprender.

—Y tú deberías largarte de mi calle —le digo mientras me seco las últimas lágrimas.

—La calle no es tuya —contesta, pero no enfadada: como si constatara un hecho—. Tú no tienes nada aquí.

Tiene razón. Vivimos de alquiler. Ocupamos el oscuro apartamento del sótano de una casa dividida en tres, la más fea del vecindario. El alquiler es barato, sobre todo para Morningside, que no es nuestro tipo de barrio. Está lleno de gente rubia que se compra perros de raza y cuida su césped. Pero es un lugar seguro, y los colegios son buenos.

—Tenemos que irnos —le dice Jeremy, cambiando el peso del cuerpo de un pie a otro, inquieto.

Se dirige solo a ella, como si yo hubiera dejado de ser relevante en cuanto he dejado de golpearla. Yo solo miro a Candace, como si él hubiera dejado de existir al soltarme.

—Iba a llamarte —le digo, pero no es verdad.

Había tenido la esperanza de que se olvidara de mí después de mi marcha. Vive hasta tal punto en el presente que muy bien podía estar chantajeando a Shar y a Karice para que fueran sus amigas, o cambiando a Jeremy por algún otro chico que además de golosinas le ofreciera marihuana. Si eso fallaba, confiaba en que no pudiera encontrarme. Le había dicho a la señora Mack, a mi trabajadora social y a mi tutora legal que no quería que le dieran a nadie mis datos de contacto, y me habían dicho que estaba en mi derecho. Pero a Candace se le da tan bien fisgonear, pegar la oreja a cualquier puerta cerrada que se encuentre y hurgar con sus dedos pringosos en las cosas de los demás, que me ha encontrado y ha conseguido que Jeremy encuentre un coche en alguna parte para venir a arruinarme la vida.

Ya me he calmado. Estoy harta de llorar delante de ella. Ya ni siquiera quiero pegarle. Candace es un pozo sin fondo. Puedo arrojarle una lástima y una violencia infinitas (incluso podría arrojarle amor si me sobrara algo), que ella lo aceptaría todo y lo haría desaparecer en su boca negra e inerme, como si fuera todo lo mismo. Pero nada la llenaría. Todo lo que le arrojara caería eternamente, precipitándose en sus profundidades ávidas e insondables.

—¿Por qué sigues aquí? —le pregunto.

Lanza una mirada a Jeremy, y él se acerca y se sienta detrás del volante. Cierra la puerta del coche y se queda allí, mirando mortecinamente adelante. Yo veo subir la ventanilla, veo cómo se mueve su brazo al girar la manivela.

Candace dice:

—Nos hemos escapado. Jeremy va a llevarme a California.

Miro a Jeremy a través del parabrisas, sin saber qué historia se habrá tragado. ¿Romeo y Julieta? ¿Bonnie y Clyde? Puede que los chicos como él no lean, así que quizá no sepa lo mal que va a acabar esto. ¿Tiene siquiera permiso de conducir? Calculo que puede tener quince años, pero no estoy segura. Aunque tenga edad de conducir, es imposible que haya comprado el coche.

Señalo el capó con el pulgar y digo:

—Vais a acabar los dos en el reformatorio.

Candace sacude la cabeza.

—Se lo robamos a unos mexicanos. Los ilegales no denuncian.

—Pero yo sí, Candace —le recuerdo, exasperada. Ella siempre ha usado esa arma, así que ¿cómo es posible que no vea la ironía?—. Marco el 911 y denuncio.

Se limita a acercarse un poco a mí al oír mi amenaza.

—Tú no me quisiste traer, pero aun así estoy dispuesta a llevarte.

—¿Llevarme dónde? —preguntó desconcertada—. ¿A California, quieres decir?

Asiente con la cabeza, y me doy cuenta de que habla en serio. Ha hecho todo lo posible por destrozarme la vida, tiene la oreja izquierda colorada por mis golpes. ¿Y ahora va a invitarme a acompañarla en su viaje?

—Espero que te mueras en California —contesto tan fríamente que mi voz suena casi monocorde—. No, espero que te mueras por el camino y que nunca llegues allí.

Agarro mi mochila y vuelvo a colgármela de los hombros. Cruzo la calzada y echo a andar hacia mi casa.

—¡Deberías haber visto a tu madre cuando se lo he dicho! —grita detrás de mí—. Ella también me ha pegado.

Me paro en seco. Kai nunca es violenta, en ninguna de sus encarnaciones. Es una amante de la palabra, una hechicera que besa a los perros en la boca. Candace me sigue por la hierba requemada de la casa.

—Allí hay leones marinos, ¿lo sabías? Están en las playas donde se baña la gente. Lo vi en un vídeo, en clase de ciencias. Puedes acercarte a ellos, que no les importa. ¿No quieres verlos? ¿No quieres acercarte a ellos?

Entonces lo entiendo. No se lo ha dicho a Kai por venganza, ni siquiera por maldad. Se lo ha dicho porque soy una Niña de mamá, y ella nunca podrá formar parte de mi tribu. Ha hecho esto para atraerme a la suya. Me quedo paralizada al comprender la fealdad que puede habitar dentro del simple pragmatismo.

—Odio los leones marinos —digo, mintiendo.

La Kai que vive en esta casa (Karen Vauss) es amarga y hermética, así que yo también lo seré, y ella me perdonará. No nos veo en una playa.

—Bueno —dice Candace—, pues allí veré un montón de cosas.

—Odio ver un montón de cosas —miento.

Karen Vauss rara vez sale de casa, así que yo tampoco saldré.

Me alejo hacia la puerta lateral que lleva a nuestro piso, al otro lado de la casa.

—Eh, ¿quieres que te espere? —grita detrás de mí, y su voz tiene ahora una nota de desesperación—. Por si necesitas que te lleve.

No me vuelvo. Apenas la oigo, porque no voy a necesitar que me lleve. Voy pensando para mí misma, «Mi madre lo sabe», de modo que lo peor ya ha sucedido.

Abro la puerta y miro nuestra oscura escalera.

Podría hacerme la tonta y mentir. Ahora mismo, es mi palabra contra la de Candace. Kai no querrá que sea cierto, y nada ayuda más a mantener una mentira a flote que un oyente esperanzado.

Oigo que el coche se pone en marcha con un horrible ronquido. Tiene el silenciador averiado, o casi. Es el bramido de otra niña perdida en marcha, confiando en llegar lo bastante lejos para acercarse a unos leones marinos. O para ir aún más lejos y adentrarse en el océano. O incluso al borde del mundo y precipitarse al abismo.

Me siento tan aliviada porque se haya ido que sé que no voy a mentir. Ni las mentiras ni California son reales. La única salida real es la verdad.

Así pues, ha sucedido lo impensable: Kai sabe que yo destrocé nuestras vidas. Ahora tengo que bajar sin artificios y ver qué pasa a continuación.

Bajo con el futuro descabalado solo unos pasos por delante de mí. Es un muro de blancura sin la letra de Kai escrita en él. ¿Y si me pega? Nunca me ha pegado, ni tampoco ha dejado que ninguno de sus novios me pegue. Si me pega, lo aceptaré, como ha hecho Candace. Me lo he ganado. Me he ganado cualquier castigo que me imponga, y al final seré perdonada.

Quiero que me castigue, de hecho. Sería agradable someterme y decir, «Esto es lo que debe suceder ahora». Cuando pase lo peor, me estrechará entre sus brazos. Dirá: «Nena, nena, no pasa nada, todo va a ir bien». Hoy no, pero sí algún día, cuando haya cumplido mi castigo y tenga su perdón, me dirá esas palabras. Sé que lo hará porque siempre, en todas nuestras encarnaciones, hemos estado juntas.

La escalera está a oscuras, y la amplia habitación que hay más allá está aún más oscura. Es un salón comedor con la cocina al fondo, a lo largo de la pared. Solo tiene ventanas a un lado, estrechas y alineadas en horizontal, cerca del techo. Hoy ha estado lloviendo a ratos todo el día. El sol se oculta detrás de una gruesa capa de nubes. Escudriño la penumbra, buscándola.

Aquí he sido casi siempre feliz, durante esta corta temporada.

Está sentada en el sofá. Ha estado bebiendo vino, de ese de color morado que viene en una garrafa grande, con una anilla redonda por mango. Noto su olor fino y ácido. Sobre la mesa baja hay un vaso de zumo, con posos en el fondo. Ella sujeta un cigarrillo que se ha quemado hasta el filtro y se ha apagado sin que lo notara, un cilindro de ceniza intacta suspendido entre sus dedos.

Dejo la mochila junto a la puerta y el ruido la sobresalta. Se incorpora y la larga ceniza se rompe y se desmigaja. Los trozos más grandes caen y se desparraman por su pechera, y los más livianos quedan suspendidos en una neblina gris e ingrávida. Me busca con los ojos y me encuentra con la cara manchada de lágrimas y sudorosa por el esfuerzo de pegar a Candace. Nos miramos a los ojos.

Creo que ha intentado con todas sus fuerzas no creer a Candace. Puede que lo haya logrado, aunque no del todo. Constata que es verdad al verme la cara. La verdad es tan poderosa, y ya se ha hecho explícita en esta habitación.

Pasa un instante, un latido, un solo hálito que dura un siglo, y después no queda nada para mí en su expresión. Ni una idea, ni un sentimiento. Sus ojos giran lentamente dentro de sus órbitas, pasan de largo, miran hacia la oscuridad de la escalera, a mi espalda.

La inclinación del mundo cambia. Lo noto. El planeta entero se mueve bajo mis pies. La tierra es el agua, y el mar el cielo. Todo lo que antes estaba amarrado ahora flota. Yo también floto, indefensa en un mar de historias sin viento ni corriente.

—Mamá —empiezo a decir, pero me interrumpe.

—Ah, hola, nena —dice. Sus ojos se han convertido en fragmentos de roca verde. Su cara pálida brilla, inexpresiva, como mármol labrado refulgiendo en la oscuridad—. ¿Quieres una pieza de fruta?

—Mamá —empiezo otra vez—, yo...

—Hay plátanos, y creo que todavía queda una manzana —añade, volviendo a interrumpirme.

Se percata de que aún tiene el filtro en la mano y lo deja en el cenicero, que ya rebosa colillas de Camel. Al principio, cuando nos mudamos aquí, olía a humedad y a vegetación: un olor mohoso y denso. Ahora todo el piso apesta a tabaco. Se sacude la ceniza que oscurece los colores de su falda, saca otro cigarrillo del paquete y lo enciende. Su mirada resbala de nuevo sobre mí, y esta vez se posa en la cocina.

—Kai —digo, ansiosa.

Quiero que se acerque a mí. Lo necesito. Podría abofetearme con la mano abierta tantas veces como yo he abofeteado a Candace. O más. Podría apretarme hasta dejarme sin respiración. Quiero que me grite y que me pegue, que se desate como una tormenta. Quiero que haga algo para que esto acabe.

Doy un paso adelante para colocarme en su línea de visión, pero es como si fuera un punto de Teflón móvil. Su mirada vuelve a resbalar sobre mí, incapaz de fijarse o detenerse. Se levanta, se acerca a la cocina de la pared del fondo y empieza a cortarme una manzana.

No recuerdo que volviera a mirarme de frente.

Estoy segura de que tuvo que hacerlo alguna vez. Hubo veces en que, por pura casualidad, su mirada y mi cuerpo se cruzaban. El piso era pequeño. Pero en mi recuerdo sus ojos solo rozaban el aire que me rodeaba, año tras año, incansablemente. Dudo que, viéndolo desde fuera, alguien se diera cuenta del cambio. Pero yo sí me daba cuenta. Había quedado desterrada de su historia, y cuanto más duraba mi destierro más se me metían la culpa y la furia bajo la piel, como metralla, clavándoseme lentamente en la carne.

Así pues, me convertí en un ser cuyo único objetivo era atormentarla. Paula la zorra, la peleona, la rebelde, la pequeña delincuente. Llegaba a casa a las cuatro de la mañana apestando a cerveza y a chicos, y aun así no me miraba. Nunca me dijo que cambiara, y el roce chirriante de mil esquirlas de furia y de culpa raspando mis huesos se convirtió en mi música de fondo, en un zumbido siempre presente. Cuando me mudé a Indiana, me reinventé otra vez: me convertí en una triunfadora por despecho hacia mi madre. Dejé que mis cheques se lo dejaran bien claro. Su cantidad iba aumentando con los años, pero formulaban siempre la misma pregunta. Hacía seis meses, ella había contestado por fin: *Me voy de viaje, Kali. Vuelvo a mis orígenes. La muerte no es el final. El final serás tú. Volveremos a encontrarnos y habrá nuevas historias que contar.*

Típico de Kai, hablar sin ton ni son, misteriosamente, como si sus palabras resbalaran sobre mí, igual que su mirada. Por qué no podía decir: «Hola, perdona pero me estoy muriendo y voy a ir a Atlanta. ¿Quieres hacerte cargo de tu hermana pequeña?».

Ahora, la única noticia que tenía era el informe policial de hacía cuatro meses que Birdwine había localizado en su radar. En él, un Buick viejo y destartalado, con el capó abollado y un largo raspón a un lado recorría Morningside dando bandazos. Una buena mujer del vecindario vio pasar aquella cafetera que tanto desentonaba en su calle. También distinguió a una niña en el asiento de atrás, y se fijó en lo ida que parecía la conductora, haciendo eses entre un bordillo y otro. No hizo nada hasta la segunda vez que pasó el coche y empezó a preocuparle que estuvieran vigilando el barrio. *Entonces* llamó a la policía.

Mandaron un coche patrulla, pero cuando llegó, el Buick ya se había salido de la calzada y se había estrellado contra la arizónica de algún ciudadano prominente. El accidente sucedió a dos manzanas del terreno donde antaño había estado nuestro viejo apartamento. Si Kai iba buscándolo como última parada de su Tour de Vidas Pasadas, no había tenido suerte: el edificio había sido derribado y en su lugar habían construido una falsa casona antigua de trescientos metros cuadrados.

La conductora (Karen Porter, de Nueva Orleans, según su documentación) estaba aturdida y desorientada. Se había golpeado la cabeza contra el volante. Una ambulancia las llevó a ella y a su hija al hospital Grady, donde se hizo evidente que la conmoción cerebral era el menor de sus problemas. Tenía un cáncer de pulmón en fase terminal que se había extendido por todo su cuerpo: cerebro, huesos y más allá. La niña tenía un esguince de muñeca y quedó bajo la custodia de los Servicios Sociales. La mujer siguió ingresada, a ratos consciente y a ratos no, pero siempre con lucidez limitada. Murió seis días después.

Yo había aceptado que Kai estaba muerta. Había llorado y llorado en brazos de Birdwine mientras contemplábamos el horizonte de mi ciudad. Pero si aquella mujer era Kai, entonces ya la habían incinerado. Al no conseguir localizar a ningún familiar, los Servicios Sociales se hicieron cargo de ello a finales de mayo.

Aquella información procedía de Birdwine, que había seguido su pista mientras yo trataba de dar con la niña. Estaba convencido de que el Servicio de Protección al Menor se mostraría más dispuesto a proporcionar información sobre el destino de una niña de diez años si era yo quien la solicitaba. Era familia directa de la niña y una conocida abogada, mientras que él era un expolicía al que habían echado del cuerpo (y *hombre*, para colmo), y llevaba menos de una semana sobrio. Pensé que tenía razón.

Pasé casi dos días laborables enteros abriéndome paso entre interminables menús automatizados para hablar con personas que me remitían a otras, que a su vez me devolvían ineluctablemente al menú de inicio o, si tenía mala suerte, al buzón de voz. Cada vez que tenía esa opción grababa un mensaje edulcorado, formulando un montón de preguntas.

Julian, que era nuevo en aquellas lides, se desanimó enseguida. Había dejado su trabajo en la pizzería de las afueras y, al mismo tiempo que me ayudaba, buscaba otro empleo en el centro. Había terminado de tramitar el traslado de su empadronamiento al estado de Georgia y me enviaba continuamente enlaces a anuncios de viviendas con jardín y dos habitaciones como mínimo, en buenos distritos escolares. Todas tenían un apartamento encima del garaje o en el sótano. Deduje de ello que mi hermano pensaba convertirse en mi inquilino para ayudarme a cuidar a Hana después del colegio. Quería que irrumpiéramos los dos en el Servicio de Protección al Menor, hechos una furia.

Le dije que tenía que calmarse y seguí mostrándome paciente y zalamera incluso cuando me colgaban después de media hora de espera al teléfono. Estaba tendiendo una red ancha, pero también muy tenue. Si aquella niña era Hana (y yo confiaba en que lo fuera), quería que la trabajadora social asignada a su caso pensara bien de nosotros y estuviera predispuesta a considerarnos un activo importante para la niña. Le prometí que, si el lunes por la mañana aún no nos había llamado nadie, me tomaría la tarde libre, iríamos a las oficinas del Servicio y haríamos el numerito del poli bueno y el poli malo, montaríamos un pollo si era necesario. Amenazaríamos con demandarlos o probaríamos a sobornarlos, lo que hiciera falta. Pero primero tenía que dejarme hacerlo por las buenas.

El viernes, casi a la hora de comer, Verona se asomó a mi despacho. Parecía espantada.

—Es una mujer de los Servicios Sociales —dijo con los ojos como platos.

Sabía lo importante que era aquella llamada: todo el bufete lo sabía. El miércoles había invitado a Nick a tomar una copa y le había puesto al corriente de todo lo sucedido en mi familia durante los seis meses anteriores. No solo se mostró comprensivo, sino que me apoyó sin ambages, como era lógico. Éramos amigos desde hacía mucho tiempo, y a mí me habían dado literalmente una paliza (y casi un balazo) por trabajar en el bufete. Tampoco vino mal que el caso de Winkley contra Winkley se estuviera desarrollando muy favorablemente para nosotros, tanto respecto al acuerdo mismo como en términos publicitarios. Oakleigh me adoraba: yo había convertido su vida en un grueso lecho de rosas. Era una gilipollas, sí, pero era *mi* gilipollas, y Nick prácticamente resplandecía pensando en las referencias que les daría a sus amigas ricas y consentidas cuando les llegara el momento inevitable de divorciarse.

Nick era, además, un cotilla incorregible, de modo que solo tuve que confesarme una vez. El temblor de la voz de Verona al decirme quién estaba al teléfono evidenciaba la rapidez con que había difundido la noticia.

Guardé el documento que estaba redactando y aparté mi portátil.

—Estupendo —dije—, pásamela.

—No, no es una llamada —me dijo en un susurro dramático—. Está aquí. Aquí mismo. En el vestíbulo. Ahora mismo.

Sentí que el vello de mi nuca se erizaba. Conocía el funcionamiento de los servicios estatales lo suficiente para saber que aquello no era normal. Mantuve sin embargo una expresión neutra y dije en el mismo tono que había empleado cuando todavía creía que era una llamada:

—Muy bien, pues mándamela.

No quería alentar a Verona, que se comportaba como si aquello fuera un *reality show* en el que ella tuviera un papelito. ¡Ay, dioses, estos chicos del milenio!

—No tiene cita —contestó—. Le he ofrecido un café y he venido corriendo a decírtelo.

—No pasa nada —dije—. Tráela aquí y retrasa la cita que tengo después.

Me levanté de la mesa mientras esperaba y me miré rápidamente en el enorme espejo que colgaba detrás del sofá. Tenía el pelo alisado y no me había comido el carmín. Parecía una profesional responsable y, cuando regresó Verona, también parecía serena y amable. Boca relajada, cejas bajadas, hombros sueltos.

—La señora Sharon Watson —dijo Verona al hacer pasar a una mujer negra y atractiva.

Tenía más o menos mi edad y era alta y fornida.

Yo no le había dejado ningún mensaje a nadie con ese nombre. Aquello se ponía cada vez más interesante. La señora Watson lucía un traje azul marino barato y una sarta de perlas demasiado larga para no ser de bisutería. Sus pendientes también eran de perlas, planas y anchas como dólares de plata. Sus zapatos azul marino eran discretos pero favorecedores, igual que su cabello corto.

—Gracias, Verona —dije con la suficiente firmeza para que no le cupiera ninguna duda de mi intención.

Retrocedió lentamente y esperé a que la puerta se cerrara del todo para acercarme a la mujer con la mano tendida.

—Hola, soy Paula Vauss.

Me la estrechó diciendo:

—Sé quién eres. Y tú también me conoces.

No la reconocía hasta que me sonrió. Su boca se ensanchó en su bonito rostro, mostrándome una enorme muralla de dientes ligeramente amontonados. Entonces supe quién era.

—Hola, Shar —dije con toda la calma de que fui capaz.

Veinte años mayor y con un apellido distinto, pero era Shar. Era mi pasado alzándose en torno a mí, y estaba allí, ahora, aunque pareciera imposible. Seguía siendo exactamente la misma, pero más alta, más recia, y llevaba un aparato en los dientes, de esos transparentes. Todavía no los tenía del todo colocados, pero eso no impidió que sonriera de oreja a oreja, disfrutando de mi cara de pasmo. Tuve que hacer un esfuerzo para que no me temblara la voz cuando pregunté:

—¿Perteneces al Servicio de Protección al Menor?

—Sí. Muchas de nosotras acabamos haciendo trabajo social —contestó.

No supe muy bien a quién se refería al decir «nosotras». Debió de notármelo en la cara porque añadió:

—Las chicas que hemos vivido en acogida. Cuando el sistema funciona, solemos tener el impulso de devolver el favor. —Me lanzó una larga y hosca mirada desde el pelo liso a los zapatos de tacón, y lanzó luego una mirada aún más elocuente a mi despacho. Volvió a enseñar los dientes y comentó—: Tú no, en cambio.

Sentí que mi sonrisa también empezaba a llenarse de dientes. No había visto a Shar desde que tenía trece años, pero seguía siendo una provocadora.

Me resistí a picar el anzuelo. No iba a poner sobre la mesa mi trabajo para presas sin recursos, a bajarme metafóricamente la cremallera y pedir una regla para que midiéramos nuestros respectivos atributos. No solo porque sin duda tenía todas las de perder ante una mujer que trabajaba en los Servicios Sociales, sino porque me interesaba mucho más saber qué estaba haciendo allí. Deduje que había aprovechado la oportunidad para conseguir un ascenso o sondearme un poco, de modo que su visita tenía que ver con Hana. No podía tratarse de una simple visita de cortesía para rememorar viejos tiempos, teniendo en cuenta las circunstancias y el hecho de que la Shar que yo recordaba era muy poco dada a sentimentalismos.

—Aparentemente, no —dije con voz dulce—. Por favor, siéntate.

Le indiqué el sofá en vez de las sillas para los clientes y tomé asiento a su lado. No quería que la mesa se interpusiera entre nosotras porque podía considerarlo una muestra de hostilidad o condescendencia. Se sentó muy derecha, pero pensé que se debía a que era una postura más saludable para la espalda, no a un actitud hostil. Me estaba costando intuir sus intenciones. En realidad, me estaba costando un poco asimilar toda aquella situación.

—Tienes un apellido distinto. El de antes era…

—Roberson —dijo.

—Sí, eso es. Entonces, ¿estás casada?

—Sí, claro.

Llevaba un bolso lo bastante grande para hacer las veces de maletín. Lo había dejado junto a sus pies al sentarse. Sacó su teléfono de un bolsillo lateral y abrió una fotografía que me enseñó. En ella aparecía del brazo de un negro alto y de cara ancha, con bigote y una buena tripa. A su alrededor se apiñaban tres niños de distintos tamaños.

—¿Tú estás casada, Paula?

—No. Ni me he casado, ni tengo hijos —contesté. No sabía si se trataba de otro desafío, pero en aquel campo nunca había sido muy competitiva.

—Bueno, parece que te van muy bien las cosas, a tu manera —dijo riendo.

Aquello me sorprendió. Había una nota de buen humor en su voz (casi de amabilidad), pero yo seguía intentando adivinar sus intenciones. La última vez que se habían cruzado nuestros caminos, éramos enemigas mortales. Claro que también éramos dos crías.

—¿Has venido por mis llamadas telefónicas? —pregunté. Pero era una pregunta demasiado directa—. Por mi hermana, quiero decir. No recuerdo haberte dejado un mensaje.

—Bueno, soy prácticamente la única trabajadora social del condado de Fulton que no ha tenido noticias tuyas. Has dejado un montón de mensajes —dijo—. Ahora soy supervisora, no me ocupo directamente de ningún caso, pero tú fuiste una niña de acogida y estás intentando encontrar a tu hermana pequeña dentro del sistema de acogimientos. Como supongo que imaginas, tu caso está dando mucho que hablar en nuestras oficinas. En cuanto oí tu nombre tuve que comprobar si eras la misma Paula que recordaba, aunque no es un caso de mi jurisdicción. Encontré tu foto en la página web del bufete. Supe enseguida que eras tú. —Chasqueó los dedos—. Eres aún más alta que entonces, pero sigues teniendo la misma cara. Pensé, ¡fíjate!, otra de las chiquillas de la señora Mack a la que le han ido bien las cosas.

Charlaba como si hubiera venido de visita. Tal vez fuera la cháchara que la gente consideraba necesaria antes de ir al grano. A Nick se le daba mucho mejor aquello. En cambio no era lo mío, pero de todos modos intenté hacerlo lo mejor que pude.

—Recuerdo que la señora Mack nos llamaba chiquillas —dije.

—Conmigo se portó muy bien —repuso Shar—. Creo que tú no llegaste a conocerla tan bien como yo. Tenías una madre que iba a venir a por ti, y no quiso entrometerse en eso. Con las que estábamos en vías de adopción era distinta. Sobre todo con chicas como yo. Me expulsaron tres veces del colegio por meterme en peleas. No había precisamente un montón de padres perfectos haciendo cola para adoptarme. Seguimos manteniendo relación incluso cuando llegué a la mayoría de edad y salí de allí. Fue la madrina de mi hijo mayor, antes de fallecer.

—Ah. Te acompaño en el sentimiento. Da la impresión de que se portó muy bien contigo —dije, azorada y rígida.

Shar seguía expectante. Tal vez quería que a cambio le hiciera un resumen de mi vida después de abandonar la residencia de acogida. Pero yo le formulé otra pregunta:

—¿Y sigues en contacto con alguien más de allí? —Mientras hablaba me di cuenta de hasta qué punto estaba imitando su forma de hablar, sus giros verbales. Yo ya no hablaba así.

Me pregunté si mi presencia también había hecho retroceder su dicción a aquellos tiempos. Su acento se hallaba en el espectro común a las profesionales liberales de cualquier raza aquí, en Atlanta. Era muy parecido al mío, pero en realidad se trataba de una cuestión de estructura gramatical. El ritmo de su relato era el de una canción salida directamente del tiempo que habíamos pasado juntas. De cuando éramos las chiquillas de la señora Mack, tal y como ella nos había apodado.

—Kim y yo seguimos siendo muy amigas —explicó—. Tuve un hijo siendo muy joven. Una niña. Ahora tiene doce años y es un torbellino. Pero Kim se casó con un buen hombre hace un par de años. Tienen un bebé, un niño. Está gordísimo, es una monada. Como si estuviera hecho de bizcocho. Tiene unos rollos en las rodillas y en los codos... Cuando lo veo echo de menos tener un bebé. Aunque no lo suficiente para tener otro, ojo.

Me picó el interés a mi pesar, y a pesar del contexto.

—¿Y Karice? ¿Sabes algo de ella?

Se puso seria. Se encogió de hombros, pero no porque no tuviera noticias de ella. Las tenía, claro, pero no iba a hablarme de ellas. Yo rellené los huecos en blanco: Karice estaba muerta, o desaparecida, o en la ruina más absoluta. Ella también se había caído del mundo.

—Sí, vale. Joya, lo mismo —dije, encogiéndome yo también de hombros.

Sentí entonces que nos entendíamos. La última vez que se habían cruzado nuestras vidas, estábamos al borde del abismo. Todos: las Niñas de mamá y las que esperaban una adopción, chicos y chicas, blancos, negros, marrones y todos los colores intermedios.

Todos habíamos sido abandonados, extraviados o rescatados, y formábamos por tanto una sola tribu, aunque entonces no lo supiéramos. Shar y yo nos contábamos entre los Niños del Abismo. Éramos, sin embargo, demasiado jóvenes para sentir que nos tambaleábamos, a punto de precipitarnos al vacío. Kim nunca me había caído bien, pero me alegró saber que estaba bien. No le guardaba ningún cariño a Karice, y Shar odiaba a Joya, pero eso no impidió que en ese instante sintiera surgir a nuestro alrededor un terreno común. Las dos habíamos visto precipitarse al abismo a personas a las que queríamos, y ninguna de las dos habíamos caído tras ellas.

Aunque, teniendo en cuenta nuestra historia, no pude evitarlo: eché una ojeada a sus enormes pendientes de perlas. Fue una mirada, duró apenas lo que un parpadeo, pero Shar la vio y se echó a reír.

—¿Quieres verlas?

Sí, quería. No podía evitarlo.

—Ya lo creo —contesté.

Se quitó los pendientes: eran de clip. Las rajas habían desaparecido, pero distinguí una leve y limpia cicatriz, muy recta, en el centro de cada lóbulo.

—Cirugía plástica —me confesó—. Tuvieron que extirpar las cicatrices, y fue tan doloroso como parece. Y carísimo, además. Pero ahorré y conseguí hacérmelo cuando tenía veinte años. Nunca olvidé que dijiste que mis lóbulos parecían dos culos de vieja.

Me miré las manos que tenía en el regazo, avergonzada.

—En fin, era una idiota.

—Tú, y yo, y todas las niñas de doce años del mundo. Será un milagro si Kim no se lía algún día a guantazos con su hija. Me alegro de tener hijos —comentó sin dejar de sonreír—. Siento lo de Joya, pero al menos a tu otra amiga le fue bien.

Tardé un segundo en darme cuenta de a quién se refería.

—¿Candace? —pregunté—. No le he seguido la pista.

Sus ojos se dilataron, llenos de sorpresa.

—Pero si erais uña y carne.

No conseguí dar con una respuesta que fuera al mismo tiempo cierta y adecuada a las circunstancias, así que me limité a decir:

—Lo último que sé de ella es que se escapó.

—Sí. Se escapó un montón de veces, pero siempre volvía. Salimos de allí juntas, al cumplir la mayoría de edad. En fin, es una larga historia y tengo citas esta tarde. Pero en algún momento deberías buscarla en Internet. Ahora se hace llamar Candace Cherries. Es más o menos famosa.

—¿Se dedica al porno? —pregunté. No me imaginaba a qué otra cosa podía dedicarse con ese nombre. No me habría sorprendido, pero el concepto «estrella del porno» no encajaba con el tono amable de Shar.

—Búscala alguna vez en Google —insistió, dando el tema por zanjado, aunque no hizo ademán de marcharse.

Así pues, la charla se había acabado. Sentí que se me enderezaba un poco la columna.

—Entonces, se trata de Hana —dije.

—Claro que sí —contestó—. En cuanto me di cuenta de que eras tú, me picó el interés, como suele decirse. Así que cuéntame, ¿por qué crees que esa niña es tu hermana? Es muy calladita. No dice ni tres palabras seguidas si puede evitarlo, pero me ha dicho que no tiene hermanos, lo mismo que dijo cuando la encontraron.

—¿Te lo ha dicho ella? —pregunté inclinándome hacia delante—. ¿La has visto?

—He venido directamente aquí después de verla —respondió, y yo me levanté al instante y fui a buscar mi portátil a la mesa—. No le he dicho nada de ti. Le he dicho que era una supervisora y que quería comprobar un par de cosas. No tiene sentido que se haga ilusiones si no es la niña que buscas. Pero si... —Dejó de hablar bruscamente cuando le llevé el ordenador y abrí una de las fotografías escaneadas de Hana dando de comer a los patos a la orilla de un río, con Kai.

Se hizo un largo silencio. Luego dijo, pasmada:

—Vaya, que me maten. Pero si es ella…

—¿Estás segura? —pregunté. Me temblaba la voz a pesar de mis esfuerzos.

—Claro que estoy segura. He salido de su hogar de acogida a eso de las once y media —respondió Shar.

—Entonces estás segurísima —insistí.

Se me quedaron las manos dormidas. Y también la cara, mientras Shar asentía con un gesto.

Era Hana, de modo que Karen Porter era Kai. Y Karen Porter era un montón de cenizas. Sabía que Kai estaba muerta, lo notaba en los huesos, pero aquello era tan concreto… No solo muerta, sino reducida a aquello que no se quemaba. Cenizas en una caja. Cuánto lo habría odiado Kai.

Pero al mismo tiempo Hana estaba viva, y tal vez incluso a salvo y… Y yo tenía que ir a verla. Inmediatamente. No, primero tenía que llamar a Julian. O… No sabía qué hacer a continuación.

Me quedé mirando a Shar, paralizada de pronto ante la presencia firme y discreta de una mujer que había visto a mi hermana desaparecida hacía menos de una hora.

Alargó la mano y tocó la cara de Kai en la pantalla.

—Me acuerdo de ella.

Pestañeé.

—¿Viste a Kai? Pero la madre de la niña está… —Titubeé.

—Ay, Dios, no, perdona —dijo levantando la voz, casi horrorizada—. No, no, Karen Porter falleció. Hace meses. Lo siento mucho. Quería decir que recuerdo haberla visto en casa de la señora Mack. Hace años. Cuando iba a visitarte.

Era el segundo shock que recibía en otros tantos minutos, pero era lógico que Shar se acordara de mi madre. Me había visitado cuatro veces por semana mientras intentaba encontrar trabajo y un apartamento. Eso se habría grabado en la memoria de una chica como Shar. Pero ahora no podía pensar en Kai. No, habiendo encontrado a Hana, viva y tan cerca.

—Entonces, ¿qué hago ahora? —pregunté.

No me refería necesariamente al trámite. Era una pregunta más existencial, pero Shar se encogió un poco de hombros y apartó la mano de la pantalla. Buscó en su bolso y sacó una libreta de impresos y una carpeta de color marrón. En la etiqueta ponía *Hannah Porter*. La abrió sobre la mesa baja. Sacó también un cuaderno con un bolígrafo encajado en la espiral y se inclinó sobre la mesa para escribir.

—Primero, voy a darte los datos de contacto directos —dijo mientras copiaba nombres, números de teléfono y direcciones de correo electrónico—. Hablaré en persona con la encargada del caso de Hannah para que se ponga en contacto contigo lo antes posible. Convendría que llamaras a su tutor legal. Es este, Roger Delany. No lo conozco muy bien. Es nuevo. Pero su terapeuta, la doctora Patel, es muy buena. Trabajo con ella desde hace varios años. Está especializada en traumas, y teniendo en cuenta que Hannah ha perdido a su madre...

—Se llama Hana —la interrumpo.

No quiero oír el final de esa frase. Sabía lo que había perdido Hana. Yo también había perdido a mi madre hacía años, y otra vez hacía cuatro meses, y de nuevo hacía un par de días, llorando en la cama con Birdwine. Había sucedido hacía mucho tiempo. Estaba sucediendo ahora.

—Sí, es lo que he dicho.

—No, has dicho *Hannah*, con hache al final, y es *Hana*.

Kai había bautizado a mi hermana en honor de un dios de mi propio panteón, y su nombre rimaba con *hena*, no con banana. Shar se quedó mirándome como si estuviera loca, y entonces me di cuenta de que yo no tenía ni idea de la expresión que estaba poniendo. Había perdido por completo el control de mi cara.

—¡Pero bueno! —dijo, consternada—. Si esto es una buena noticia...

—¿Qué tal es el sitio donde está? —pregunté. Mi voz sonó espesa, como si me estuviera ahogando.

—¡Estupendo! —me aseguró—. Conozco a la señora Beale. Es una maestra jubilada. Hannah es la séptima niña que tiene en acogida, y ahora mismo la única.

Yo seguía sin poder controlar las horribles muecas que hacía mi cara, y Shar pareció desanimarse. Su voz se volvió más fría, un poco más reservada.

—No es permanente. Hannah está en vías de adopción. Tenía la impresión de que la estabas buscando porque querías quedarte con ella.

—Y quiero —dije de inmediato, con voz ronca.

Creo que para las dos fue un alivio oír la verdad resonar en aquella sencillas palabras, diáfana como el tañido de una campana.

—Es solo que todo esto me está superando. Va todo tan deprisa… —Maldito Julian: había tenido razón desde el principio, y yo no estaba preparada—. Solo tengo una cama. Necesitará una cama. Y sábanas. Sábanas estampadas con lo que les guste a las niñas de diez años, y no sé lo que les gusta a las niñas de diez años.

Ahora fue Shar la que puso una cara rara. No fui capaz de interpretarla.

—Siempre es así —dijo—, cuando tienes un niño. Nunca vas a estar preparada al cien por cien. Pero te ayudaremos a prepararlo todo en la medida de lo posible.

—¿Cuándo puedo tenerla? —pregunté, cambiando otra vez bruscamente de tema.

—¿Tenerla? —Shar levantó las cejas—. Bueno, eso tardará un tiempo. Tendremos que hacer las comprobaciones de rigor, inspeccionar tu casa y darle tiempo para que hable de este proceso con su psicóloga. Y lo más importante: tenéis que empezar a conoceros. Así que tardarás un tiempo en tenerla contigo. Pero visitas… Si llamas a este abogado, Delany, y hoy hablamos las dos con la trabajadora social el caso podría estar en el juzgado de familia el lunes o el martes. Y podrías empezar a visitarla la semana que viene. Me miró fijamente y dijo—: Si es lo que quieres.

—Sí, quiero —repetí, y sonaba tan cierto… Luego puntuali-cé—: Queremos los dos. Tengo un hermano. Hana tiene también un hermano.

—Sí, eso decías en tus quince mil mensajes —repuso Shar, y volvió a adoptar aquella mirada. Entonces comprendí lo que era: era orgullo.

De pronto, noté que mi sonrisa era tan ancha como la suya y que me escocían los ojos a pesar de que no estaba llorando. Creía que preferiría arrancarme los ojos y arrojarlos al fuego antes que llorar delante de Shar Roberson, pero, ¡oh, dioses!, me sentía tan aliviada porque estuviera allí para ayudarme…

Creo que se dio cuenta antes de que le dijera:

—Gracias. No sabes lo que significa esto para mí.

Pero eso era una idiotez. Claro que lo sabía.

—Bueno —dijo con firmeza—, entonces vamos a ponernos manos a la obra. Esta tarde tengo cosas que hacer en el despacho.

Me incliné sobre su cuaderno y juntas trazamos un plan para poner en marcha los engranajes del Servicio de Protección al Menor. Eran engranajes burocráticos, de modo que girarían despacio, pero íbamos por buen camino. Lo primero que tenía que hacer era po-nerme en contacto con su abogado y su psicóloga. Shar, por su par-te, hablaría con la trabajadora social.

Cuando se marchó, me quedé sentada en el sofá, aturdida por la impresión. Iba a conocer a mi hermana pequeña. La semana que viene. Hana ignoraba que yo existía, y Kai, el puente entre nosotras, era solo un montón de cenizas. En una caja. En alguna parte.

Me la imaginé en un estante, dentro de algún feo almacén administrativo, como el del final de esa película de Indiana Jones. La vi perdida, anónima, archivada entre filas y filas de cajas blancas e insulsas, todas iguales, llenas de cenizas de personas a las que nadie reclamaba. Supe entonces que no podía dejarla allí. La en-contraría, y la reclamaría. Pero hoy no. Primero tenía que ver a Hana, que estaba viva, sana y salva.

¿Y si no le gustas?, me pregunté, y me eché a reír. Siempre me había importado un bledo gustar o no a los demás. Era un sentimiento desconocido para mí. Y no me gustó. Malditos fueran Kai y su largo camino a casa.

Volví a llevar el portátil a la mesa, junto con la hoja con los datos de contacto y mi lista de cosas por hacer. Tenía que realizar varias llamadas antes de las cinco, y después tendría que resolver varios asuntos domésticos. ¿Y si a Hana le gustaban los perros? Necesitaríamos un jardín. Y un buen colegio. Ni siquiera estaba segura de a qué curso iban las niñas de diez años. ¿A quinto? Tenía que encontrar una agencia inmobiliaria y mirar más detenidamente los dichosos anuncios que me había mandado Julian.

Me quedé con la mirada perdida, pensando que de todos modos debía conservar el *loft*. La mayoría de la gente con mi nivel de ingresos tenía dos casas. Lo mantendría para encontrarme con Birdwine allí a la hora de comer. A fin de cuentas, no convenía que un hombre con problemas con el alcohol que no pertenecía a la familia se quedara a pasar la noche, estando los Servicios Sociales en guardia. Y, además, ahora tendría a una niña en casa.

No podía tragar saliva. Y tampoco me sentía con fuerzas para levantar el teléfono y poner todo aquello en marcha. Hana no me conocía. Ni siquiera sabía que existía.

Entonces me di cuenta de que en primer lugar tenía que llamar a Julian. Mi hermano seguía estando en ascuas, y además podía serme útil. Lo dejaría todo y vendría corriendo a ayudarme. Necesitaba que viniera a despejar el ambiente con su charla alegre y optimista, convencido de que todo iba a salir a pedir de boca. Pero aun así no tuve ánimos para levantar el teléfono.

Le había dicho la verdad a Shar. Quería que aquello pasara. Quería a Hana. Pero no era capaz de empezar.

Por fin acerqué el portátil y busqué «Candace Cherries» en Google.

El primer enlace era *Candacecherries.com*. Lo pulsé.

La página de inicio era una fotografía en alta definición de una pieza artística de técnica mixta. No pude deducir si era una escultura o un cuadro. Colgaba de una pared pero saltaba a la vista que tenía tres dimensiones. Mostraba una figura humana con la mitad de la cara recortada de uno de esos cuadros de terciopelo de los años setenta que representaban a huérfanos llorosos y de ojos inmensos. La mitad izquierda era una máscara tribal de madera, rota y con el borde desigual y afilado. Por ese lado sobresalía una tosca coleta que parecía hecha de pelo auténtico, atada con un trozo andrajoso de cinta rosa. El cuerpo estaba compuesto de trozos de metal oxidado: muelles, cadenas, tubos y viejas pulseras de reloj. La ropa estaba hecha de retales harapientos.

Por encima de la figura humana había varias palomas posadas en un alambre rígido y fijadas a un enorme cielo azul hecho de lo que parecían ser trozos de madera pintados. Las palomas habían robado las manos de la figura, además de un guiñapo rojo y carnoso que podía ser el corazón, la lengua o algún otro órgano interno. Aquellas alimañas con plumas parecían muy pagadas de sí mismas. Era una pieza primitiva, visceral e inquietante. Y también muy, muy buena.

La barra de menú de arriba ofrecía múltiples opciones: Metodología, Reseñas, Agenda, Galería virtual, Biografía. Pulsé este último enlace y apareció Candace.

Estaba tan flaca que parecía un cabezudo, y su delgadez enfatizaba las patas de gallo que rodeaban sus ojos de un azul acuoso. Vestía pantalones vaqueros y un sarape mexicano agresivamente feo echado sobre los hombros como una manta. Según afirmaba su biografía, vivía en Wyoming, en una granja de caballos, con la que era su pareja desde hacía nueve años. Seguía un listado de los lugares donde había expuesto su trabajo y de los premios y becas que había recibido. Casi al final se citaba una reseña crítica que alababa, entre otras cosas, su estilo innovador a la hora de tratar objetos encontrados. Solté un bufido. De modo que Candace seguía rebuscando en las cosas ajenas. Debajo de la biografía había más fotos, varias de ellas con su pareja, una nativa norteamericana muy alta, con la piel cobriza y una espesa cabellera negra que le caía por la espalda. Parecía muy fuerte y en la mayoría de las fotografías se cernía sobre Candace con aire protector.

Así pues, Candace sentía predilección por un tipo concreto de mujer. Resultó un poco desconcertante.

Empecé a recorrer las galerías de imágenes, observando las disparatadas piezas de Candace. Personas y animales hechos de fragmentos y desechos rotos. Cosas interesantes.

Muy bien, así pues me daba miedo conocer a mi hermana. Me daba miedo cómo podía ser y cómo nos las íbamos a arreglar cuando estuviéramos cara a cara. Me asustaba que tuviera la vida arruinada de antemano.

Pero si Candace, nada menos, había podido salir adelante y encontrar su lugar en el mundo... Volví a la biografía y observé su cara.

Desde luego parecía tener algún trastorno alimentario grave, pero aun así estaba viva. Hacía un trabajo que le interesaba y que interesaba a otros (en la galería de imágenes había numerosas piezas con la etiqueta de *vendido*). Amaba a alguien y era correspondida desde hacía casi una década. Incluso había hallado una suerte de fe, a juzgar por el cordel rojo que llevaba atado a la muñeca izquierda en todas las fotografías.

¿Quién lo habría imaginado? La puñetera Candace.

Cerré la página web y agarré el teléfono para llamar a Julian.

13

Tengo diecinueve años cuando Kai me cuenta su último cuento. Estoy casi dormida en mi cuarto, en nuestro piso del sótano, en Morningside. De pronto se abre la puerta y me despierto asustada. Veo la figura de Kai recortada en el vano, iluminada desde atrás por la luz mortecina del cuarto de estar. Su cara es un óvalo opaco con un lunar rojo en el centro: la brasa de su Camel.

—¿Qué pasa? —pregunto medio dormida.

Da una larga calada al cigarrillo y antes de hablar echa el humo, que forma un nimbo en torno a su cabeza.

Esto sucedió hace mucho, mucho tiempo, y todavía está sucediendo ahora. Ganesha y su madre están jugando junto al río cuando pasa por allí un rico noble a caballo. Parvati es muy bella, y se está refrescando los pies entre las piedras. El pequeño Ganesha, todavía un bebé, chapotea a su lado en el agua, salpicando con su trompita de elefante. Las gotas brillan como gemas en el cabello negro de Parvati mientras saca fruta y galletas para comer.

Kubato, el noble, vuelve a guardar en la cesta su sencillo almuerzo y los invita a comer en su casa.

Me incorporo en la cama frotándome los ojos. No estoy de humor para cuentos, y menos para este. No quiero oír este relato de amor de madre, con mi macuto ya hecho. Está junto a la puerta, al lado de mi baulito del ejército y de unas cajas de cartón. Voy a mudarme a Indiana con mi amigo William. Nos vamos mañana, temprano. Mucho antes de la hora a la que suele levantarse Kai.

Queriendo impresionar a Parvati, Kubato ordena que preparen un banquete e invita a todos los nobles del país. Se sientan en filas, en las suntuosas mesas de Kubato, pero Kubato sienta a Parvati y a su hijo en un cojín, a su lado, en la tarima, y entrega a Parvati una copa de vino fragante.

—Este vino —dice Kubato— lleva cien años esperando tus labios en un barril de oro forrado de madera dulce. Cada copa cuesta el salario de un año.

Parvati acepta la copa, pero no bebe.

—Creo que es demasiado valioso para mí.

Así que Ganesha agarra la copa y engulle el vino con avidez. Le chorrean gotas rojas por los mofletes, chasquea los labios y envía su larga trompa a dar una vuelta por el salón, probando cada copa y cada jarro. Sorbe todo el vino con la trompa, se lo lleva a la boca y se lo bebe de un largo trago.

Luego levanta la vista hacia su madre y dice:

—Pero todavía tengo hambre.

Ella también ha estado bebiendo vino toda la noche. Está muy, muy borracha. Se le traba tanto la lengua que, si no me supiera el cuento de memoria, palabra por palabra, quizá no pudiera seguirla. Pero he oído el cuento de *Ganesha en el banquete* desde que yo también era un bebé. Ha habitado tanto tiempo entre nosotras que no guardo un recuerdo concreto de cuándo fue la primera vez que lo oí.

Kubato llama a sus sirvientes para que saquen las bandejas del festín, rebosantes de cordero asado y verduras. El arroz está aliñado con aceite recién prensado, teñido de amarillo y perfumado con costoso azafrán.

Los criados presentan primero los platos a Parvati, pero ella dice:

—No, gracias. Es demasiado valioso para mí.

Ganesha, sin embargo, echa mano de las bandejas y las vacía una por una. Se las vuelca en la boca y se traga las piernas de cordero enteras, con huesos y todo, los montones de manzanas asadas, cien mil cebollas y nabos, y tanto arroz amarillo como para alimentar a un ejército durante un año. Incluso lame la grasa de las bandejas hasta dejar la plata brillante.

Luego levanta la vista hacia su madre y dice:

—Pero todavía tengo hambre.

Kai ha estado toda la tarde mirándome de reojo mientras hacía el equipaje. Le ha dicho a mi oreja izquierda dónde estaban las cajas. Le ha ofrecido su grueso abrigo comprado en una tienda de saldos a un punto situado justo por encima de mi hombro. Le ha pedido a mi raya del pelo que le traiga la garrafa abierta de vino tinto que hay en el armario de debajo de la pila. Lo que no ha hecho en ningún momento ha sido mirarme a la cara. Ni pedirme que no me vaya. Ahora mismo no estoy de humor para soportar uno de sus rollos místicos.

Así que el ricachón, cada vez más enfadado, se empeña aún más en impresionarla. Despide a los demás invitados y le presenta con sus propias manos una sola bandeja de plata con un pastel de delicadas capas de pasta rellenas de miel y nueces.

—Es la miel de las abejas negras —dice—, que tienen rayas azules y cabello humano. Su aguijón produce la muerte instantánea. Mil hombres murieron para recoger un solo tarro, gota a gota. Ten. He ordenado que hicieran con ella este dulce para ti.

Parvati sonríe y dice:

—Os lo agradezco, pero es demasiado valioso para mí.

La trompa de Ganesha rodea a su madre y le arrebata el dulce a Kubato. Se lo mete entero en la boca, con plato y todo, y lo engulle.

—¡Todavía tengo hambre! —gime—. ¡Ay! ¡Qué hambre tengo!

Estoy encorvada sobre las sábanas, llena de resentimiento. Dejo que le cuente el cuento al cabecero de la cama. Dejo que se lo cuente a mis bragas y a su abrigo, ya guardados.

El noble los conduce fuera atravesando las cocinas, hasta el silo que hay detrás de su casa y dice:

—Aquí están mis graneros, construidos para alimentar a mi gente cuando llegue la hambruna. Tengo grano y aceite suficientes para dar de comer a toda mi casa durante siete años. Por mala que sea la cosecha, aquellos a los que amo estarán gordos y bien alimentados.

Ganesha entra corriendo en el silo y, como loco, se mete todos los sacos, las vasijas y los cajones en la boca, engullendo todo lo que ve hasta que no queda ni un solo grano de arroz en el suelo sucio.

—¡Todavía tengo hambre! —se lamenta.

Kubato está empezando a desesperar, pero su orgullo es tan grande que dice:

—¿Ves ese campo tan fértil? Es mío. Soy dueño de todos los campos hasta donde alcanza la vista en todas direcciones, de todos los arrozales y los prados donde pastan las ovejas, y de los bosques llenos de caza, y de todos los ríos. Incluso soy el dueño del mar y de todos los peces que hay en él.

Así que Ganesha abre su bocaza…

—No es así —le digo a mi madre.

Lo está alargando, añadiendo una capa más. Antes de que Ganesha engulla todo el grano del silo, se supone que Kubato llora, gime y le suplica a Parvati que lo ayude o quedará arruinado para siempre. Entonces Parvati saca la fruta y las galletas de su cesta y da a Ganesha un pedazo con la mano. Él se sacia de inmediato, se acurruca entre sus brazos y se queda dormido.

—Shh, lo estoy contando yo —dice Kai, tambaleándose en la puerta.

—Ya me lo sé —contesto—. Dale la galleta a Ganesha y déjame dormir.

—Ganesha no consigue la galleta —dice Kai, hostil—. Tú no sabes todos los finales de todos los cuentos.

Así que Ganesha abre su bocaza y empieza a tragarse los campos de labor y los bosques, a sorber los lagos y los ríos, y cuando están secos empieza a lamer el agua salada del mar, tragándose todos los peces, los calamares y las algas.

Pero mientras come gime:

—Ay, tengo hambre. ¡Tengo hambre!

—Dale la puta galleta, Kai —le digo, retirando la sábana y saliendo de la cama.

Me planto ante ella, furiosa, en camisón y bragas.

—Ganesha se zampó el mundo entero y a toda la gente. Se la comió —continúa ella. Ha perdido el ritmo—. El ricachón quedó flotando en el espacio, desnudo, y dijo, «¿Ves ese sol? Ese sol es mi mango. Podría darle un mordisco si quisiera».

—Ese es otro cuento —le espeto casi gritando—. ¡Es Hanuman el que intenta comerse el sol como un mango, no Ganesha!

Pero ella sigue hablando sin hacerme caso:

—Así que Ganesha partió el sol por la mitad de un mordisco y se comió las dos partes, y aun así seguía hambriento, y se comió Saturno.

Ahora se está inventando cosas, embrollándolo todo.

La ropa del día siguiente está colgada sobre el piecero de la cama. Agarro los vaqueros.

—¿Y dónde está Parvati? ¿Eh? Ni siquiera ha dicho que el mundo era demasiado valioso para ella, y Ganesha ya se lo ha comido. —Me siento en el borde de la estrecha cama el tiempo justo para ponerme los pantalones—. Ni siquiera ha rechazado un bocado del sol. Puede que sea demasiado mantecoso para ella, ¿no? Eso te lo has saltado. Estás borracha y te has olvidado de Parvati.

—Ganesha también se la ha comido —contesta, y se echa a reír, una risa pastosa de borracha mientras yo hurgo debajo de la cama en busca de mis zuecos.

Da una calada rápida y furiosa y sigue hablando mientras echa el humo.

—Se ha comido a su propia madre, y ricachón va y dice: «Ni siquiera me importa ese sol. El espacio está lleno de planetas, elegiré otro».

Me he puesto los zuecos. Paso a su lado dándole un empujón, derecha a la puerta.

—No es así —masculo al salir.

—Entonces Ganesha se tiró un pedo y arrojó a Saturno, pero volvió a comérselo —dice Kai.

Me ha seguido al cuarto de estar y la oigo servirse un vaso de vino detrás de mí.

Cierro de un portazo y echo a andar en la oscuridad. Allí fuera, en medio de la noche, tiene que haber algún chico que esté esperándome. Siempre hay un chico esperándome. Los hay a montones, de hecho. Lo único que tengo que hacer es elegir. Y estar de vuelta al amanecer para poder marcharme con William.

Kai está dormida cuando vuelvo a casa. O al menos su puerta está cerrada. Dentro de su habitación no se oye ningún ruido. Sigue durmiendo mientras me marcho. Nunca llegó a darle a Ganesha ese trozo de fruta y de galleta que lo habría saciado, que le habría permitido dormir. Y ya nunca lo hará.

Nunca dirá: «Tú no sabías» o «Eras solo una cría», ni mucho menos reconocerá su parte de culpa en nuestra desgracia. Yo nunca diré: «Si vives como si tu vida fuera una pistola cargada, es muy probable que tu hija la empuñe y la dispare», ni podré perdonarla de todos modos. Ella nunca podrá gritar, ni llorar, ni golpearme, ni suplicarme piedad.

Como todas las historias verdaderas, la de mi madre acaba bruscamente. No tiene moraleja, ni epílogo, y yo no creo en la reencarnación. Los pájaros que se me cagan encima o que cantan fuera de mi ventana son solo eso: pájaros.

El tiempo corre en una sola dirección y yo corro con él, avanzando hacia mi hermanita.

La madre de acogida, la señora Beale, vive en una calle estrecha flanqueada por minúsculas casas de estilo ranchero construidas en los años cincuenta. Son cuadradas y regulares, como filas de dientes. Busco la casa en la que vive Hana. No soy una cobarde, pero pagaría lo que cobro por una hora de trabajo para que Birdwine estuviera aquí para apoyarme, y el doble para que estuviera Julian. Es muy sociable, muy risueño. ¡Oh, dioses y pececitos, cómo ha erosionado mi resistencia y ha conseguido conquistarme! Se ha abierto paso en mi vida a base de abrazos, de llantos y discusiones, y ahora su proximidad física es para mí un placer físico tan invisible como el de Henry. Hará lo mismo con Hana, no me cabe duda. Pero hoy no. Hoy voy a estar sola, y no las tengo todas conmigo.

La psicóloga de Hana opina que debemos empezar así, dado que hasta hace una semana Hana creía que era hija única. A Julian y a mí no nos cuesta ponernos en su lugar en ese aspecto, y no queremos abrumarla. He venido yo en vez de Julian porque conocía a su madre muerta. Además, su primera década de vida se parece mucho a mi infancia errante con Kai. La doctora Patel dice que Hana está abierta a conocernos. Solo lleva un par de meses con la señora Beale, y aún está llorando la muerte de Kai. No está muy adaptada a su nuevo hogar.

Debo ser cariñosa, pero no pesada ni insistente, me ha dicho la doctora Patel por teléfono. Mostrarme amable. Interesada. Pero no iniciar ningún contacto físico. Intentar ganarme a la niña y dejar que sea ella la que se acerque a mí.

En todo caso, es el acercamiento que prefiero: soy una persona más de gato que de perro. Pero está bien ver confirmado que mi instinto está en lo cierto, y a Julian le vino bien oír todo esto, aunque puede que todavía necesite hacer un taller intensivo sobre «Los diez pasos que conducen al abrazo» antes de conocer a Hana.

Veo la casa, el número 115, delante a la derecha. Este cuadrángulo de ladrillo rojo con las contraventanas negras y una cenefa blanca es lo más parecido a un hogar que tiene Hana. Aquí, al menos, tiene una habitación. Tiene una puerta, y el derecho a cerrarla. Alguien ha intentado adecentar el porche destartalado dándole otra mano de pintura.

Hay tres personas sentadas en el balancín del porche: Hana entre dos adultas. No parece muy distinta a la de las fotografías del invierno pasado. A las otras dos no las conozco en persona, pero por su edad y su aspecto deduzco que la doctora Patel es la que está sentada a la izquierda de Hana, y la señora Beale la que está a su derecha.

Hana está encorvada, hecha una bolita, con las manos unidas sobre el regazo y los tobillos cruzados. Sus pies no llegan al suelo.

Tiene un rostro humilde y anodino, pero esta niña y yo tenemos la misma boca. Reconozco la expresión de sus labios, como si tuviera dentro una bola de rebeldía a la que diera vueltas y vueltas para extraerle todo el sabor. No es ni mucho menos tan plácida como parece. Noto un hormigueo en la columna.

Mira el coche y luego se mira rápidamente las manos. Noto que mi boca cambia de forma para parecerse a la suya. Esta expresión me resulta familiar. Conozco esta cara. La lucí durante semanas cuando llegué a la residencia de acogida. Era medio niña, medio crustáceo, impenetrable. Esto no pinta bien.

«Todavía es pronto», me digo. Nadie ha dicho que vaya a ser fácil.

Tengo las manos calientes y sudorosas sobre el volante. Apago el motor y me soplo las manos para refrescármelas. Me he enfrentado a abogados rabiosos, jueces airados, jurados predispuestos a odiarme y he seguido tan tranquila. Ahora, en cambio, me retuerzo las manos húmedas y temblorosas. Me las restriego contra los vaqueros (nada de imponentes trajes negros, hoy). Llevo zapato bajo y mi camiseta preferida de punto, color calabaza, desgastada por el paso del tiempo y con pelotillas. Me he recogido el pelo en una trenza floja y me he pintado la boca con un simpático tono de rosa.

La doctora Patel se levanta cuando paro el motor. Es más joven de lo que había calculado por su voz grave y serena. Lleva una coleta larga y pulcra, y por sus gestos se deduce que no está nerviosa. Eso nos va a venir muy bien. La señora Beale parece una abuelita blanca de anuncio. Tiene un aspecto genéricamente amable, desde el moño gris claro a los zapatos ortopédicos marrones. Apoya una mano sobre el hombro de Hana cuando salgo, y su gesto me la hace simpática.

Hana se queda sentada, mirándose fijamente las manos, que ha empezado a retorcer mientras subo por la acera.

La señora Beale se levanta y tira de Hana. La niña frunce el ceño, con la mirada todavía gacha. Lleva un vestido amarillo con flores, pero tiene la piel olivácea y el color no le favorece nada. Baja los hombros, sacando su tripa redondeada. El vestido está a punto de quedársele pequeño. La falda le llega muy por encima de la rodilla, y tiene las piernas flacas y las rodillas nudosas.

Cuando llego a los peldaños, la señora Beale se adelanta con la mano extendida, a punto de hablar, pero se para al verme la cara de cerca. Parece pasmada un instante, luego palidece visiblemente y da un paso atrás.

—¡Joder! —exclama.

Desconcertante, saliendo de su boca. Es una boquita tierna y anciana, tan arrugada y plegada sobre sí misma que el carmín de color coral se extiende por sus grietas. La psicóloga y yo la miramos extrañadas.

Hana mira también a la señora Beale. Luego sigue su mirada pasmada hasta mí.

—Hola —digo.

Los ojos de Hana, tan parecidos a los de mi madre, me resultan tan desconcertantes en su cara redonda como en la de Julian, la primera vez que lo vi. Ahora se ensanchan y se paralizan por la impresión. Abre la boca.

—Soy Paula Vauss.

Los ojos kaísticos de Hana se han llenado de lágrimas.

—No, qué va —dice en voz baja y rasposa, como si hubiera estado resfriada la semana pasada y todavía no se hubiera recuperado del todo. Entonces se les escapan dos lagrimones, corren por sus mejillas en tándem, y me doy cuenta de que se le ha quebrado la voz porque está llorando—. Eres Kali —me dice—. Eres Kali, y eres de verdad.

Entonces se lanza hacia mí y apenas tengo tiempo de apartar los brazos cuando baja corriendo los escalones del porche y choca contra mi cuerpo. Su cara golpea mi esternón, me estrecha entre sus brazos y los míos la rodean por propia voluntad.

—Discúlpeme —dice su madre de acogida, muy colorada—. Es solo que... es cierto que es usted de verdad.

La psicóloga nos mira a las dos y luego ella también dice en voz muy baja:

—Joder.

Yo no puedo responder. Me está pasando algo. O no, puede que haya pasado. Empezó cuando el cuerpo de Hana chocó violentamente contra el mío. Es algo extraño y animal, cómo siento su forma, mi propia forma de hace tanto tiempo, su forma de ahora, grabándose en mis piernas y mi vientre.

Siento la humedad de sus lágrimas y sus mocos calando mi camiseta, hasta la piel, y es como si estuviera abrazando un trozo de mí misma. Soy yo, y sin embargo es algo externo y completo en sí mismo. Tiene su propio latido y su propio aliento, pero su biología está tan entrelazada con la mía en este instante infinito que no distingo dónde acaba ella y dónde empiezo yo, dónde termina mi historia y arranca la suya.

—Eres real —dice con la voz un poco ahogada porque tiene la cara pegada a mí—. Mamá me lo dijo. Me dijo que eras real.

—Claro que soy real —le susurro mientras intento entender qué me está pasando.

Se ha acercado y se ha apoderado de mí, y sin embargo no siento que me haya rendido. La rendición siempre entraña una elección. Esto es algo mucho más elemental.

Por encima de su cabeza morena miro a los ojos a la señora Beale y luego a la psicóloga, que siguen atónitas.

—Venga a ver —me dice la señora Beale—. Tiene que ver esto.

Hana me suelta, pero de algún modo mi mano ha encontrado la suya. Somos dos personas distintas, y sin embargo no lo somos. Nuestras manos unidas son un cordón que nos une mientras tira de mí y me lleva adentro. Pasamos por un saloncito que murió y fue embalsamado en 1987, recorremos un pasillo oscuro y dejamos atrás un cuarto de baño con baldosines rosas.

Entonces Hana abre una puerta y entramos en un cuartito al fondo de la casa. Por fin me suelta la mano, casi avergonzada, y yo noto mi mano fría y extrañamente desnuda. Todavía siento la forma de su mano en la mía, pero ahora estamos separadas, cada una en su propio yo.

—Aquí es donde duermo —dice.

Ya no llora. De modo que este es su cuarto, y sus sábanas son sencillas, de flores. Esta es su habitación, y yo estoy por todas partes. Mi cara empapela las paredes. Veo al menos cincuenta Paulas, desde todas las perspectivas: mi cara sobre mi cuerpo alto y largo. Estoy pegada a la pared con celo y chinchetas desde el suelo al techo, enmarcando la cama y la cómoda y cubriendo la puerta del armario.

Me veo montada a caballo, subida en una nube, vestida con huesos, y con sari. Veo todas mis expresiones: rabiosa y enamorada, triste y alegre, y cuarenta cosas más. Estoy volando, luchando, riendo y bailando. En algunos dibujos tengo la piel cobriza, y en otros cerúlea o azul. A veces tengo dos brazos, a veces cuatro o seis, y en uno tengo infinidad de ellos, puestos en fila.

Kai me ha dibujado para Hana una y otra vez. Aunque no últimamente. O al menos no solo. Algunos de los dibujos son tan viejos que el papel está amarillento y agrietado por los bordes. Los colores están difuminados o borrosos.

—Mamá decía que estábamos viajando para encontrarte —susurra Hana, mirando los retratos de la pared—. Pero estaba enferma…

Yo sigo dando vueltas, y de pronto veo que Ganesha está también por todas partes: la tripa redonda, la cabeza de elefante (Kai no podía saber qué aspecto tenía Julian). Toco un dibujo suyo montado sobre su ratón, con la silla pintada de un rojo descolorido, y le digo a Hana:

—Él también es real.

Kai también está aquí. Como Sita, como Parvati, como ella misma, bailando con su larga falda de seda de brillantes colores.

Cerca del cabecero de la cama veo uno de los dibujos más recientes. Una Kali con mi cara, vestida con campanas. Estoy sentada sobre una colina blanca y tengo prendidos en el pelo oscuro vilanos de diente de león. A mi lado hay un monito. Un monito con la cara de mi hermana.

—*Kali lucha contra la Semilla Roja* —digo, y oigo que Hana contiene la respiración con un suspiro.

—¿Te sabes ese cuento?

Me vuelvo hacia ella.

—Sí. Me sé un montón de cuentos de Kali, y de Ganesha, y hasta unos cuantos de Hanuman. Pero seguro que tú te sabes algunos que yo no me sé. Y seguro que yo puedo contarte algunos que no hayas oído nunca.

Tiene los ojos grandes y brillantes, la nariz roja de llorar. Me doy cuenta de que la señora Beale se ha alejado por el pasillo, perdiéndose de vista. La doctora Patel también ha retrocedido. Está apoyada en la puerta para dejarnos espacio.

—¿Quieres que te cuente uno?

Hana se encoge de hombros, pero se sienta en la cama y vuelve las rodillas hacia mí.

Yo me siento también, lejos de ella, al otro lado de la cama. Está reconcentrada en sí misma, pero la expresión de su boca se ha suavizado, y ha surgido algo nuevo. Sucedió en ese momento, cuando su peso chocó contra mi vientre y sus lágrimas me humedecieron la piel. No puedo ver el futuro, pero sé que ya ha empezado.

Dentro de unas semanas, llevaremos los tres las cenizas de Kai a Clay Creek, en el norte de Georgia, y las lanzaremos a la cascada. Julian querrá que la enterremos, pero Hana y yo le convenceremos. Kai no descansará nunca si no está en movimiento.

Dentro de unos meses, pondré por primera vez en mi vida un árbol de Navidad, porque Julian se muere de ganas y Hana tendrá curiosidad: nunca ha tenido uno. Dentro de dos años, la veré observar de reojo mi cuerpo y palparse el suyo con preocupación, y le diré: «No pasa nada, preciosa, es tu tripita de bebé. Dentro de poco desaparecerá y con ella se formarán tus tetitas», y ella se pondrá colorada y me dirá que me calle.

Dentro de cinco años la oiré llorar en la cama de madrugada y dejaré el cuerpo cálido de mi marido dormido para acurrucarla, y ella llorará y me preguntará por qué ya no le gusta a Jamie. Diez meses después, tendré que sacarla a rastras de una fiesta, borracha, y castigarla para el resto de su vida. «Te odio», me gritará, y yo le gritaré: «Pues muy bien». Y le sujetaré el pelo mientras vomita.

Dentro de ocho años, Julian la ayudará a redactar sus trabajos para la facultad. Y dentro de apenas dieciséis, todavía tendré el trasero lo bastante firme para ponerme unos pantalones de esmoquin. Me los pondré para acompañarla hasta el altar de esa iglesita bohemia que tanto le gusta (debería haberlo intuido cuando dejé entrar la Navidad), y cuando el pastor pregunte: «¿Quién entrega a esta mujer?», yo diré obedientemente:

—Su hermano y yo.

Será mentira, desde luego. Nunca se la entregaré a nadie. Siempre ocupará el centro de mi corazón.

Pero eso no lo veo desde aquí. Solo siento que algo ha empezado ya, mientras estamos sentadas cada una a un lado de la cama, sin que nuestras rodillas se toquen pero giradas la una hacia la otra. A nuestro alrededor, por todas partes, están las historias compartidas que han conformado nuestras vidas.

—Un cuento. Déjame pensar. ¿Quieres uno que ya sepas o uno nuevo? —le pregunto. Miro de dibujo en dibujo. La mayoría los conozco. Los he oído o los he vivido.

Me mira y desvía los ojos. Se encoge de hombros como si no le importara. Pero luego dice:

—A lo mejor uno que conozca.

Me quedo pensando.

—¿Qué tal uno de cuando yo era pequeña?

—¿Cómo de pequeña? —pregunta.

—Muy pequeña. Mucho más pequeña que tú, así que es una historia que ocurrió hace mucho, mucho tiempo, pero todavía está sucediendo ahora.

Se anima al oír aquellas palabras, la cadencia de un ritual que ambas conocemos. Esas palabras nos recuerdan que hemos brotado de la misma viña, de una viña extraña. Se inclina hacia mí, un poco más cerca, sin darse cuenta de lo que hace.

—Es la historia de cómo me pusieron mi nombre. Si te la cuento, ¿me contarás tú de dónde viene el tuyo?

Se lo piensa y luego dice:

—Cuéntamelo.

«*H*ace mucho, mucho tiempo, ahora mismo, nací yo», le digo a mi hermanita.

«Nací azul».

AGRADECIMIENTOS

Quiero dar las gracias en primer lugar a la Persona Que Ha Comprado Este Libro. Gracias a ti, tengo un trabajo que me encanta. Gracias a ti, la gente que habita en mi cabeza puede salir al exterior. Cuando coincidimos, me hablas de mis personajes como si fueran viejos amigos (o enemigos) que tenemos en común. No alcanzo a explicar hasta qué punto es para mí un milagro que esto suceda. Si eres una de esas personas que ha puesto mis libros en manos de otros lectores (ya sea profesionalmente, como uno de esos lunáticos divinos que aman hasta tal punto los libros que se dedican a venderlos de tú a tú, o como lector que escogió una de mis novelas para su club de lectura o se la regaló a su mejor amigo por su cumpleaños)… En fin, este libro existe gracias a ti. Espero que eso te alegre la vida. A mí me la alegra, y hace que me sienta afortunada y un poco enamorada de ti.

Un editor sabio y con buen ojo es un regalo del cielo, de modo que le debo a mi maravilloso agente, Jacques de Spoelberch, un gracias inmenso por haberme presentado a Carolyn Marino, Editora hasta la médula. Soy muy afortunada por estar con ella en William Morrow, donde este libro ha contado también con el respaldo de personas tan maravillosas como Liate Stehlik, Lynn Grady, Jennifer Hart, Emily Krump, Tavia Kowalchuk, Mary Beth Thomas, Carla Parker, Rachel Levenberg, Tobly McSmith, Kelly Rudolph, Chloe Moffett y Ashley Marudas.

Hace tres años empecé a ir a clases de yoga en la escuela Decatur Hot Yoga con la bellísima y superflexible Astrid Santana. A menudo comienza la clase narrando un cuento clásico sobre los dioses del panteón hindú, pero sus periodos gramaticales, su léxico y hasta algunas imágenes proceden de la tradición oral sureña. Es una mezcla extraña y fascinante. Gracias a Astrid empecé a fantasear con esas historias, y luego a leerlas. Paula y Kali se cruzaron en mi cabeza, y la novela dio un brusco giro hacia Oriente. Le puse la larga cascada de pelo negro de Astrid y sus ojos risueños de media luna al personaje de Kai, aunque ¡ya quisiera ser Kai la mitad de buena y generosa que ella!

«¡NUNCA JAMÁS VOLVERÉ A ESCRIBIR SOBRE VOSOTROS! Y cuando digo "vosotros" me refiero a los abogados», le grité a la letrada Sally Fox mientras luchaba por desenredar los hilos jurídicos de este relato. Ella los ordenó con infinita paciencia mientras tomábamos cócteles en Paper Plane, y yo llegué a admirarla como persona y como abogada. Es una pelirroja de ojos grandes y redondos, menuda y guapa, y sería capaz de comerse el hígado de cualquiera por defender a sus clientes. Me puse en contacto con Constancia Davis y Markeith Wilson, dos abogados penalistas que me ayudaron a planear los diversos delitos de mis personajes.

La trabajadora social Sarah Smith lleva años trabajando con niños de acogida, y ella misma pasó por el sistema de acogimiento siendo menor. Fue una fuente valiosísima de ideas e información. Le estoy muy agradecida por su tiempo y sus consejos, y duermo un poco mejor sabiendo que algunos de los niños de acogida de Atlanta tienen de su parte a una defensora tan cariñosa, tierna y entregada.

Sarah y los tres abogados conocen a la perfección sus respectivos oficios: cualquier estupidez que contenga este libro es cosa mía.

Mi club de escritores me hace ser mejor y más valerosa. Los quiero a todos, incluso cuando me obligan cruelmente a cortar mil palabras preciosas y únicas como copos de nieve. Sobre todo entonces, en realidad. Los enumero aquí conforme al orden en que los conocí: Lydia «Punto, Paseo, Perro» Netzer, Jill James «la Medicina», Anna Schachner, y o bien Sara Gruen y Karen Abbott o bien Karen Abbott y Sara Gruen (dependiendo de quién cuente la historia), Caryn Karmatz Rudy, Reid Jensen, Alison Law y el reverendo doctor James Myers.

Gracias también a mi preciosa familia por apoyarme. Si tengo alas, vosotros sois mi viento. Y si me entra la pena y me convierto en un charco en el suelo, sois mi fregona. Os quiero, Scott, Sam, Maisy Jane, Bob, Betty, Bobby, Julie, Daniel, Erin Virginia, Jane y Allison.

Gracias infinitas por el apoyo, la acogida y la generosidad que encuentro siempre en las reuniones de mi comunidad religiosa, en la Primera Iglesia Baptista de Decatur. Sería una persona y una escritora más triste, más fría, más mezquina y más asustada sin ella y sin las pequeñas comunidades que me han ido formando a lo largo de estos últimos quince años: Slanted Sidewalk, grupo reducido, STK y The Fringe. *Shalom* a todos.